JN307315

トーキョー・プリズン

柳 広司

角川文庫
15527

――国境を越えて長く祖母の友人であったE・F氏に

1

スガモプリズン副所長ジョンソン中佐は、机のむこう側に座ったまま、冷ややかな灰色の眼で、たっぷり一分間かけて私を頭の上から足の先までじろじろと眺め回した。

彼の眼には、身長五フィート八インチ、濃い鳶《とび》色の髪を後方になでつけ、やはり鳶色の眼をした、さして若くもない男が、さえない顔で立っているのが映っているはずだ。観察眼に優れていれば、鼻がわずかばかり右に曲がっているのにも気づくかもしれない。学生時代にラグビーをしていて折ったのだ。頬に薄いあばたがあるが、こう日焼けしていてはわかるまい。

一方で、私の眼に映るジョンソン中佐は、小柄ながら、がっしりとした太い首と分厚い胸の、見るからに職業軍人といった顔つきの男である。短く刈り込んだ灰色の髪と頑丈な顎《あご》の線、それに鋭い鷲鼻《わしばな》は、現在この国で見かけるアメリカの高級将校《ブラス》のあいだで驚くほど共通して見られる傾向だ。一種の〝個性のなさ〟とさえいえる。彼らは生まれ落ちたときから着ているのではないかと思うほど軍服がよく似合っている。おそらく、眠るときにはパジャマ用の軍服が、休みの日には休日用の軍服があるのだろう。

お互い、いくら眺めても変わるものではない。

内心うんざりしはじめた頃、ジョンソン中佐が唐突に口を開いた。

「右頬を、どうかしたのかね？」

なんのことかわからず、目顔で問い返した。

「さっきからときおり右の頬をしかめているようだが、怪我でもしたのかと訊《き》いているのだよ」

見かけによらず、案外細かいことが気になる人物らしい。

「怪我ではありません」私は首を振った。「昨日から少々奥歯が痛んでいるだけです」

「なるほど。奥歯が、ね」ジョンソン中佐はかすかに顔をしかめ、それから机の上に開いた紙挟みに目を落として言った。

「エドワード・フェアフィールド」

私だ。

質問されたわけではないので黙っていると、相手は紙挟みに目を落としたまま、そこに書かれている内容を読みはじめた。

「一九一八年オークランド生まれ、現在二十八歳……元ニュージーランド海軍少尉……一九四二年に志願入隊、半年の訓練のあとヨーロッパ戦線に配属……イタリア軍との交戦中に負傷……ほう、名誉負傷章及び戦功十字章を、ね……一九四五年六月、部隊の解散に伴い除隊……」

ところどころ断片的に、まるで独り言のように小さく声に出すのは、無論私に聞かせるためだろう。

分厚い紙挟みの表紙には、私の名前が大きく書かれている。もっとも、自分で自叙伝を書いたとしたら、その四分の一の量も書けるかどうか怪しいものだ。この手の書類のご多分に漏れず、本人も知らないことまで書いてあるに違いない。〝知られざる思想的傾向〟(そんなものがあればだが)、その他、あれ、これ……。なんだか食料品店の食肉売り場に連れて来られた豚になった気がする。

ジョンソン中佐は紙挟みを閉じ、私が最初に差し出した推薦状入りの封筒を取り上げてたずねた。

「何が望みなのだ?」

「あるニュージーランド人の行方不明者を探しています」私は言った。「彼は太平洋海域での戦闘参加中に消息を絶ちました。日本軍に捕虜として囚《とら》われていた可能性がありますす」

「それで?」

「スガモプリズンに収監されている日本人戦犯の証言記録を調べさせていただきたい」

ジョンソン中佐は、少し考えて口を開いた。

「今度の裁判に必要な調査というわけかね?」

「違います」私は首を振った。「そもそも私は、公の機関に雇われているわけではありません」

「あくまで私的な調査、というわけか」

ジョンソン中佐は眉《まゆ》をひそめ、右手に持ったペン先で机の上をこつこつと叩《たた》いた。

「わかっているのかね、自分がいったい何をしようとしているのか？」彼は言った。「今回の戦争では数多くの若者が命を落とした。最期がわからなかった者などいくらでもいる。そんな中で、捕虜になったかどうかさえわからない、ある特定の人物の行方を調べるためにわざわざこんな所までやって来たのだと？　とても正気の沙汰《さた》とは思えないがね」

「成功の可能性が低いことは最初から承知しています」

「そのうえでなお、プリズン内での調査を希望するというのかね？」

私は無言で頷《うなず》いた。

ジョンソン中佐は鋭い鷲鼻の脇から見下ろすように私に目を注いだ。部屋の中には、相変わらず彼がペン先で机を叩くこつこつという音だけが響いている。

規則的なその音を聞いているうちに、私はなんだか自分がひどく奇妙な場所に立っているような気がしてきた。

実際、考えれば考えるほど、そこは奇妙な場所であった。

暖房がきいた近代的な建物の一室――〝本館〟と呼ばれるその建物の屋上には、いまこの瞬間も、アメリカの国旗である星条旗がへんぽんと翻っているはずであった。外壁をクリーム色に塗られた本館建物の周囲には、いくつものカマボコ形兵舎《クォンセット》が立ちならび、さらにそれらを取り囲むようにして高い鉄条網が張り巡らされている。

敷地への出入り口はたった一つ。白い柵《さく》の上に、やはり白く塗った半円形の板がアーチ状に取り付けられ、そこに赤ペンキでこう書かれている。

SUGAMO　PRISON

この門によって、中と外は明確に区別される。門の外は――

門の外は、一面の焼け野原であった。

はじめてこの国についた日、私が乗った車がトーキョーに近づくにつれて、それははっきりした。トーキョーは見渡す限りの廃墟《はいきょ》であった。ボロをまとった人たちは混乱しきった様子だった。石屑《いしくず》の山を掘り返して新しく小屋を建てる空き地をつくろうとしている者がいた。煉瓦《れんが》や木材を山と積んだ荷車を押したり引いたりしている者がいた。だが、破壊のあとはあまりにもすさまじく、人々のそうした努力は少しも役に立っているようには見えなかった。そこは人間がこしらえ上げた砂漠だった。なにもかも醜く荒れ果て、崩壊した煉瓦と漆喰《しっくい》から立ちのぼる埃《ほこり》のなかにかすんでいた。

まさにそんな廃墟のただ中に、現在この国に存在するもっとも近代的な監獄〝スガモプリズン〟は立っているのだ。

「いいだろう。例外的ではあるが、きみにプリズン内での調査を許可しよう」ジョンソン中佐は渋々といった様子で言った。「トーキョー裁判のためにはるばる来日されたニュージーランド人判事殿の御依頼だ。われわれとしてもこれを無視することはできない」

私はほっと息をついた。

「その代わりといってはなんだが、ミスタ・フェアフィールド、われわれの方でもきみにやってもらいたいことがある」

「交換条件、というわけですか？」

「なんと呼ぶかはきみの勝手だ。私としては好意の交換という表現を好むがね」

「なるほど。それで、私にどんな好意を期待しているのです？」

「記録によればきみは、この戦争のために自ら軍隊に志願するまで、一風変わった職についていたそうじゃないか。たしか……」彼はいったん手元のファイルにちらりと視線を向け、引き絞るようにすっと目を細めた。

「私立探偵？　するときみは、軍を退いた後、またその職業をはじめたというわけかね？　その、私立探偵とやらを？」

私は、極力表情を変えないよう努めながら、かすかに顎を引いた。

ジョンソン中佐のようなねっからの軍人タイプの人間が私立探偵という職業をどう見ているのか、これまでの経験上、おおよその見当はついた。

まともな職につくことのできない落ちこぼれ。社会のクズ。軍人が命懸けで〝敵〟と戦っている時に、裏でこそこそと社会の秘密を嗅《か》ぎ回り、それをネタに小銭を稼ぐ〝ならず者〟。彼らにとって警察（もしくは軍隊）が対応しない事件はトラブルとは言えず、すべての真実は裁判でおのずと明らかになり、悪人は必ず罰せられる。そこに探偵などという猥雑《わいざつ》な夾雑物《きょうざつ》が入り込む余地は、そもそも存在しない……。

不思議なことに、今度の戦争がはじまってからというもの、ジョンソン中佐流の考え方が社会の中で強くなったようであった。おかげで〝フェアフィールド探偵事務所〟は開店休業、所長兼唯一の事務員であった私は、食えないから軍隊に志願したようなものだ。

つづいて皮肉の一つも飛んでくるかと身構えていた私にとって、ジョンソン中佐の口から次に発せられた言葉はまったくの予想外であった。

「きみに仕事を依頼したい」

「私に？　仕事を、ですか？」

「これから話すことは一切他言無用で願いたいのだが……」とジョンソン中佐は、私が頷くのを待って先をつづけた。

「先日、このスガモプリズン内で兵隊の一人が急死した。看守の統括に当たっていた軍曹《ジェイラー》だ。死因はシアン化物《サイアナイド》、つまり青酸系毒物による中毒死。状況からすると、彼は自殺、もしくは事故死した可能性が高い。彼がなぜ自殺、もしくは事故死しなければならなかったのか？　あるいはまた、毒物がどうやってこのプリズン内に持ち込まれたのかは、今のところまったく不明だ」

「その事件を私に調査しろと？」

「きみが？　プリズン内で起きた事件を調査？」ジョンソン中佐は一瞬驚いたような顔になり、すぐに首を振った。「いや、そうじゃない。われわれが期待しているのはキジマという囚人だよ」

「キジマ？」

「サトル・キジマ、元日本陸軍中尉だ」

「しかし……」私は混乱してたずねた。「その日本人の戦犯に、いったい何を期待しているのです？」

ジョンソン中佐は私の顔を覗《のぞ》き込み、灰色の眼の奥でなにごとか計算する様子であった。それから話題がいきなり妙な方向に飛んだ。

「ゲーリングが自殺したことを知っているかね？」

呆気《あっけ》にとられ、すぐには返事ができなかった。

ナチス・ドイツの指導者の一人、ヘルマン・ゲーリングのことを言っているのなら、そう、もちろん知っている。

ゲーリングは、ナチス・ドイツを裁くニュルンベルク国際軍事裁判で絞首刑を宣告され、処刑二時間前に獄中で謎の自殺を遂げた。確か服毒自殺だったと聞いている。「ゲーリング自殺」のニュースはたちまち世界中を駆け巡り、関係者に多大な興奮と、少なからぬ衝撃を与えていた。

だが、ナチス高官が自殺したことが、私や、ましてやキジマとかいう日本の囚人と、いったいなんの関係があるというのだ？

「きみには、あのゲーリングが自殺用の青酸カリを獄中にどうやって持ち込んだのかわかるかね？」ジョンソン中佐は、私の顔に目を据えたまま言葉をつづけた。「ナチス高官である彼が、獄中で服毒自殺を遂げることなど本来あってはならぬことだった。彼には何としても正義の裁きを受けさせなければならなかったのだ。実際、逮捕された後、ゲーリングは一日二十四時間、つねに、厳重に監視されていた。だが彼は、結局、自ら準備した青酸カリを獄中で仰いで、処刑二時間前にまんまと自殺してしまった。

ニュルンベルクで大騒ぎになったことは言うまでもない。彼がいったいどうやって厳重な監視の目をかいくぐって青酸カリを持ち込み、またどこに隠し持っていたのか？　再発防止のためにも、ゲーリングのとった方法が明らかにされなければならなかった。調査委員会がつくられ、何人もの専門家たちによって調査がつづけられていた……。いいかね、調査は依然として継続中だったのだ。

ところがキジマは、ゲーリングの写真をひと目見ただけで、彼が獄中に青酸カリを持ち込んだある可能性を指摘した。無論、看守からの報告を聞いた時点で、われわれは半信半疑だった。だが、一応可能性は可能性として、ニュルンベルクに伝えた方がいいと判断した。その結果、驚いたことに、むこうの調査委員会は、ゲーリングの自殺はキジマが指摘した方法以外には考えられないと結論したのだ」

私が言葉の意味をはかりかねていると、ジョンソン中佐は顔のわきで軽く手を振ってみせた。

「もちろん、偶然ということも考えられる。狂人がたまたま口にした意味のない言葉が、偶然真実を言い当てたという可能性もなくはない。だが、キジマはその後も、交替で彼の監視にあたる看守たちのごく個人的な情報を次々に暴き立てていて、いまではみんな気味悪がって彼に近づこうとしないほどなのだ」

どう反応していいのか戸惑った。物語中の名探偵でもあるまいし、写真をひと目見ただけで謎を解くなどという話を信じろと言う方がどうかしている。それともジョンソン中佐は私をからかっているのだろうか？

「キジマは現在、手錠、及び足錠をもって拘束されている」ジョンソン中佐はかまわず言葉をつづけた。「もちろんこれはあくまで一時的なものであって、連合軍が戦犯容疑者を扱う方法としては一般的なものではない。だが、われわれの側でも、そうせざるを得ない事情があったのだ」

「事情、というと……？」

「彼はこれまでに二度、脱獄騒ぎを起こしている。最初に勾留《こうりゅう》されたオーモリの捕虜収容所から一度。垂直な牢《ろう》の壁に背中をつけてヤモリのように天井まではい上がり、天窓を頭突き破ると、隠し持っていた細いロープを使って屋根伝いに逃走した。このときは幸い、たまたま非番の警備兵が外から帰ってきたところに出くわして、敷地内で捕まえられた。もう一度は、ここに来てからだ」

「このスガモプリズンから脱獄を試みた者がいたとは、初耳ですね」

「正確にはここからというわけじゃない」スガモプリズン副所長はかすかに顔をしかめて言った。「二週間ほど前のことだ。消灯後、見回りをしていた看守の一人がうめき声が聞こえるのに気がついた。調べてみると、キジマが独房の中で床の上に倒れ、口から血を吐いて苦しんでいた。苦しみようはただごとではなかった。そこでレントゲン写真を撮らせたところ、吐血の原因はすぐに判明した。キジマの腹部を撮ったレントゲン写真には、何本もの釘《くぎ》の影がはっきりと写っていたのだ」

「釘、ですか？」私は首をかしげた。「なんだってそんなものが彼の腹の中に入っていたのです？」

「彼は自分で釘を呑《の》み込んだのだ」ジョンソン中佐は小さく舌打ちをした。「スガモプリズンの収監者たちは、朝晩、自分たちの手で所内を掃除することになっている。どうやらキジマは廊下の拭《ふ》き掃除のさい、床の釘を指先で引き抜き、独房のタタミ・マットの中に押し込んで隠し溜《た》めていたらしい。そして彼は、あの晩、溜め込んだ折れ釘を一本一本自分で呑み込んだのだ」

私は何本もの錆《さ》びた折れ釘が自分ののどや食道、胃、その他の臓器を傷つけながら滑り落ちていくさまを想像した。

楽しい想像、とは言い難かった。

「プリズン内にも一通り病棟施設はあるのだが、そこではとても手に負えないというので、彼は近くの民間病院に運ばれ、釘を取り出すための開腹手術が行われた。ところがキジマは、麻酔から目覚めると、ただちに病院の窓を破って逃走したのだ。見張りの当番兵も、三階の病室ということで油断したらしい。目を離したわずかなすきに、キジマはカーテンをつなぎあわせて窓から逃げ出した。もっとも、最後の一階分はカーテンが足りずに飛び降りたので傷口からの出血がはげしくなり、少し離れた場所で動けなくなっているところを発見されたがね。……やれやれ、大きな騒ぎになるまえに彼を捕まえられたのは、幸運と言うべきだろう」

「まさか私に、そのキジマとかいう囚人を一日二十四時間監視しろというんじゃないでしょうね？」

「そんなことなら、われわれでとっくにやっているさ。キジマが病院からスガモプリズンにもどってきて以来、彼が入った未決用の独房には特別に交替で看守が張りついている。キジマの看護をかねた衛生兵たちだ。彼らにはドアの覗き穴から監視を怠らないよう、くれぐれも命じてある」

「では、私に何をしろと言うのです？」

「先日、キジマの独房から今度はロープが発見された」彼はいまいましげに言った。「キジマは看守たちの厳重な監視をかいくぐって、トイレットペーパーを細かく引き裂いてこより《ヽヽ》を作り、さらにそれをより合わせてロープに編みあげたらしい。実験してみたところ、手製のロープは、ひと一人がぶらさがるのに充分な強度を持っていた」

すばらしい。私は感心したが、声に出すのはさすがに憚《はばか》られた。

「これはいったいどういうことなのだ？」ジョンソン中佐はうんざりしたように言った。

「現在キジマは――脱獄はおろか――独房内のトイレに自力で行くのがやっとだ。そのうえ、彼の独房は一階《ヽヽ》にあるのだよ。キジマは手製のロープを使っていったいなにをするつもりなのだ？　あるいは、これがあの男でなければ、首を吊《つ》って自殺する気だったとも考えられよう。が、私にはキジマが自殺するとは考えられない。あの目は、なんとしても生き延びようとしている男のものだ。彼はなんとしても生きてここを出て行こうとしている。……だが、いったい彼はどこへ逃げようというのだね？」ぐるりと手のひらで辺りを指し示した。「日本はいまや、連合軍によって全土を完全に制圧されているのだ。逃げたとしても、隠れる場所なんぞどこにもないじゃないか？」

私は答えなかった。

脱獄を試みる者にとっては、どこに逃げるかは問題ではない。なにから逃げ出すかこそが重要なのだ。私にはそのことが分かる。なぜなら――

「記録によれば、きみはヨーロッパ戦線でイタリア軍の捕虜になった際、捕虜収容所からの脱走に成功している。しかも、二度もだ」ジョンソン中佐は、ふたたび手元の私のファイルに目を落とした。

「一度目の脱走は一九四二年、シチリアの収容所から。このときは田舎を逃げ回ったあげく、腹が減って姿を現したところで逮捕。二度目は四三年、今度はナポリの収容所から。このときはルーマニアの旅商人になりすまし、なんとか列車に乗ったところまではよかったが、国境の税関監視官に発見されて逆戻り。連れ戻されたあと、きみは、一度目は一週間、二度目は十日間、窓のない営倉に閉じ込められた」

私は無言で肩をすくめてみせた。記録としては、そう、間違ってはいない。

「世の中には二種類の人間がいる」ジョンソン中佐はファイルを閉じ、じっと私の顔を覗《のぞ》き込んで言った。「脱獄を試みる者と、試みない者だ。後者に属する私には、キジマが理解できない。私には、戦時中であろうが平時であろうが、脱獄などというものはおよそわりにあわない仕事としか思えないのだよ。地面に穴を掘り、塀を乗り越え、変装し、敵の備品を略奪し、その他ありとあらゆる命がけの危険を冒して、なんとか牢の外に出る……。だが、それで終わりじゃない。むしろ、そこからつねに追っ手に怯《おび》える生活がはじまる。しかもこの危険と不安には終わりというものがない。実際、脱獄者の多くは、最後には自分から進んで姿を現し、逮捕されることになる。それなのに、なぜ脱獄を試みる者があとをたたないのか？　私にはとうてい理解できない。だが、きみにはそれができる。違うかね？」

――そういうことか。

私は、遅ればせながら、ようやくジョンソン中佐の意図に気づいて苦笑した。要するに〝狂人の面倒は狂人に見させるにしくはない〟、彼はそう考えているのだ。

「いいでしょう。私にはキジマの気持ちが、あなたよりはいくらかわかるかもしれない」

私は言った。「それであなたは、私に何を期待しているのです？　脱走癖のあるそのキジマという囚人に関して、私は具体的に何をすればよいのです？」

「後でファイルを読んでもらえればわかるが、キジマは記憶を失っている」ジョンソン中佐は上体を引き、椅子の背にもたれながら言った。「いや、詐病ではない。信頼のおける軍医たちが、何度も彼を慎重に検査をして、そう結論を下したのだ。どうやらキジマの頭からは現在、本当に、今度の戦争中の五年間の記憶がすっぽり抜け落ちているらしい。キジマは、失われた記憶を取り戻すことを強く望んでいる」

続きを待った。

「そこでわれわれは、キジマに次のことを提案したのだ。彼はプリズン内で起きた不可解な事件を推理する。その代わりにわれわれは、キジマが記憶を取り戻すための調査を手伝う。その間、彼はいかなる脱獄も試みない。……つまりミスタ・フェアフィールド、きみにはしばらくの間、身動きできないキジマの担当官を――はっきり言えば、キジマの相棒役《パートナー》をつとめてもらいたいのだ」

私はぽかんとして目を瞬《しばたた》かせた。間の抜けた顔をしているのが自分でもわかった。

「本気で言っているのですか？」

「言葉のことなら心配しなくてもいい」

　ジョンソン中佐はそう言うと、話はすでに済んだといった様子で、残りのファイルを引き出しにしまいこんだ。

「キジマは日本人には珍しく、英語を流暢《りゆうちよう》に話す。通訳を介さずともコミュニケーションは可能だ」

「私が言うのはそんなことではなく……」

「いいかねきみ、このままでは裁判に差し支えるのだよ」彼はふいに語調を変え、厳しい表情でぴしりと言った。机の上のほこりを手で払うと、きれいになった天板に肘《ひじ》をつき、両手を組み合わせて、冷ややかな調子でつづけた。

「われわれは現在、キジマの裁判手続きを停止させている。考えてもみたまえ、自分が何をしたか覚えていようがいまいが、キジマがやった事実にはなんら変わりはないはずだ。彼はその行為に対して責任を取らねばならない。だが、ナチス・ドイツを裁くニュルンベルク同様、日本の戦争犯罪人を裁くトーキョー裁判は、現在世界中の注目を集めている。われわれは正当な手続き《デュー・プロセス》において、戦争犯罪人を裁かなければならないのだ。無論、裁判になれば、キジマにも日米合同の弁護士団がつくことになるだろう。もしこのままキジマの裁判がはじまればどうなる？　彼が戦争中の記憶を失ったまま裁判に臨めば、あのヘボ弁護士どもが何を言い出すか知れたものではない。連中は、現在の記憶喪失を理由にキジマの免責を申し立てる可能性すらあるのだ。

そんなことを断じて許してはならない。戦争犯罪人は、いかなることがあろうとも、厳重厳正な処罰が必要なのだ。さもなければ、近い将来、この国の国民はまた愚かな戦争をくり返すにきまっている。キジマを馬鹿げた例外としないためにも、われわれは彼の脱走を阻止し、同時に彼に記憶を取り戻させなければならない。なんとしてもだ！」

と最後は強い口調で言い切ったジョンソン中佐は、もはや不機嫌な様子を隠そうとはしなかった。

「もしきみがどうしてもいやだというのなら、われわれはこの件を別の人間に命じることになる。もっともその場合は、せっかくの判事殿からの依頼に対しても、残念ながら、否定的な回答をせざるをえないがね」

依頼を引き受けるか、それとも手ぶらで引き下がるか？　これが取り引きの条件というわけだ。

仕方がない、私は肩をすくめた。

「要するに、私がプリズン内で行方不明者の調査をつづけるあいだ、キジマとかいう囚人の話し相手になってやりさえすればいいのですね？」

ジョンソン中佐は軽く頷《うなず》くと、あらかじめ用意されていた書類にサインをしてよこした。

「これがプリズン内での調査許可証、それに仕事の委任状だ」

私は書類の内容を確認し、一緒に差し出されたキジマに関する分厚いファイルを小脇に抱え直した。

回れ右をして部屋を出て行く前に、いちおう訊《き》くだけ訊いてみた。

「キジマという囚人は、いったい何の容疑で収監されているのです？」

「彼は戦時中、捕虜収容所所長として多くの戦争捕虜を虐待し、そのうち幾人かを死に至らしめた」ジョンソン中佐はいまいましげに眉《まゆ》をひそめ、吐き捨てるように言った。

「ファイルを読めばわかるが、およそ血も涙もないサディストだよ」

2

キジマは、他の囚人たちとは別に、病棟一階にある〝特別独房〟に収容されていた。

ドアについた覗き穴から中を窺《うかが》うと、痩《や》せて頬の削《そ》げた一人の男がベッドの上に仰向けに横たわっているのが見えた。男は白いシーツを肩の辺りまで引き上げ、頭にも白く包帯を巻いている。

男はさっきから身動き一つしない。

眠っているのではなかった。

その証拠に、彼の目はぽっかりと大きく見開かれ、黒い瞳《ひとみ》が天井の一点を見据えている。

男の視線は、さっきから少しも動かなかった。日本人にしては彫《ほ》りの深い、目鼻立ちのはっきりとした、いささか整い過ぎた感じがするその顔は、土気色をした死人のような肌の色のせいか、造りものめいたひどく冷たい感じを受ける……。

私は、当番の看守係の若者を振り返り、ドアを開けてくれるよう頼んだ。

「キジマ、ドアを開けるぞ！」

看守の呼びかけにも、中の男が反応を示す気配はなかった。

看守係の若者は、鍵《かぎ》をがちゃつかせて独房のドアを開け、私を中に入れると、慌てた様子ですぐにドアを閉じ、ご丁寧に鍵までかけた。それはまるで——囚人の逃亡を阻止するためというよりは——独房の中に潜む〝目に見えぬ何か〟を恐れての行為のように思われた。

背後でドアが閉まると、独房の中は急に静かになった。

昼間だというのに天井からぶら下がった電球が灯《とも》され、シェードなしのその光は白い壁に反射してまぶしいほどだ。

キジマは相変わらず無言のまま、そして表情のない顔を天井に向けたままであった。

歓迎の抱擁やキスは、期待しても無駄のようだ。

私はベッドのわきに歩み寄り、折り畳み式の椅子を開いて腰を下ろした。それから勝手にタバコを取り出し、火をつけて、独房の中を見回した。

部屋は幅約二メートル、奥行き約三メートル。日本の伝統的な敷物であるタタミ・マットを二枚敷き詰め、その上にベッドを置いてある。奥は板の間になっていた。たしか壁には頑丈な鉄格子つきの小さな窓が一つあるはずだが、いまは分厚いカーテンが引かれ、外の様子を見ることはできなかった。窓際の左隅に腰の高さほどの作り付けの整理棚、窓の下の壁に机を兼ねている蓋《ふた》付き洗面台と、あとは右隅の壁際に椅子兼便座が見える。

部屋の左側の壁の隅に、雑誌から切り抜いたらしい一葉の写真が貼ってあった。ニュルンベルク法廷で証言するヘルマン・ゲーリング。生前最後の姿となった有名な写真である。

不意に耳元で、しゃがれた低い声が聞こえた。

「……ポマードの瓶だ」

はっとして振り返ると、壁ぎわに置かれたベッドの上でキジマが首だけを動かし、相変わらず大きく見開かれた目で、私をじっと見ていた。

「あんたが、いま知りたいと思っていたことの答えだよ」

キジマはそう言って、にやりと笑った。

私は一瞬幽霊に会ったときのようにぞっと寒気を覚えた。言葉の意味が頭に到達したのは、その後だ。

なるほど私はいま〝ゲーリングがどうやって獄中に青酸カリを持ち込んだのか、ジョンソン中佐から答えを聞くのを忘れていたな〟とぼんやり考えていた。ポマードの瓶？　それが答えだというのか？　だが、それならキジマは私の心の中をどうやって知ったのだ？

キジマは、大きく見開いた目をじっと私に向けて呟《つぶや》いた。

「ふん、ニュージーランドか……。遠いところご苦労なことだ。ま、せいぜいよろしく頼むぜ」

私はぽかんと口を開け、唇にはさんだタバコを危うく床に取り落とすところであった。

「なぜ私がニュージーランド人だと分かった?」私は我に返って言った。「第一〝よろしく〟もなにも、お互いまだ自己紹介も済ませていないはずだと思ったがね」

「だが、あんたは自分のことを喚《わめ》きながらこの独房に入ってきたんだぜ」

「自分のことを喚きながら?」

「自分の所属を隠したかったんだったら、せめて袖《そで》の縫い取りくらいは外して来るんだったな。それを見りゃ、あんたが南半球の国から来たことくらい、子供にだってわかる話だ」

とっさにコートの袖に手をやると、指先に〝南十字星〟の縫い取りが触れた。

オーバーコートは軍に勤務していたころ支給されたものだ。そう言えば、南半球の人間が太陽や月と同じく夜毎空に見ている南十字星は、北半球に位置する日本からは決して見ることのできない星座の一つであった。

「じつをいえば、あんたがしゃべるのを聞いたとき、最初はイギリス人だと思った」キジマは薄い唇の端をねじ曲げるようにして笑い、しゃがれた、囁《ささや》くような声で言った。「ところが、そこへその南十字星だ。同じ南半球の国でも、オーストラリアの連中の英語はもっとはっきりした特徴がある」

「しゃべるのを聞いた、だと?」私は眉をひそめた。「私はこの部屋に入って、まだ一言もしゃべっていなかったはずだ」

「部屋に入ってからは、な」キジマはそっけなく答えた。「聞かれたくないのなら、ドアの外で看守としゃべるときは、もっと小さな声にすることだ」

もはや、無言で両手をあげることしかできなかった。〝ゲームは自分が望んだときから始まるとは限らない〟……そういうことらしい。

「あんたはさっき、その椅子に座って独房の中を見回していた」

キジマが、もう一つの私の疑問に答えるように口を開いた。

「最初、あんたの視線の動きは一様だった。ところが部屋の隅の壁で、その動きがぴたりと止まった。と同時に俺は、あんたの眉間《みけん》にかすかにしわが寄ったことに気づいた。

俺はあんたが何のためにここに現れたのか考えた。この〝特別独房〟に部外者がなんの用もなく入ってこられるはずはない。一方で、先日俺は、スガモプリズンの管理者であるジョンソン中佐と取り引きをしたばかりだ。彼は『近々、相棒となる担当者を寄越す』と約束した。とすれば、あんたがジョンソン中佐の言う〝相棒〟と考えて間違いないだろう。とすれば、あんたがあの話を聞かされた可能性は高い。だが同時に、あの手の職業軍人は、他人に半分しか情報を明かさないことに無上の喜びを感じるものだ。中佐が、あんたに全部を話したとは考えづらい……。

とすれば、あとは簡単な算術のようなものだ。俺はあんたが目を留めた場所にゲーリングの写真が貼ってあることを知っていた。謎を解くべく俺の相棒に選ばれたあんたが、すでに解かれたはずのゲーリングの謎を前にして何を考えるか？　1プラス1。あんたが何を考えているかは、手に取るように明らかだったよ」

「要するに……世界を悩ませた謎の答えが〝ポマードの瓶〟だったというわけか？」

「おそらくゲーリングは、逮捕される以前に青酸カリを用意していたんだろう。そして、整髪用と称して、特別注文の高級ポマードを瓶ごと獄中に持ち込むことに成功した。奴は瓶の中に青酸カリ入りのカプセルを忍ばせていた……。それだけの話だ。大した謎じゃないさ」

　私は少し考えて、キジマにたずねた。

「きみは今度の戦争中の記憶を失っていると聞いた。本当なのか？」

「単刀直入。よい質問だが……その質問は意味がないな」

　キジマはにやりと笑って答えた。

「俺の言葉を信じるかどうかは、あんたの側の問題だ。結局のところ、他人の記憶を覗《のぞ》くことなど誰にもできはしないのだから」

　なるほど、私は頷《うなず》いて立ち上がった。短くなったタバコを便器にほうり込み、振り返って言った。

「それじゃ、質問を変えよう。きみが本当に記憶を失っているのなら、なぜゲーリングの自殺の方法を知り得たのだ？」

「王様は裸だ」

「なに？」

「あんたは、子供の目がときとして大人の知り得ない真実を見抜くことがあるのはなぜだと思う?」

キジマはゆっくりとした口調でつづけた。

「同じものを見ても子供にはものとものとの関係性が見えない。大人にとっては至極当たり前の関係性というやつが、子供には分からないんだ。だから、子供にはときとして大人に見えないものが見えることがある。

俺も同じことだよ。五年間の記憶を失った俺にとっては、目に見えるものはなに一つ当たり前ということがない。俺は、あんたたちが当たり前だと思うものとものの関係性を懸命に考えなくちゃならないんだ。だから、ときとして、あんたたちが見えないものが見えることがある……。例えばあの写真がそうだ」

キジマはゲーリングの写真を貼った壁にむかって軽く顎《あご》をしゃくってみせた。

「あんたはなぜおかしいと思わない? あの写真の中でゲーリングが、被告の立場だというのに、まるで映画スターかなにかのようにめかし込んでいることを。奴が身につけている軍服は、どう見ても、監獄で支給されたお仕着せなんかじゃなく、体に合わせてわざわざ作らせたもののようだ。胸ポケットから覗いている絹のハンカチは、まるで香水でも染み込ませていそうじゃないか。……そう、多分あんたたちは、あの写真がナチス・ドイツを裁く〝世紀の裁判〟ということでなんの不思議も感じないんだろう。〝世紀の裁判の登場人物はみすぼらしくあってはならない〟、それが大人の常識だ。

　だが、記憶を失い、ニュルンベルク裁判の意味を知らない俺には、あの写真は不自然な感じがして仕方がなかった。なぜ牢獄《ろうごく》から真っすぐに裁判所に引き出されたゲーリングが、ポマードをつけてめかしこんでいられるのだ？　もしかするとニュルンベルクの囚人たちは、獄中に普段の生活に必要な身のまわりの品を持ち込むことまで許されているんじゃないか？　とすれば、誰かが自決用の毒薬をカプセルに入れてポマードの瓶の底に隠していたとしたら、検査係はあのねちゃねちゃとした不透明なポマードの瓶の中身をすべて確認できなかったとしても不思議じゃない。

　もちろん、こんなものはただの子供の思いつきにすぎない。だがそれも、あんたたちがよってたかって他の方法では獄中に毒薬を持ち込めなかったことを明らかにしたあとなら

――つまり他の可能性がすべて間違いだと判明したあとなら――それがいくらありそうにないことだとしても、残ったものが真実ということになる」

　低く、囁くような声でそう語るあいだ、キジマの目は天井に向けて大きく見開かれたままであった。

「それで、きみは何が望みなんだ？」私は新しいタバコに火をつけ、キジマに尋ねた。

「記憶だ」

　キジマは反射的に応《こた》えた。

「俺は身に覚えのない罪で逮捕された。俺は、記憶を失っていた五年の間にいったい何をしたのだ？　俺は何者だったのだ？」

私は吐き出した煙とともに、持って来たファイルをキジマに指し示した。

「ここに関係者の証言がある。これが、戦争中にきみがしでかしたことのすべてだ。なんなら自分で読むがいい」

キジマはまたぐるりと首だけ回して、私を見た。

「……読んだよ。戦争中、俺がなにをしたのか、聞かされもした」

「だったら、それがきみの事実だ。もしきみが失った記憶を取り戻したとしても、それ以上のことは出てこないさ」

「俺は……俺にとっての事実を知りたいのだ」

キジマの土気色の顔が一瞬苦痛を覚えたように歪《ゆが》み、口調にはじめて人間らしい戸惑いが感じられた。

「俺は戦争中、捕虜収容所所長として捕虜を残酷に扱い、何人かを死に至らしめたのだという。だが、俺はなぜそんなことをした？　俺はその理由を知りたい。この俺の中には、自分自身にも思いもよらないサディストが潜んでいたというのか？　それとも、もともと俺は俺自身知らない人間だったのか？　記憶を失っていた五年間に、俺は見知らぬ化け物に変わったというのか？　考えるたびに俺は混乱する。そのたびに〝俺〟の境界はずるずると溶けはじめ、俺だと思っていた俺は俺でなくなってしまうのだ。このまま――理由を知らないままでは、俺はこの世に生きたとさえ言えない。このままでは死ぬわけにはいかないのだ」

「だからきみは何度も無謀な脱走を試み、今度は今度でジョンソン中佐とのわりに合わない取り引きに応じた……そういうわけか？」

キジマは無言のまま、かすかに顎をひいた。

「事件について、どこまで知っている？」私は語調を変えてキジマに尋ねた。「私がきみの記憶を取り戻す手伝いをする代わりに、推理するよう頼まれた事件のことだが？」

「このスガモプリズン内で一人の看守が死んだ。彼の死にはいくつか不可解な点がある。……いまのところ、それだけだ」

私は紙挟みの中から事件に関するファイルを抜き出し、キジマの顔の前でひらひらと振って見せた。

「自分で読むかい？　それとも私が説明しようか？」

「そうだな。まずはあんたの口から概要を聞かせてもらおうか」

キジマはそう言うと顔を天井に向け、ようやく半分ほど目を閉じた。

「事件が起きたのはいまから三日前のことだ」

私は、さっき読んだばかりのファイルの内容を思い出して口を開いた。

「看守を統括していたミラー軍曹が、自分の部屋の床に倒れているところを朝になって発見された。外傷はなかったので、最初は心臓の病気かと思われたが、病歴がないことから一応解剖に回された。その結果、青酸系の毒物による中毒死だということが判明したのだ。

死亡推定時刻は夜中の二時頃。発見されたとき、すでに死後数時間が経っていた計算になる」

「不可解な点、というのは？」キジマが半分開いた目を天井に向けたまま、低い声でたずねた。

「理由と、方法だ」

私は簡潔に答えた。

「部屋から遺書は見つからなかった。自殺だとすれば、ミラー軍曹がなぜ自殺しなければならなかったのか、その理由が分からない。一方、もし事故死だとすれば、なにに毒物が混入していたのか？　青酸系の毒物などというものが、いったいどうして厳しい監視の目をかいくぐってプリズンの中にもちこまれたのか……」

「中じゃない」

「なに？」

「あんたはいま、〝ミラー軍曹は自分の部屋の床に倒れていた〟と言った。とすれば、彼は例のカマボコ形兵舎《クォンセット》で死んでいたことになる」

「そうだが……どういうことだ？」

「錯覚だよ」

キジマは低く笑った。

「このスガモプリズンは二重の塀で囲まれている。あんたたち外の人間には、正面からこっち側、高い鉄条網に囲まれた敷地はすべてスガモプリズンに思えるのだろうが、俺たち囚人にとっては、監房棟を取り囲む煉瓦塀《れんがべい》の内側だけが本当の意味での〝中〟なんだ。看守たちの部屋がある兵舎や本館管理棟は、鉄条網と煉瓦塀のあいだ、外の人間には〝中〟、囚人にとっては〝外〟という、いわばグレー・ゾーンというわけだ」

私は眉《まゆ》をひそめ、キジマが指摘する意味をなんとか理解した。

私自身そうだったが、プリズン内に入る場合は、本館から監房棟につうじるゲートにおいて徹底的な手荷物検査がおこなわれる。しかし、正面からゲートまでは、さほど厳しい検査があるわけではない。

「兵舎内に毒物をもちこむこと自体は困難ではなかった……そういうことか？」

キジマは、ふん、と一つ鼻を鳴らしただけで、すぐにまた別のことをたずねた。

「なぜ自殺か事故死と判断したんだ？　遺書のない毒死死体が転がっていれば、ふつうは誰かに毒物を盛られた、つまり何者かに毒殺された可能性を疑う必要があるんじゃないのか？」

「死体が発見されたとき、部屋のドアには内側から鍵《かぎ》がかかっていた」私はファイルを見て答えた。「手で操作するボルト錠だ。兵舎には窓もついているが、ここと同じ頑丈な鉄格子がついていてごく薄くしか開かない。実際、死体を発見した者たちが部屋に入るためには、ドアを破る必要があった。つまり、何者かがミラー軍曹を毒殺したのなら、部屋から立ち去ることは不可能だったはずだ。また、解剖所見によれば、ミラー軍曹の胃の中は空だった。つまり、何者かが毒を仕込んだ食べ物を、あとで被害者が食べて死んだわけでもない」

キジマは、今度はなんの反応も示さなかった。相変わらず半眼で天井を見上げていたが、何を考えているのかは想像もつかなかった。

「これが被害者の顔写真……こっちが発見当時の現場の写真だ」

私が添付写真を取り出すと、キジマはようやく首を振り向けた。

不意に彼の目がまた大きく見開かれ、それまでしわ一つなかった白いシーツが蠢《うごめ》いたかと思うと、手錠でつながれた彼の細い腕が蛇のように突き出された。

キジマは私の手から二枚の写真を奪い取り、顔の前にもっていって、じっと眺めた。

写真で見るかぎり、死んだミラー軍曹は、面長で顎《あご》の線の細い、きつい目付きをした、いかにも神経質そうな男である。

「知っている顔か？」

「いや、見たこともない」キジマはにやりと笑い、写真をベッドの上に投げ出した。「そんなことより、この男は死ぬ直前になにか本を読んでいたらしいな。記録にはなんと書いてある？」

「ミラーが、死ぬ直前に本を？」

私はあらためて現場写真を取り上げた。なるほど、さっきは気づかなかったが、よく見れば、うつ伏せに倒れた被害者の体に半分隠れるようにして、黒く本らしきものの影が写っている。私はファイルを繰り、すぐに該当箇所を見つけだした。

「ここには、ただ〝本《ブック》〟と書いてあるだけだが……」顔をあげてたずねた。「聖書じゃないのか？　死を前にして読むものといえば、聖書くらいしか考えられない」

「正確なところを調べてくれ」キジマは、いいかげんな私の推理を遮り、はっきりとした命令口調で言った。「できれば実物を見たい」

「この本が、事件となにか関係があるというのか？」

「さあ、どうかな？　もしかすると……」キジマははじめて曖昧《あいまい》に言葉を濁した。それきり、口元に薄笑いを浮かべてじっと天井を見つめている。

「いったいそんなことがあるだろうか……まさか……偶然か？　もし偶然だとすれば、この世になぜそんな偶然が起こりうるのだ……？」

　独り言のように口の中でぶつぶつと呟《つぶや》くキジマは、急に正気をなくしてしまったように見えた。となれば、これ以上長居をしても仕方がない。私は引き上げることにして、椅子から立ち上がった。

　ドアに向かったところで、背後から声をかけられた。

「……あんたは、なぜ自分が俺の相棒に指名されたか分かっているのか？」

　振り返ると、キジマが哀れむような眼で私を見ていた。

「このスガモプリズンを管轄しているアメリカ第八軍の連中は、記憶を失った戦犯というやっかいなお荷物——つまり俺を、部外者のニュージーランド人であるあんたに押しつけた。連中は、あんたが任務に成功すれば自分たちの手柄にし、失敗すればあんたに責任を押しつけるだろう。……やれやれ気の毒に、あんたはどっちにしても外れのクジを引かされたんだよ」

「お気遣いは感謝するがね」私はタバコをくわえた側の顔を半分だけしかめた。「そういうきみこそ分かっているのか？　きみはさっき〝記憶を取り戻さなければ生きているとは言えない〟というようなことを言っていたが、記憶が戻れば、きみはただちに裁判にかけられる。捕虜虐待容疑だ、おそらく死刑判決は免れないだろう。〝どっちにしても外れのクジ〟という言葉は、そっくりそのまま返させてもらうよ」

キジマはなぜか、まるでよくできたジョークを聞いたときのように低く笑い出した。

「なにがおかしい？」

いや、とゆっくりと首を振ったキジマは、懸命に笑いをこらえる様子で逆にたずねた。

「絶対に外れない予言を知っているかい？」

黙っていると、彼はなおくつくつと笑いながら、私の眼をまっすぐに見つめてなぞなぞの答えを口にした。

「人は必ず死ぬということだ」

3

監房棟から本館に戻ってこようとしたところ、ゲートの手前で止められた。

「すみません。ちょっと待っていてもらえますか」若い看守の一人が自分の肩越しに親指を突き立てて言った。「これから受け入れ作業をはじめるところでしてね。そのあいだは何人《なんぴと》といえどもゲートを通すわけにはいかないのです」

目をやると、本館と監房棟をむすぶ通路――ゲートの向こう側――に、十人ほどの小柄な日本の男たちが一列に並ばされていた。

「受け入れ作業？」看守に視線を戻してたずねた。

「今日、新たに逮捕されてきた戦犯容疑者たちです。新参の囚人をプリズンに受け入れるためには一連の手続きが必要でしてね。じきに終わると思いますので、それまでお待ちください」

「他に出入り口はないのか？」念のために訊《き》いてみた。

「そんなものありませんよ」看守は肩をすくめた。「このゲートが監房棟への唯一の出入り口です。第一、他からいろいろと出入りできるようじゃ、プリズンとしてどうかと思いますがね」

「それもそうだな」

と私たちが会話を交わすあいだにも、通路では〝受け入れ作業〟が始まったようすであった。しばらくは眺めているよりほかにすることもない。

作業は、およそ次のような手順で行われた。

ゲートの向こう側に一列に並ばされた男たちは、まず先頭の者から一人ずつ、周囲を取り囲むアメリカ兵たちの手荒い手伝いを受けて、素っ裸にされた。それから写真と指紋を取られ、頭の上からDDTの白い粉をたっぷり振りかけられる。白い粉に目をまわしたり、むせたりしていると、周囲を取り囲んだ大柄なアメリカ人の看守たちが手を叩《たた》き、大声で彼を急《せ》き立てた。

「ゴー、ゴー！」

「ハリアップ！　ゴー！」

素っ裸のまま追い立てられるようにしてゲートに進むと、そこで徹底的な身体検査が行われる。何人もの看守たちが見守るなか、両手を挙げたままぐるりとその場で回らされたり、口の中をペンライトで覗《のぞ》かれるのはともかく、ゴム手袋をした当番看守が尻《しり》の穴まで確認するという念の入れ方だ。それが済むと、彼は〝こちら側〟で用意された番号付きの囚人服を与えられる。

それでようやく一人、新たな囚人のできあがりだった。

「ネクスト！」

看守の掛け声とともに、二人目の作業が開始される……。

見ている私にとってもっとも奇妙に思われたことは、日本の男たちがみな、並んで順番を待つあいだも、また〝受け入れ作業〟のあいだも、終始一貫して無言であったことだ。誰ひとり文句を言う者はなく、あるいは互いに眼を合わすことさえしない。みんなのっぺりとした黄色い顔に表情ひとつ浮かべることなく、与えられた儀式を粛々とこなしていく……。彼らが己の運命を呪っているのか、諦《あきら》めているのか、それとも戸惑っているだけなのか、いくら目をこらしても私にはうかがい知ることができなかった。

ふと、隣に立って眺めていた看守の一人が独り言のように呟いた。

「ちぇっ、どいつもこいつも間抜け面しやがって……」

横を見ると、大柄なアメリカ人看守の一人が作業に目を据えたまま、腕を組み、苦々しげに顔をしかめていた。がっしりとした体格の、顎先がきれいに二つに割れたボクサーのような顔付きの若者だ。小柄な日本の囚人たちに比べれば、たっぷり頭ひとつ分は大きいだろう。

「あんな連中相手に、本当にあそこまで検査をする必要があるのかね？」彼はいまいましげに続けた。「最近、上のやつらは神経質すぎるんだ。おかげで現場の俺たちはえらい迷惑だぜ」

私はタバコに火をつけて言った。「ま、おえらいさん方は自分で囚人たちのケツを覗くわけじゃないからな」

大男は私を振り向き、にやりと笑うと、ガムを噛《か》みながら手を差し出した。

「グレイだ」

「フェアフィールド」

私はできるだけ愛想《あいそ》よく——ただし手は差し出さずに答えた。ガムを噛むことと相手かまわずすぐに握手をしたがるのは、アメリカ人がこの地上にもたらした二大悪癖だ。

「見かけない顔だな」グレイは手をひっこめながら、機嫌を損ねたようすで言った。「イギリス人か？」

「いや、ニュージーランド」私はタバコをくわえたままそう言うと、さっきから気になっていたことを尋ねた。「ところで、後から到着したむこうの連中も新着の囚人なのか？」

旧日本軍の軍服姿の者、日本の伝統的なキモノをまとった者、あるいは背広を羽織っている者もいるが、いずれも現在〝受け入れ作業中〟の新入りに比べると、明らかに身なりがいい。

「いいや、あいつらは新顔じゃない。裁判所から戻ってきた連中だよ」

「裁判所から？」私は首をかしげた。「そういえば、あの一角だけずいぶん年齢層が高いようだな。いったい何者なんだ？」

グレイは気のない様子で一人一人を指さして言った。

「ヒロタ、ムトウ、ドイハラ、キムラ、イタガキ、マツイ……それから、あれがトージョー」

ほう、私は小さく呟いた。とすれば、ゲート前で順番待ちをしている老人たちこそは、この間までこの国を率いて戦争をしていた大臣や軍の指導者たちである。

見ていると、アメリカ人の看守たちは〝かつての日本の指導者たち〟を取り囲み、寄ってたかって彼らからネクタイやベルト、それに靴紐《くつひも》といったものを取り上げはじめた。老人たちはたちまち全員が、足を引きずった、あるいは着物の前をはだけた、いささかみすぼらしい恰好《かっこう》へと変わっていく。

「いったい……何をしている？」

「自殺防止のためなのです」横手から別の声が答えた。「裁判所に出廷させるのに、さすがにあの恰好ではまずいですからね。ただしプリズン内では、ベルトや靴紐はおろか、日本の下着であるフンドシの紐はもちろん、パンツのゴムの使用も禁止されています」

すらすらと答えたのは、正規のアメリカの軍の軍服を着てはいるが、しかしどう見ても日本人の顔をした小柄な若者であった。

「ケン・ニシノ。日系二世です。ここで通訳として働いています」

「自殺防止？」私は眉をひそめて訊いた。

「ゲーリングの一件以来、上の方がいささか神経質になっているのです。プリズン内では、紐だけでなく、尖《とが》ったものは一切禁止。刃物類はもちろん、食事のさいの食器も――このあいだまでは陶器製のものを使わせていたのですが――破片で自殺を試みられては困るというのでアルミ製品にかえられました。日本のハシも危険なので、いまではスプーンしか使わせていません。もし囚人が手紙を書きたい場合は、万年筆は危険なので、芯《しん》のまるくなったごく短い鉛筆を渡しています。万が一、危険なものが外から過《あやま》って持ち込まれないよう、ゲートを通過するさいは、かならず厳重な身体検査を受けることになっています」

ニシノはゲートを指さした。

老人たちが素っ裸にされて、尻の穴を覗かれているところであった。

「もちろん、検査に例外はありません」ニシノは肩をすくめてみせた。

「ちっ、死にたい奴は勝手に死なしてやればいいじゃねえか」グレイがうんざりしたように言った。「いちいち検査する俺たちの身になってみろっていうんだ……。ちくしょう、なんでさっさと吊《つ》るしちまわないんだ？　裁判なんかしなくたって、あの連中はどうせ死ぬことなんてなんとも思ってないんだろう？」

「彼らはサムライだからね」ニシノが頷《うなず》いて言った。「裁判よりはタマシイだよ」

日本人は裁判で恥辱を味わうよりは死を選ぶという意味なのだろうが、私には理解できなかった。

「それで、ニュージーランド人のあなたがここでなにをしているんです？」ニシノが私を振り返って尋ねた。

「ここで待っているように言われたんだ」私は顎《あご》をしゃくってみせた。「あのゲートが監房棟と本館を結ぶ唯一の出入り口なのだろう？　仕方がないから、こうして囚人の受け入れ作業とやらが終わるのを待っているというわけだ」

「囚人の受け入れ作業中は、人の動きがありますからね」ニシノは頷いて言った。「脱走、その他の混乱を防ぐために規則でそう決まっているんです」

「ところで、死んだミラー軍曹について知っていることを聞かせてくれないか？」

私はそれとなく二人にたずねてみた。

「ミラー軍曹の？」

「……事件？」

「彼の事件について調べている。えー、ジョンソン中佐の依頼だ」

二人の若者は、はっとしたように顔を見合わせた。

「それじゃあ、ミラー軍曹はやっぱり自殺じゃなかったんですか？」

「やっぱり、と言うからには何か心当たりがあるのか？」

「そういうわけでもありませんが……」ニシノは口ごもった。

「俺は、あの野郎が誰かに殺されたんだとしても、すこしも驚かないね」グレイがふんとひとつ鼻を鳴らし、胸を張るようにして言った。「なにしろあの野郎ときたら、くだらないことにまでやたらと細かくて、口うるさいし、ことあるごとに『規則、規則』とかさにかかって威張りちらす奴だったからな。野郎が当番のときは、ここの囚人たちもみんなぴりぴりしているみたいだった。いくら囚人たちだって、使い終わったバケツを並べる順番が間違っていただけで尻を蹴飛《けと》ばされたり、一から掃除のやり直しを命じられたんじゃ気の毒なくらいなものさ。正直な話、いなくなってせいせいしたくらいだ」

へえ、とニシノがからかうように口を挟んだ。「きみがここの囚人たちのことをそんなに慮《おもんぱか》っていたとは知らなかったな」

グレイはちょっと嫌な顔をした。

「なにしろミラーは、ちょっとした規則違反をわざわざ探し出しては、ほくそ笑んでいるような嫌な野郎だったってことだよ。すぐ上に密告しやがるし……」

「報告」

「なに？」

「規則違反を上にあげるのは、一般的には密告じゃなく報告というのだと思うよ」ニシノはそう言って、私に向き直った。

「ぼくはやっぱり自殺だと思いますね。先日もミラー軍曹はぼくに『日本人はにっこり笑って〝イエス〟というくせに、あとで確認するとなにも理解しちゃいない。連中は一見ジェントルだが、なにを考えているのかさっぱりわからない』と言って、ぼやいていましたから。彼は看守の取りまとめ役として、囚人たちの扱いにひどく悩んでいるようすでした。それに、プライベートでもトラブルも抱えているようでしたし……」

「個人的《プライベート》なトラブル？」私は興味を覚えて顔をあげた。

ニシノは困ったように顔をしかめた。グレイが嘲《あざけ》るような口調で言った。

「知りたきゃ自分で〝お嬢ちゃん〟に訊《き》いてみるんだな」

「ヤング看護兵のことです」ニシノが肩をすくめた。「〝お嬢ちゃん〟というのは、看守うちでの彼のあだ名でしてね」

「そのヤング看護兵とやらには、どこに行けば会えるんだ？」

「さあ？　病棟前の歩哨《ほしょう》にでも立っているんじゃないですか」

「いや、違うな」とグレイが軍支給の腕時計にちらりと目をやった。「この時間は未決監房の見張り当番のはずだ。あの頭のおかしな特別独房の囚人、なんて言ったっけ？　キュジュモ？　キジマ？」

——やれやれ。

私はタバコをくわえ直し、さっき出て来たばかりのキジマの特別独房を思い出した。なるほど、鉄製のドアの脇に監視当番の若者が立っていた。それどころか私は、ドアを開けてもらう前に、中の様子をたずねて彼と二言三言会話を交わしさえしたのだ。色白の、目の大きな、少年のような印象の若者だった。後でもう一度会って、話を聞かせてもらうとしよう……。

なにごとも、いちどきに要領よくとはいかないものだ。


その時、背後の監房棟が急ににぎやかになった。

各監房棟の通路に看守たちの声がこだまし、重い鉄扉があちこちで開かれる音がする。

なにごとが起きたのかと、私ははっと緊張した。

「おや、もうこんな時間か……」ニシノが時計に目をやり、小さく呟《つぶや》いた。

「時間？」

「昼メシの時間だよ」グレイがあくびをしながら教えてくれた。

グレイとニシノは、昼食の間、囚人たちの監視をしなければならないという。新規囚人の受け入れ作業は——裁判所から戻った者たちと重なったこともあり——もう少し時間がかかりそうなので、私は二人についていくことにした。

二人が監視当番にあたっているのは、四棟三階の雑居房棟であった。

当番看守がそれぞれの扉を開けてまわると、両側に監房がならぶ各棟の長い廊下に、日本の囚人たちがぞろぞろと姿を現した。二十人……いや、三十人近くはいるだろうか？　彼らはみな、アメリカ人の看守たちとの体格差は明らかで、まるで小人のように見える。いずれものっぺりとした顔付きで、仮面のように無表情。少なくとも私の目には、一見して誰彼の区別がつかなかった。

グレイやニシノの背後で様子を眺めていた私は、ふと奇妙な違和感を覚え、その理由に気づいてショックを受けた。

私の経験によれば、囚人たちにとって食事の時間は一日のなかでほとんど唯一といってよいほどの〝楽しみな時間〟のはずなのだ。少なくとも私がかつて囚《とら》われていたイタリアの捕虜収容所では、どんな気難しい囚人も、食事時間だけは周囲の者と打ち解け、なごやかに言葉を交わしていた。

ところが、日本の囚人たちはここでも皆いちように無言のままだった。それぞれ手にアルミ製の食器を提げた者たちは、暗い沈黙を保ったまま、列をつくってじっと配給を待っている。

やがて、狭い階段をキ《K》ッチン・ポ《P》リスと呼ばれる当番囚人が、湯気の立つ大きなドラム缶を——文字通り〝手を焼きながら〟——一人、もしくは二人掛かりで運び上げてきた。

「いったい何を食っているんだ？」私は興味を覚えてニシノに尋ねた。

「朝はだいたいスープと黒パン、昼はうどんか雑炊、夜もまあ同じようなものですね。今日のメニューは……」とニシノが湯気の立つドラム缶にちらりと目をやって答えた。「豆入りの雑炊にミソ・スープ、それに魚の煮付けがついているようです」

「魚だと？」あたりに漂う奇妙なアンモニア臭に顔をしかめた。

「といっても、サメですがね」ニシノはなんでもないように言った。「食後にはコーヒーもつきます。こちらも、いわゆる代用コーヒーですが。……食べていきますか？」

「今日のところは遠慮しておくよ」私は肩をすくめ、嘘をついた。「さっき昼食を食べたばかりなんでね」

「それは残念。御馳走《ごちそう》なんですがね」ニシノは、本気とも冗談ともつかぬ顔で言った。

突然、グレイが低い唸《うな》り声をあげた。

「クソッ、まただ！　あの馬鹿め！」

グレイは呟くように言うと、食べ終わった皿を廊下に出していた囚人に大股《おおまた》で歩み寄り、男の襟首を大きな手でつかみあげた。

「おい、オオバ！　食器を逆さまにして出すなと昨日も言っただろう！　トレイの位置はここ。空の食器はこうだ。何度言ったらわかるんだ！」

オオバ、と呼ばれた華奢《きゃしゃ》な体つきの男は、たちまち壁に押しつけられ、なかば宙づりにされた。その顔からはすっかり血の気が失《う》せ、奇妙なまだらに色が変わって見える。彼は

気弱な笑みを浮かべ、グレイが怒鳴るたびに、

「イエス……オーケー……イエス……オーケー……」

と振り子人形のように頷《うなず》いている。

「けっ、このクソ野郎が。本当に分かったのかね？」

グレイはそう言うと、いまいましげに床に唾《つば》を吐き捨て、小柄な囚人から手を離した。

男はまるで骨のないクラゲのように、ずるずるとその場にへたりこんだ。

手ごたえのない相手に、グレイはむしろ苛立《いらだ》ちを深めたようすで、紅潮した顔を左右に向けた。ドアの陰から日本の囚人たちが顔を出し、無言のまま、虚《うつ》ろな黒い眼をじっと彼に向けている。ただでさえのっぺりとした男たちの顔は、恐ろしいまでに無表情であった。

「何だよ、お前ら？　文句があるんだったら、はっきり言いやがれ！」

グレイは傍らのドアを蹴飛ばした。静まり返った廊下に、鉄製のドアのたてる大きな音が響き渡った。

「止めなくていいのか？」私はニシノを振り返って小声で訊いた。「グレイが何を言っているのか、日本の囚人たちに通じているとは思えないがね」

「いつもの騒ぎなんですよ」二世通訳は首を振った。「アメリカ側が細かい規則を押しつける。日本の囚人たちは承諾の返事をしながら、本当は全然理解していない。……言葉の問題というよりは、文化の問題でしてね。ぼくがあいだに入ってどうにかなる問題じゃないのです」

「おい、お前！」グレイはたまたま手近にいた囚人に指先を突き付けた。「お前もだ！　なぜいつももっときれいに食べない。ちくしょう、魚を丸ごと残しやがって！　食い物を残すと不衛生になると何度言ったらわかるんだ！　ちゃんと言われた通りに……」

　不意に、甲高い声がグレイの怒鳴り声を遮った。

「なに言ってやがる《ジーザス・クライスト》！」

「誰だ？　いま、誰が言ったんだ！」

　きょろきょろと辺りを見回すアメリカ人を嘲笑《ちょうしょう》するように、ケッケケッケッという笑い声がどこからか聞こえた。興奮に紅潮していたグレイの顔は、いまや怒りのためにむしろ青ざめてみえる。

「誰だ！　囚人のくせに生意気なことを言いやがって……」

「よせやい《ガッデム》！」

　また、甲高い声が廊下に響いた。

「この野郎《ファック・ユー》、ただじゃおかねえ！」グレイが左右を見回し、歯軋《はぎし》りをするように言った。

「勝手にしやがれ！」

「なんだと、クソッ、もう一度言ってみろ！」

「この大バカ野郎《サノバビッチ》！」

「そこか！」

　グレイが大声をあげて、閉まったままの一つのドアに飛びついた。

渾身《こんしん》の力を込め、勢いよくドアを開いたグレイは、しかし次の瞬間、あっと声をあげて顔を覆い、突き倒されたようにその場に尻餅《しりもち》をついた。

極彩色の塊がグレイの顔をかすめて、廊下に飛び出してきた。

鮮やかな赤や緑、といった監獄にはおよそ不似合いなその塊は、ばさばさと羽ばたきをしながら、廊下の天井近くを飛び回った。

呆気《あっけ》に取られて眺めていると、ニシノがにやにやと笑いながら説明してくれた。

「オウムですよ。かれは現在、このスガモプリズン内で飼われている唯一の愛玩《あいがん》動物なんです。……おかしいな？　いつもは外の鳥小屋で飼っているんですが……どこから入ってきたのだろう？」

オウムは天井近くを飛び回りながら、時折あの甲高い声を発した。

「ガッデム、ガッデム……ジーザス・ジーザス……ファック・ユー・ジーザス！　ケッケケッケッケ……」

グレイがようやく我に返った様子で立ち上がった。

「ちくしょう、馬鹿にしやがって……」

顔がまた赤くなっていたが、興奮というよりはむしろ羞恥《しゅうち》のためのように思われた。

気がつくと、スガモプリズンの廊下に、押し殺した低い笑い声がさざ波のように広がっていた。

だが、廊下に突き出された日本の囚人たちの顔はいずれも無表情のままであり、誰が笑っているのかは、やはり判然としなかった。

4

踵《きびす》を返して歩きだすと、驚いたことにグレイが追ってきた。

「待てよ。おれも一緒に行くから……」

グレイはすぐに私と肩を並べた。

「ちょうど勤務時間が終わったところなんだ。あんた、プリズン内をよく知らないんだろう？　案内してやるよ」

プリズン内に不案内なのはたしかだが、さっき行ったばかりの場所だ。一緒に行ってもらうまでもない。そう言ったが、グレイは取り合おうとはしなかった。

「案内してやるって言ってるんだ。黙ってついてきなよ」

「案外親切なんだな？」私はタバコに火をつけて言った。

「そうでもないさ」グレイはうるさげに手を振り、大股で先に歩いて行く。おそらく、みっともない騒ぎのあとだけに、立ち去る理由が欲しかっただけなのだろう。

後をついていくと、前方の角を曲がって廊下に三つの人影が現れた。目を細め、正体に気づいて、ちょっと意外な気がした。

三人とも女性であった。

しかも、いずれも日本人女性らしい。

真ん中の小柄な浅黒い顔をした一人の女を挟むように、両側から大柄な二人が腕を取り、計三人が横一列に並んでいる。三人の女はまっすぐに顔を向け、無言のまま、まるで廊下にはほかに誰もいないように進んできた。

グレイと私は足を止め、彼女たちに道を譲った。

すれ違うさい、真ん中の小柄な女性の口元にかすかに笑みが浮かぶのが見えた。

浅黒い引き締まった顔。日本人にしては目鼻のはっきりした、いかにも気の強そうな女である。

「……ちぇっ、囚人のくせに気取りやがって」グレイが通り過ぎた女たちの背中に吐き捨てるように呟《つぶや》いた。

「囚人？　三人ともか？」私は振り返ってたずねた。

「真ん中の女だけ。両側の二人は、プリズンが雇った日本人の女警官どもだ」

「スガモプリズンに女性の囚人がいたとは知らなかったな」

「いまのところ、あの一人だけだがな」グレイはいまいましげに鼻を鳴らした。「一人の女囚人のために、別棟一棟が使われているんだ。もったいない話さ。フジムラ？　フクシマ？　なにしろそんな名前だよ。戦争中はどっかの大学病院で看護婦をやってたって話だ」

「看護婦？」意外に思ってたずねた。「彼女はどんな容疑で捕まったんだ？」

「さあね。どうせろくでもないことをやったに決まっているさ」グレイは興味なげに言った。「何にしても、囚人も看守も男ばかりのところに、たった一人の女だからな。このあいだの映画鑑賞会のときも、男たちの間に座らせるわけにもいかないっていうんで、あの女一人だけがスクリーンの表側に陣取って、あとの連中は裏側から左右反対の映画を観ることになった。大したお姫様扱いだよ。それで文句も出やしねえ。最近じゃ、日本人の囚人たちだけじゃなく、アメリカ人の看守連中まで一緒になってちやほやするものだから、あの野郎、調子に乗ってすっかりいい気でいやがる」

「囚われの身で、まさかいい気ということもないだろう」私は苦笑した。

「なにしろ気の強い女だよ」肩をすくめて言った。「ニシノなんか、通訳として取り調べに立ち会ったばっかりに、あの女から『この屈辱は生涯忘れない。あなたの名前を訊《き》いておこう』と睨《にら》まれて、それ以来すっかりビビっているくらいだ」

その日は結局、ヤング看護兵には会えなかった。

キジマの独房前に戻ってみると、すでに当番の交替が行われており、代わった看守の若者によれば、ヤングは「これから外出する」と言っていたという話だった。

念のため、行き先をたずねてみたが、

「あいつがどこに行ったかですって？　ちぇっ、なんでぼくがそんなことを知っていなくちゃならないんです」

と膨れっ面で返事がかえってきただけである。

ヤングがいないと分かった時点でグレイはそそくさと姿を消した。

仕方がないので一人でゲートに戻ってみると、囚人たちの受け入れ作業は無事終了したらしく、今度は黙って通してくれた。

ゲートから正門までは、本館の中の長い廊下でつながっている。

途中、曇りガラスに《看守待機室》と書かれたドアが薄く開いているのを見つけ、中を覗《のぞ》くと、無人だった。中央に長机が置かれ、そのまわりにいくつか椅子が並んでいるだけの簡素な小部屋だ。さっきまで誰かいたらしく、電気はついたままで、空気にはタバコの煙が白く立ち込めている。

ドアのすきまから部屋の中に滑り込み、椅子に腰を下ろした。脇に抱えていた紙挟みを長机の上に投げ出し、タバコをくわえなおして、頭を整理してみた。

どう考えても、まともな依頼ではなかった。

さっきグレイたちにはああ言ったものの、私はなにもプリズン内で起きた毒死事件の調査を依頼されたのではない。毒死事件の調査はむしろ表向きの口実であり、本来の依頼内容はキジマの失われた五年間の記憶を取り戻す手伝いをすることだという……。

要するにいやがらせなのだ。

ジョンソン中佐は、本当は自分が管理するエリアに部外者など一人たりとも、あるいは一歩たりとも、足を踏み入れさせたくはなかった。相手がすでに軍人でさえなく、しかも私立探偵などといういかがわしい職業の外国人となればなおさらだろう。だが一方で、トーキョー裁判判事の推薦状を持参した者を正面から断ることはできない。そこで彼は、キジマという無理難題をふっかけることで、私が自分から逃げ出して行くよう仕向けた……

そんなところが真相らしく思われる。

だとすれば、お生憎様《あいにく》だ。

私は、自分でも意外なほど、〝押しつけられた相棒〟であるキジマに興味を覚えていた。

興味？　いや、むしろ対抗心と呼ぶべきかもしれない。

キジマはさっき、ごくささいな手掛かりをもとに、初対面の私の母国や、あるいは興味の対象（ゲーリングの自殺方法）などを見事に推理してみせた。だが、それは本来私が行うべきことだったのだ。ジョンソン中佐がどんな偏見を抱いていようがたいして気にもならないが、キジマの行為はこたえた。私にも職業的プライドが――いささか偏ったものではあるが――ある。このままおめおめと引き下がるわけにはいかなかった。かくなるうえは、なんとしてもキジマより先に毒死事件の真相をつきとめるしかない。あるいは失われた過去とやらを見つけ出して、彼の鼻を明かすかだ――

そう考えて、私は眉《まゆ》をひそめた。

失われた記憶。

キジマは言った。「俺にとっての事実を知りたい」「俺はなぜそんなことをした？　俺はその理由を知りたいのだ」と。戦争中、キジマは捕虜収容所所長として捕虜たちを残酷に扱い、あるいは死に至らしめたという。もしかするとキジマは自分の非人道的な行為を正当化し、罰を逃れるための理由を探しているだけではないのか？　だとすれば、キジマははじめからこの世に存在しないものを求めていることになる……。

私は小さく首を振った。

いずれにしても、〝まずは客観的な事実を知り、しかる後に推理を組み立てる〟それがフェアフィールド探偵事務所、第一のモットーだ。

私は机の上にファイルを開いて、添付されていた捕虜たちの宣誓供述書を読みはじめた。

（アメリカ軍大尉J・L・ジョウンズの証言）

一九四四年十月十一日、キジマはささいな命令違反を犯した私を壁の前に直立させ、左右の拳《こぶし》で交互に殴りつけた。私が倒れると、彼は部下に命じて私を引き起こさせ、さらにしつこく殴りつけた。その後私は、水の入ったバケツを持ったまま長時間屋外に立つことを強要された。

（オランダ兵V・D・ウォールの証言）

キジマは気の狂ったサディストで、彼はたびたび作業中のちょっとしたことが原因でわれわれ捕虜に容赦なく殴りかかった。われわれは手や竹の棒、その他ありとあらゆる道具で殴られた。一人のアメリカ兵は腹部を軍刀で刺されて死んだ。

（アメリカ兵F・C・バックリーの証言）

ある日、命じられて土砂の運搬をしていたところ、突然キジマが横から私を突き飛ばした。そのせいで私は足首をひどくひねったが、彼は私を立たせて、さらに平手で殴りつけた。


（イギリス軍砲手ハリー・イングラムの証言）

われわれはキジマの命令で、しばしば捕虜同士のひどい殴り合いを強制された。あるアメリカ人捕虜はこのためにたびたび昏倒《こんとう》した。彼はその後、キジマの手で刺し殺された。


（イギリス軍看護兵D・ラドクリフの証言）

キジマは、病気のために自分では起き上がれない捕虜の背中に火のついた棒を押し当て、彼を無理やり働かせた。医療品や食料が決定的に不足していたため、多くの捕虜が病気になった。管理は不充分で、しばしば医療品が盗難にあった。


（アメリカ軍将校R・S・ニュートナーズの証言）

ある日の食事内容は、緑色の葉っぱが浮いた、どろどろの米のスープだけだった。キジマは戸惑っているわれわれ捕虜の顔を見て、にやにやと笑っていた。

（アメリカ軍歩兵チャーリー・ウエストの証言）

作業中にのどが渇いたので河原で水を飲もうとしたところ、キジマに見つかり、その場で手ひどく殴りつけられた。別のときは、たき火で暖をとろうとしただけで、やはり平手で殴られた。

（イギリス兵ジム・エンダースの証言）

営倉から脱走を試みた一人のアメリカ兵が、キジマの手で殺されたという話を聞いた。

（アメリカ兵ジョージ・スミスの証言）

キジマは手術が必要なある重篤患者への手術を拒否し、彼に不当に長く苦痛を与えた。

（オランダ軍看護兵C・W・シュライバーの証言）

キジマは病人に薬を与えなかったために多くの捕虜を死に追いやった。一九四四年十二月には、彼は赤十字から送られてきた供給品を一時隠匿し、分配を故意に遅らせた。

（イギリス軍看護兵エドウィン・バイラーの証言）

私が病院で働いていたまる四ヵ月のあいだ、病人のために充分な薬を受け取ったことは一度もなかった。キジマは毎日病院を巡回していたが、ある日、冷たくなったストーブに触り、『なぜ暖房を入れないのか』と尋ねたので、『石炭がなくなったからだ』とこたえると、彼はただ笑って立ち去った。
（アメリカ軍大尉M・M・チャンドラーの証言）

収容所には戦争が終わるまで日本軍軍医は一人もいなかった。われわれは医師免許を持たない素人同然の者の診察を受けさせられた。彼の病人に対する扱いは、まったく非合理的なものであった。
（オランダ軍曹長J・A・スターンの証言）

アメリカ軍のバーク伍長《ごちょう》は、立証はされなかったが、盗みの疑いをかけられ、面影をとどめないほどに顔を殴られた。彼は何度も営倉に入れられ、一九四五年五月、キジマの手で殺された。
（アメリカ軍歩兵D・ホワイティングの証言）

毎日ひどいメシだった。たまには動物性蛋白《たんぱく》質を食わせろとキジマに文句を言ったら、次の日の食事の皿には羽根のついた虫や蛆虫《うじむし》がのっていた。以後、食事に文句をつける者は誰もいなくなった。


（オランダ兵T・ヤンセンの証言）

収容所では捕虜の所持品がしばしば盗難にあった。その度に、われわれは捕虜同士で殴り合いをさせられた。


（アメリカ軍将校J・ロックスフォードの証言）

われわれは無理やり腐った魚や木の根、変な臭いのする野菜くず等を食わされた。その後多くの者が病気になった。


私はファイルを繰る手を止め、顔をしかめた。

いくらなんでも酷《ひど》すぎる。

捕虜たちの証言から浮かび上がってくるキジマの肖像は、真っ黒な悪意に満ちた、獣のような人間であった。あたかも、考えつくかぎりの残酷な手段を用いて、他人にどれほど耐え難い苦痛を与えられるか——あるいは、人間がどこまで苦痛に対して正気を保っていられるか——の実験をしているような感じさえ受ける。

「たいしたサディストだよ」

ジョンソン中佐はキジマを評してそう言ったが、事実を知った今となっては、その言葉は日なたの水のように生ぬるく思われた。

私はためしに、裁判になった場合、これらの証言をもとに検察側がキジマを追及するであろう問題点を整理してみた。

一、キジマは捕虜たちをしばしば理由もなく、不法かつ残酷に殴打し、かつ捕虜同士での暴力を強制した。

一、キジマは赤十字からの支給品を故意に隠匿し、分配を遅らせた。

一、キジマは病人を殴打し、また火のついた棒を押し当てるなどの虐待を行った。

一、キジマは捕虜に充分な食料を与えず、文句を言った一部の捕虜に対して蛆や腐った食べ物を与えるなど、非人道的な処罰を加えた。

一、キジマは自らの手で捕虜の一人（アメリカ軍バーク伍長？）を刺殺した。

国際軍事裁判において対象となる戦争犯罪人は、その種類によって三つのグループに分けられていた。すなわち「平和に対する罪」を問われたA級戦犯、「通常の戦争犯罪行為」を問われたB級戦犯、さらに「人道に対する罪」を問われたC級戦犯である。

戦時中、捕虜収容所の所長にすぎなかったキジマが、まさか先ほど見かけた老人たちのように、平和に対する罪を問われたA級戦犯容疑で逮捕されたはずはない。彼はBC級の戦犯（二つの区別は事実上あいまいであった）として、裁判を受けることになるのであろう。

そして、すでに行われている他のBC級戦犯の裁判の結果から判断するかぎり、キジマの行為はどれ一つをとっても、死刑、もしくは長期の重労働を科せられるに充分な罪状ばかりであった。

ことに最後の点、〝自らの手で捕虜を刺殺した〟事実は決定的だと思われる。

もし裁判手続きが始まれば――つまり、キジマの記憶が戻れば――彼はどうあっても死刑判決を免れ得ない。それでもまだキジマは、失われた五年間の記憶を取り戻すことを望むであろうか？

タバコの煙の行方を眼で追いながらしばらくぼんやりと考えていたが、私がいくら考えてもどうにかなる問題ではなかった。

ファイルを戻そうとして紙挟みを開いた私は、その中に日本の新聞記事を張り付けた書類を見つけて、眼をとめた。

記事に並んで、次のような翻訳文がタイプされてあった。

【またしても棍棒《こんぼう》強盗。被害者は意識不明の重体】

二十二日深夜十一時頃、淀橋《よどばし》区角筈《つのはず》一の八五三先の路上で世田谷《せたがや》区太子堂《たいしどう》町＊＊＊貴島悟《きじまさとる》さん（二五）が頭から血を流して倒れているところを発見された。貴島さんは棍棒のようなもので頭を強く殴られており、病院に運ばれたが意識不明の重体。角筈界隈《かいわい》では最近、棍棒で殴っておいて金品を奪う事件が多発しており、警察では同じ棍棒強盗の仕業と見て捜査を進めている。

記事の日付は「一九四五年十月二十四日」となっている。

どうやらこの事件が、キジマが戦争中の記憶を失うことになった直接の原因らしい。

私は念のためスガモプリズンで作成された別のファイルを取り出し、もう一度そこに書かれてあるキジマの経歴《プロファイル》を確認した。

《サトル・キジマ》

一九二〇年十二月二十日、ナガサキのヒラド生まれ。子供の多い日本の家庭には珍しく、兄弟のいない一人っ子である。

軍人であった父親の仕事の関係で、幼少時代の多くを中国大陸で過ごす。

彼が十六歳の時、一家はトーキョーに戻る。

キジマは優秀な成績で高等学校から大学へと進むものの、一九四三年、卒業を目前に控えて陸軍に徴兵。ごく短い訓練期間を経て中国戦線に送られる。

一九四四年九月、砲弾の破片を肩に受けて負傷、内地へ送り返される。この怪我が癒《い》える間、彼はマツモトの捕虜収容所所長を務める。

一九四五年五月、同所長職を解任。同時に、T島守備兵として配属。

同年八月、終戦。

彼らはしばらくその島に留め置かれ、内地に引き揚げてきたのは、終戦二ヵ月後の十月中旬である。

同年十二月十日、GHQから戦犯容疑でキジマに対する逮捕状が出される。

キジマは病院に入院しているところを発見され、戦犯容疑で逮捕。

逮捕後、キジマはいったんオーモリ捕虜収容所内の病監に収容され、ここで一度脱獄騒ぎを起こす。

今年の九月にスガモプリズンに移送。

十一月十九日夜、自ら釘を吞み、外部の病院に搬送。手術直後に脱走を試みる。

十二月三日、スガモプリズン側からキジマに対して取り引きの提案がなされる。

今日に至る。


私は机の上に二つの書類を並べて見比べた。

逮捕時に本人確認が行われているので、少なくともこの時点でキジマの意識は戻っていたはずだ。おそらく意識を取り戻した時点で、キジマは五年間の記憶を失っていたのだろう。彼は私に言った。

「記憶を失っていた五年間に、俺は見知らぬ化け物に変わったというのか？」

少なくとも、あのときの彼の血を吐くような言葉は本心から出たものだった。だが、キジマはいまさら記憶を取り戻したところで、見たくもない己の現実を直視するだけのことではないか……？

　ふと、何かが頭の隅にひっかかった。

　それがいったい何であるかを考えていると、廊下から声が聞こえてきた。

5

「何度言ったらわかるんだ。キジマは来ない。本人が誰とも会いたくないと言っているんだ」

　ドアから顔を出すと、声は廊下に面した隣の部屋から聞こえていた。

《面会室》と書かれた扉が薄く開いて、明かりが漏れている。

近づいて中を窺《うかが》うと、目の細かい金網で二つに仕切られた部屋の一方で、入り口近くに立った金髪の背の高い看守の若者が、日本人らしき一組の男女を相手に困惑した顔で話していた。

「わかる？　キジマはここには来ない。いくら待っても無駄だよ」

「本当ですか《トゥルーリィ》？　そんなはずはないんだがなぁ」

　丸顔の背の低い日本人の青年が首をひねって言った。しゃべっていない間も口が動いているのはガムを噛《か》んでいるせいらしい。

「ねえ、本当にキジマがぼくたちと会いたくないと言ったんですか？　せっかく苦労して面会の許可をとったんです。面会は一カ月に一度しか許されていないんですよ。あなたのおっしゃることはわかりますが……ほら、なんて言いましたっけ？　〝猿も《モンキイ・サムタイムズ・》木から落ちる《フォールス・フロム・ツリー》〟？　そんな諺《ことわざ》もありますから、念のためもう一度本人に確認してみてくださいよ」

流暢《りゅうちょう》、とは言えないまでも、いちおう意思の疎通には充分な英語である。

「だから何度も確認したと言っているじゃないか」若いアメリカ兵はうんざりしたように言った。「キジマ本人が、いまは誰とも会いたくないと言っている……」

失礼、と私は声をかけて部屋の中に足を踏み入れた。

「誰です、あなた？」看守の若者が驚いた顔で振り返った。「ここは囚人と家族の面会室です。部外者の立ち入りは禁止されています」

「ジョンソン中佐から、キジマの件で調査を依頼された者だ。この二人と話がしたい。しばらく部屋を使わせてくれないか」

「ジョンソン中佐の？　本当ですか」看守の若者は疑わしげに眉《まゆ》をひそめた。私が委任状を取り出して見せると、むしろやっかい払いができてせいせいした様子で、首を振りながら部屋を出て行った。私は日本人の青年を振り返った。

「エディ・フェアフィールド、キジマの……えー……担当者だ。あなたとキジマとの関係を聞かせてほしい、ミスタ……」

部屋の入り口に置いてある面会人の氏名が記されたノートにちらりと目を走らせた。が、結局肩をすくめることになった。

頭木逸男
杏子

まるで暗号《エニグマ》である。とうてい読めた代物ではなかった。

「ノー・プロブレムですよ」男はにっと笑い、私に手を差し出した。「イッオ・アタマギ。キジマとは学生時代からの友人です」

私はちょっと意外な感じがした。

目の前の男は、背の低い、色白の小太り気味の男で、若く見えるがキジマと同年代とすれば、やはり二十五、六歳なのだろう。中途半端にのばした黒い髪を頭の上で無理やり七三になでつけ、そのせいでいっそう強調されたまるい顔に、練った小麦粉をなげてつけたようなまるい鼻。口元にはつねに笑みが浮かび、目は糸のように細い。まるで子供のように落ち着きがなく、視線が一時も一カ所にじっとしていなかった。身につけたものは、いずれも仕立てがよく、全体的に育ちのよさそうな気配を窺わせている。

さっき会ったキジマとは、およそ共通するところがない。

「えー、ミスタ・アトゥマ……ギ?」

私が苦労して発音すると、男は軽く手を振ってみせた。

「〝イッオ〟と呼んでください。外国の方にぼくたちの名字《ファミリー・ネーム》はいささか発音しづらいでしょうし、それにその方が友好的ですからね。あなたのことは〝エディさん〟と呼んでかまいませんか？」

仕方なく頷《うなず》いたものの、ひそかに苦笑せざるを得なかった。アメリカ軍による占領は、ガムを嚙む悪癖とともに、むやみとファースト・ネームで呼び合う奇妙な習慣を日本人の間にもたらしたらしい。

「そちらのご婦人は？」私は若い女性に目をやって尋ねた。

「キョウコ・アタマギ。ぼくの妹です。もっとも、キジマの婚約者といった方がいいですかね」

ほう、と私は今度こそ正真正銘驚いて声をあげた。

あのキジマに、友人はともかく、まさか婚約者までいるとは想像もしていなかった。

さっきから無言のまま部屋の隅の椅子に横顔をみせて座っている若い女を、私はあらためて注意して眺めた。

まだよほど若い——二十歳にもなっていないかもしれない。陽気な兄とは正反対に、彼女からはひっそりとした影のような印象を受ける。現在日本の婦人たちの多くが髪の毛を頭の上や後ろできつく結んでいる中、彼女は長く艶《つや》やかなその髪をまっすぐに顔の両脇に垂らしていた。高価な陶器を思わせる白い頰からうなじにかけて、流れるように黒髪が垂れかかり、そのあいだに形のよい鼻がはっきりと見える。弓形の細い眉の下の目はやや切れ長で、深い色をたたえた黒い瞳《ひとみ》はじっと虚空の一点を見つめて動かない……。

ごく地味な色の〝モンペ〟と呼ばれる奇妙な服を身にまとっているにもかかわらず、俯《うつむ》きかげんの彼女のその横顔は、思わずはっと息を呑《の》むほどに美しかった。

視線を引きはがすのに一苦労だ。

「妹さんは、英語が分からないのか？」向き直ってイツオにたずねた。

「とんでもない《ノー・ウェイ》！」まるでアメリカ人のように体の前で両手を広げ、大袈裟《おおげさ》に肩をすくめてみせた。「キョウコはぼくなんかよりよっぽど上手に英語を話しますよ。ただ、なんというか……」

イツオは顔をしかめて言葉を濁し、逆に私に質問した。

「あなたはさっき『自分はキジマの担当者だ』とおっしゃいましたが、もしかしてそれは、あいつが記憶を失っていることと何か関係があるのですか？」

私はポケットからタバコを取り出しかけていた手を止め、上目づかいに相手を見た。

「どうしてそのことを知っているのだ？」

「そりゃ知っていますよ」イツオはガムを吐き出し、丁寧に紙に包んで言った。「キジマが強盗に襲われて入院したとき、まっさきに病院に駆けつけたのは、このぼくですからね。ひどい怪我で、頭の骨が折れていたそうです。一時はこのまま意識を取り戻さないんじゃないかと心配したものですが、ある日ぽっかりと目を覚ましました。ところが驚いたことに、話が全然通じないんです。びっくりしましたよ。なにしろあいつは、戦争中のことを全然覚えていないんですからね。最初は信じられませんでした。嘘を言っているんじゃないかと疑ったものです。しかし、何度も検査をしたあげく、医者の一人がぼくたちに説明してくれたのです。記憶喪失症《アムネシア》？　なんでもそんなふうに言うそうですね。もっとも、ぼくたちは単にキオク・ソーシツと言っていますが……」

「キオク、ソーシツ？」

「そう、キオク・ソーシツ」イツオは私に向かって親指を立て、満足げに頷いてみせた。

「ノー・プロブレムです」

「確か、キジマにも何人か弁護士がついているはずだな？」私は思いついてイツオに尋ねた。「彼らはキジマが記憶を失っていることを知っているのか？」

「知っている、と思いますよ。キジマが入院していた医者に話を聞いていましたから」

「そのことについて、弁護士たちはどう言っているんだ？」

「どうもこうも、彼らは裁判がはじまらないかぎりは何もできないのです」イツオは顔をしかめた。「ご存じだとは思いますが、現在キジマの裁判手続きは停止されていましてね。いつ裁判を再開するかはGHQ次第なんです。それまでは弁護士連中の出番はありません」

なるほど、と私は口の中で呟《つぶや》いた。

だからこそジョンソン中佐は——裁判で記憶喪失を理由に争うことを嫌って——キジマの裁判手続きを再開しないでいるのだ。その場合、キジマは手続き停止のまま、永久にプリズン内に留め置かれることになるだろう。一方で、もしキジマが記憶を取り戻して裁判が始まれば、彼は死刑判決を免れえまい……。

いずれにしても、キジマが生きてスガモプリズンを出て行く可能性は皆無にひとしかった。

「ぼくたちは、なんとかしてキジマを救い出したいと考えています」イツオはひどく真剣な顔で言った。「あいつが妹の婚約者だから、というわけだけじゃありません。ぼく自身、あいつには借りがある。ぼくはキジマに命を救われたんです。あいつを救うためにならいくら費用がかかってもかまいません。幸いなことに、アタマギ家には戦争後も若干資産らしきものが残っています。だから、もしあなたが必要なら……その……なんというか……」

彼はふいに口ごもり、ちらちらと私の顔を窺《うかが》った。その意味に気づいて、私は口にくわえた火のついていないタバコをポケットにしまいこみ、踵《きびす》を返してドアに向かった。

「待ってください！」

イツオが慌てたようすで私とドアとのあいだに走り込んできた。

「急にどうしたのです？　なにか気に障ることを言ったのなら謝ります。どうかぼくの話を聞いてください」

「これ以上は、いくら話をしても無駄だ。残念だが、きみの期待には添えそうにはない」

「まあ、そうおっしゃらず、もう少し話を……」

「日本の慣習がどんなものか知らない」私はきっぱりと言った。「だが、私を買収すれば、キジマを巡る状況が変わると考えるのは間違いだ。失礼する」

目の前の小男を押しのけてドアノブに手をかけた瞬間、ふいに背後から声をかけられた。

「わたくしからもお願いいたします。……どうかお戻りになってください」

振り返ると、部屋の隅でキョウコが椅子から立ち上がっていた。まっすぐな黒髪が、肉の薄いほっそりとした肩に流れるように落ちかかっている。彼女は相変わらず俯きかげんの横顔を私に見せ、視線を窓のほうに向けたまま、滑らかな、およそ非のうちどころのない完璧《かんぺき》な英語で、囁《ささや》くように言った。

「兄が失礼なことを申し上げたことはお詫《わ》びします。今後は、あなたがすでに引き受けられた職務に反するようなことは、一切お願いしないことを約束します。その範囲で、どうか兄の話をお聞きください。……あの人は――キジマは――わたしたちとけっして会おうとはしないのです。わたしどもにとって、いまはあなただけが頼りなのです」

私は彼女の美しい横顔にじっと眼を注いだ。そして首を振った。

「残念だが〝眼を見て話さない人物の依頼は受けない〟、それが共同経営者《パートナー》との約束なのだ。ここに彼がいないからといって約束を破るわけには……」

キョウコがゆっくりと私に向きなおった。

正面を向いた彼女の顔の左側半分に――頬から顎《あご》、さらには首筋にかけて――痛々しくひきつれた火傷《やけど》の痕《あと》が見えた。

私はドアから離れて、部屋の中央に戻ってきた。

「申し訳ない。どうか許してほしい」

「……いいえ、こちらこそ」キョウコは床に視線を落とし、かすかに首を振った。「醜い顔を見せて不快にさせるよりはと思い、礼儀に反する話し方をしてしまいました……。あなたのおっしゃる通りです。お詫びしなければならないのは、わたくしの方ですわ」

「その方が落ち着くというのであれば、元のように座ってもらいたい」私は目を伏せ、さっきポケットにしまったタバコを取り出して、火をつけた。「そのうえで、あらためて話を聞こう」

キョウコのこわばった顔に、かすかにほっとした表情が浮かぶのがわかった。彼女は静かに頭を下げ、ひっそりとした動作でまた横顔を向けて椅子に座りなおした。

イツオに視線を向けると、彼は戸惑った様子で眼をきょろきょろさせた。

「えーと……ぼくたちは、その……キジマを昔から知っています……あいつは捕虜虐待などという、むごい行為のできる人物では絶対にありません……だから、その……ぼくたちはなんとかしてキジマを救い出したい——せめて話をしたい——と考えているのです」ようやく落ち着いた。「それなのに、キジマときたら、ぼくはおろか、せっかく苦労して月に一度の面会に来た婚約者のキョウコにまで、これまで一度も会おうとはしないんです」

「……あの人はきっと、自分が記憶を失っていることに混乱しているのですわ」キョウコが口を開いた。「あの人にとって時間は、戦争がはじまる前で止まっているのです。あの人の記憶のなかでは、わたしはまだ婚約者ではない。それに……」

彼女は左手を掲げ、火傷の痕も痛々しい左手の甲を光にかざした。

「あの人の記憶の中のわたしは、まだ醜い火傷を負ってはいない」

キョウコの口元に一瞬寂しげな笑みがちらりと浮かび、すぐに消えた。

「あなたの考えを聞かせてください」イツオが私に訊《き》いた。「もしキジマが記憶を取り戻したらどうなるのです？　裁判手続きが再開されたとして、判決はどう出るでしょうか？　あなたのお考えをはっきりおっしゃってください」

「資料を読むかぎりでは」と私はちらりとキョウコに目をやって言った。「おそらく死刑判決は避けられないだろう」

「それじゃ逆に、キジマがこのまま記憶を取り戻さなかったらどうなります？」

「彼は、スガモプリズンから永久に出てこられない」

「あーっ、もう！」イツオは両手を自分の頭にあて、髪の毛をかきむしった。「あれもダメ、これもダメ！　それじゃ、まるきり死んだアヒルじゃないですか！　キジマを救うことは、そもそも全然不可能だというのですか？」

私は少し考えて言った。

「一つだけ、可能性がなくはない」

イツオとキョウコが、はっとしたように同時に私を振り返った。

「キジマが記憶を失っているあいだに——つまり、裁判手続きが停止しているあいだに——キジマにかかっている戦犯容疑を晴らすに足る証拠を見つけることだ」

「しかし……そんなことができるでしょうか？」

「キジマに関する資料には、いくつかひっかかる点がある。それらの点を明らかにできたなら、あるいは……」

「キジマを救うことができるのですね？」

「全然無駄かもしれないし、もしかすると逆の結果になるかもしれない」

「ノー・プロブレムです！」イツオは急に生き生きとした顔になって言った。「何もやらないよりは全然ましですよ！　エディさん、あなたの調査に是非ぼくたちも協力させてください」

鼻息荒く迫ってくるイツオのまるい顔を前にして、私は思わず苦笑をもらした。

なんとも妙な成り行きになったものである。

あなたの調査もなにも、キジマとの関わりはジョンソン中佐から無理やり押しつけられた、やっかいな、いわばオマケ仕事なのだ。ところがそのオマケ仕事の方が、どんどんと私を巻き込んでいく。この分では、よほど注意しないと、気が付いたときには本当に〝キジマの専門担当官〟になっていたということになりかねない。

とはいえ、言葉のできない私がこの地で調査を行うためには、どのみち通訳が必要だ。申し出は、私にとってもむしろ有り難い話だった。

私はイツオに手を差し出した。「きみたち二人に協力をお願いしたい」

「喜んで！」

イツオはぱっと顔を輝かせると、飛びつくように私の手を握り、ぶんぶんと大きく振り回した。その喜びようは、私が少々後悔したほどだ。彼はすっかり協力者の面持ちで、せっかちにたずねた。

「で、ぼくたちは何をすればいいんです？　あなたがリーダーです、エディさん。まずは何を調べましょうか？」

「そうだな」私は苦笑しつつ、少し考えて言った。「資料によれば、キジマに逮捕状が出た直接のきっかけは、どうやらGHQへのタレコミだったらしい。密告者の名前は〝マツウラ〟とだけ記されている。その男が――あるいは女かもしれないが――なぜわざわざキジマを訴えたのか、その理由を知りたい。マツウラという名前に心当たりは？」

「心当たりはないですね」イツオは眉《まゆ》をひそめた。「でもまあ、なんとか調べてみましょう。……他には？」

「収容所所長時代のキジマを訴えている捕虜たちの証言の裏を取りたい。捕虜たちはすでにそれぞれの本国に帰国していて、直接連絡をつけるのは困難だ。とりあえずは収容所近くの民家の人たちに当たって、彼ら日本人の眼から見たキジマの評判を集めてほしい。できるか？」

「ノー・プロブレムです！」イツオはぽんと一つ胸をたたき、それから首をかしげてたずねた。「捕虜たちはなんと言ってキジマを訴えているのです？　その証言とやらを先に見といた方がいいんじゃないですかね？」

私は首を振った。「いや、いまの時点では資料を見ない方がいいだろう。その方が、先入観なく調査をすることができる」

「わかりました」イッオは残念そうに言った。

「まずは、そんなところだな」私は言った。「何かわかったら、スガモプリズンの受付に伝言を残してくれ。毎日、たいてい顔を出しているはずだ。よろしく頼む」

二人の面会者が出て行ったあとも、私は一人、部屋に残ってタバコを吸っていた。

キョウコの思い詰めたような暗い横顔が、しばらくの間、残像となって目の前にちらついていた。

6

予想通り、スガモプリズンの資料室には旧日本兵を尋問して得られた証言や裁判記録が数多く集められていた。私はとりあえず、すでに外地で行われた戦犯の裁判記録を中心に、一つ一つ順番に資料に目を通していくことにした。これは無論キジマとは関係がない、本来の来日目的である行方不明者の調査のためだ。

が、手をつけてすぐに、私は奇妙な既視感を覚えた。資料に記されているのは主に、戦争中、日本の兵隊たちが外地で行った、捕虜及び現地の人々に対する非人道的行為の実際例である。

例えば拷問、或《あ》いは強姦《レイプ》、私刑《リンチ》、集団殺戮《さつりく》……。

どの資料にもそれらの情景が必ず繰り返し語られて、正直なところ、読み進めていくのが苦痛なほどだ。同時に、そこで語られる日本兵の目を覆うばかりの残虐行為の数々は、どこかキジマに関する記述と似通った点が感じられる。ふと、

(これらの残虐行為は、本当はすべてキジマ一人が行ったものなのではないか?)

という途方もない考えが頭に浮かんだ。

私は手にしていたファイルを閉じ、顔をしかめた。キジマに関わったせいで、肝心の行方不明者の消息を探すどころか、私の方がどこか妙な場所に迷ってゆきそうだ。二つの調査を併行して行うためには、何か他にうまい手を考えるべきなのかもしれない。

その日はとりあえずいいかげんなところで調査を切り上げ、表に出ると、すでに北半球の短い冬の日はすっかり暮れ落ちていた。

どんよりとした雲に覆われたトーキョーの暗い空を見上げ、故郷ニュージーランドの明るい十二月の空を思ってため息をついた。

——お前はここで何をしているのだ。

嘲《あざけ》るような声が胸の内から聞こえたが、私が居場所を見つけられないのは何もトーキョーばかりではなかった。ロンドン、パリ、ローマ、ニューヨーク。どこに行っても同じことだ。私が居るべき場所はいつも〝ここではないどこか〟なのだ。

歩き出してすぐ、後ろからきた車のヘッドライトが私の隣で停まった。

「ミスタ・フェアフィールド、乗って行きませんか？」

アメリカ軍のMPが乗る幌《ほろ》つきの白いジープだ。運転している男の顔に見覚えがあった。アメリカの軍服を着た日本人。昼間プリズン内で会った二世通訳のニシノだ。

車の後ろの席は、やはりアメリカの軍服を着た若者たちで一杯だった。肩を組み、大声でしゃべっている若者たちは——運転手のニシノを除いて——すでにすっかり出来あがっているようすである。

「これから皆でクラブに飲みに行くところなのですが、よかったら一緒にどうです？」

折角だが、と断ろうとすると、後ろの席の若者たちが突然、声をそろえて大声で歌い出した。

「ジングル・ベル、ジングル・ベル、ジングル・オール・ザ・ウェイ……メリー・メリー・ハッピー・クリスマス！」

一瞬、呆気《あっけ》に取られた。

そう言えば、もうすぐクリスマスだった。

ふいに気が変わった。いいだろう、どうせどこにも居場所を見つけることができないのなら、トーキョーのクリスマスをアメリカ軍の若者たちと馬鹿騒ぎをして過ごすのも一興である。

私が助手席に乗り込むと、ニシノはすぐに車を発進させた。

辺りは急速に闇に包まれ、車のヘッドライトが当たった場所だけが明るく照らし出される。

戦争がはじまる前〝東洋一美しい〟と言われていたトーキョーの街並みは、そんな噂が嘘のように、ものの見事に破壊されていた。

見渡す限り一面の廃墟《はいきょ》。どこまで行っても崩れ落ちた煉瓦《れんが》の山、二、三本の煙突、床が落ちると同時に地面の上に投げ出されてそのままほうりっぱなしにされているたくさんの金庫、そんなものしか目に入らない。何もかもが醜く荒れ果て、崩壊した煉瓦と漆喰《しっくい》から立ちのぼる埃《ほこり》のなかにかすんでいる。道路にはあちこちに大きな穴があき、相変わらず馬鹿騒ぎをつづけている後ろの連中が舌をかみ切らずにすんでいるのは、もっぱらニシノの巧みなハンドルさばきのおかげであった。

暗い焼け跡には時折、幽鬼のように行き来するまばらな人影が見えるばかりだ。

このトーキョーをかつて世界第三の都市に育てあげた男たち、女たち――彼らはいったいどこへ行ってしまったのか？

私はなんともやりきれない気持ちになった。

車がヒビヤ地区に近付いたとき、運転をしているニシノがふいに、ひゅうと小さく口笛を吹いた。

「見てくださいよ。総司令部の連中、ずいぶんとまた思い切ったものですね」

彼の指さす方向に目をやると、異様なものが視界に飛び込んできた。

かろうじて戦火を免れた灰白色のどっしりとした六階建の建物。かつて日本の生命保険会社の本社ビルだったというその建物に、占領軍の総司令部が設けられている。そのビルの前に、べらぼうな数の豆電球で描き出された「メリー・クリスマス」の巨大な看板がたてかけられ、辺りに明々と光を投げかけているのだ。

イエス・キリストの誕生を祝うその光は、戦争中、日本の神であったテンノウの住まい——コウキョ——の石垣を照らし、広いお濠《ほり》の水がさざ波をたてながらこれを映していた。光はさらに、かつて日本の賑《にぎ》わいの中心地であったギンザ界隈《かいわい》のあちこちに、まるで何かの記念塔のようにうずたかく積み上げられた堆積《たいせき》物の上を照らし、ひっきりなしに通るアメリカ軍のジープやトラックを照らし、それからまたヒビヤ公園の入り口でGIたちを誘惑する〝パンパンガール〟と呼ばれる女たちを慈悲深くも照らし出している。髪の毛を赤く縮らせ、真っ白に塗りたくった彼女たちの顔は、まるで南方の島々に古くから伝わる儀式のための仮面のようだった。

車が前を通りかかると、女たちが口々に呼びかける声が聞こえた。

「ヴェリイ・グッド・ジョー！　ヴェリイ・チープ！」

後ろの席に湧き上がった口笛と歓声は、ニシノがスピードを緩めることなく通り過ぎるとたちまちブーイングに変わった。

「この連中を全員性病患者にするわけにはいきませんからね」

ニシノは、助手席の私に向かって言い訳するように言った。

彼は結局、ギンザからほど遠からぬクラブの近くに車を停めた。

と、たちまち、今度は十数人の浮浪児たちがどこからともなく湧き出してきて、車を取り囲んだ。上は十二、三歳、下はまだ四つかそこらであろうか、年齢も体格もばらばらでありながら、彼らはみな一様に頭から煤《すす》を浴びたように真っ黒に汚れ、もう何日も風呂《ふろ》はおろか、顔さえ洗っていないに違いない。


「ハロロー！」

「グッタバイ！」

「ギブ・ミー・チューインガム！」

「シガレ・プリーズ！」

「チョコレート・サンキュウ！」


子供たちは互いに他を押しのけ、狂ったように手を振り、叫びながら、先に車を降りたアメリカ兵にむらがった。彼らの泥や埃で真っ黒に汚れた顔には、満面の笑みが浮かび、親しげにアメリカ兵たちに手を差し出している。その歓迎ぶりは、ついこの間まで日本がアメリカと戦争をしていた——法的にはまだアメリカと日本は〝敵国同士〟である——事実など、とうてい信じられないほどだ。

アメリカ兵たちが慣れた手つきでガムやチョコレートを投げてやると、子供たちはわっと群がり、獲物を巡って互いに争いをはじめた。

私はそのようすを横目で眺めながら車を降り、建物のドアを開けて中に滑り込んだ。

クラブはたいへんな賑《にぎ》わいだった。

壁やテーブルにきらきらとしたたくさんの金モールが飾られ、にわかバンドによる音の外れたクリスマス・ソングが演奏されていた。ステージの前では酔っ払ったGIたちが肩を組み、呂律《ろれつ》の回らぬ口で歌をうたっている。もっとも、彼らのなかに〝クリスマス〟の言葉の意味を知っている者が一人でもいるかどうかは怪しいものだ。

人込みをかきわけるようにしてなんとか酒の入ったグラス、ついでに酒瓶を一本確保し、ニシノともう一人、一緒に車に乗ってきた若いアメリカ兵の三人で壁際のテーブルに席を定めた。

「ボビイ・ビーチ一等兵です」

騒音の中、隣の席の私に手を差し出したのは、中肉中背、明るい茶色の髪に同じ色の瞳《ひとみ》、感じのよい顔立ちをした青年である。

「ニシノから聞きました」彼は言った。「あなたは、先日プリズン内で亡くなったミラー軍曹の事件について調べているんですって？」

「あの事件についてなにか知っていることがあるのか？」

「たいしたことじゃありませんがね。彼が亡くなる前の晩、妙なことを言っていたのを耳にしたので、一応あなたにお知らせしておいた方がいいと思ったのです」

「ミラーが、死ぬ前の晩に妙なことを？」

「ええ。兵舎にある彼の部屋の前を通りかかると——そのとき、たまたまドアが薄く開いていたのですが——部屋のなかで彼が妙なことを言っているのが聞こえたのです。なんでも〝ウーティス〟とか〝ウトス〟とか……」

「ウーティス？　ウトス？」

「ミラー軍曹は誰かに話すというよりは、むしろぶつぶつと、くりかえし独りごとを言っているようでした。〝ウーティス〟、もしくは〝ウトス〟。何のことかわかりますか？」

いや、わからない。私は首を振った。

「そうですか」ボビイはちょっとがっかりした顔になった。「じつは、ぼくもそれきりすっかり忘れていたのですが、ニシノからあなたの話を聞いて思い出しましてね。あなたならこの暗号の謎を解いてくれるかもしれないと思ったのですが……」

「いずれにしても、話してくれてありがとう」私は礼を言った。「もし答えがわかったら、きみにも知らせるよ」

「お願いします」ボビイは照れたような笑みを浮かべて言った。「謎ってやつはどんなつまらないものでも、一度気になりだすとどうにも頭から離れないものですからね」

ふいに、テーブルの向かい側からニシノが大声で私にたずねた。

「あなたはなぜ日本に来たのです？」

驚いたが、考えてみれば、周囲の騒音にかき消されないためにはそのくらいの音量は必要だった。

「本国じゃ食えないからさ」私はにやりと笑い、負けずにどなり返した。「そういうきみはなぜ日本に来たんだ?」

「別に来たくて来たわけじゃありません」ニシノは、グラスに残っていた酒を一気に飲み干して言った。「両親がカリフォルニアで農園を経営していましてね。まずまず裕福な方で、一人息子のぼくは大学にまで行かせてもらっていたくらいです。ところが戦争がはじまると、敵国人としてたちまち全財産は没収、一家は強制収容所送りです。二世のぼくとしては、家族と一緒に収容所で暮らすか、それがいやならアメリカに忠誠を尽くして生き延びるしかなかった……と、まあ、そんなところですよ」

ちょうど周囲に盛大な歓声とまばらな拍手がわきおこり、へたくそな演奏(合唱付き)がようやく一段落したようすであった。

私はタバコに火をつけ、いささかおかしくなった耳で自分の声の大きさを確かめながら、ニシノにたずねた。

「いまの仕事があまり好きじゃないように聞こえたが?」

「強制された運命に、好きも嫌いもありませんよ」ニシノは顔をしかめた。「ときには〝自分はここでなにをやっているのだろう?〟と疑問に思うことはありますがね」

私は思わず苦笑した。内なる声の囁《ささや》き手は、なにも私専属というわけではないらしい。

「二世というやつは、これでなかなかやっかいでしてね」ニシノはグラスに酒を注ぎ、ため息をついて言った。「日本に来てすぐのころ、宿舎に割り当てられたホテルのロビーにいると、日本人のメイドがコーヒーを持ってきてくれたので、ぼくは社交辞令として、日本語で『コーヒーがおいしそうですね』と声をかけたのです。ところが、彼女はたちまち不機嫌そうにぷいと顔を横に逸《そ》らしてしまいました。最初ぼくは、ぼくの日本語がそんなに下手なのかと疑いました。彼女に、ぼくがなにを言ったのかわからなかったかと思ったのです。……違いました。後日、メイドたちと親しくなってから、彼女は『日本人でありながらアメリカの軍服を着ているのが許せなかった。だからあなたに返事をしなかったのよ』と打ち明けてくれました」

彼はぼんやりとグラスを眺めていたが、そのうちに酒の大半を一気にあおった。

ボビイがはっと何事か気づいた様子で酒瓶を取り上げ、残りを確認して呻《うめ》いた。

「まいったな……」

口を切ったばかりだった酒瓶の中身が、いつのまにか半分以上なくなっている。私たちが話をしている短い間に、ニシノが一人で飲んでしまったらしい。

ボビイが私を振り返り、眉《まゆ》を寄せて小声で囁いた。「ニシノは、ときどきひどく酔っ払うことがあるんです。ふだんはごく礼儀正しいやつなんですが、酔っ払うと、意外と酒グセが悪いというか、理屈っぽくなるというか……」

「いったい、ぼくにどうしろというのです?」ニシノは、ちょうど通りかかったボーイにもう一本酒を追加注文すると、あらためて私たちを振り返り、からむような口調で続けた。

「アメリカにいれば敵国人として財産を没収され、収容所に入れられる。日本に来れば来たで、今度は裏切り者扱いだ。ぼくが誰かを裏切った？　冗談じゃない。裏切ったのは国家の方じゃないですか？　両親が移民するとき、日本とアメリカは友好関係にあった。それなのに、あとで勝手に戦争をはじめておいて、〝アメリカにいる日系二世は敵国人〟だの〝日本人のくせにアメリカの軍服を着ているのが許せない〟だなんて言われても、そんなことぼくの知ったことじゃない。まったく、ふざけるのもいい加減にしろと言いたいですよ」

ニシノは新しく届いた酒瓶から早速なみなみとグラスに酒を注ぎ、一息に飲み干して、大きなため息をついた。

私はボビイと目配せを交わした。

ニシノの気持ちも、わからないではない。

アメリカで生まれ育ったニシノにとって、今度の戦争はなんとも割り切れぬ事態だったのだろう。彼の家族はアメリカで長く暮らし、少なからぬ苦労と幸運の結果、いくばくかの富を得た。ところがその全財産を、日系人という理由だけで国家《アメリカ》に没収され、ニシノ自身は大学での勉強を諦《あきら》めなければならなかったのだ。もし日本とアメリカの間で戦争がなければ、彼の人生は全然別のものでありえた。今度の戦争によって、ニシノは自分の立ち位置を見失ってしまった。彼が戦争、もしくは国家に対して文句を言うのは、ある意味当然の権利である。

だが、いくら文句を言ったところで、現実が変わるわけではない。

おそらくニシノにもそれがわかっている。だからこそ彼は〝ときどきひどく酔っ払う〟のだ。

「そう悲観したものでもないさ」私は、ボビイがテーブルの上からこっそりと酒瓶を取りのけるのを待って、口を開いた。「日本とアメリカの戦争はもう終わったんだ。それに、幸いなことに次の戦争はまだはじまってはいない」

「本当に……そうでしょうか？」ニシノは空になったグラスを見つめたまま、疑わしげに首を振っている。

「本当もなにも、ニシノ、きみはよく知っているはずじゃないか」ボビイが友人を励ますように言った。「日本を今度の戦争に導いた連中はみんな、いまじゃスガモプリズンにつながれて、判決を待っているところだ。彼らは自分たちがしたことの責任を取らされるだろう。とりあえずはそれでよしとするさ」

「責任？　彼らが責任を取るだって？」ニシノはぽかんとした顔になり、すぐに皮肉な形に唇を歪《ゆが》めて首を振った。「とんでもない、あの連中が責任なんか取るものか。少なくとも連中は誰ひとり、今度の戦争の責任が自分にあるとは思っちゃいないよ」

「原因と結果は、お互い執念深い恋人のようなものだ。結局は逃れられないさ」私が言った。「現在、A級戦犯としてスガモプリズンにつながれているあの老人たちは、今度の戦争中、日本の政治的指導者の立場にあった。とすれば、彼らには自分たちの行動に対して責任を取る義務があるはずだ」

「彼らは〝戦争を遂行したのは自分たちではない〟と言っています」

「では、いったい誰が戦争を遂行したのだ？」私は肩をすくめて尋ねた。「さっきチョコレートをねだっていた子供たちか？」

「それが……妙な話なのです」ニシノは口を閉ざし、一瞬怯《おび》えたように首をすくめて左右を見回した。

「ぼくは通訳として彼らと接する機会が多いのですが」とニシノは、手の中の空のグラスにじっと目を注いで口を開いた。「奇妙なことに、戦争中、日本の大臣や軍の指導者だった者たちはみんな、まるで口を揃《そろ》えたように〝自分は命令を受けて仕方なくやっただけだ〟と言い張っているのです。彼らは全員が――少なくとも個人的には――中国における日本の冒険に反対し、イタリア・ドイツとの三国軍事同盟に反対し、アメリカとの戦争突入に反対し、戦争が始まってからもありとあらゆる日本の政策に反対してきた。それにもかかわらず、彼らの努力はいずれも見事に粉砕されて、かつ彼ら本来の思想及び希望の実現を阻まれてしまった。今日の不幸な事態に至ったのは、まさにその結果だと……まあ、そんな具合に主張しているのです」

「そんな馬鹿な言いわけがあるものか！」ボビイが呆《あき》れたように口を挟んだ。「だって連中は、今度の戦争中、なにも強制されて重要な役職についていたわけじゃないのだろう？もし本当に政策に反対していたのなら、同時にそれらの政策を遂行する重要な指導者だったというのは、これは明らかな矛盾じゃないか。もし本当に反対していたのなら、自分から職を辞めればよかったんだ」

「〝われわれ日本人にとっては、自分の意見は意見、議論は議論として、物事がいったん決定された以上はその方針にしたがって努力するというのが習慣であり、また尊重されるべき生き方なのだ〟」ニシノは空になったグラスをぼんやりと見つめて言った。「彼らは口を揃えてそう言っているのさ」

「できの悪いジョークだな」私は肩をすくめた。「とても真面目な話だとは思えない」

「しかし……あなたはなぜ妙だと思わないのです？」

ニシノは、今度は私に顔をむけ、酔いのせいで焦点の合わぬ目を瞬《しばたた》かせた。

「誰かが今度の戦争の責任を取らなければならないのだとしたら、なぜ彼がスガモプリズンに囚《とら》われていないのです？　彼は今度の戦争中、つねにこの国の最高指導者でした。日本の兵隊たちはみんなこう言って死んでいったのです。

テンノウ陛下、バンザイ！

それにもかかわらず、テンノウ自身はいまも連合国からの戦犯指名を免れています」

「テンノウについては、現在、戦勝国のあいだで〝高度に政治的な駆け引き〟とやらが行われていると聞いたことがある」私はタバコの煙がたちこめる天井を見上げて言った。

「いずれにしても、どこか雲の上の方での話だ」

「それはそうなのですが……しかし……それだけじゃなく……いえ、ああ！　そうじゃない……本当は……そうじゃないのです！」ニシノは強く首を振ると、テーブル越しに身を乗り出して、囁《ささや》くような小声で続けた。「いいですか、ここだけの話ですよ……ぼくは通訳としてたくさんのA級戦犯たちに会って話を聞きました。だから知っているのです……テンノウが訴追されない本当の原因。それはテンノウには本当に責任がないからなのです」

「結局、同じ問いに戻ってくる。それじゃ、いったい誰に責任があるんだ？」

「日本における重要事項は、いささか変わったやり方で決定されるのです」ニシノは、私の眼をじっと覗《のぞ》き込んで言った。「彼らによれば、テンノウの住まいであるコウキョのどこかに、過去につながる深い穴がぽっかりと口を開いているのだそうです。何か重要なことを決めるさいには、テンノウがその穴にお伺いをたてて、そこから聞こえる過去からの声に耳を澄ませる。テンノウは聞こえてきた言葉を聞いて、口移しに日本の指導者たちに伝えるのです。指導者たちは、その言葉を畏《かしこ》まって聞き——たとえ個人的には反対でも——その言葉通りに政策を遂行しなければならない……。

それが日本の政治のやり方なのです。つまり、今度の戦争も、テンノウをはじめとする日本の政治指導者たちはその穴から聞こえる声に従っただけであって、自分たちには——ましてやテンノウ個人には責任はないのだ……とまあ、そういうことなのですよ」

ニシノはそう言うと一瞬私の顔を睨《にら》みつけ、それから突然身をのけ反らせて、ひゃっひゃっ、としゃっくりをするように低く笑い出した。

「どう思います？　神話時代の話をしてるのではありませんよ。トーキョーは今度の戦争で破壊されるまで、コウキョ前のギンザの街にはコンクリート製の高いビルが立ち並び、舗装道路に自動車が走り、空には飛行機までが飛んでいる、まさに二十世紀の近代都市だったのです。ところが一方で、お濠《ほり》一つ隔てた場所では、この国の政策がすべておよそ非近代的な神話的システムによって決められていたというのですからね。まったく、おかしいじゃありませんか。ヒャッ、ヒャッ、ヒャッ」

ニシノのあげる気味の悪い笑い声に、周囲にいた者たちがぎょっとした顔で振り返った。

「ニシノ、飲み過ぎだよ。……さあ、帰ろう」ボビイが見かねたようすで、酔っ払いの友人に肩を貸して立ち上がらせた。

ニシノは、もはや足下も確かでないようすだった。今夜の会話も、明日の朝には覚えているかどうか怪しいものだろう。

ニシノはぐったりとして目を閉じ、親切な友人の肩につかまっている。ボビイは酔っ払いの友人を抱えたまま、私を振り返ってたずねた。

「彼を連れて帰りますが、あなたはどうします？」

「もう少し飲んでいくよ」私は言った。「ここにいる連中から、ミラーの事件についてなにか聞き出せるかもしれない」

そうですか、と頷《うなず》いたボビイは、ちょっと眉《まゆ》をひそめ、私に言った。

「いまのニシノの話じゃないですが、いずれにしてもテンノウ制はこのさい廃止すべきでしょうね。日本がどんな理由で戦争をはじめたにせよ、結果的に何十万人もの市民が死んだのです。誰かが責任を取らなければならない。とすれば、企業だろうが国家だろうが、責任は必ずトップの人間が取るべきです」

私は無言で肩をすくめてみせた。今抱えている調査ですでに手一杯なのだ。〝日本の王政存続の是非〟などというやっかいな問題に、これ以上頭を悩ませるのは願い下げだった。

「何をしても誰にも責任がない、なんてところに民主主義が成立するはずがありませんからね」ボビイはこちらの事情にはおかまいなく、なおも言葉を続けた。「そもそも深い穴を覗き込むといった垂直な構図は、民主主義に反するものですよ」

彼はそう言って、立ち去る前に私の返事を待つようすである。

仕方なく、部屋の隅においてある金モールで飾られたクリスマス・ツリーを指さした。

「だが、垂直な構図と言えばあれだってそうだぜ？」

ボビイが口を開くより早く、ニシノが唐突に顔をあげ、目を閉じたまま甲高い声で叫んだ。

「キリストは十字架にかけられました！」

7

翌日スガモプリズンに行くと、正門のところでニシノが私を待ち受けていたように飛び出してきた。

「昨夜はすみませんでした！」第一声、彼はぺこりと頭を下げた。辺りを見回し、小声になって言った。「あの、こんなことをお願いするのは何ですが……昨夜のことは、ジョンソン中佐に話さないで頂けると助かるのですが……」

「話さないさ、もちろん」私は肩をすくめてみせた。「なんなら、えー、〝コウキョのどこかにある深い穴〟とやらに誓ってもいい」

ニシノは一瞬ぽかんとした顔になり、それから戸惑ったように言った。「それはどうも……ありがとうございます」

「礼ならむしろ、面倒見のいいきみの友人に言うんだな」私はその場に立ったまま、タバコに火をつけて言った。「なんと言ったかな？　たしか……」

「ボビイ・ビーチ！」ニシノはぱっと顔を輝かせた。「そう、彼はすばらしい男ですよ。アメリカ軍のなかには、ぼくが日系二世だというので一緒に任務につくのを嫌う者もいるのです。ところが彼だけは『どの国の旗に忠誠を誓うか、それが問題なのだ』と言って、絶対に差別しないのです。たとえば先日も彼は……」

「それで？」私は言葉の途中でたずねた。

「それで？」ニシノはきょとんとした顔で繰り返した。

「きみはまさか、昨夜の詫《わ》びを言うために、ここで私を待っていたわけじゃあるまい」

「そうでした！」ニシノは手を打って言った。「ジョンソン中佐がお待ちかねです。到着次第お連れするよう命じられて、それであなたを待っていたのです」

「ジョンソン中佐が？」今度は私が眉をひそめる番であった。「調査は昨日依頼されたばかりだ。報告するようなことは、まだなにもないが……？」

「ああ、そうじゃありません」ニシノはにやりと笑って言った。「たぶん、昨日とは状況が変わったのですよ」

「まさか、キジマが脱走したんじゃないだろうな？」

「キジマ？　脱走？」

「いや、なんでもない」

私は首を振った。昨日ニシノたちに対して、ミラー軍曹の死について調査していると言ったことをうっかり忘れていた。彼は私がキジマの〝相棒〟であることを知らないのだ。

ニシノはちょっと妙な顔をしたが「こちらへどうぞ」と言って先に立って歩きだした。

「どうやらミラー軍曹は自殺じゃなかったみたいですね」とニシノは廊下を歩きながら、私を振り返って言った。「軍曹はやっぱり何者かにひそかに毒殺されていた。……いまプリズン中が、その話題でもちきりですよ」

「何かあったのか？」いやな予感がしてたずねた。

「昨夜プリズン内で、囚人の一人が殺されているのが発見されたのです」ニシノは〝副所長室〟と書かれたドアをノックしてから私を振り返り、声をひそめてつづけた。「それがどうやら、ミラー軍曹の時とそっくり同じ状況だったということでして……」

「なんだって？」

私は思わず声をあげた。が、詳しく状況を聞く前に、中から「入れ」という声が聞こえた。ニシノは肩をすくめ、ドアを開けて、私に部屋に入るよう促した。


机の向こう側に座ったジョンソン中佐は、昨日からずっとそこにいて、少しも動いていないように見えた。同じ姿勢、同じ服装、シャツによったしわの形まで同じに見える。ニシノが私の背後でドアを閉めて立ち去ったあと、しばらくはジョンソン中佐がペン先で机の上を叩《たた》く、こつこつという音だけが部屋のなかに聞こえていた。

「聞いたかね？」ジョンソン中佐が表情ひとつ変えずにたずねた。

すぐに答えずにいると、彼は眉をひそめてつづけた。「すでに耳に入っているかもしれないが、昨夜、囚人の一人がミラー軍曹とよく似た状況で死んでいるところを発見された」

「〝そっくり同じ状況だった〟」私は口を挟んだ。「そう聞きました」

ジョンソン中佐は、うむと一つ不快げに唸《うな》った。

「正直なところ、われわれはこれまでミラー軍曹の事件を重大視してこなかった。プリズンに勤務する看守の一人が自殺しようが事故死しようが、そんなことは大した問題ではなかったのだ。……言っている意味はわかるね？」

私は無言で頷いてみせた。だからこそ彼は、事件の調査をキジマとの交換条件に持ち出したのだ。

「ところが〝二人が同じ状況で死んだ〟となれば話は違ってくる」ジョンソン中佐は苦虫を噛《か》み潰《つぶ》したような顔でつづけた。「彼らは二人ともプリズン内に持ち込まれた毒物を使って殺された可能性がある。そんなことは、言うまでもないことだが、プリズンの管理上、絶対にあってはならないことだ」

短い間を置き、正面から私の顔をみつめた。

「ミスタ・フェアフィールド、きみにはこの件から手を引いてもらいたい」彼は言った。「これはプリズン内の問題だ。部外者が口を挟むべきことじゃない」

「利口なやり方とは思えませんね」私は少し考えて言った。「手を引くもなにも、私はもともとキジマの相棒役を命じられているだけです。ミラー軍曹の事件を調査しているのは、キジマであって、私ではありません。それとも、彼に対してもミラー軍曹の件から手を引くよう命じるつもりですか？」首を振った。「あのキジマが素直に手を引くとは思えませんん。それにそんなことをすれば、彼はまたぞろ脱走を試みるかもしれません。彼がいったいどんな方法を試みるつもりなのか、私には想像もつきませんが……」

ジョンソン中佐は疑わしげに目を細めた。

「それよりいっそ、この際、本当にキジマに事件の調査を任せてみてはいかがです？」

私は、昨日キジマが披露してみせた推理のあれこれをジョンソン中佐に話した。

「少なくとも、彼が一種独特の才能を持っているのは確かです。プリズン内ではすでにミラー軍曹ともう一人の囚人が〝同じ手口で殺された〟という噂がひろがっているとすれば、妙な噂がGHQ本部の耳に入る前に、一刻も早く事件の真相を突き止めなくてはならない。そのためには、利用できるものはすべて利用すべきです。たとえそれが囚人の頭脳であっても。……違いますか？」

ジョンソン中佐はまた、うむ、といまいましげに呻《うめ》いた。彼のような職業軍人にとっては、民間人の提案を受け入れることは――それが正しい選択であろうが、誤ったものであろうが――常に屈辱を感じるものなのだろう。

「昨夜の事件について詳しく教えていただけますか？」私はにやにやと笑いたくなるのを懸命にこらえ、できるかぎり無表情に言った。「うまくいけば、なにか手掛かりを見つけることができるかもしれません。キジマと私で」

ジョンソン中佐は眉《まゆ》をひそめ、ペン先でこつこつと机の上を叩きながらしばらく何か考えるようすであったが、結局、机の上に報告書を滑らしてよこした。

「死んだのはアベという囚人だ。元日本陸軍軍曹。彼は、今年八月、戦時中にシンガポールにおいて現地の民間人を殺した罪で逮捕された。その後、このスガモプリズンに移送され、裁判を待っていた。ところが今朝になって、そのアベが三階の独房内で死亡しているところを発見されたのだ。死因は青酸系の毒物による中毒死。部屋に遺されたもののなかからは毒物は一切検出されなかった。彼がどうやって厳重な監視の眼をかいくぐってプリズン内に毒物を持ち込んだのかは、いまのところわかっていない」

ジョンソン中佐は、苦々しげな表情を顔に張り付けたまま、先をつづけた。

「問題は、先日自分の部屋で死んだミラー軍曹の場合と、まったく同じ状況だということだ。違う点といえば、今回は鍵《かぎ》が内側からでなく、外からかかっていたことくらいなものだ。独房の鍵はむろん厳重に保管されていた。いずれにしても、二人とも密室《ロックド・ルーム》の中で謎の毒死を遂げたことになる。

そのことが知れて以来、看守たちのあいだでは『二人は同じ殺人犯に殺されたのだ』というデマが流れている。……そう、きみの言う通りだ。われわれは、妙な噂がGHQ本部の耳に入る前に、なんとしても真相を突き止めなければならない。たとえ、囚人の力を借りてでもだ」

ジョンソン中佐の口からそんな告白が聞けるとは思っていなかったので、私は少々驚いた。どうやら内情は、思った以上に追い詰められているらしい。

「ちなみに、周囲の者によるとアベには自殺しなければならない理由はなく、実際前の晩にはそんな気配はまったくみられなかったということだ」

「アベはなぜ独房に入っていたのです?」私は資料にちらりと目をやり、不思議に思ってたずねた。「怪我をしているキジマやA級戦犯の老人たちならわかりますが、外国で民間人を殺したアベは、いわゆるBC級戦犯の扱いのはずです。その彼が、一般の雑居房ではなく、独房に入っていた理由はなんです?」

ジョンソン中佐はまた、しばらく無言であった。相変わらず右手にもったペン先で机の上を叩きつづけている。よほど頑丈なペンに違いない。

「アベは、われわれの申し出に同意したのだ」彼は唐突に言った。

「申し出？」

そうだ、とジョンソン中佐は重々しく頷《うなず》いた。「われわれには、囚人たちのあいだに自然に入り込み、彼らの話すことを逐一報告してくれるスパイが必要だった。特別なことではない。言葉の通じない敵地に設けたプリズンを支障なく運営するために、どこでもやっていることだよ。囚人たちのなかで誰がスパイに適しているのか、われわれは慎重に人選をおこなった。選び出されたのがアベだった。案の定、彼はわれわれの申し出をすぐに受け入れた。そしてそれ以降、つまりこの三カ月ということだが、アベは囚人たちのあいだで何が話し合われたのか、誰がプリズンに不満を抱いているのか、そういったことを、ひそかにわれわれに伝えていたのだ。ところが……」

「彼がスパイであることが囚人たちにばれたのですね？」私は言った。「だからあなたたちは、アベを他の囚人たちから隔離せざるを得なかった。彼が私刑《リンチ》にあわないように？」

「そういうことだ」

「アベには、自殺する理由はなくとも、殺される理由はあった」私は事態を整理するために口に出して言った。「それに私は昨日、口うるさい看守だったミラー軍曹が、囚人たちからひどく嫌われていたという事実を耳にしています。とすれば、もしミラー軍曹が何者かに殺されたのであり、かつまた昨夜アベが同一人物に殺されたのであれば、その犯人はスガモプリズンに勾留《こうりゅう》されている囚人たちのなかにいる可能性が高い……」

「そんなことはありえない」ジョンソン中佐はきっぱりと首を横に振った。「囚人たちではない。きみの考え違いだ」

「なぜです？」

「われわれは囚人たちをおよそ考えつく限り厳重に調べている。彼らが外からプリズン内に毒物を持ち込むことは、絶対に不可能なのだ」

私は首をかしげ、少し考えてから訊《き》いた。「本館の掃除は誰がやっているのです？」

「囚人たちだが、それが？」

「正門を入ってから鉄条網の内側にある兵舎、あるいはこの本館までなら、それほど厳しい検査なしで入ってこられます」先日キジマが指摘した点をくり返した。「もしかすると囚人の誰かが本館の掃除中に偶然毒物を手に入れ、監房棟に持ち込んだのかもしれない」

「われわれが何のためにゲートを一ヵ所に限っていると思っているのだ」ジョンソン中佐は小馬鹿にしたように肩をすくめた。「囚人たちが、掃除その他の目的で本館と監房棟を行き来する場合は、かならず一ヵ所しかないあのゲートを通らなければならない。囚人たちがゲートを出入りするさいには、その前後で、かならず徹底的な検査を受けることになっている。われわれは彼らをすっ裸にして、文字通り尻《しり》の穴まで覗《のぞ》いてチェックしているのだ。例外はない。すべての場合、すべての囚人に対してだ」

私は渋々頷いた。私自身、昨日その厳重な検査の様子を実際に目にしたばかりだ。

「先日も」とジョンソン中佐はなにか思いついたように、また口を開いた。「囚人の一人が本館の掃除を終えて戻ってくるさい、彼の持っていたタバコが一箱から二箱になっているのが発見された。面会室を掃除中に床に落ちているのを拾ったそうだ。もちろんわれわれは、彼がそんなものを中に持ち込むのを許さなかった。タバコ一箱が二箱になっていることさえ見逃さないのだ。どんなささいなものであれ、囚人が何かを内に持ち込むことは絶対にありえない。もちろん、彼らがプリズン内で毒物を手に入れることなど、絶対に不可能だ」

「しかし、囚人が犯人でないとすれば、いったい誰が二人を殺したのです？」私は困惑してたずねた。

ジョンソン中佐の唇の端に、ふと奇妙な笑みが浮かんだ。

「それをきみたちが調べるんだろう？」彼は急にくだけた調子で言った。「間違ってもらっちゃ困る。私はきみに手を引くよう忠告したのだよ。それなのに、きみが賭《か》け金をつりあげた。違うかね？」

やられた、私は思わず小さく舌打ちをした。

考えてみれば、ジョンソン中佐が民間人の、まして私立探偵などといういかがわしい存在の忠告を受け入れるはずはなかった。彼は表面上、私の提案を受け入れたふりをしただけだったのだ。

「私はきみたちの調査に全面的に協力した。こうしてプリズン内の内部情報さえ、すべてきみたちに明かしたんだ」ジョンソン中佐は本来の冷ややかな調子に戻って言った。「もし早急に真相が明らかにならない場合は、あるいは調査が不完全だった場合も、きみにはそれなりの責任を取ってもらうことになるだろう。きみを推薦したニュージーランド人判事殿にも、なんらかの弁明を求めるような事態にならないことを祈っているよ」

生け贄《スケープ・ゴート》の山羊を手に入れたプリズン管理責任者は、よく光る眼で、舌なめずりをするように言った。

いずれにせよ、私に与えられた会見時間はそれで終わりであった。

回れ右をして部屋を出て行こうとすると、ジョンソン中佐は机の上にひろげた別の書類に眼を落としたまま、私にたずねた。

「ところで、歯医者にはもう行ったのかね？」

私は今朝からまた自己主張しはじめている奥歯の存在を思い出して顔をしかめた。

「管理棟を抜けて右折、監房棟の三つ目の扉を開けると中庭に出る」ジョンソン中佐は相変わらず顔もあげずに言った。「目の前に並んでいる三つの建物がプリズン付設の病棟だ。一番奥、C棟に歯科治療室がある」

返事に迷っていると、ちらりと眼をあげた。

「言っただろう、私はきみの調査に全面的に協力しているのだよ。プリズン内でのきみの行動はすべて報告されている。昨日きみは、ヤング看護兵を探していたそうじゃないか？彼は今、歯科治療室に詰めているはずだ。行ってみたまえ」

ジョンソン中佐は事務的な口調でそれだけ言うと、ふたたび書類に眼を落として、顔のわきでハエでも追うような仕草をしてみせた。

消毒液の匂いは、相変わらず私を滅入《めい》らせた。

私にとってその匂いは、ヨーロッパで何度かかつぎこまれた野戦病院の匂いにほかならない。消毒液の匂いを嗅《か》ぐたびに、私の目の前には大気を切りさいて無数の砲弾が飛びかい、次の瞬間、耳を聾《ろう》する轟音《ごうおん》をあげて大地が破裂するさまがありありと浮かびあがる。つづいて、ちぎれ飛ぶ手足や、泥にまみれた赤い傷口。塹壕《ざんごう》の底を流れる血の色。肉を破り飛び出した白い骨。ぽっかりと開いたまま、もはや何ものも映さなくなった昨日までの友人の眼、死にゆく者の呻《うめ》き声、といったものが思い出される。

私がヨーロッパで目の当たりにした戦場は、控えめに言って、想像を絶する地獄であった。子供のころ教会でさんざん聞かされた地獄の責め苦――「あなたたちが悪いことをしたら、こんな目にあわされるのですよ!」――も、あれに比べれば、保養地での娯楽程度なものだ。戦争が終わった今も、私はときおり夢にうなされ、汗をびっしょりかいて、暗闇のなか、ベッドの上に跳び起きることがある。今世紀に入って二度目の、そして結果的には最大の犠牲者をだすことになった世界大戦は、私を含め、生き残った者にもけっして消えない傷痕《きずあと》を残していた。

病棟の暗い廊下をすすみ、教えられたとおり《歯科治療《デンタル・クリニック》》というプレートのかかったドアをノックした。

すりガラスごしに人影が近づき、内側からドアが開いた。

「歯の治療？」背が高く、瘦《や》せて、眼鏡をかけた白衣の中年男が、短くたずねた。

「半分はそうです」私は自分の右の顎《あご》を軽く叩《たた》いてみせた。

「半分？」

男は私の左側の顎に目をやった。私は首を振った。

「ジョンソン中佐から、こちらにヤング看護兵がいると聞いてきました。彼と少し話をしたいのですが？」

殉教者めいた悲しげな男の顔のなかで、片方の眉《まゆ》がすっとひきあげられた。彼は眼鏡の奥の目を細め、私を値踏みするようすであった。

「私はドクタ・アシュレイ。このプリズンの軍属歯科医だ」彼は白衣のポケットから手を出さずに言った。「失礼だが、あなたは？」

「エディ・フェアフィールド。ジョンソン中佐の依頼で、先日スガモプリズン内で亡くなったミラー軍曹の事件について調べています」

「ミラー軍曹の……」アシュレイ医師は、ふいにぴくりと頰を震わせた。彼は開けたドアの前から体をずらして、私になかに入るよう促した。

「ミスタ・ヤング。君にお客だ」

アシュレイ医師が部屋の奥に声をかけると、白いついたての裏側から小柄な若者が顔をのぞかせた。

「ぼくに？」と若者はアシュレイ医師に短く問い返し、私に顔を振り向けた。

昨日は支給品の、大きすぎる、ぶかぶかのヘルメットを目深にかぶっていたせいで気づかなかったが、ヤング看護兵はひじょうに優美な目鼻立ちをした若者だった。その眼は澄んだ空色で、髪は明るい亜麻色。色が白く、まつげがおそろしく長い。まるでラファエロが描いた天使の絵から抜け出てきたような美貌《びぼう》の持ち主だが、残念ながら身につけた軍服はまるで似合っていなかった。

そういえば、アメリカ軍は日本を占領するにさいして、復讐心《ふくしゅう》によるトラブルを恐れ、日本軍との交戦経験のない若い兵士をことさら選んで連れて来たという話を聞いたことがある。もっとも、ヤングを見るかぎり、アメリカ軍はヘロデ王の嬰児《えいじ》殺しのように見境なく人を選んできたと言われても仕方がなかった。

「ぼくに？」とヤングはもう一度呟《つぶや》いて首をかしげ、急に思い出したようすで手を打った。

「あなたはたしか、昨日キジマの独房を訪れた……ニュージーランド人？」

無言で頷《うなず》いてみせると、ヤングはくすりと笑った。

「なにがおかしい？」

「キジマは東洋の不思議な魔法を使って、独房を訪れた人の個人的な秘密を暴き立てるのです。きっとあなたもびっくりしたんじゃないかと思って……」

「東洋の不思議な魔法？　キジマが、私の個人的な秘密を暴いた？」

「ほら。彼はあなたが入っていくなり、あなたがニュージーランド人だということをたちまち言い当てたじゃないですか。そんなこと、ぼくだって知らなかった。あれが東洋の魔法じゃなくて、いったい何だというんです？」

私はちょっと眉をひそめた。

「会話を盗み聞きしていたのか？」

「盗み聞きだなんて……。聞こえてきただけですよ」ヤングが唇をとがらせた。

私がその点をさらに追及すべきかどうか思案していると、アシュレイ医師が横から口を挟んだ。

「ミスタ・フェアフィールド。せっかくだ。どうせなら、残り半分の用事も一緒にすませてしまいましょう」

彼はそう言って、私に治療用の椅子に座るよう促した。

気が進まなかったが、渋々椅子に座った。

「ぼくはよく、キジマの独房の当番につくのです」

ヤング看護兵は、アシュレイ医師の手伝いをすべく白衣をつけながら陽気に話しつづけた。

「彼はたいてい目を見開いたままベッドに横になって天井を睨《にら》んでいるか、さもなければ板の上にザゼンを組んでぶつぶつと呪文《じゅもん》を唱えながら体を揺すっているんです。来たばかりのころなんかは、腹に巻いた包帯が真っ赤に血で染まっているのに、まだザゼンをやっていたんですからね。……そのときはもちろん、慌ててやめさせましたよ。東洋の魔法を使うための修行なんでしょうが、見ている方は気味が悪いったらありません。ときどき、見ているこっちが気が変になりそうですよ」

返事をしようとしたが、アシュレイ医師が容赦なく私の口に器具を突っ込み、治療を開始したので、しばらくは質問を中断せざるを得なかった。

歯がガリガリと音をたてて削られていく。

いつもながら、ぞっとするような不快な感覚に襲われる。おそらく口をあけたままという無防備、無抵抗な姿勢が、精神を必要以上に不安にさせるのだろう。

私は治療を受けながら、ひとつの痛みを取り除くために、これほどの痛みや不快感を我慢しなければならないのはなんとも皮肉な話だな、と考えた。

ふと、不快な消毒液の匂いにまじって、鼻先にかすかに甘い匂いを感じた。

「……いいでしょう。今日のところは、これで終わりです」アシュレイ医師が私の口のなかを点検し、マスクをはずしながら言った。「もう口を閉じてもかまいませんよ」

助手をつとめるヤングが、消毒液の匂いのするコップを私に差し出した。

「口をゆすいでください」

言われたとおりにした。

奥歯の具合を舌先でたしかめ、それからヤングに向き直って言った。

「キジマは推理をしているだけだ。東洋の不思議な魔法じゃない。ごく初歩的な推理なのだ」

　ヤングがきょとんとした顔をしているので、キジマがなぜ見ず知らずの訪問者――つまり私がニュージーランド人だと推理できたのか、その根拠を話してきかせた。

「南十字星の縫い取りと、言葉の訛《なま》りですって？」ヤングはとうてい信じられないといった顔で首を振った。「やっぱり魔法じゃないですか。いったいどこが違うのです？」

「観察と分析」私は言った。「それが推理の基本だ。訓練で誰でもできるようになる。もちろん、優れた推理家になるためには特殊な才能も必要だが……」

「特殊な才能！」ヤングが勝ち誇ったように呟いた。「魔法使いと同じだ」

　私は肩をすくめ、話題を変えた。

「亡くなったミラー軍曹について知っていることを教えてほしい」

　ヤングがはっと顔をこわばらせた。彼は助けを求めるように、アシュレイ医師を振り返った。アシュレイ医師は、カルテになにごとか記載していた手をとめ、静かな声で言った。

「ミスタ・ヤング。痛み止めが切れてしまった。すまないが、倉庫に行ってとってきてくれたまえ」

「……はい、ドクター」

　ヤングは消え入りそうな声で答え、ドアを開けてそそくさと部屋を出て行った。

　さて、と私はアシュレイ医師に向き直ってたずねた。「どういうことなのか、もちろんあなたから説明していただけるのでしょうね？」

アシュレイ医師は私の顔をじっとみつめ、それからため息とともに言った。

「ミラー軍曹は、亡くなる前、ヤングにしつこくつきまとっていたのだ」

「つきまとっていた？」私は眉をひそめてたずねた。「彼はなぜヤング看護兵につきまとっていたのです？」

アシュレイ医師は首を振り、一呼吸おいてから、暗い声でこたえた。

「ミラー軍曹はあの子に〝自分の愛人になるよう〟迫っていたのだよ」

8

しばらく思案した後で、やはりキジマの独房を訪れることにした。

ジョンソン中佐が言ったとおり、私は自分で賭《か》け金をつり上げてしまったのだ。事件の真相を突き止めるか、さもなければ生け贄《にえ》の山羊《やぎ》としてのどをかき切られるかだ。こうなっては職業的プライドもなにもあったものではなかった。プリズン内で起きた不可解な連続密室毒死事件（？）の謎を解くためには、何としてもキジマの協力が必要だ。同時にそれは、彼の望み——失われた記憶を取り戻す——に対しても、これまでのようないい加減な態度ではなく、本気で取り組まなければならないことを意味していた……。

私は内心やれやれとため息をついた。

本来の目的である行方不明者捜しの方はまだろくに調査も進んでいないのに、なんともやっかいなことになったものだ。

当番兵（グリーンの瞳《ひとみ》、にきび面の若者）に独房の錠を開けてもらい、中に入っていくと、キジマは相変わらず、無言、無表情、大きく見開いた目をぎょろりと動かして出迎えてくれた。

私はベッドの脇に椅子を寄せ、手帳を開いて、彼に昨日からの調査の経緯を報告した。その間キジマは、表情のない眼差《まなざ》しをじっと天井に向けているだけで、何の反応も示さない。

途中何度か〝馬鹿げている〟と思い、手帳を投げ出しそうになった。もっとも、いまさら後に引くわけにもいかない。出口なし《ノー・エスケイプ》とはこんな状況を言うのだろう。私は能面のような冷ややかなキジマの横顔に時折目をやりつつ、調査結果を記したページをめくり、最後に〝ミラー軍曹がヤングに言い寄っていた〟という驚くべき新事実を明らかにして、手帳を閉じた。

「それこそがミラー軍曹が抱えていた〝プライベートなトラブル〟だったのだ」私は首を振った。「プリズン内の連中は彼が殺されたといって騒ぎはじめているようだが、もしかするとミラーはやっぱり自殺したのかもしれないな」

「やっぱりだと？」キジマがはじめて、しゃがれた声で口をきいた。「なぜだ？」

「私の話を聞いていなかったのか？」うんざりして言った。「ミラーは同性愛者だったのだ。彼は日頃から自分の性癖を恥じていたに違いない。だから……」

「同性愛は何も恥ずべきことではない」キジマがぐるりと首を回した。「歴史上、例えば古代ギリシアや、あるいは日本を含むアジア諸国において、人間は同性への愛情を尊重すべき一つの文化と見なしてきた。同性愛を否定的にとらえたのは、性《セックス》そのものを排除しようとしたキリスト教社会と、自国の兵隊の生産性の低下を恐れる近代国家だけだ。二つの社会は、文化史のうえでは、むしろきわめて例外的な存在なのだ」

私にはキジマが急になにを喋《しゃべ》りだしたのかわからず、ぽかんとして、指先からあやうくタバコを取り落とすところであった。我に返ってたずねた。

「きみは同性愛者なのか？」

「違う。だが、そんなことは問題じゃない。俺はいま、認識の話をしているんだ」キジマは冷ややかな口調で言った。「歴史上、同性愛であることを理由に自殺した者はほとんどいない。彼らにとってはそれが自然な感情である以上、そのことを恥じる必要はないからだ。ところがあんたは〝同性愛者は例外的かつ異常な存在であり、彼らはそれを恥じるべきだ〟という先入観に立って事件を判断している」

「つまり、えー、それが〝王様の見えない服〟だと？」

キジマは一瞬目を細め、それからにやりと笑った。「そのとおりだ。人間は世界を見ているんじゃない。〝見たもの〟が世界なんだ。あんたは、周囲の大人たちの意見――先入観――を無視して、王様が本当はなにを着ているか自分の目でたしかめるべきだ。例えば、ヤングがアシュレイ歯科医と愛人関係にあるのかどうかといったことを」

「あの二人が同性愛者？　まさか？」

「なにを見ている？　ヤング看護兵が同性愛的傾向をもっていることは一目で分かることじゃないか。それに、あんたのいまの話からすれば、アシュレイとかいうその歯科医もそうだと考えてまず間違いないだろう。ついでに言えば、昨日あんたをここに案内してきた大男も、美男のヤング看護兵に会うのが目的だよ」

私は眉《まゆ》をひそめ、さきほど聞いたヤングの言葉を思い出した。

――キジマは東洋の不思議な魔法を使って、独房を訪れた人の個人的な秘密を暴き立てるのです。

あながち嘘ではないのかもしれない。

「自分で調べてみることだ」キジマはゆっくりと首を振り、視線を天井に戻した。

私はいったん立ち上がって、短くなったタバコを便器のなかに放りこんだ。

「いずれにせよ、これで解決しなければならない事件が二つになったわけだ」椅子に戻り、新しいタバコに火をつけた。「しかも今度は完全な〝中〟だ。ミラーの場合は、スガモプリズン内とはいえ、きみが指摘したとおり、いわゆるグレー・ゾーンの兵舎だった。兵舎までなら、なんとか毒薬をもちこめた可能性がある。だが昨夜、謎の毒死を遂げたアベの場合は、スガモプリズンでも一番奥に位置する独房内だ。誰が、いったいどうやって極めて厳重な監視の眼をかいくぐり、プリズン内に毒薬を持ち込んだのか？　ただでさえ持てあましていた謎が、これで二つになった。真相解明へのみちのりはいっそう遠ざかったと言わざるを得ないな」

「……そうともかぎらないさ。もし俺が思っているとおりなら、これでむしろ解決は容易になったはずだ」

「解決が容易に？　どういうことだ？」

「独房のよい点は、そこにあるものが完全に把握されているということだ」キジマは、私がさっき渡した報告書をシーツの上に投げ出し、低く呟《つぶや》くように言った。「ふん、折れた小枝か……。いずれにしても興味深い報告書だよ」

「この報告書が、興味深い？」

私はあらためて報告書を取り上げ、眼を通した。なるほど報告書には、アベという男が死んだ独房内にあったものが、それこそ床に落ちていたゴミ屑《くず》まで一々数え上げられ、記載されている。

「床に落ちていたゴミがどうかしたのか？」

「一度は偶然かもしれないが、二度重なれば偶然じゃない……」そう呟いたキジマの口元には、ひどく冷ややかな笑みが浮かんでいる。「やれやれ。それにしても、なぜ誰も不思議に思わないんだ？　今度の犯行が密室などという馬鹿げた状況で行われたことを」

「犯行が密室で行われたことが馬鹿げている、だと？」私は思わず眉をひそめた。

「密室などというやつは、なるほど探偵小説ではおなじみのものだが、実際にはめったにお目にかかることがない。なぜか？　そんなものは、現実にはほとんど意味がないからだ」キジマは相変わらず視線を天井に向けたまま、にやにやと笑いながら、囁《ささや》くような声で続けた。「密室が唯一意味を持つのは、殺人を自殺または事故死に見せかける場合だけだ。例えば第一の事件——アメリカ軍に所属するミラー軍曹とやらが密室で死んだときは、自殺もしくは事故死の可能性が疑われた。もしあのまま事件が終わっていれば、密室にもなんらかの意味があったことになる。ところがプリズン内で、こうして二つ目の事件が起きた。日本人の戦犯の一人が、プリズン内の、しかも独房という二重に閉ざされた空間で毒死し、しかも死因はミラー軍曹と同じ毒物による中毒死だという。

短い時間に、同じ状況、同じ毒薬で二人の人間が毒死したとなれば、誰だって連続殺人を疑うだろう。密室で殺人が行われたのが明らかな場合、〝密室の謎〟などというものは存在しない。なぜなら、それがいかに不可解な謎であるにせよ、そんなものは犯人を捕まえたあとで、どうやったのかは直接本人に訊《き》けば済む話なのだから。それにもかかわらず、犯人は二つ目の事件の場合も、ご丁寧にも密室状況をつくりだしている……。これが馬鹿げた状況だと、なぜ誰も指摘しないんだ？」

「すると、なにか」と私はタバコをくわえ、眉をひそめたまま、少し考えて言った。「きみは〝犯人には、あえて犯行現場を密室にしなければならなかった何らかの理由があるはずだ〟と言うのだな？」

「いや、理由なんてものはなかったのかもしれない」

「理由がない？　それじゃいったい……」

「そもそも今回の場合は、厳密には密室ですらない」キジマは、まるでそのことを蔑《さげす》むように唇の端をねじ曲げて言った。「記録を読めば、いずれの場合も部屋の窓が少し開いていたことがわかる。こんなものは、とても密室と呼べる代物じゃないさ」

「しかし、ミラー軍曹が死んだ兵舎の窓は、構造上ごく薄くしか開けることができなかったんだ」私はやはり記録に書かれている事実をキジマに指摘した。「それに、今回アベという囚人が死んだのは三階の独房の中だ。どちらも充分、密室と呼べる状況だと思うがね？」

ふん、と鼻先で笑ったキジマは、私の問いには答えず、別の質問を口にした。

「そんなことよりわからないことがある。ミラーは死ぬ直前に、なぜこんなものを読んでいたんだ？」

視線の先、白いシーツの上に一冊の本が置いてある。

深い紺色のクロス張りの表紙に、金文字のアルファベットでタイトルが記された一冊の本。キジマに渡す前に確認したが、中は英語で書かれていた。

本はミラー軍曹の事件現場に落ちていたものだ。事件の証拠品として保管されているのを私が見つけ出し、許可を得て借り出してきた。

私は本を取り上げ、表紙の文字を小さく声に出して読んだ。

「ホーマー作、オデッセイ」

「ホメロス作、オデュッセイア」

キジマが小ばかにしたように私の言葉を正した。

「ギリシア語じゃ、そう発音するんだ。英語圏の奴らは、すぐに自分たちの読み方にあわせて発音を変えちまう。悪い癖だ」

うむ、と私は短く唸《うな》った。

「なぜミラー軍曹が、この本を死ぬ直前に読んでいたと断言できる？」私は手元の本に眼を落としたまま、キジマに反論を試みた。「きみはさっき〝先入観なしに自分の目でたしかめろ〟と言った。その説でいけば、死体の下に本が落ちていたからといって、死者がその本を死ぬ直前に読んでいたとはかぎらないはずだ。ミラー軍曹は、死の直前、机に置いてあった本を床に落とし、たまたまそのうえに倒れこんだだけかもしれない」

「〝俺を殺そうとしている者はウーティス〟」

「なに？」

「あんたがさっき言ったんだぜ」キジマは唇の端を歪《ゆが》めるように、にやりと笑って言った。

「〝ミラーが死ぬ前の晩、部屋のなかで妙なことを言っていた〟と」

なるほど私はさっき、昨夜ギンザのクラブで、ボビイ・ビーチ一等兵から聞いた謎の言葉をキジマに報告した。

俺を殺そうとしている者はウーティス？

ボビイ・ビーチが聞いたのは、ミラー軍曹を殺した犯人の名前だったというのか？

身を乗り出してたずねると、キジマはなにを思ったのか、白いシーツの下で腹をふるわせて、くつくつと笑いだした。

「なにがおかしい？」

「〝独り住いのお前に暴力をふるった者が誰もおらぬとすれば、大神ゼウスが降《くだ》す病いは避ける術《すべ》がない。せいぜい父神ポセイダオンに祈るがよかろう〟」

「いったい……？」私は眉をひそめた。

「その本を読んだことがあるか？」キジマは、私が手にしたままの本を眼で示してたずねた。

私は質問の意図を訝《いぶか》りつつ、首を横に振った。

「『オデュッセイア』は、『イリアス』とともに、古代ギリシアの伝説の詩人ホメロスが作ったとされる二大長編叙事詩だ」

キジマはふたたび天井に視線を移し、淡々とした口調で言った。

「ギリシアの英雄オデュッセウスは、トロイア戦争から凱旋《がいせん》の途中、神の怒りをかって十年におよぶ漂泊を余儀なくされる。物語は、彼がその放浪の旅のあいだに出くわしたさまざまな怪異譚《たん》と、故郷に戻って後、彼がいかにして不在中の不正を正したかを描いている……。そして、第九歌〝隻眼の巨人キュクロプスの物語〟に、ウーティスという言葉が出てくる」

目次を確認し、急いで手元の本のページをくった。

「オデュッセウスは、帰還の途中に立ち寄った島で、人食いの巨人キュクロプスの洞窟《どうくつ》に閉じ込められる」

キジマは低く呟くような声で物語った。

オデュッセウスは、多くの部下を食われながらも、策略を巡らせ、巨人を酔いつぶすことに成功する。

人食い巨人が酔いつぶれたのを見計らい、オデュッセウスは部下たちと力をあわせて、先を尖《とが》らせたオリーヴ材の丸太を用意し、それを巨人のたった一つの眼に突き立てた。

巨人があげる凄《すさ》まじい悲鳴を聞きつけて、仲間の巨人たちが集まってくる。

洞窟の外から、彼らは尋ねる。

『その悲鳴はなんだ？　誰がお前を殺そうとしているのか？』

眼を失った巨人は、オデュッセウスから聞いた名前を思い出し、こう答える。

――俺を殺そうとしている者はウーティス。

「なるほど。確かに……」

私は該当の箇所を見つけ、キジマが話す内容を確認して小さく頷《うなず》いた。

どうやら、ボビイ・ビーチ一等兵がドアごしに聞いた謎の言葉の正体は、ミラー軍曹がこの『オデュッセイア』の物語を声に出して読んでいたものだったらしい。

「ギリシア語でウーティス——U・T・I・S——は〝誰もいない〟という意味なのだ」

キジマは言葉をつづけた。

「この答えを聞いた巨人の仲間たちは、閉ざされた洞窟のなかには、眼を潰《つぶ》された巨人本人しかいないと思い込む。そして彼らは〝お前を害する者が誰もいないのなら、祈る以外仕方がない〟と言って帰っていく。悪賢いオデュッセウスは、まんまと巨人の手を逃れ、ふたたび放浪の旅をつづけることになる……」

キジマはぎろりとした眼を私にむけ、頬を引きつらせるようにして、かすかに笑った。

「〝誰もいない〟、もしくは〝誰でもない〟という偽名を使って危地を脱するのは、なにも『オデュッセイア』のオリジナルというわけじゃない。世界各地の民間伝承にみられる共通の挿話だ。たとえばこの国に古来伝わる神話にもよく似た話があって、その点をもって〝古代の日本と古代ギリシアのあいだで文化的交流があった〟などという珍説を唱える者もあるそうだが、なに、結局は人間の考えることなど、どこでもたいして変わりはないというだけの話だ」

私はタバコを一服し、煙の行方を眼で追いながらキジマに言った。

「きみのおかげで謎が一つ解けた」

キジマはかすかに肩をすくめてみせた。

「だが、別の疑問がでてきた」

キジマが、私にむかって無言で目を細めた。

「きみはなんだってこの本について、そんなに詳しいのだ?」私はたずねた。「きみはまるで、この本のどこに、何が書いてあるのか、すべて暗記しているような口ぶりじゃないか」

「そんなことか」と無表情に言い捨てたキジマは、シーツの下から手錠につながれた痩《や》せた手を伸ばして、私から本を奪い取った。

深い紺色の本の表紙をなでながら、キジマは言った。

「これは俺の本なのだ」

「きみの本?」

私は唖然《あぜん》としてたずねた。

「しかし……なんだってきみの本がこんなところにあるのだ?」

「その理由は俺の方が知りたいくらいだ」キジマは無表情に首を振り、本に眼を落とした。「なぜミラーは死ぬ直前にこの本を読んでいた?……単なる偶然か?……だが、それならなぜ、そんな偶然が起きる?……それともこれは、俺の失われた記憶となにか関係があることなのか……?」

まるで狂気を発したようにぶつぶつと低く呟《つぶや》きながら、神経質そうにページを繰っている。

ふと、その手が止まった。

「妙だな？」

「どうした？」

「ページがなくなっている」

　私が慌てて身を乗り出すと、キジマは本を示して言った。

「ここだ。この本の見返しには、なにも印刷されていない白ページがついていたはずなのだ。そのページが破られている」

「きみが自分で破ったのかもしれない」私は疑って言った。「きみが記憶を失っている五年のあいだに」

「なるほど俺はもしかすると捕虜を虐待し、あるいは殺したかもしれない」キジマは私ににやりと笑って言った。「だが、この本のページを破るようなまねだけは絶対にしなかったはずだ」

　私は無言で肩をすくめた。

「第一、見ろよ」キジマは本の背表紙に近い部分を指さして言った。「ページを破ったあとの繊維がけばだっている。破られたのは、ごく最近のことだ」

　私は少し考えて言った。「つまり、この本のページが破られていることと、ミラーの事件とはなにか関係があるというのか？」

「それはまだわからない。わからないが、あるいは……」

　キジマはぐっと目を細め、なにごとか考えるようすであったが、やがて私に向き直り、早口に言った。

「ミラーが死んだ兵舎には、グレー・ゾーンとはいえ、やはり自由に本を持ち込めたはずがない。この本は、おそらくプリズン内の図書室から持ち出されたものだろう。五年前は俺が持っていたこの本が、なぜこのスガモプリズンの図書室に納まることになったのか、その経緯を調べられるか？」

「やってみよう」私は手帳に要件を書き取った。「ほかには？」

「事件の直前に、誰かこの本を借り出した者がいないかどうかを知りたい。その期間にプリズン内で医者にかかった者のリストも欲しい。二つのリストに同じ名前がないか突き合わせるんだ。……いや、内科はいらないな。とりあえずは外科だけでいい」

私はメモを取る手を止め、顔をあげた。

「それから、そうだな」キジマはかまわず続けた。「さっきあんたは『面会室で拾ったタバコを持ち込もうとした囚人がいた』と言っていたな？　その囚人に、タバコを拾ったときの状況を詳しく聞いてみてくれ」

「いったい、なんの冗談だ？」私はたまらず訊《き》いた。「本が持ち込まれた経緯はともかく、外科にかかった者のリスト？　拾ったタバコだと？」

「いいから調べてみなよ。なにかわかったら知らせてくれ」

キジマはそう言うと、ふたたび大きく見開いた目で天井の一点を見つめ、にやにやと気味の悪い笑みを浮かべている。

首を振って立ち上がりかけたが、まだ話していないことがあったのを思い出し、もう一度椅子に腰を落ち着けた。

「昨日、きみに面会人が来ていた」ポケットを探り、新しいタバコに火をつけて言った。

「なんと言ったかな？　ミスタ・アテュマ……？」諦《あきら》めて肩をすくめた。「ミスタ・イツオだ」

キジマがぎろりと眼をむけた。

「あいつに会ったのか？」

私は頷いた。

「彼は心から、きみが生きてこのスガモプリズンを出て行くことを望んでいる」

「……イツオとは、高等学校に入ったとき以来のつきあいだ」キジマは小さくため息をついた。

私と話している間中ずっときびしかった彼の表情が、心なしか、はじめて緩んだように見える。

「あいつは典型的な都会育ちの〝お坊ちゃん〟で、貧乏軍人を親にもち、大陸で育った俺とはなにもかもが違っていた。たぶん珍しかったのだろう、あいつは、大陸帰りで友達のいない俺によくしてくれた。……大学に在学中、俺の親父が戦死したという知らせがきたときも、それからお袋が一人で田舎に帰るときも、そのあとだって、あいつは親身になって色々と面倒をみてくれた」

「だったら、なぜ彼に会おうとしない？」私は唇の端にタバコをくわえたままたずねた。

キジマはしばらくの沈黙のあと、目の前に広げた両手を見つめて呟いた。「俺の手は……血で汚れている」顔をあげた。「戦争中、俺は捕虜を虐待し、何人かを死に至らしめたという。捕虜の一人を、この手で自ら刺殺さえしているのだ。なぜそんなことになったのか、自分でも分からない。だが、俺が覚えていようが覚えていまいが事実は変えようがない。……どんな顔をしてあいつに会える？　あいつとどんな話をする？」

キジマは寂しげに笑った。

「だめだ、俺には合わす顔がない。今度あいつに会ったら、俺のことはもう放っておいてくれるよう伝えてくれ」

私は椅子から立ち上がり、便器にタバコを投げ捨てて言った。

「キョウコにも、そう伝えるのか？」

「なに？」

「昨日、彼女も来ていたのだ。キョウコは、きみに会うことを強く望んでいる」

キジマは、今度は答えなかった。青白く血の気の失せた顔で、唇をきつく嚙《か》みしめ、恐ろしい眼で虚空の一点を見据えている。

私は立ち上がり、肩をすくめて言った。

「きみに婚約者がいたとは意外だったよ」

「……俺だって意外だったさ」

キジマは目を閉じ、ひどく絶望したようすで言った。

9

本の出所はわけなく知れた。

プリズン内に持ち込まれる印刷物は厳重な監視のもとにおかれ、どんなものが、どこから持ち込まれたのか、すべて記録されていたのだ。

記録によれば、問題の『オデュッセイア』は、スガモプリズンに出入りしている日本人教誨師《きょうかいし》サイトウが寄贈したものであった。

予定表をしらべてみると、幸いなことにサイトウがプリズンを訪れ、囚人たちに講話をする日にあたっていた。時計を見ると、ちょうど講話が終わる時間であった。私は急いで廊下を進み、講堂を出たところでサイトウをつかまえることができた。

「私にどんな御用ですか？」

穏やかな声で反問したサイトウは、青白い顔に眼鏡をかけた、痩せぎすの、四十代半ばの男だ。襟が高く、裾《すそ》の長い独特の形をした黒い服。資料によれば、彼は仏教研究家として高名な学者であるとともに、神道やキリスト教の教義に通暁し、さらには英仏独語に堪《たん》能《のう》、ということであった。

その場に立ったたまま、早口に用件を告げた。

「英語版の『オデュッセイア』？　私がその本をどこで手に入れたか、ですって？」

サイトウは眉《まゆ》を寄せたが、私が現物を取り出して彼に手渡すと、思い出したらしく頷《うなず》いて言った。

「この本なら、そう、ほかの何冊かの書籍と一緒にある篤志家の方が私の家に送ってきてくださったものです」

「篤志家？」

「私が教誨師としてスガモプリズンに出入りしていることが新聞で報道されて以来、私の家には、書籍にかぎらず、全国から、いろいろな物が送られてきているのです。〝プリズンの中にいる人たちに差し入れて欲しい〟といって。なにしろ、日本人としてプリズン内に出入りを許されている民間人は、いまのところ私一人ですからね」

「つまりこの本も、その篤志家からの差し入れの一つというわけか？」

「実際にプリズン内に持ち込める物は、ほとんどないのです」サイトウは小さく首を振った。「食べ物や飲み物は、まず許可されません。衣類、装身具もだめ。食器や、筆記用具ですら認められません。わずかに、プリズン管理者が〝囚人たちに無害〟と判断した書籍を持ち込めるくらいなものです」

私は無言のまま頷き、先を促した。

「教誨師は、本来、収容者に徳性教育を行うことが仕事でして……私はそのために派遣されています。ところが、現在の政治や社会の動き、裁判の見通しなどが書かれているものは——GHQの見解によれば——〝囚人に有害〟なのだそうです。ですから、持ち込めるのは宗教関係か、あるいは学術書、まあ、そういったものくらいですね。その場合も、こまかい内容はもちろんのこと、全部のページを確認して不適切な書き込みなどがなされていないか厳しくチェックされます」

なにげなく本のページをくっていたサイトウが、おやと首を傾げた。

「プリズン内で、誰かがページを破ってしまったのですね？」残念そうに呟《つぶや》いた。

「確かか？」私は目を細め、唇の端にタバコをくわえたまま彼にたずねた。

「私がこの本を差し入れたときには、ここに白紙のページがついていたはずなのです」サイトウは本を開き、キジマと同じ箇所を示して言った。「この御時世、ひどい紙不足で困っていますからね。大学でも、ざら紙を集めて論文を書いているくらいです。〝以前はずいぶん贅沢《ぜいたく》な本造りをしていたのだなァ〟と感心したことを覚えています」

私はふむと唸《うな》り、それから言った。

「この本を寄贈した篤志家の名前と住所を教えてもらいたい」

「それなら家に帰って記録を調べれば、すぐにわかるはずですが……」と言いかけたサイトウが、急に顔を曇らせた。「いや、思い出しました。妙な話でしてね。私は、差し入れをお送りいただいた方にはかならずお礼状を書くようにしているのです。ところが、この本の送り主へのお礼状は宛先人不明で返ってきてしまったのでした」

「宛先人不明？」

「もちろん、スガモプリズンに収容されている戦犯との関わりをアメリカ軍に知られるのを恐れて、匿名で差し入れを送ってくる方は少なくありません。しかし、そんな場合はたいてい、住所も名前も書いてこないものなのです。この本の送り主はトーキョー都内の住所を書いてきていました。名前もちゃんと書いています。そこで私は自分で訪ねて行くことにしました。トーキョーはご覧のとおり一面の焼け野原になってしまいましたから、場所によっては、旧来の住所の区割りがほとんど意味をなさなくなっています。もしかすると、そのために郵便が配達できなかったのではないか、そのためにお礼を言えないのはなんとも残念なことだ、私はそう考えたのです。私は戦災前の地図を頼りに、包み紙に書かれていた住所をなんとか訪ね当てました。ところが……」

サイトウは一瞬言いよどむようすであった。

「私が探し当てたその場所は、墓地だったのです」サイトウはそう言って気味悪げに眉をひそめた。「近所の人にたずねたところ、戦争前からの古い墓地で、その場所にはもちろん今も昔も人が住んでいたことなど一度もないと言うのです。私はもしやと思って、墓石を見て回りました。するとどうでしょう、古寂《さ》び、苔《こけ》むした墓石の一つに、送り主の名前が刻まれているではありませんか」

「それじゃ、この本は死者から戦犯たちへの〝差し入れ〟だったのだというわけか？」私は呆《あき》れてたずねた。

「そうですね。ジョークとしてはいささか趣味がよろしくない」サイトウは小さく首を振った。「いずれにしても、この本について私がお話しできるのはそんなところです」

　私は念のため、サイトウに今度プリズンに来るときに送り主の住所と名前を控えてきてくれるよう頼んだ。もっとも住所がわかったところで、外国人である私に彼が調べた以上のことがわかるとは思えなかった。

　キジマの『オデュッセイア』がいかなる経緯でスガモプリズンの図書室に納まることになったのか？　調査はそこで行き止まりであった。


　なかば予想されたことではあるが、図書室での調査も似たような結果となった。

　スガモプリズンの図書室でリストを調べた私は、貸し出された本と貸し出し者の名前が記入されたノートの一ページが破り取られているのを発見したのだ。

　ページは、ノートの綴《と》じ目にごく近い場所から慎重に破り取られていて、ちょっと見ただけでは分からないようになっていた。

　前後の日付を確認したところ、なくなっているページはやはりミラー軍曹が死んだ日の直前の貸し出し記録であった。

　図書室の当番にあたっていた若いアメリカ兵にそのことを指摘したが、彼は鼻先につきつけられたノートにちらりと目をやり、

「本当だ。誰がやったんでしょうねぇ。困ったものですねぇ」

と、あくび交じりの返事をしただけであった。

その日の午後は、キジマの指示通りプリズン内の病棟を走り回って、ミラーの事件が起きた直前に医者にかかった者（外科だけ。内科は不要）を調べ（だが、なぜ？）、リストの作成にほとんどかかりきりとなった。

これでは、本来の来日目的である行方不明者の調査どころではない。キジマに関わったせいで、とんだことになったものだ。私としては、いささか自嘲《じちょう》気味に苦笑するしかなかった。

病棟のドアを開けて中庭に出てみると、ちょうど囚人たちによる構内作業の時間であった。

十二月の午後の弱い日差しのなか、銃をもった米兵たちの監視のもと、壁の修繕、ペンキ塗り、木を植える者や地面に赤い煉瓦《れんが》を並べて花壇をつくる者など、さまざまな作業が行われていた。彼らはみな一言も口をきかず、黙々と作業をつづけている。時折思い出したように強く吹きつける北風はひどくつめたく、素手のまま作業を行う囚人たちは手がかじかむのであろう、しきりに丸めた手を口元にもっていっては、白い息を吐きつけていた。

私は風を避けて建物の陰に入り、タバコに火をつけた。そのまま、無言で作業をつづける囚人たちのようすをしばらくの間ぼんやりと眺めていた。

相変わらず、黄色い能面のように無表情な囚人たちの顔からは、彼らが内心でいったいどんなことを考えているのか読み取ることは不可能であった。彼らは慎重に眼を逸《そ》らしあい、囚人同士互いに視線を交わすことさえしない……。

「調査はすすんでいますか?」

背後から声をかけられた。

振り返ると、昨日クラブで一緒だった二人が近づいてきて、横に並んだ。

二世通訳のニシノ、それに彼の友人ボビイ・ビーチ一等兵だ。

「犯人はもう見つかったのですか?」ボビイがいたずらっぽい笑みを浮かべてたずねた。

私は苦笑して、タバコを投げ捨てた。「見つけるもなにも、そもそも見つけるべき犯人がいるのかどうかさえ、はっきりしないんでね」

「おやおや、それはまた頼りない……」

「ただ、きみが持ち込んだ例の謎は解けた」

私は彼が聞いたという謎の言葉――ウーティス――の由来を説明した。

「なるほど、ギリシア語だったのですか」ボビイは舌でこんという音をたてた。

「ホーマー、オデッセイ?」傍らでニシノがぽかんとした顔で呟いた。

「ホメロス、オデュッセイア」私はキジマの顔を思い出しながら訂正した。「なんでもギリシア語じゃ、そう発音するらしい」

「ギリシア語、ねえ……」ニシノは首を振った。「でも、なんだってミラー軍曹は死ぬ前にそんな本を読んでいたんです?」

「さあてね」と私は肩をすくめた。「だがそれを言えば、この事件は死んだ者が本を贈ってきたり、貸し出しリストが破られたり、わけがわからないことが多すぎる」

「死者が本を？　どういうことです？」

「それがどういうことなのかは、これから調査するところだ」

　うーむ、とニシノが一声うなり、すぐに顔をあげていった。

「ま、なにしろ日本人の事件ですからね。わけがわからなくてむしろ当たり前なのかもしれませんよ。ちょうどいまも妙な報告があがってきて、それを翻訳させられたところなのです」ボビイをちらりと横目で見て、続けた。「報告というのは、最近キュウシュウ地方で急に交通事故が頻発し、トラックやバス、自動車など、およそあらゆる車輛《しゃりょう》がたいへんなスピードで走り回っていて、せまい往来などとても危なくて歩けないというものでした。『すわ日本人の反乱か？』と総司令部が色めき立ち、調査に乗り出したころ、原因はすぐに判明しました。これが奇っ怪な理由でしてね。なにしろ日本人運転手が急に車を飛ばしはじめた理由はなんと、現地のアメリカ軍が最近掲げた標識に『制限速度三十五マイル』と書かれていたからだったのです。標識を見た気の毒な、そしておそろしく従順な日本人の運転手たちが、きっかり三十五マイルで走るようベストを尽くした結果だったのです。日本人は、上からの命令に従うことに慣れすぎています。命令されたら、なんでもその通りやるのがよいことだと思っている。……彼らにデモクラシイのなんたるかを理解できるとは思えませんね。まったく不可解で、馬鹿馬鹿しくて、奇っ怪な国民ですよ」

　私は目を細めて観察したが、ニシノは〝酔っ払っている〟わけではなかった。ボビイはないらしい。

にやにやと笑っている。どうやらニシノが理屈っぽいのは、アルコールのせいばかりではないらしい。

だが、おかげで思い出したことがあった。

「いま時間があるか?」私は、またなにか喋《しゃべ》り出そうとしているニシノの機先を制してたずねた。「きみに通訳をしてもらいたいのだが?」

「そりゃかまいませんが……。いったい誰と話すのです?」

「不可解で、馬鹿馬鹿しくて、奇っ怪な国民とさ」

私はそう言うと、先に立って歩きだした。

めざす相手は、中庭の隅にある金網張りの小屋の中で見つかった。例のオウムを飼っているという鳥小屋だ。

「彼と話をしたい」私は、監視係の米兵の若者に近づき、囚人の一人を指して言った。

「少しのあいだ借りられるか?」

監視係はうさん臭そうに私を眺めたが、ジョンソン中佐の委任状を取り出してみせると、急に態度を変え、鳥小屋の掃除をしていた一人の囚人を引っ立てるように連れてきてくれた。

「どうぞご自由に」

米兵はそう言うと、用事があるというボビイと一緒に立ち去った。

私は通訳のニシノと並んで立ち、あらためて生け贄《にえ》の子羊よろしくその場に取り残された人物に目をやった。

五フィートそこそこの、小柄な、華奢《きやしや》な体つきをした男だ。おどおどとした態度で背中を丸め、上目づかいにこちらを窺《うかが》っている。狭い額には何本ものしわがより、両目の間隔がひどく狭い。年齢より老けて見える黒くしなびた顔には、指を広げて手を押しつけたような大きなあざがあった。

私はふと、以前にも一度彼を見ていることに気がついた。

記録（顔写真付き）を調べたときには気がつかなかったが、昨日私がたまたま居合わせたプリズンの昼食のさい、監視係のグレイに――なにかささいなことで――つるし上げられていた囚人である。あのとき顔の色が妙な具合にまだらに変わって見えたのは、どうやらあざのせいだったらしい。

「ミスタ・オオバ？」

私の問いかけに、小男は恐る恐る頷《うなず》いた。

「きみは戦争中、マツモトの捕虜収容所で働いていた。そのときの収容所所長がキジマ中尉だった。間違いないな？」

オオバは、今度はニシノの通訳を待って頷いた。

記録によれば、オオバはキジマが守備兵として送られたT島にも少し遅れて配属になっている。彼に訊《き》けば、キジマが記憶をなくしている五年間のようすが少しは知れるはずであった。

「キジマについて話を聞かせてほしい」

私はタバコを差し出して言った。自分のことでないとわかると、オオバの表情にはじめてほっとしたような色が浮かんだ。

オオバは坊主刈りの頭を下げ、首をすくめるようにしてタバコを受け取ったが、そのタバコは素早くポケットにしまいこんだ。彼は別のタバコをくわえて一服した。私の訝《いぶか》しげな視線に気づいたらしく、通訳のニシノが小声で事情を補足してくれた。

「囚人たちのあいだじゃ、たまに看守たちからせしめるアメリカのタバコはよほどの貴重品でしてね。普段はたいてい、毎日配給される日本の質の悪いタバコか……」オオバの手元をちらっと見て言った。「アメリカ兵が捨てた吸い殻を集めてほぐしたものを、もう一度巻き直して吸っているのです」

なるほど、オオバがくわえているのは手製の巻きタバコらしい。

質問を続けることにした。

「収容所所長時代のキジマは、きみの目から見てどんな人物だったのだ？」

「キジマ中尉ですか……」オオバがタバコをふかしながら、ぼそりと言った。「あの人は、じつに厳しいお方でしたな」

「厳しい？　捕虜たちに厳しかったということか？」

「いいえ。ご自分に厳しいお方だったということです」

「意味がよくわからない」

「われわれの間には、キジマ所長は混血児ではないかという噂がありました」オオバはよそを見ながら言った。「捕虜たちの待遇に気をつかってばかりいるし、英語が上手なのもそのためではないかと陰口をたたくものもあったくらいです」

「それはつまり、彼は捕虜虐待などする男ではないということか？」

「とんでもない」オオバは慌てたようすで手を振った。「逮捕されたんだから、あの人はきっと捕虜を虐待したんでしょう」

「質問を変えよう」私は言った。「きみはキジマが実際に捕虜を虐待しているところを見たことがあるか？」

「虐待だなんて……。わしらはみんな上からの命令だったから……ただ言われたとおりのことをやっただけですよ」オオバはぼんやりした顔で首を振った。「わしらは、捕虜なんてものは人間のクズだと教えられていたんです。〝生きて虜囚の辱めを受けず。死して罪禍の汚名を残すことなかれ〟そう上からさんざん言われておりました。それから〝英米の兵隊は人間の肉を食う鬼〟だとも……」

「だから扱いを厳しくしたというのか？　だが、捕虜収容所で実際に英米の捕虜に接したなら、彼らが同じ人間だとすぐにわかったはずだ。きみたちには、捕虜を同じ人間として扱う義務があった。もう一度たずねる。キジマは、捕虜収容所所長として、捕虜たちを適切に扱うよう部下に指示したのか？　それともしなかったのか？」

ニシノが通訳するのを待って、オオバは私に向き直った。

「終戦になって、内地に送られる前に、わたしらはいったんシンガポールに送られたんです」彼はやはり質問には直接答えず、別なことを言った。「シンガポールで、今度はわたしらが捕虜になりました。なにが起きたと思います？　アメリカ軍の看守たちは、毎晩酒を飲んでやってきては、わしらの脇腹を靴の先で蹴《け》っ飛ばし、牢《ろう》から引っ張り出して、犬の真似をするよう言うんです。〝四つん這《ば》いになってワン、ワン吠《ほ》えろ〟ってね。……もちろん、やりましたよ。ワンワン吠えるだけじゃなくて、蹴っ飛ばされてキャンキャン鳴いたり、ひっくり返って背中を床にこすりつけながらウーウー唸《うな》ったりもしました」

オオバはぼんやりとタバコの煙の行方を目で追って言った。

「わしらはそれを素っ裸でやったんですわ。タマ、ほうり出してね。アメリカさんたちは、そんなわたしらを見て大笑いしていましたよ」

「捕虜虐待はお互いさま、そう言いたいのか？」

「とんでもない。わたしらに何か言いたいことがあるものですか。ま、戦争に負けた方はしょうがないですわな」へらへらと卑屈な笑みを浮かべた。

さらにいくつかのことをたずねたが、オオバはのらりくらりと質問をはぐらかし――「わたしらはその日は非番でしたから」「そのときわたしらはたまたま横を向いていましたから」「さあ、聞いた気もしますが、覚えてはいないですねぇ」――結局なんの成果も得ることはできなかった。

記録を調べていて、囚人のなかに捕虜収容所所長時代のキジマの部下がいるのを見つけた私は、彼（マサヨシ・オオバ）に話を聞けばキジマの過去がいくらかはっきりするのではないかと期待したのだが、どうやら見込み違いだったらしい。

私は肩をすくめ、オオバにはさらに何本かタバコを与えて、引き取らせた。

オオバが腰をかがめ、ぺこぺこと何度も頭を下げて立ち去ったあと、通訳をしてくれていたニシノが私を振り返って不思議そうにたずねた。

「キジマ？　その男がミラー軍曹を殺した犯人なんですか？」

「いや、いまのは別件の調査だ」私は自分のタバコに火をつけて言った。

ニシノが妙な顔をしているので、事情をかいつまんで話した。

「記憶喪失の男の過去を探る、ですか」ニシノは感心したように言った。「そっちの調査も面白そうですね」

「まあ、そういう言い方もあるな」あいまいに頷いた。

「しかし、日本人相手の調査は一筋縄ではいきませんよ」ニシノが私の顔を覗《のぞ》き込み、気の毒そうに首を振った。「いまの男——オオバの場合でもおわかりでしょうが、彼らはまず訊かれた質問に直接答えることはしないのです。連中はなんでもかんでもはぐらかして、それで責任を取らずにすませられると思っているのです」

「オオバの反応は、あるていど予想していたことだ」私は言った。「彼自身が、収容所時代に行った捕虜虐待を理由に裁判を待つ身なのだ。自分に不利な言質《げんち》をとられたくないのだろう」

「へえ、あの小男が、英米の捕虜を虐待したですって?」ニシノは足を止め、目を瞬《しばた》かせた。「こりゃあ驚いた!」

「オオバについて、なにか知っているのか?」

「知っているもなにも、あの小男はいつもグレイに〝虐待〟されていますよ」ニシノは苦笑して言った。「オオバには、なんというか、天性の道化のようなところがありましてね。ことあるごとに必ずなにかおかしなミスをしでかすのです。食器をわざと裏返しにして出すとか……。どうも周囲の笑いをとるためにわざと失敗しているようなのですが、それがまたどうにもわれわれのカンに障るのです。ほら、さっきの話でも、イヌの真似をさせられたのは本当でしょうが、〝タマをほうり出した〟のはオオバのオリジナルだったに違いありません。多分本人は笑いをとるつもりなのでしょうが、全然笑えない。それどころか、グレイなんかはそのたびに怒り狂って、オオバを文字通りつるし上げている始末です」

私は昨日眼にした光景を思い出し、無言で首を振った。

「ミスをすると、作業を担当した雑居房の囚人全員が連帯責任を取らされることになるのです」ニシノは肩をすくめてつづけた。「同じ房の囚人たちからも苦情がでましてね。いまじゃオオバはたいてい、みんなとは別に作業をしているはずです」

「だから、一人で鳥小屋の掃除をしていたのか?」

「人気《にんき》のない作業でしてね。囚人たちも、せっかく房から出られる作業時間に、わざわざ狭い鳥小屋に閉じこめられたくないのでしょう。おかげでオウムもいまじゃ彼に一番慣れているようです」ニシノは軽く笑って言った。「あと、オオバには三人子供がいて、子煩悩。それに、奥さんとは間違いなく大恋愛のすえの結婚ですね」

「どうしてそんなことがわかる？」私は驚いてタバコを口からはなした。「まさか、日系二世のきみも、例の東洋の魔法を使えるのか？」

「東洋の魔法？　なんです、それは？」

「なんでもない」私は我に返って首を振った。「つづけてくれ」

「先日、オオバの奥さんが、三人の子供をつれて面会に来ていたのです」ニシノは、あっさりと手品のタネ明かしをした。「ぼくはたまたまその場に立ち会ったのですが、子供を見て目尻《めじり》を下げたあのオオバの顔を見れば、誰だって彼が子煩悩だと思わないはずはありませんよ」

「大恋愛のすえに結婚というのは？」

「それは面会人名簿に書かれていた名前でわかったのです」

「よくわからないな」私は顔をしかめた。「きみはなぜ名前を見て過去を言い当てることができるんだ？　姓名判断？　それとも占星術か？」

「違いますよ」とニシノは、困惑している私の顔がよほどおかしかったらしく、ぷっと吹き出した。

彼は笑いながら、名簿に書かれていたオオバの奥さんの名前が〝カヨ〟だったこと、〝オオバ・カヨ〟が日本語で〝大ばか《ビッグ・フール》〟を意味することなどを説明してくれた。

「〝大馬鹿よ〟なんて名前にしてでも夫婦になったんですから、大恋愛だったに違いありません。三人の子供がいて子煩悩。奥さんと大恋愛のすえに結ばれ、そのうえねっからの道化者で、誰にでもぺこぺこしているようなあの小男がですよ、自分が虐待されるのならまだしも、英米の捕虜を虐待しますかねぇ。なにかの間違いじゃないですか？　ふむ、それにしても、あんな男を好んで亭主にするなんて、世の中にはとんだ物好きな女もいたものですよ……」ニシノはそう言って、おかしそうにくすくすと笑っている。

私は迷った末に、記録に書かれていたことは話さずにおいた。

道化者、愛妻家、子煩悩で鳥を愛する小男オオバは、しかし収容所勤務時代には捕虜たちから〝殴り屋《バッシャー》〟と呼ばれ、もっとも恐れられていたのであった。

10

翌日は本来の行方不明者の調査のため、スガモプリズン内の資料室で証言の山に埋もれていると、制服を着た若いアメリカ兵が私を呼びに現れた。

「ミスタ・フェアフィールド、正門受付で日本人の面会人が待っています」

「私に？　日本人の面会人？」とっさに思いつかず、首をかしげた。

「誰？」

「それが、名前を言わないのです。いくらたずねても〝自分はＳ・Ｐ・Ｉの一員だ。そう言えばわかる〟と言い張っていまして……」

「S・P・I？」

「ええ。なんでも〝スガモ・プリズン・イレギュラーズ〟だとか？」顔をしかめた。「追い払いましょうか？」

「いや、会うよ」私は苦笑して立ち上がった。「やれやれ、それにしてもスガモ・プリズン・イレギュラーズとはね」

「なんです、それ？」

「初歩だよ、ワトスン君」片目をつむってみせた。「少しは本を読むことだ」

私はそう言うと、なお怪訝《けげん》な顔をしているアメリカ兵を置き去りにして正門ゲートへと向かった。

「こっちです、エディさん！」

イッオが先に私の姿を見つけて大きく手を振った。

彼は私が歩み寄るのを待ちかねたようすで、埃《ほこり》っぽい道のわきに停めた小型の自動車をさしてみせた。

「どうです？」

私は車をちらっと見てたずねた。「イギリス製？」

「ドイツ製です」イッオは自慢げに鼻をひくつかせた。

いずれにせよ、濃紺色の車体をぴかぴかに磨きあげた外国製の小型車は、廃墟《はいきょ》と化したトーキョーにはおよそ不似合いな代物である。

「戦争が始まる前に輸入したんです」イッオはまるい顔に得意げな笑みを浮かべて言った。「ところが、いくらも走らせないうちに戦争が激しくなってしまいましてね。戦争中はこっそり隠していたんです。走らせようにもガソリンが手に入りませんでしたからね」

イッオはただでさえ細い目をいっそう細めて、いとおしげに車のボンネットを撫《な》でている。

「それで、何の用だ？」私はタバコに火をつけてたずねた。「まさか車の自慢をするために来たわけじゃあるまい」

「やっ、そうでした！」イッオははたと手を打って言った。

「密告者を突き止めました」

「密告者？」

「あなたが調べろといったのですよ」イッオが唇を尖《とが》らせた。「キジマの逮捕のきっかけになったマツウラなる人物がいったい何者なのか」

「ずいぶんと早かったな」

「ちょっとしたツテがありましてね」得意げに洟《はな》をすすり上げた。「アポを取りつけました。ノー・プロブレムです。これから一緒に会いにいきましょう」

私が助手席に乗り込むと、イッオは滑らかに車をスタートさせた。

「あれからいろいろと調べてみたのです」イッオは巧みに車を運転しながら言った。「さいわい、警察の上層部に親父の古い知り合いがいましてね。彼に会いに行って、久しぶりに酒を飲みながら、それとなく訊《き》いてみたのです。すると、どうやら〝マッウラ氏〟のタレコミによって逮捕されたのはなにもキジマだけではなく、彼はそのほかにも〝逮捕すべき戦犯者〟として何人かの名前のリストを警察に提出していたことが判明したのです。なんでも、そのころ警察はちょうど、GHQから戦犯の逮捕を命令されてはいたものの、いったい誰を、どういう基準で逮捕してよいものか、リスト作りに苦慮していたそうでしてね。一方、GHQからは毎日のように一刻もはやく戦犯を逮捕するようにと矢のような催促がくる。ほら、なんて言いましたっけ？　〝赤ん坊を抱いたまま置き去りにされる〟？〝酋長《しゆうちよう》ばかりでインディアンなし〟？　だいたいそんな具合ですね。

そんなとき、天からの授かり物のように、戦犯者リストがマッウラ氏から届けられたのです。警察がリストを持ってGHQに行き、恐る恐るお伺いをたてたところ、驚いたことに《マッウラ・リスト》はそのままなんなく承認されました。そこで警察は、飛びつくようにしてリストに載っている者たちの逮捕に踏みきった……とまあ、そういう事情だったらしいです」

「日本の警察は、そのマッウラなる一般人が作成したリストをもとに、逮捕者を決定したというのか？」私は信じられない思いでたずねた。「たんにGHQの要求を満たすためだけに？」

「そういうことになりますかね」イッオは唇を突き出すようにして頷《うなず》いた。「もちろん彼らが実際に逮捕に踏みきるためには、なんらかの根拠なり、基準なりはあったのでしょうが……」

私は無言のままポケットからタバコを取り出し、一服吸い付けた。

それが本当なら、呆《あき》れるばかりの事態だ。この日本という国が特別なのか、それとも占領下における警察は所詮《しょせん》そのていどしか機能しないということなのだろうか？

「だが、待てよ」と私は少し考えて言った。「それじゃ、キジマの犯罪を証言した捕虜たちのあの証言はどうなのだ？　もしあれが、逮捕者リスト同様、そのマツウラ某《なにがし》が提出した出所の疑わしい証拠なら、キジマの過去の犯罪そのものが捏造《ねつぞう》された可能性があるんじゃないのか？」

「そいつは思いつかなかったな」と言ったものの、イッオはすぐに眉《まゆ》をひそめた。「しかし、いったい何の為にそんなことをしなければならないんです？」

「理由はいくらでも考えられるさ」私は言った。「例えば、そうだな、そのマツウラ某がキジマに個人的な恨みを抱いていたとしたらどうだ？　彼はキジマを陥れるために、戦犯リストにキジマの名前を入れ、証拠を捏造したのかもしれない」

「マツウラ氏がキジマに個人的な恨みをねえ……」イッオは首をかしげた。「当のマツウラ氏にアポを取り付けましたので、これから行って直接本人に話を聞いてもらえばわかると思いますが……多分それはないと思いますよ」

「ほう？　なぜそんなことが言える？」

「ダイマツ・クラブ」イツオはそう言って、ちらりと私を見た。「聞いたことはありませんか？」

私が首を横に振ると、イツオは右手のひとさし指で空中に文字を書くような仕草をしてみせた。

「ダイは大、マツはマツウラ氏の姓――松浦――の最初のシラブルです。マツウラ氏が経営しているダイマツ・クラブでは、夜ごと大勢のアメリカ人将校たちが招かれ、盛大なパーティーが行われています。そこでは、えー、〝素晴らしい御馳走《ごちそう》〟と〝女〟が無償で提供されているのです」

私は吸いかけのタバコを窓の外に放り投げ、目顔で先を促した。

「その結果、マツウラ氏は現在、GHQに勤務する多くの有力なアメリカ軍将校と〝親しい友人関係〟にあると言われています。つまり、もしマツウラ氏がキジマになんらかの理由で個人的な恨みを抱いているのだとすれば、彼は――警察に逮捕させたり、証拠を捏造するような面倒なことをしなくても――キジマを始末して、しかも自分がなんら罪に問われないよう手配することが可能なのです」

私はフムと鼻をならした。そういえば以前に、奇妙な噂を耳にしたことを思い出した。噂は、日本人が経営するあのクラブに行けば、美味《うま》いものをただで飲み食いできて、そのうえ帰りには、お土産に珍しい日本人形をくれるのだというものだ。「その人形は生きているんだ。珍しいだろう？」酒場で知り合いになったアメリカ軍の将校は、くつくつと笑いながら片目をつむってみせた。

　敗戦によって混乱の極みにあるこのトーキョーでは、人の命などミカン一個、マッチ一箱の値段にも満たない。GHQに〝多くの友人〟がいるなら、人を始末しておいて素知らぬ顔を決め込むことなど、わざわざ偽の証拠を捏造するより、よほど容易であろう。イツオの言い分はもっともであった。

　マツウラ氏当人に会うまでは、これ以上あれこれ推測しても仕方がない。私は話題を変えた。

「戦争中のキジマの行動を知りたい。記憶を失う前のキジマは、きみの目から見てどんな人物だったのだ？」

「どんな、と言って……そりゃ、いい奴ですよ」イツオは戸惑ったように答えた。「正義感が強くて、頭も切れる。昔読んだ外国の小説に〝友にするなら何とやら〟とか〝必要なとき《イン・ニード》の友が本当《インディード》の友〟なんていう言葉がありましたが、どっちもまさにキジマのことを言っているようなもので……」

「私が知りたいのは具体的な事実だ」私はイツオの言葉をさえぎった。「例えばきみは、先日キジマに命を救われたと言ったが、具体的にはなにがあったんだ？」

「やっ、そうだ。その話があった！」イツオはハンドルから手を離し、腕を振り回すように叫んだ。

　車が蛇行し、タイヤが穴に落ちて、一度大きくバウンドした。

「……何か問題は？《エニイ・プロブレム》」イツオが、自身どこかにぶつけたらしく、頭を撫《な》でながらたずねた。

私は唇に手をやり、顔をしかめて言った。「そう、なんとか舌はまだついているようだな」

「すみません」イツオは申し訳なさそうに謝った。

「いいから話をつづけてくれ」

「なんでしたっけ？」一瞬首をひねったイツオは、すぐに我に返って、また大声で言った。「そうだ、キジマはぼくの命を救ったんです！　いいえ、ぼくだけじゃありません。奴はぼくたち混成第二部隊の生き残り全員の命を救ったんです！」

聞こえているので、もう少し静かにしゃべるよう、それから頼むからハンドルから手を離さないようにと命じた。

「了解！《ラジャー》」イツオは私にむかって大きく頷き、その瞬間、またしても車体が大きく跳ねあがった。

「キジマがT島の守備兵として終戦を迎えたことはご存じですよね？」イツオは、今度は前をむいたまま早口にたずね、すばやく横目を走らせた。

彼にわかるよう大きく頷いてみせた。

「よかった。それなら話は早い。当時、島を守っていたのが混成第二部隊で、もともと上に掛け合ってキジマをあの島に呼んだのは、このぼくだったのです。あの頃キジマは――これも多分、すでにご存じでしょうが――何か不祥事を起こして捕虜収容所の所長職を解かれたところでした。……いえ、なにがあったのか詳しくは知りません。キジマはその件について口を閉ざしていましたし、ぼくもあえて訊きませんでしたから。いずれにせよ、ぼくはキジマと同じ部隊になることができてたいへん喜びました。学生時代からの友人というやつは、窮屈な軍隊生活の中じゃ、かけがえのない、貴重な存在ですからね。

キジマが島に着いてから終戦までのあいだは、なんというか、とても奇妙な時間でした。ぼくたちは〝島の死守〟を命じられていたのですが、敵と戦おうにも、そもそもろくな武器が支給されていなかったのです。それぞれピストルが一丁。あとは部隊に日本刀が一振りと手榴弾《しゅりゅうだん》が何個かあるだけでした。もちろんそんなもので敵と戦えるわけがありません。ぼくたちはことあるごとに本部に武器の支給を願い出てはいましたが、聞かなくても返事はわかっていました。現地調達。それが日本軍の方針だったのです。しかし、あんな小さな島でいったい何をどう調達すればよいのか、ぼくたちにはさっぱりわかりませんでした。そのうえ島は、潮のかげんなのかやたらと湿気が多くて、手入れを怠ると三日でピストルに錆《さび》がでるような場所です。武器など手に入るはずがありません。

もっとも、おかげで敵さんも、戦略上たいして意味のない、針の頭ほどの小さなその島を攻略する気もなかったらしく、時折敵機が頭のうえを飛び過ぎたり、沖をとおる軍艦が気のない艦砲射撃をするていどで——幸い食料には不自由しませんでしたから——変な話ですが、島の任務はいたって平和なものだったのです。

ところが八月十五日を迎えて事態は一変しました。敗戦。その日をもって日本軍は霧のように消滅し、ぼくたちは無人島に取り残されることになったのです。周囲はみはるかすかぎりの青い水平線。味方の船が迎えに来なくなった以上、内地へは敵の船に乗せてもらって帰るしかありません。つまり、敵の捕虜になるということです。ぼくたちはみな絶望しました。〝生きて虜囚の辱めを受けるなかれ〟。それがぼくたちが戦時中に受けてきた教育の成果でした。『捕虜としての辱めを受けるくらいなら、その前にみんなで自決しよう』。部隊の中でそんな声が高まり、実際にピストルや手榴弾に手をかける者まで出てきました。

いま考えればぞっとしますが、あのときはみんなどうかしていたんですね、死ぬことが当たり前のことのように思えたのです。そんなとき、一人冷静に皆を説得してまわったのがキジマでした。キジマは『戦争が終わった以上虜囚の辱めなどという概念はそもそも存在しない。自分たちはむしろ戦争の被害者として堂々と日本に帰ればいいんだ』と言って、興奮している者たちの手からピストルや手榴弾を取りあげたのです。

キジマの言葉を受け入れたとき、ぼくたちの戦争は本当の意味で終わりました。そしてその瞬間……ぼくたちはすさまじいまでの生命的飢餓感に襲われたのです」

イツオはそのときのことを思い出したように、ごくりとひとつ唾《つば》を飲み込んだ。

「あなたは生命的飢餓感がどんなものかご存じですか?」彼は低い声で尋ねた。「あのときぼくたちが感じた生命の飢餓感は、まるで食べ物に対する生理的飢餓感のように、肉体的なはっきりとした痛みを伴うものでした。あの痛みがどんなものなのか、実際に感じた者でなければ絶対に理解できないでしょう。満腹した人間が、飢餓についてけっして理解できないのと同じことです。……もちろん満腹していても食欲について語ることはできます。しかしその場合の食欲は、本当は食べ物の味がよいとか悪いとかいうようなことに関連しているに過ぎないのです。胃袋に食べ物がない状態の人間はもっと切実な、肉体的な痛み——そう、それはまさに痛みなのです！——に悩まされています。それは単に観念的においしい食べ物のことを考えただけでは、けっして癒《いや》されることのない苦しみです……。あのときぼくたちが感じた生命の飢餓感は、まさにそれと同じものでした」ため息をつき、気持ちを落ち着けるようすであった。

「ぼくたちは何としても生き延びて、日本に帰ろうと決意しました」イッオは先を続けた。「おかげでぼくたちはアメリカの船に乗り、いったんは捕虜になりながらも、なんとか生きて帰ってくることができた。ところが帰ってくると、皮肉なことに、キジマ一人が戦争犯罪人として逮捕されてしまったのです。部隊の連中はみんなキジマのことを心配しています。あの島から生きて帰ることができたのはキジマのおかげだ、なんとかしてキジマをスガモプリズンから救い出したい——せめて話をしたい——と考えています。それなのにキジマときたら、何度面会に行っても、ぼくはおろか、婚約者のキョウコにさえ、一度も会おうとはしないのです」

一通り聞き終えて、私は資料に書かれていない点をイッオにたずねた。

「キジマは、キョウコといつ婚約したのだ？」

「婚約？　キジマとキョウコが？」イッオはきょとんとした顔になり、それから眉《まゆ》をひそめて呟《つぶや》いた。「はてな、いつだったかな？　なにしろキジマは、ぼくと学生時代に知り合って以来、しょっちゅううちに遊びに来ていて……キョウコとは彼女がまだほんの子供だったころからの知り合いなのです。キョウコはキョウコで、うるさいくらいにぼくたちの後をついてまわっていて、どこかに遊びにいく時はいつも、ぼくとキジマ、それにキョウコの三人でした……そのうちにキョウコはだんだん大人になってくる――彼女はキジマを尊敬しているようでした――キジマのほうもキョウコを憎からず思っていたのは間違いありません。ぼくとしては当然、二人は将来結婚するものだとばかり決めてかかっていたので、最初キジマがキョウコとの結婚話を断ってきたときは、心底びっくりしたものです」

「キジマが断った？」

「ええ、最初は」とイッオは道路に開いた穴を避けるためにハンドルを切って言った。「キジマの学徒出陣が決まった時、ぼくはまっさきにあいつにキョウコとの結婚話をもちかけたのです。本人が生きて帰ってこられるかどうかわからないのなら、せめて子供をもうけて、家系を絶やさないようにしたい。それが当時の日本の社会における一般的な考えでしたし、周囲の人々の願いでもあったのです。実際、そんな話はほかにいくらでもありました。ところがキジマは『生きて帰ってくる保証がない以上、自分は結婚することはできない。死者が生者の人生を縛るようなことはあってはならない』と頑として言い張ったのです。キョウコは――多分自分が拒絶されたと思ったのでしょう――ずいぶんショックを受けたようすでした。で、まあ、それからすったもんだあって、結局とりあえず婚約だけ取り交わすことになったのですが……あれは……そうだ！　たしかキジマが大陸で怪我をして内地に送り返されてきたときの話ですよ」

一九四四年九月のことだ。

なるほど、戦争中の五年間の記憶を失ったキジマにとっては、婚約者の存在はまさに青天の霹靂《へきれき》であったに違いない。

ふと、別なことに思い当たった。

するとキョウコは、捕虜収容所所長時代のキジマの婚約者だったということになる。婚約者の眼から見たキジマは、いったいどんな人物だったのだろう？

次回キョウコに会ったときに話を聞くことにして、質問をあれこれ考えていると、イッオがやはり前を向いたまま私にたずねた。

「それで、キジマの記憶はまだ……？」

「そう、まだ戻らない。残念ながら」私は首を振り、思いついてたずねた。「ところで、キジマの肉親はどうしたのだ？」

「軍人だったキジマの親父さんは大陸で戦死しました。ぼくたちがまだ大学に在学していた頃の話です」イッオは答えた。「キジマに兄弟はいません。日本には、ほかに付き合いのある親戚《しんせき》もいなかったようです」

「彼の母親は？」

「キジマのお袋さんは……」とイッオは一瞬口ごもった。「彼女は、えー、終戦直前に亡くなりました。疎開先で、えー、空襲にあったのです」ちらりと私を見た。「キョウコもそのとき一緒にいたのです」

キョウコの美しい顔の半分を覆っていた痛々しい火傷《やけど》の痕《あと》。

あの傷はそのときのものらしい。

「ちくしょう！」イッオは両手でハンドルを叩《たた》き、大声で悪態をついた。「せっかく戦争が終わったというのに、親友は戦犯として捕らえられる。妹は毎日家で泣いてばかりいる。キジマは記憶をなくして、その記憶が戻れば、裁判で死刑になるだなんて！　こんなことならいっそ、みんなでキジマみたいに記憶をなくして、昔の楽しかったころに戻れたらどんなにいいだろうと思いますよ……」

11

マッウラの事務所が入っている《ダイマツ・ビルディング》は、銀座界隈《かいわい》では珍しく戦災による破壊を免れた四階建の建物だった。

専用の駐車場に車を停め、ビルの中に足を踏み入れると、一階の事務所には数人の事務員と、明らかに軍人らしい特徴をもった何人かのアメリカ人の来客の姿が見受けられた。

イッオが受付で名前を告げると、事務員は私たちに上の階に行くよう指示した。

「社長室は四階。階段はむこう」

ネズミのような顔をした小柄な男はそっけなくそれだけ言うと、すぐに別の来客に向き直った。

「キャン・ミー・ヘルプ・ユー?」

私はイツオと顔を見合わせ、仕方なく言われたとおり狭い階段をのぼっていった。

途中、一階ごとに白い上下のスーツを着た目付きの悪い若い男がいて、穿鑿《せんさく》の眼を光らせて私たちをじろじろと眺めまわした。彼らはそのままで低級ギャング映画に出演できそうだ。違いといえば、こっちが本物だということくらいだった。

その若者たちの雇い主であるマツウラは、最上階の四階にある彼の部屋の真ん中で待っていた。ずんぐりとした、しかしなかなかの好男子で、機敏そうな顔付きの白髪まじりの男である。仕立てのいいグレーのスーツを着ていて、一見すると、親善旅行途上の外交官とでもいった感じだ。

「グッド・アフタヌーン」

マツウラはそう言って私に手をさしだした。もっとも、それが彼の持っている英語のボキャブラリーのすべてであることがすぐに判明した。

お互い自己紹介(イツオの通訳付)がすんだところで、彼はイツオに向かって、二言三言、日本語で話しかけた。イツオは困ったような顔で眼をきょろきょろとさせた。

マツウラは頓着《とんちゃく》せず、私たちを部屋の一隅の、座り心地のいい、低い深々とした椅子に招き、テーブルの上の箱をあけて葉巻をすすめた。私は軽く手を挙げて断り、ポケットから自分のタバコを取り出して火をつけた。

首《こうべ》をめぐらせて、あらためて部屋の中を見まわした。

最上階のほとんどの部分を占めるその広い部屋は、一言でいえば、高級売春婦の寝室と銀行家の私室の奇妙な複合物といったところだった。片側の壁には大きな寝室用の鏡がはめこまれているかと思えば、他の壁には等身大の裸婦《ヌード》の油絵がかかっており、その下にはサムライの甲冑《かっちゅう》が飾られている。椅子には白いカバーが、長椅子には白熊の毛皮がかけてあるのは、全体の印象を白で統一しようという意図らしい。ドアの脇には小さなデスクがあって、そのうえに電話機の一隊が整列している。

正面の壁には、自署名入りのマッカーサー元帥の大きな写真がかけてあった。

それだけのことを確認していると、ふいに奥の壁が開き、まるで職業レスラーのような図抜けて大きな男が部屋に入ってきた。どうしたわけか髪の毛をはじめ、眉、その他、顔に毛が一切生えておらず、無毛の、ボールのような頭が、たくましい肩と太い首のうえにのっかっている。彼は大股《おおまた》にドアの脇まで進み、背後に手を組むと、心持ち足を開いて立った。

「アンザイ、うちの総務部長です」マツウラが大男を見ずに紹介した。

大男が無言のまま、軽く顎《あご》をひいた。

どうやら、このビルの総務部長は用心棒も兼ねているらしい。あるいは〝生きた人形〟を手配することが本業なのかもしれない。

大男の存在はとりあえず無視することにして、早速用件を切り出した。

話を一通り聞き終わると、マツウラは指に挟んだ太い葉巻をくゆらせながら首をかしげた。

「わたしが以前、戦犯の逮捕者リストを警察に？　はて？」

だが、その態度からは、本当に覚えていないというよりは、とぼけているだけなのがはっきりと見てとれた。

「記録には、たしかにあんたの名前が残っている」私は相手の顔を見据え、努めて強い口調で言った。「あんたがどういう経緯で戦犯者リストを作成し、さらにサトル・キジマの名前をそのリストに載せることになったのか？　あんたが思い出すまで待たせてもらうよ」

マツウラは椅子の背にもたれかかり、じっと目を細めた。私の視線を正面から引き受けて、それを楽しんでいるふうであった。やがて彼はにたりと笑い、ガラスの大きな灰皿で葉巻をもみ消し、唐突にあるアメリカ人将校の名前を口にした。

「彼をご存じですか？　あるいは名前だけでも？」

質問の意図を訝《いぶか》りつつ、無言で頷《うなず》いた。

GHQ本部に勤めていたそのアメリカ人の高級将校は、最近、帰国を目前にして、闇取り引きの容疑で逮捕されたばかりだった。いまはどの酒場に行っても噂が囁《ささや》かれている。日本に駐留している外国人で彼の名前を知らない者はいないはずだ。

「彼は、以前からわたしのことをひどく嫌っていたのです」マッウラは口元に薄笑いを浮かべて言った。「彼には何度もGHQ本部に呼び付けられて、こっぴどく怒鳴られたものです。……いやはや、このたびはなんともお気の毒なことになったものです。あなたも彼のようにならなければいいと願っていますよ」

マッウラはそう言って首を振りながら、よく光る眼で上目づかいに私を見た。

言わんとすることはもちろんよくわかった。が、だからと言って態度を変えるつもりにはなれなかった。じっと視線を逸《そ》らさずにいると、マッウラは一瞬意外そうな顔になり、それからカラカラと声をあげて笑い出した。

「ほう。これは、これは……」

マッウラは、いまにも動き出しそうな気配の〝総務部長〟に軽く手を振り、ゆっくりとした動作であらためて葉巻に火をつけた。彼は椅子の背にもたれて言った。

「いいでしょう、あなたが気に入りました。わたしが知っていることはなんでもお話ししますよ。でも、その前にまずはお互いお友達になりましょう。おいやですか？」

「質問に答えるのが先だ」私は言った。「友達うんぬんは、そのあとで考えるとするさ」

「面白い方ですね」と呟《つぶや》いたマッウラは、ぐいと身を乗り出すようにして私に訊《き》いた。「ところであなた、日本のテンノウ制をどうお考えになりますか？　世界無比のもので、日本国民にとって有益なものとはお考えになりませんか？」

私は眉《まゆ》をひそめ、とりあえずそれが世界無比である点には同意を表した。マッウラは満足そうに頷いた。

「GHQ最高司令官マッカーサー元帥も、いまでは日本のテンノウ制に深い理解を示しておられます。最近、あの方はよく〝日本の国民を自分の子供のように思う〟とおっしゃっておられましてね。そしてそれは、まさしくテンノウ陛下のお気持ちと同じなのです。つまり、お二人はいまや一心同体でいらっしゃる。ありがたいことじゃありませんか」

「親と子は相互的な関係だ。一方的に押しつけても仕方あるまい」私はタバコに火をつけて言った。「日本国民の方じゃ、二人を親とは思っちゃいないだろう。テンノウは祖国を悲惨な敗戦に導いた政治的責任者だし、マッカーサーときたら占領軍の親玉だ。とても親子関係を申し込める雰囲気だとは思えないがね」

「おやおや、これはまた！」マッウラは驚いたように目を瞬《しばたた》かせた。「いいですか、あなた。テンノウ陛下とマッカーサー元帥のお二人を〝親〟と思う心は、最初に日本の国民の側から捧《ささ》げられたもので、しかるのちにお二人は国民を〝子供〟のように思い、慈しむようになったのです。逆ではありません。その点をお間違いなく」

「何を馬鹿な……」

「いいですか、あなた」とマッウラは、ふたたび嚙《か》んで含めるように言った。「そもそも、日本が戦争に負けた責任がテンノウ陛下にあるというのは大きな誤解です。日本国民は、誰もそんなことを思ってはいませんよ」

私は、マッウラが冗談を言っているとしか思えず、苦笑して首を振った。

「一九四五年三月十日、このトーキョーに未曾有《みぞう》の大空襲がありました」マツウラはまじめな顔でつづけた。「焼夷弾《しょういだん》による波状絨毯《じゅうたん》爆撃。抵抗らしい抵抗はなされず、トーキョーの街は一夜にして焼き尽くされ、廃墟《はいきょ》と化しました。市民の死者は八万人以上、負傷者は四万とも五万とも言われています。あの凄《すさ》まじい炎がおさまったあと、私は焼け野原となったトーキョーを歩いてまわりました。そこへテンノウ陛下御自らが、焼け跡を視察されるために車で通りかかられました。そのとき私は、じつに感動的な光景を眼にしたのです！」彼は恍惚《こうこつ》とした表情を浮かべた。「トーキョー都民は——空襲で肉親を失い、家を焼かれ、自らも火傷を負い、着の身着のまま焼け焦げた服を着て焼け跡をさまよっていた彼らは——テンノウ陛下の車列に気づくと、全員がその場にぺたりと土下座して、涙を流しながら、もうしわけありません、もうしわけありません、と繰り返し謝っていたのです！　私は感動しました。ええ、じつに感動的な光景じゃありませんか！　そのとき私ははっきりと理解したのです。この光景こそが、まさに日本の国民の美徳、すなわち父・テンノウ陛下に対する子・臣民のありかたを顕著にしめすものなのだと。あの空襲直後でさえそうだったのです。たかだか戦争が終わったからといって、日本人の国民性のなにが変わるものですか」

ニシノではないが、私には政治的判断ミスによって国土を焼け野原にしてしまった政治指導者に、石を投げるのではなく、土下座して謝りつづける人々の姿とは——マツウラの言うような感動的な光景ではなく——不気味な、倒錯した世界だとしか思えなかった。

不可解で、奇っ怪で、馬鹿馬鹿しい国民性。

だが、そのことが私の質問といったいなんの関係がある？

口を挟もうとした私に手を挙げ、マツウラは上機嫌で話をつづけた。

「同じことはマッカーサー元帥についても言えます。ご存じですかあなた、マッカーサー元帥がアツギ飛行場に降り立つ姿が報道されてからというもの、日本全国から何万通という元帥宛てのファンレターが、毎日のように届けられていることを」

「ファンレター？」

「そう、ファンレターです。手紙を書いてくるのは、全国の小学生、十代の女学生から、うえは六十代、七十代の老人にいたるまで、じつにさまざまな人々です。マッカーサー元帥も、あまりの手紙の多さに最初はひどく驚かれ、〝これらの手紙にはなにか裏があるのではないか〟とお疑いになったくらいです。しかしいくら調べても、手紙の内容は〝マッカーサー元帥を日本にお迎えできてうれしい〟、〝日本を解放してくれて有り難う〟といったものばかりで、要するに純然たるファンレターなのです。……そう、ちょうど十二歳の子供が銀幕の映画スターに宛てて書いたような手紙ばかりですよ」

「マッカーサーにファンレターを送り付けてくる日本国民の精神年齢は十二歳《T・Y・O》程度、そう言いたいのか？」

「さあ、どうでしょう」マツウラは軽く笑って首を傾げた。「いずれにせよ、そのことに気づいて以来、マッカーサー元帥はすっかりご機嫌でしてね。〝自分をこんなに慕ってくれる日本国民のことを子供のように思う〟とおっしゃっています。〝テンノウ陛下の気持ちがようやくわかった〟とも」

マツウラはにやりと笑い、私に顔を近づけて声をひそめ、冗談めかした口調でつづけた。

「ここだけの話ですが、マッカーサー元帥は日本国民にアメリカ大統領を選ぶ選挙権がないことをひじょうに残念がっておられます。〝もし日本がアメリカの領土であれば、自分は間違いなく大統領に選ばれるだろう。もっとも、日本国民がみな十二歳であれば、子供に選挙権を与えるわけにはいかないが〟。それが元帥が最近よく口にされるジョークですよ。は、は、はっ」

マツウラは自分で言ってさもおかしそうに笑ったが、GHQ最高司令官マッカーサーが次期アメリカ大統領の座を狙っていることは、いまや公然の秘密であった。しかし――

「そのことが私の質問といったいなんの関係があるのだ？」

放っておくとどこまでも話が脱線しそう気配なので、今度ははっきりと口に出してたずねた。

「あなたの質問？」

「あんたが日本の警察に提出した戦犯リストだ」

「ああ、そのことでしたら……」

マツウラは思案らしく腕を組み、それから壁際のアンザイを振り返って、おい、と鋭く声をかけた。総務部長はその大きな体に似合わぬ、滑らかな、すばやい動きで部屋を横切り、たちまちデスクの引き出しから一綴《つづ》りの書類の束をもってきた。大男はマッウラに書類を渡すと、無言のまま、また壁際の定位置に戻っていった。

「これをご覧ください」

マッウラがテーブルのうえに広げて見せたのは、新聞記事の切り抜きであった。

「戦争が終わると、それまで地下にもぐりこんでいた不満分子の連中が、ぞろぞろと虫のように地上にはい出してきましてね。そのうえアメリカさんがメーデーなんてものを許可するものだから、連中はすっかり調子にのっているのです。まったくけしからん話ですよ」

マッウラは記事を示しながら心底憤慨したように声を荒らげたが、彼のすべての行動がそうであるように、そのようすにはどこか演技じみたところが感じられた。

「この記事には、日本が建国されて以来はじめて、レッド・フラッグがサカシタ門をくぐってテンノウのお住まいであるコウキョに押し寄せたことが報道されています」マッウラは切り抜きのページをめくって言った。「こっちは、二十五万人もの不満分子が気勢をあげ、皇居前広場に座り込んだことを伝える記事です。しかも、その連中ときたら畏《おそ》れ多くもテンノウ陛下の名前を騙《かた》って、こんなプラカードを掲げていたのです」

マッウラが示した指の先に、プラカードの文句が書いてあった。

『ヒロヒト　詔書　曰《いわ》く國体《こくたい》はゴジされたぞ　朕はタラフク食ってるぞ　ナンジ人民　飢

えて死ね　ギョメイギョジ』

意味が、さっぱりわからない。

顔をしかめると、横からイッオが「〝ヒロヒト〟とはテンノウの名前であり、〝ギョメイギョジ〟はテンノウの名前と捺印《なついん》のことだ」と説明してくれた。

「〝コクタイ〟は？」

「コクタイは、えー……難しいな」イッオは頭を搔《か》いた。「ぼくにもうまく説明がつかないのですが……国の在り方、かな？　だいたい、そんなところです」

「おわかりになりましたか？」マツウラが私の顔を覗《のぞ》き込むようにしてたずねた。

日本人のイッオに説明できないものが、外国人の私にわかるわけがない。肩をすくめてみせると、マツウラはなにを勘違いしたのか、満足げに頷《うなず》いて先をつづけた。

「もちろん、こんなプラカードをもっていた奴らはすぐに取っ捕まえましたがね。不敬罪ですよ。そんな奴は死刑にすればいいんです。もっとも、このあいだまでなら、逮捕なんかせず、特高警察の手でその場で容赦なく叩《たた》き殺されていたはずなんですがねぇ」

マツウラはさも残念そうに言った。

プラカードの文句を理由に逮捕されたという事実の方が、あるいは〝不敬罪〟などという前近代的な罪状が自由と平等のこの二十世紀にいまだ存在することの方が、よほど驚きである。

「それもこれも、すべて共産主義が悪いのです」マツウラは吐き捨てるようにそう言うと、ぎろりとした眼を壁際にむけた。「そうだろう、総務部長!」

「そのとおりです!」アンザイが機械的に声をあげた。「マツウラ社長は現在、共産主義と徹頭徹尾、命を懸けて闘っておられるのです!」

「聞きましたか?」マツウラは私に向き直って言った。「総務部長の言うとおりです。わたしはこれまでも、またこれからも、命あるかぎり共産主義と闘いますよ。わたしの持っているものはなにもかもつぎ込んで、デモクラシイと天皇制護持のために闘います。そのためには、あらゆることを行わなければなりません。そのなかには、たとえば戦犯リストを作成し、警察に提出することも含まれているのです」

ようやく話題が私の望むところに戻ってきたらしい。

「あなた、さっきたしかニュージーランド人だとおっしゃいましたね?」マツウラがひょいと思いついたように私にたずねた。「今回のトーキョー裁判には、ニュージーランド人も判事として参加されているようですが、あなたご自身はトーキョー裁判をどうご覧になっているのです?」

あらたまって、たずねられても、私に意見などあるはずがない。

その通り答えると、マツウラは一瞬思案したあと、

「いやいやまた、ご冗談を……。これは、あなたをとくに友人と見込んでお話しするのですが……」と視線を逸らし、声をひそめた。「わたしの眼には、今度のトーキョー裁判は

ひっきょう戦勝国が敗戦国を裁くみせしめ裁判としか思えないのでしてね。もちろん裁判は必要ですよ。敵味方の両方で多くの人間が亡くなったのです、なにもなしというわけにはいかないでしょう。やはり〝誰か〟が責任を取らざるを得ない。そこで、わたしは考えたのです。〝それならば、このさいできるだけ少数の人たちに重い罪を背負ってもらって、範囲を絞り、間違ってもテンノウ陛下に責任が及ばないようにすべきじゃないか〟とね」

彼はちらりと私の顔を見た。

「当時GHQは、日本の警察に戦犯の逮捕を命じていました。ところが一方で、漏れ聞くところ、警察はどんな基準で誰を逮捕してよいのかさっぱりわかっていないようでした。GHQが日本の警察に示した戦犯の基準というやつが、〝戦争中に人道に反する行為を行った者、もしくは明らかに国際法に違反した者〟という、ごく漠然とした、曖昧《あいまい》なものでしたからね。戦争中の行為などというものは、理屈をつければなんだって〝人道に反する〟あるいは〝国際法に違反〟と言えなくはない。

これは、考えようによれば大変危険な状況でした。もし日本の警察が判断を間違えば、戦後の日本を担っていくべき大事な人たちに――就中《なかんずく》テンノウ陛下にまで――責任がおよぶ可能性がでてくるのです。わたしは何とかしなければならないと思いました。そこでわたしは独自に基準をもうけ、連合軍の人たちが納得するような逮捕者リストの作成にとりかかったのです。そのためにはずいぶんお金もかかりましたが、もちろんそんなことはなんでもありません。わたしはいまも、自分がよい仕事をしたと思っています」彼は誇らしげにそう言うと、イッオに顔をむけた。

「わたしが作成した逮捕者リストのなかにあなたの友人——キジマさんとおっしゃいましたか？——が含まれていたのは残念ですが、それもこれも、いま言ったとおり、日本のためなのです。大義のためには……つねに多少の犠牲は……つきものです……諦《あきら》めてもらうしか……仕方ありません……」

通訳をしているイッオの声が、いつのまにか途切れ途切れとなり、いまにも絶え入りそうな具合だ。振り返ると、顔が真っ青だった。マッウラを前にしたイッオは、まるでヘビに睨《にら》まれたカエルだった。私は椅子の下でイッオの足を蹴《け》っとばし、なんとか通訳をつづけさせた。

「その逮捕者リストはどうやって作成されたんだ？　あんたがもうけた〝独自の基準〟というのはいったいなんだったのだ？」

「簡単に言えば、捕虜虐待ですね」マッウラはひょいと肩をすくめてみせた。「勝った国の側とすれば、感情的にもそれが一番受け入れやすいでしょう。それになにより、直接の行為者が恨まれる犯罪なので、責任がそれ以上うえに波及する心配が少ないですからね」

私は少し考えてたずねた。

「それで、あんたはどこまでやったんだ？」

「どこまで、というのは？」

「リストだけでなく、犯罪の証拠資料も、あんたが捏造《ねつぞう》したものなのか？」

「捏造だなんて、人聞きの悪い。わたしはただ、警察が逮捕しやすい人物の名前をリストにしただけですよ」マツウラはさも心外だといった顔で否定した。「それに、実際に逮捕するにあたっての容疑の裏付けは、もっぱらGHQの主導のもとで進められたのです。わたしが関与する余地はありませんでした」

「すると、キジマが捕虜を虐待したという一連の証拠は……？」

「正真正銘、間違いなく本物でしょう」マツウラは頷いて言った。「まさかGHQが、そのキジマ某《なにがし》なる一人物を陥れるために、わざわざ嘘の証拠をでっちあげたとは思えません。彼らにはそんなことをする理由はないのです」

それ以上は訊《き》くべき質問は残っていなかった。

「どうやらむだ足を踏ませたことになったようですね。残念です」

マツウラはそう言って立ち上がり、私に手を差し出した。

会見はそれで終わりという合図であった。

マツウラは部屋を横切り、私たちのために自分の手でドアを開けた。脇をすりぬけ、廊下に出たところで、彼はふと思い出したように口を開いた。

「そうだ。わたしの方からも、ひとつあなたにお訊きしたいことがあったのでした」

私はイツオと並んで振り返った。

「先ほどトーキョー大空襲について少しお話ししたと思うのですが、じつはあの空襲のさい、うちのアンザイは愛する妻と二人の娘を亡くしているのです。たしか……」マツウラは背後を振り返り、ドアの脇に仁王立ちに控えている大男に向かって無造作にたずねた。

「おいアンザイ！　お前の娘はいくつで死んだんだっけ？」

「上は五歳、下は……まだ三歳でありました！」

「ね、可愛い盛りですよ」マツウラは私たちに向き直り、わざとらしく深々とため息をついてみせた。「あの日、B29から投下された大量の焼夷弾《しょういだん》によって、トーキョーの街は一面の火の海となりました。……あなたはご存じないでしょうね？　大規模な火災が引き起こす上昇気流が、やがて巨大な恐るべき炎の竜巻となって地上を逃げ惑う者たちに襲いかかってくることなど。それがどんなものなのか、もし詳しく知りたいのなら、アンザイに訊いてごらんなさい。あいつならよく知っていますよ。なにしろアンザイの妻と二人の娘は、その巨大な炎の巻《うず》にまきあげられて、あっという間に焼き殺されてしまったのですから。やれやれ、恐ろしい話ですよ。竜巻が襲いかかるや否や、人間なんてものはあっと言う間に体中の水分が全部蒸発しちまって、おかげで辺りには干からびた人間の干物みたいなものが、凧《たこ》みたいにたくさんひらひらと舞っていたそうです……。アンザイもそのときに大火傷《やけど》を負って死にかけていたのを、私が連れ帰って医者に診せ、なんとか命をとりとめたのです。もっとも、目の前で妻と幼い娘たちを死なせてしまったアンザイは、意識を失っているあいだ妻と二人の娘の名前を呼ぶばかりで、いっそ死なせてやった方が親切だったのかもしれませんがね」

ちらりと部屋の隅に目をやると、厳《いか》つい顔の総務部長は——会話は聞こえているはずだが――やはり表情ひとつ変えるでもなく、身動きもせずにつっ立ったままであった。

「アンザイだけではありません」マッゥラは首を振って先をつづけた。「うちで面倒を見ている若い連中は――あなたもここに上がってくる途中で何人かに会ったと思いますが――みんな空襲で親や兄弟を亡くしたやつらばかりなのです。せいぜいイキがってはいますが、なあに、みんなまだほんの子供ですよ。ところがあいつらは、あの年齢で、自分の母親や兄弟が目の前で焼け死ぬところを見ている。あるいは助けを求める親兄弟の声に耳をふさいで逃げざるを得なかったんです。世を拗《す》ねるなという方が無理でしょうよ」

マッツウラはそう言うと口を閉じ、どうしたことかそれきり黙ってしまった。私はしびれを切らせてたずねた。

「それで、私に訊きたいことというのは何なのだ？」

マッツウラの顔に一瞬奇妙な表情が浮かんだ。

「訊きたいこと？　あなたに？」すぐに頷《うなず》いて言った。「ああ、そうでしたね。あなたに教えてもらおうと思っていたのでした」

先を促すと、マッツウラはふいに体を寄せ、上目づかいに私の顔を覗《のぞ》き込んできた。

「ねえ、あなた。いったい女や子供の頭のうえに無差別に大量の爆弾を落とすというのは、〝人道に対する罪〟には当たらないものなんですかね？」

彼は低い声でそうたずねると、邪悪な悪魔といった顔でにやりと笑い、返事を待たず、私の鼻先でばたりとドアを閉めた。

12

「キジマが戦犯容疑で捕まることになったのは、ある意味、ぼくのせいなのです」

車を発進させてすぐに、イツオが唇を噛《か》んで言った。

「キジマが怪我をして大陸から戻ってきたとき、ぼくは、あいつが怪我が癒《い》えたあとも内地に留《とど》まれるよう、あちこち親父の手づるをたどって頼み込んでまわりました。その結果が、捕虜収容所への配属だったのです。内地の収容所勤務ならば、前線に送られるよりは、はるかに危険の少ない、楽な勤務ですからね。配属が決まったとき、ぼくはキジマと、それから妹キョウコのために喜びました。これでキジマも彼女と結婚する気になるんじゃないかと思ったのです。実際二人は婚約しました。戦争が終わったら、正式に結婚することになっていたのです。それなのに……。あいつのためによかれと思ってしたことが、あとになってこんなことになるなんて……」

イツオは前を向いたまま、悔しそうに首を振っている。

私は窓の外に目をやり、どこまでも続く焼け跡を眺めながらタバコをふかした。

戦争中の記憶を失ったキジマが生きてスガモプリズンから出て行くためには、裁判手続きが停止している間に戦犯容疑を晴らすに足る証拠を見つけるしかない。

私は〝キジマの裁判の証拠資料は捏造されたものではないか？〟と疑ったのだが、マツウラの証言によってその可能性はきっぱりと否定された。マツウラは、けれんの多い、およそ信用などできそうにない男ではあったが、少なくともこの件に関して、彼があえて嘘をつく理由は見当たらない。

調査はむしろ、キジマの戦犯容疑を確定づける結果になった。

あとは何ができるだろう？

頭にはなにも浮かんでこなかった。

私は窓を開けて、吸いかけのタバコを外に投げ捨て、運転をつづけるイッオの横顔にむかってたずねた。

「マツウラになにを訊かれたんだ？」

「ぼくが？　マツウラ氏に訊かれた？」

「自己紹介のあと、きみは彼になにか日本語でたずねられて困った顔をしていた」

ああ、とイッオは思い出したように頷いた。「あれならなんでもありません。親父の近況をたずねられたのですよ」

「きみの父親？」

「なんでもマツウラ氏は以前、ぼくの親父と組んでなにか仕事をしたことがあるそうなのです」イッオは肩をすくめた。「それがどんな仕事なのかぼくは知りませんし、あえて聞きたいとも思いませんがね」

「そういえば、ここに来る途中も〝警察の上層部に父親の古い知り合いがいる〟と言っていたな？」私は思い出してたずねた。「さっきはさっきで〝キジマが内地に留まれるよう父親の手づるをたどって頼んで回った〟とも。きみの親父さんは、いったい何者なのだ？」

「ぼくの父親、ソウイチロウ・アタマギは」とイッオは私の顔をちらりと見て言った。

「なんというか……一種の政治家なのです」

「一種の、というと？」

「表舞台には名前の出ない右翼の黒幕、いわゆる〝フィクサー〟というやつですよ」

ほう、と私は呟《つぶや》き、意外に思ってイツオの横顔に眼を注いだ。イツオがあちこちに知り合いがいたり、警察に顔がきく理由はそれでわかった。

訝《いぶか》しげな視線に気づいたらしく、イツオはひょいと肩をすくめ「見えないでしょう？」と言って道化てみせた。

「全然似ていないんですよね。チョークとチーズくらい違う。ま、ノー・プロブレムですがね。多分親父も呆《あき》れているんじゃないですか。『なんでこんな息子が生まれたんだろう？』って……本当にあの親父の子供なんでしょうかね？　もちろん冗談ですが……」

イツオは、ははは と声に出して笑い、それから横目で私を見てたずねた。

「ところでエディさん、もしお急ぎでなければ、これからちょっとぼくの家によって行きませんか？　たいしたおもてなしもできませんが……」

私はちょっと思案した。キジマに頼まれた不可解な調査（外科にかかった者？　拾ったタバコ?）は、まだ終わってはいなかった。それを言えば、本来の行方不明者の調査もろくに進んでいない。

プリズンに戻るべきだったが、閉じ込められるのにはいささかうんざりしていたところだ。私はイツオの提案に同意した。

「それより、きみの父親について知りたい。もう少し詳しく話してくれ」

そう言うと、イツオは妙な顔になって、ちらりと私を振り返った。

「どうかしたのか?」

「いえ、なんというか……一瞬、キジマが隣に座っているような気がしたものですから……」

「キジマが?」

「最初に会った時から感じていたのですが」とイツオは眉《まゆ》をひそめて言った。「エディさん、あなたにはどこかキジマと似たところがある……いえ、容貌《かおかたち》がというわけじゃありません……そうじゃなくて、ものの考え方や、ちょっとした仕草、それに他人に対する振る舞い方といったものが、ときどきはっとするほどキジマによく似ているのです」

「気のせいだろう。私とキジマじゃ、全然似ていない」

「気のせいなんかじゃありません!」イツオはむきになったように言った。「さっきだってそうです。マツウラ氏に対して、いきなりあんな態度に出るなんて……。マツウラ氏が裏でGHQにつながる太いパイプを持っていることは最初に注意したはずですよ。彼の出方によっては、ぼくたちはあのビルから生きて出てこられなかったかもしれないのです」

ふむ、私は鼻を鳴らした。言われてみれば、その可能性もなくはなかった。

「すまない。今度から気をつける」

「やっぱりだ……」イツオは口の中でそう呟き、私に説明した。「キジマもよくそう言っていましたよ。『すまない。今度から気をつける』。気をつけたためしはないですがね。謎を前にしたら、後先考えずに突っ走る。やれやれ、やっぱりキジマそっくりだ……」

イツオは深々とため息をつき、ハンドルを切って車の向きを変えた。

郊外にむかって車を走らせながら、彼は次のような身の上話をきかせてくれた。

「ぼくの母は、ソウイチロウ・アタマギの何人かいる愛人の一人でしてね。彼が、ぼくとキョウコの生物学上の父親であるのは確かにしても、一緒に住んだことは一度もありません。ぼくたちは彼が五十代になってから生まれた子供で、実際のところ、顔もろくに知らないくらいです。ぼくたちが幼いころは、たまに家に来ることがありましたが、そんなときも、ぼくとキョウコは二人して物陰から恐る恐る彼を覗き見るだけでした。遠くから見たソウイチロウ・アタマギは、小柄な、痩《や》せたお爺《じい》さんで、白くなった髪を後ろに長く伸ばして、それでいて目付きだけはやけに鋭かったことを覚えているくらいです。

といって、別に彼を恨みに思っているわけではありません。愛人の子供とはいえ、ぼくたちには彼のファミリー・ネームを名乗ることを認めていましたし、ぼくたち母子がこのトーキョーでなに不自由なく暮らしていけるよう手配してくれたのです。なにごとも全部勝つというわけにはいきません。それ以上望んだらバチがあたりますよ。

母は、三年前に病気で亡くなりました。母の葬儀のときも、ソウイチロウ・アタマギは結局顔を見せませんでした。その代わり、びっくりするほど大きな花輪を送ってきただけです。

その後、ぼくとキョウコには、ソウイチロウ・アタマギが母に与えた郊外の家屋敷と、その他若干の資産が遺《のこ》されました。幸いなことにその一帯は戦災にもあわず、戦争が終わったあとも、家にはコヤマさんという住み込みの老夫婦がいて、ぼくたち兄妹《きょうだい》の面倒を見てくれています」

話が一段落するのを待って、私は彼にたずねた。

「それで、きみの父親はいま何をしているのだ？」

さあ、とイッオは肩をすくめた。「戦争が終わる直前にソウイチロウ・アタマギは姿をくらましました。彼の地元であるトーホク地区の田舎に引きこもり——なんでもその地方におけるアタマギ家の歴史は、アメリカ合衆国の歴史なんかよりよほど古いそうです——そこでボケて日々を送っているとも、あるいは本当はボケたふりをしながら再起を図っているとも噂されています。さっきマツウラ氏からそれとなくたずねられたのも、そのことについてだったのですが、本当のところはぼくたちも知りません。もっとも……」と彼はやはり前方に眼を据えたまま、眉をひそめ、あとの言葉を呟くようにつづけた。「本当だったらキジマなんかより、親父や、あのマツウラのような人物こそが戦犯として裁かれるべきなんです。戦争中はさんざんいい思いをしたようですからね。連中は戦争中はさんざん『キチク・ベーエー、撃ちてし止《や》まん』などといって先頭に立って騒いでいたはずなのです。共産主義と闘うなんて言っていましたが、この間までは闘う相手は英米軍だったに違いありません。本当なら、彼らこそが第一級戦犯にふさわしいはずなのです。連中が戦争をはじめたのですからね。多数の人間をある建物のなかに押し込めて、ガソリンや火薬を撒《ま》き散らし、石油をひたしたボロをつっこんで戸口に薪《まき》を積み、窓を釘《くぎ》付けにして、自分は棒の先に火を点《つ》けたうえで、誰かに命令してその棒で放火させたとして、それが罰せられないなどということがありますか？　ちくしょう、戦争をはじめた奴らが逃げ延びて、無理やり戦争に駆り出された若者たちが裁かれるなんて、やっぱりなにか間違っていますよ……」


「エディさん？」

いつの間にかうとうとしていたらしい。イツオの声で私ははっと我に返った。

「その路地を入ったところが、ぼくたちの家です」

私はあらためて周囲を見回した。

その一帯は爆撃や火災を免れたらしく、廃墟《はいきょ》となったトーキョーの街並みが嘘のように、高い生け垣に囲まれた雰囲気のある古い家屋敷が軒をつらねていた。

車はその中の一軒の門をくぐり、庭先に停まった。

「プロブレムだらけの家ですが、まあゆっくりしていってください」と笑顔をむけたイッオが、私の肩ごしに目をやり、急に驚いたような顔になった。「おやっ？　なにかあったのかな……」

振り返ると、母屋の裏手から老夫婦がひどく慌てたようすで飛び出してくるのが見えた。車のドアをあけて外に出た。

老夫婦は途中で何度か蹴《け》つまずき、転がるようにしてイッオに駆け寄ると、早口の日本語でなにごとか告げた。

イッオの顔色がさっと変わった。彼は二言三言、やはり日本語で鋭く訊《き》き返した。老夫婦の答えをみなまで聞かず、イッオは母屋にむかって駆け出した。

私はあとを追い、戸口で追いついてたずねた。

「なにがあったのだ？」

「キョウコが睡眠薬を飲んだそうです」イッオはもどかしげに靴を脱ぎながら、引きつった顔で答えた。「あの二人がすぐに気がついて医者を呼び、薬を吐かせたので、幸い今度も大事にはいたらなかったようなのですが……」

「今度も？」私はイッオにならって靴を脱ぎ、家にあがった。「どういう意味だ？」

「……キョウコが自殺未遂騒ぎを起こすのは、これがはじめてではないのです」イッオは磨き上げられた廊下を速足に進みながら、怒ったように答えた。靴下が滑って、たいへん歩きづらい。イッオは難儀している私のことなど目に入らない様子で廊下の角を曲がり、つきあたりの木と紙でできた扉――ショージ――を乱暴に開けた。

タタミ敷きの部屋。奥の窓際に、植物の蔓《つる》を編んだ東洋風の椅子がおいてある。

そこに、キョウコの姿があった。

先日スガモプリズンで見たときとちょうど同じような恰好《かっこう》――入り口に横顔をむけた、うつむき加減の姿勢――で座っている。

落ち着いた色の、日本の伝統的なキモノを身にまとったキョウコは、自殺未遂を起こしたばかりにもかかわらず（あるいはそれゆえに？）、先日にもましていっそう美しく見えた。

キョウコがゆっくりと顔をあげ、こちらを見た。

黒眼がちの切れ長の目。まっすぐに垂らした長い黒髪が、ひきつれた火傷《やけど》の傷痕《きずあと》を隠しているが、それもすべてというわけにはいかなかった。

「…………」

ぼんやりとした口調で何か言った。

イツオがつかつかと部屋を横切って彼女に歩み寄り、無言のままキョウコの頬を張り飛ばした。それから彼は、火がついたように怒鳴りだした。

イツオが大声でなにを叫んでいるのか、日本語を解しない私には正確なところはわからなかった。

キョウコは殴られた頬を押さえて、じっと足下のタタミに目を落としたままだ。

何を言われても沈黙をつづける妹にイッオはむしろ激昂《げきこう》したのだろう、ふたたび手を振り上げたところで、私は彼の背後に近づき、その手を捉《とら》えた。

「家庭内の問題《ファミリー・プロブレム》だ。放っておいてください！」イッオが振り返って大声で抗議した。

「目の前で無抵抗な女性が殴られるのを、放ってはおけない」私は首を振って言った。「たとえそれが、家庭内の問題だとしてもだ」

「あなたに何がわかるというんです！」イッオはつかまれた手を振りほどき、私に向き直った。「日本人でないあなたに、いったい何が！」

イッオはまるで人が変わったようなぎらぎらとした眼で私を睨《にら》みつけた。

「ちくしょう、もう戦争は終わったんだ……ぼくたちはもう死ななくていいはずじゃないか！　ぼくたちは子供のころから〝死ね〟と教えられて育った。〝死ぬことこそが美徳なのだ〟と。実際、ぼくたちは日本とともに死ぬはずだった。敗戦後の日本に生きることなど、考えられもしなかった……。それがどうだ？　日本は戦争に負け、それでもぼくたちはやっぱり生きていた。日本が戦争に負けても、ぼくたちは死ななかった。ぼくたちはもう死ななくてもいいはずなんだ！　それなのに、なぜいまになって死を相手に賽《さい》を振ろうとする？　さっぱりわけがわからない！」

「兄さんにはわからないわ……」

殴られた頬を押さえたキョウコが、垂れた黒髪のすきまから私たちを見上げるようにして言った。

「兄さんは、わたしが毎日どんな気持ちで生きているると思っているの？　兄さんはいつもわたしに『戦争は終わったんだから、もう死ななくていいんだ』と言う。『戦争なんか、無かったように生きていけばいい』と。でも、わたしはそんなわけにはいかない。戦争は、わたしに消えることのない刻印を残した。わたしにとっての戦争はまだ終わっていない……いいえ、わたしにとっての戦争は、わたしが生きているかぎり永久に終わらないのよ」

キョウコは自らの手で髪をかきあげると、火傷の痕が残る顔と手を私たちの方に差し出すように見せた。

「これが、わたしにとっての終わらない戦争」彼女は髪を下ろし、また元のように傷痕を隠して言った。「外を歩けば、すれ違う人たちはみんな、わたしのこの顔を見て、気味悪そうに顔を背ける。小さな子供たちは、わたしの顔を見て〝化け物〟と囃《はや》し立て、石を投げつけるのよ。……この傷のせいで、お友達はみんなわたしのもとを去ってしまった。婚約していたあの人は、戦争中の記憶をなくして牢《ろう》に入っている。面会に行っても、キジマはわたしに会ってくれようともしない。……でも、多分その方がいい。あの人の記憶のなかのわたしは、まだ火傷を負う前のわたしなのだから……」

「だから、おまえは〝死ぬ〟というのか？」イッオが感情のこもらない、平板な口調でたずねた。

「死ぬ？」キョウコが小首を傾げ、自嘲《じちょう》的な笑みを浮かべた。「そもそもわたしは、これで生きていると言えるの？　わたしの人生にはもうなにも残ってはいないのよ。戦争がわたしからすべてを奪っていった。だったら、わたしにとっての戦争も終わらせるべきじゃないかしら？」

「……そんなに死にたければ、勝手に死ねばいい」

イツオが顔を伏せたまま、低く呟《つぶや》くように言った。彼は顔をあげると、急に感情を爆発させたように叫んだ。

「死ねよ！　なんなら、おれが殺してやるよ！」

イツオが手を振り上げてキョウコに飛びかかっていったので、私は反射的に二人のあいだに割って入った。

「いいかげんにしろ。兄妹喧嘩《げんか》は、客のいないときにやってくれ」

冗談めかして言ったが、イツオはすっかり頭に血がのぼったようすで、私を力ずくで押しのけ、なおも無抵抗の妹に殴り掛かろうとする。

仕方がない。私はイツオの胸倉をつかみあげ、横っ面をひっぱたくと、意外なほどあっけなく目をまわして伸びてしまった。

「兄さん！」

キョウコが慌てた様子でイツオに取りすがった。

「たいして力を入れたわけじゃないんだが……」私はいささか戸惑いながら、タタミの上に伸びている相手と、自分の拳《こぶし》を見比べた。脈を取り、呼吸を確かめて言った。

「大丈夫。気絶しているだけだ」

キョウコは無言で立ち上がり、部屋から出て行くと、すぐに濡《ぬ》れたタオルを手に持って戻ってきた。

タオルを額にのせると、イッオはすぐに「うーん」とひとつ唸《うな》って目をさました。

彼はぱちぱちと目を瞬《しばた》かせ、上から覗《のぞ》き込んでいる私とキョウコの顔を見比べていたが、事情を思い出したらしく、はっと身を起こした。

「すみません。みっともないところをお見せしまして……」どこか痛むらしく顔をしかめた。

「ずいぶん兄妹仲がいいようだな」私はにやりと笑ってたずねた。「家ではいつもこんな感じなのか?」

「いつも、というわけではないのですが……」イッオは首をすくめた。

「あの……これ」振り返ると、キョウコが書類を私に差し出した。

見回すと、タタミの上に何枚もの書類がぶちまけられたように散らばっている。

そう言えば、さっきイッオが力任せに私を押しのけたとき、脇に抱えていた書類鞄《かばん》を取り落とした。騒ぎのなかで——私、あるいはイッオが——鞄を蹴っ飛ばしたらしく、なかの書類が撒《ま》き散らされてしまっていたのだ。

「もうしわけありません。すぐに拾いますので……」

キョウコが私に軽く頭を下げ、腰をかがめて、書類を集めはじめた。

私も彼女に並んでその場にしゃがみ、書類を一枚一枚拾っていった。

ふと気がついて隣を見ると、キョウコの動きが止まっていた。彼女は拾い上げた書類を食い入るように読んでいる。

キョウコがゆっくりと私を振り返った。

「……これが、キジマの戦争犯罪を告発する書類なのですか？」

彼女は震える声でたずねた。その顔には、さっきまでとは別人のような、奇妙な光が浮かんでいる。

私は小さく舌うちをして、渋々頷《うなず》いた。書類にはキジマのサディストぶりを告発する捕虜たちの証言が載っているのだ。そんなものを、婚約者であるキョウコにそのまま読ませてしまったことは、どう考えても私の失敗であった。

「そうだが……書かれていることがすべて真実だと、まだ決まったわけではない。もしかすると虚偽の証言も交ざっているかもしれない」

キジマの裁判資料を取り上げようと伸ばした私の手を逃れるように、キョウコは音もなく立ち上がった。彼女は手にした書類を、さも大事なもののように自分の胸に押しあてた。

「ここに書かれていることは、すべて真実ですわ」

「やはりそうか……」私はがっかりして言った。

キジマが捕虜収容所所長を務めていたときに、キョウコは彼と婚約した。とすれば、婚約者である彼女が、当時のキジマの行動を詳しく知っている可能性は高い。私はキョウコの証言によって裁判資料を少しでも覆すことができるのではないかと思い、いろいろと質問を想定してきたのだが、訊《き》くまでもなかったらしい。

「ええ、すべて真実です」キョウコは黒眼がちの目をきらきらと光らせて、もう一度きっぱりと断言した。

つづけて発せられた彼女の言葉に、私は我が耳を疑った。

「あの人は――キジマは――やはり悪いことなどしていなかったのですわ」

13

「キジマが、悪いことをしていない？」私は眉《まゆ》をひそめた。

キョウコが拾いあげ、しっかりと胸に押しあてている裁判資料には、捕虜たちの証言記録が記載されている。そこには、戦争中にキジマが捕虜に対しておこなった、顔を背けたくなるばかりのサディスト的犯罪が、あますところなく記されているはずだ。

私は一瞬、彼女があまりにも強い内心の願望のせいで、英語で書かれた証言記録を取り違えた――逆の意味に読んだ――のではないかと疑った。だがキョウコが話す英語は、イツオのそれとくらべても、はるかに洗練されている。彼女が証言内容を読み間違ったとは考えにくかった。

「ここに書かれたことはすべて事実ですわ」キョウコが高価な磁器を思わせる色白の頬を桜色にそめて、もう一度言った。「同時に、告発はすべて誤解にもとづくものなのです。

あるいは、文化の違いと言うべきかもしれませんが……」

「どういうことか詳しく説明してくれ」

そうですね、とキョウコの頬にかすかに、会ってはじめて、自嘲的でも寂しげでもない笑みが浮かんだ。

「アメリカ人は握手をし、日本人はお辞儀を、エスキモーの人たちは鼻をこすり合わせる」

「なに？」

「国や文化によって挨拶《あいさつ》のしかたは全然違います。それを知らない者同士が出会った場合、お互いに不快な思いをするかもしれません。挨拶の仕方がもとで、思いもかけぬトラブルを引き起こすこともあるでしょう。お互いの国が戦争をしていればなおさらです」

いきなり〝エスキモー〟が出てきたのには驚いたが、あるいは火傷《やけど》を負うまでのキョウコは、ユーモア好きの、よく笑う少女だったのかもしれない。

私は少し考えて、慎重にたずねた。「つまり、キジマに対する捕虜たちの告発は、お互いの文化の違いから生じた〝思いもかけぬトラブル〟だというのか？」

「少なくともここに書かれていることは、そうですわ」

キョウコはそう言って、それまでしっかりと胸に押し当てていた何枚かの書類を私に示して見せた。

（アメリカ軍将校R・S・ニュートナーズの証言）

ある日の食事内容は、緑色の葉っぱが浮いた、どろどろの米のスープだけだった。キジマは戸惑っているわれわれ捕虜の顔を見て、にやにやと笑っていた。


（アメリカ軍歩兵D・ホワイティングの証言）

毎日ひどいメシだった。たまには動物性蛋白質《たんぱく》を食わせろとキジマに文句を言ったら、次の日の食事の皿には羽根のついた虫や蛆虫《うじむし》がのっていた。以後、食事に文句をつける者は誰もいなくなった。


（アメリカ軍将校J・ロックスフォードの証言）

われわれは無理やり腐った魚や木の根、変な臭いのする野菜くず等を食わされた。その後多くの者が病気になった。


「わからないな」私は首をかしげた。「これらの証言の、いったいどこが〝文化の相違〟なのだ？　私には明らかな虐待行為としか思えないのだが……」

「大根葉入りのおかゆは、当時の——いまもそうですが——日本の平均的な食事内容ですわ。収容所周辺の農家では、それすら食べられない人たちがたくさんいたのです」とキョウコはそう言うと、思い出したように先をつづけた。「一度、わたしが収容所のキジマを訪ねて行ったとき、新聞を手にしたキジマが、珍しくこんなことを言ってぼやいていたことを覚えています。『地元の新聞に〝収容所の捕虜たちは御馳走《ごちそう》ばかり食っている〟という匿名の投書が載った。無論、根も葉もないデマだが、周辺の農家の人たちのあいだには〝自分たちが作った農作物をすべて国に供出させられ、子供たちがおなかをすかせて泣いているときに、敵国の捕虜たちにまで食べさせることはない〟という感情がくすぶっている。困ったものだ』と」

「だが、国内の食料事情と捕虜たちの扱いはそもそもべつの次元の話だ」私は言った。「近隣住民の感情が悪化したからといって、収容所所長のキジマが直接困ることはあるまい？」

「それが、その……そうでもないのです」イッオが脇から遠慮がちに口をはさんだ。「日本軍では、食料調達は基本的に現場の裁量にゆだねられていました。なにごとにつけ、現地調達が日本の軍隊の方針でしてね。つまり、地元住民の協力なしに捕虜たちの食料を確保することは、およそ不可能だったのです」

キョウコは無言で頷いてみせた。

私は眉をひそめ、タバコを取り出して火をつけた。

国家間の戦争によって発生した外国人捕虜の食料までが〝現地調達〟とは呆《あき》れるばかりだが、それが本当なら、日本の平均的な食事に満足できない——できるわけがない——欧米の捕虜たちと、それを不快に思う地元住民のあいだに入って、収容所所長のキジマが苦労したであろうことは想像に難くない。

「キジマは、なんとかして捕虜の人たちに満足のいく食事をしてもらおうと走りまわっていました」キョウコは唇を嚙《か》んで言った。「そのことが、逆に虐待行為として告発されることになるなんて、皮肉な話ですわ」

「いったい……どの告発のことを言っているのだ？」

「〝木の根〟、〝腐った魚〟それから〝変な臭いのする野菜くず〟」

私は呆気《あっけ》に取られてたずねた。「それらがちゃんとした食事だと言うのか？」

「ゴボウのキンピラに魚の干物、そのうえ野菜の漬物《ピクルス》までついた食事は、日本では立派な御馳走なのです」キョウコは軽く肩をすくめてみせた。「そういえば、キジマが一度『苦労してせっかく福神漬を手に入れたのに、捕虜たちがこんなものは野菜や木の根のくずだと言ってほとんど食べてくれなかった』と寂しげに笑っていたことがありましたわ。それに……」

「ちょっと待って！」私は手を振って言った。「つまりきみは、告発状に書かれている内容は、虐待の証拠などではなく、たんに日本の伝統的な食事が捕虜たちの口に合わなかったという事実だと言うのか？」

キョウコはきっぱりと頷いた。

「だが、それなら〝羽根のついた虫〟、それに〝蛆虫を食わされた〟という証言はどうなる？」

「イナゴとハチノコ」

「なに？」

「あの地方では、いずれも大切な動物性蛋白源なのです」キョウコが言った。「わたしも食べたことがありますが、なかなか美味《おい》しいものですわよ」

　ふむ、と私はキョウコのきれいな口元にちらりと目をやり、軽くうなった。

「それにここには〝その後、多くの者が病気になった〟と書いていますし、それは事実なのでしょうが、彼らは必ずしも口に合わない食べ物のせいで体を壊したわけではなく、収容所に送られてくるまでの無理が祟《たた》って、あるいはその後到来した日本の冬の気候に慣れずに、体調を崩したのではないでしょうか？」

　キョウコはそう言って、まっすぐに私と向き合った。

　彼女の眼が、あることを訴えていた。

　私は躊躇《ちゅうちょ》した。自分の判断に自信がなかった。もしかすると、私はひどく間違ったことをしようとしているのではないか？

　いったい、婚約者が戦争中に犯した残虐行為のすべてを、うら若い女性の鼻先につきつけるなどということが許されるものだろうか？　彼女は戦争で心身に傷を負い、しかもほんのさっき自殺未遂を試みたばかりなのだ……。

　だが、可能性はもはやそれしか残されていなかった。

「ほかの捕虜たちの証言も読んでみるか？」私は目を細め、タバコを口にくわえたまま、さりげなくたずねた。「いやなら断ればいい」

「……ぜひ、やらせてください」キョウコは一瞬目を伏せ、それから顔をあげて、はっきりした口調で言った。「それで、あの人が生きて帰って来られるのなら」

私たちは三人で額を突き合わせ、すべての証言をもう一度検討しなおすことにした。その結果、キジマの残虐行為を証明するとしか思えなかったいくつかの証言について、別の可能性が指摘された。たとえば、

(イギリス軍看護兵エドウィン・バイラーの証言)

私が病院で働いていたまる四カ月のあいだ、病人のために充分な薬を受け取ったことは一度もなかった。キジマは毎日病院を巡回していたが、ある日、冷たくなったストーブに触り、『なぜ暖房を入れないのか』と尋ねたので、『石炭がなくなったからだ』とこたえると、彼はただ笑って立ち去った。


(アメリカ軍大尉M・M・チャンドラーの証言)

収容所には戦争が終わるまで日本軍軍医は一人もいなかった。われわれは医師免許を持たない素人同然の者の診察を受けさせられた。彼の病人に対する扱いは、まったく非合理的なものであった。

（イギリス軍看護兵D・ラドクリフの証言）

キジマは、病気のために自分では起き上がれない捕虜の背中に火のついた棒を押し当て、彼を無理やり働かせた。医療品や食料が決定的に不足していたため、多くの捕虜が病気になった。

といった証言についてキョウコは、

「捕虜たちにとってだけでなく、当時の日本国内では医者や医療品、それに石炭といったものが、決定的に不足していました。だからこそキジマは、病気になった捕虜たちに対して、医薬品治療だけではなく、東洋医学による治療を積極的に取り入れようと努めていたのです。〝医師免許を持たない素人同然の者が診察し〟〝火の付いた棒を押し当てられた〟というのは、おそらく東洋医学の一種であるオキュウ——熱の刺激でキの流れをよくする——のことだと思います」と。

また、

「実際に、治療を受けた捕虜がその後働くことができたのなら、治療の効果はあったはずです」

と主張した。

同様に、

（アメリカ兵ジョージ・スミスの証言）

キジマは手術が必要なある重篤患者への手術を拒否し、彼に不当に長く苦痛を与えた。


（オランダ軍看護兵C・W・シュライバーの証言）

キジマは病人に薬を与えなかったために多くの捕虜を死に追いやった。一九四四年十二月には、彼は赤十字から送られてきた供給品を一時隠匿し、分配を故意に遅らせた。

という証言については、

「〝キジマが手術を拒否した〟のは、当時収容所にろくな手術器具や麻酔薬がなかったためで、手術を強行して、むしろそのせいで患者が命を落とすことになるのを恐れたからですわ。たしか、キジマはその後、自ら出向いて近隣の病院にかけあい、捕虜が充分な環境で手術を受けられるよう取りはからったはずです」と。

キョウコはまた、当時を思い出して、

「〝赤十字からの供給品の分配を故意に遅らせた〟のは――どうか日付に注意してください――〝供給品のことは捕虜たちにはもう少し黙っていて、ク﹅リ﹅ス﹅マ﹅ス﹅・﹅プ﹅レ﹅ゼ﹅ン﹅ト﹅として分配した方がいい。その方が、捕虜たちはより喜ぶだろう〟と当時捕虜側の代表だったモリー少佐から提案されたためだったはずです。この証言をしたオランダ軍看護兵は、その辺りの事情を知らされていなかったのでしょう」

と指摘した。

さらに、

（アメリカ軍歩兵チャーリー・ウエストの証言）

作業中にのどが渇いたので河原で水を飲もうとしたところ、キジマに見つかり、その場で手ひどく殴りつけられた。別のときは、たき火で暖をとろうとしただけで、やはり平手で殴られた。

との証言の裏には、

「当時、収容所周辺の土地では伝染病が発生していて、生水を飲むことはたいへん危険だった」と。

また、

「乾燥した冬山でのたき火は山火事を引き起こすおそれが高く、地元の人たちに厳禁されていた」

という背景があったことを説明した。

アタマギ兄妹による〝謎解き〟――と言っても喋《しゃべ》っているのはもっぱらキョウコで、イツォは相《あい》の手を入れるくらいだったが——を、私はいささか呆気《あっけ》にとられて聞いていた。

彼らの言葉を信じるなら、残虐行為の明らかな証拠としか思えなかった捕虜たちの証言は、しかしいずれもその裏側に合理的な理由、もしくはキジマの人間的な顔を隠していたということになる。

彼らの言葉を信じるならば。

「きみたちの指摘はなかなか興味深い」

私は、なおも額を寄せ、熱心に検討をつづける二人に声をかけた。

「だが、それを裁判で持ち出すことは、いまのままではむしろ逆効果になる可能性があるな」

二人は同時に顔をあげ、訝《いぶか》しげに私を見た。

「きみたちも知ってのとおり、キジマは流暢《りゅうちょう》に英語を話すことができる」私は二人に周知の事実を指摘した。「もし収容所所長時代のキジマの行為に、きみたちが指摘するような合理的、もしくは人間的な理由が本当にあったのなら、彼は自分の行動理由を捕虜たちに対してきちんと説明できたはずだ。だが、捕虜たちの証言を読むかぎり、彼らはキジマの行為になんら合理的、人間的な理由があったとは見なしていない。つまりキジマは彼らに対して何も説明をしていなかったということだ」

「でも、行為の裏に合理的な理由があったのなら……」

「あったか、なかったか？」私は肩をすくめた。「そんなことは神学論争と同じで意味がない。問題は〝捕虜たちがそれをどう感じたか〟なんだ」

「どういう意味です？」

「いいか。キジマは自分の行為の理由を説明できたにもかかわらず、それをしなかった。そして彼の行為は、捕虜たちにとっては虐待されたと信じるに足るものだった。となれば理由を説明しなかったこと自体が、新たな虐待の事実として付け加えられる可能性さえ出てくる。つまり、逆効果だ」

「そんな……」イツオが情けない顔でかたわらの妹を振り返った。

キョウコは下唇を噛《か》みしめ、じっと書類に眼を落としていたが、ふとその顔をあげた。

「なにかおかしい……変ですわ」

「仕方がない。裁判とはそんなものなのだ」

「そのことを言っているのではないのです」キョウコは首を振った。「捕虜の人たちの証言を集めたこの記録には、どこかおかしいところがあると思いませんか？」

「偽造された証言だというのか？」私はタバコを口から離して言った。「証拠書類はGHQが作成したのだ。彼らには意図的にキジマを陥れる理由はない。捕虜たちの証言が偽造だとは、やはり考えづらいな」

「意図的な偽造というわけではなく、ただ……」

「ただ？」

「キジマの名前が出てくる回数が、あまりにも多すぎる気がするのです」眉《まゆ》をひそめた。

「すべての捕虜の証言に、かならず一度はキジマの名前が出てきます。けれど、考えてもみてください、キジマが捕虜収容所の所長をつとめていたのは、四四年秋から翌年の春までの、わずか半年ほどの期間で、しかもキジマは、そのほとんどの時間を事務所にこもって書類の整理に追われていました。当時キジマは『軍隊というところは、お役所以上に書類の多いところだ。なにしろ、軍艦一隻をつくるためには同じ重さの紙の書類が必要なんだからな』と冗談めかして言っていたくらいです。

わずか数ヵ月の間、それも毎日直接顔を合わせたわけでもないキジマの名前が、捕虜の証言になぜこんなに多く出てくるのでしょう？　わたしにはなんだか納得がいかない気がするのですが……」

と書類をめくっていたキョウコの細い指が、ぴたりと止まった。

「見てください！」

彼女は、やはり捕虜の証言が記された一枚の書類を指し示した。

（アメリカ軍大尉J・L・ジョウンズの証言）

一九四四年十月十一日、キジマはささいな命令違反を犯した私を壁の前に直立させ、左右の拳《こぶし》で交互に殴りつけた。私が倒れると、彼は部下に命じて私を引き起こさせ、さらにしつこく殴りつけた。その後私は、水の入ったバケツを持ったまま長時間屋外に立つことを強要された。

「この証言がどうしたのだ？」私は顔をあげてキョウコにたずねた。

「日付をごらんください」

見た。

「そうか！」突然耳元で大声がした。顔をしかめて振り返ると、イッオがその場に跳びはねるようにしながら、私に説明してくれた。

「〝四四年十月十一日〟というのは、キジマが収容所に赴任した当日の日付なのです！」

「だから？」

「まだおわかりになりませんか？　キジマは大陸で肩に怪我をして、その治療のために内地に帰ってきたのですよ。収容所所長に赴任した当時、彼は怪我をした右肩をギプスで固めていた。つまり……」

「その日、キジマが右の拳で捕虜を殴れたはずがない？」

「そのとおりです！」

「では、この捕虜が――あるいは他の捕虜たちも――嘘を証言したというのか？」私は呆《あき》れて言った。「だが、彼らはいったいなんのためにそんなことをしたのだ？」

「もしかすると、嘘というほどのことではなかったのかもしれません」キョウコが思案げに言った。「たとえば、こういう状況は考えられないでしょうか？　戦争が終わって日本に進駐してきたアメリカ軍は、ようやく自由の身となった捕虜たちを一日もはやく本国に帰還させてあげたかった。一方で、来るべきトーキョー裁判の証拠として、彼らの証言がどうしても必要だった。そこで進駐軍は、捕虜の人たちに『収容所でやられたことはすべて書くように。それを行った者の名前も忘れずに』と指示したのだとしたら?」

キョウコの言葉で、私自身、最初に捕虜たちの証言をまとめて読んださいに感じた奇妙な違和感の正体に思い当たった。

ここで取り上げられている捕虜たちの証言はいずれも、わずか一文《ワンセンテンス》から、せいぜい四文ていどで記述され、しかも同一事件が何人かの捕虜たちによって、同じような語句を用いて記述されている……。

もし捕虜たちの証言が、たとえば帰りの飛行機を待つ飛行場内の待合室で、それもわずか一日か二日の間に書かれたのだとしたら、そういったことへの一切の説明がつく。

捕虜たちは、言葉の通じない日本人加害者の名前をほとんど覚えていなかった。彼らは、どうしても加害者の名前を書くよう要求されたさい、記憶に残っていた収容所所長――唯一英語を話せた人物――キジマ――の名前を書いたのではあるまいか?

帰国をはやる捕虜たちに、それ以上のことを望むのは酷というものであろう。

だからこそ、捕虜たちの証言に出てくる人物の名前の多くは〝キジマ〟であった――少なくともその可能性はある。

「そう考えれば、直接〝虐待〟を加えたのがキジマではなかったことが、捕虜たちのほかの証言からも推測することができますわ」

キョウコは、別の証言が記された書類を私に示した。

（オランダ兵V・D・ウォールの証言）

キジマは気の狂ったサディストで、彼はたびたび作業中のちょっとしたことが原因でわれわれ捕虜に容赦なく殴りかかった。われわれは手や竹の棒、その他ありとあらゆる道具で殴られた。

（アメリカ兵F・C・バックリーの証言）

ある日、命じられて土砂の運搬をしていたところ、突然キジマが横から私を突き飛ばした。そのせいで私は足首をひどくひねったが、彼は私を立たせて、さらに平手で殴りつけた。

「このほかにも捕虜の人たちの証言には、彼らがひじょうにしばしば、それもごくささいなことが原因で、キジマから殴られていたことが記されています」キョウコは顔を上げ、私をみつめて言った。「しかし、これも考えてみれば妙な話ではないでしょうか？　ミスタ・フェアフィールド、先ほどあなたがおっしゃったとおり、彼らを指示どおりに働かせるためには、手で殴るより、言葉で用件を伝えたほうがよほど効率がよいはずです。少なくとも、英語が話せるキジマならそうしたでしょう。

〝捕虜の人たちがあまりにも頻繁に殴られている〟。それらの証言はむしろ、多くの場合キジマが直接の行為者でなかったことを意味しているのではないでしょうか？」

私は呆れて、ポカンと口をあけた。

〝黒〟と見えたものはじつは〝白〟であり、本当は〝白〟が〝黒〟だった。

キョウコの思いつきは、あまりに突拍子もないものに思えた。

すると、今度はイツオが口を開いた。

「キジマ以外の日本人の看守たちにしても、言葉の通じない捕虜たちになにかさせようという場合、あるいは捕虜たちがちょっとした過ちを犯した場合、押したり、殴ったりすることを間違っているとは考えていなかったのかもしれません。押したり、殴ったりすることは、われわれ日本人の習慣となっていて、看守たちは所長に報告してことを大きくするよりも、押したり、殴ったりして済ませる方が捕虜のためによいことだと考えていた可能性があります」

「押したり、殴ったり？」

「えー、たとえば捕虜が危険なところへむかって知らずに進んでいくのを防ぐために、あるいは慣れないトロッコをおかしな恰好《かっこう》で押している捕虜がケガをしないように、といった意味です。本来親切心から出たそれらの行為が、言葉が通じないために、捕虜たちにひどい扱いを受けたと取られる場合が多かったとは考えられませんかね？」

「それにしたって、殴るのはやり過ぎだ」

「平手で殴ること——ビンタ——は、日本の軍隊では日常的に行われていたことなのです」イツオは肩をすくめた。「うまい上官がやれば、派手な音がするわりには、たいして痛みもありません。人前で行われるビンタは、日本の軍隊では実際的な体罰というよりは、むしろ見せしめ的な処罰だったのです。ビンタを受ける方も、降格させられたり、一晩営倉に入れられるよりはマシな処罰だと考えていたはずです。つまり、なんと言うか……」

「文化の違い？」

「そのとおりです！」イツオは満足げに頷《うなず》いた。

私は二人の言葉をもう一度胸のなかで反芻《はんすう》し、フムと唸《うな》った。なるほど、彼らの解釈にも一理あるのかもしれない。しかし——

「だが、まだこの件が残っている」

私はテーブルに広げた書類のなかから、さらに何枚かを選んで指ではじきだした。

（イギリス兵ジム・エンダースの証言）

営倉から脱走を試みた一人のアメリカ兵が、キジマの手で殺されたという話を聞いた。

（オランダ軍曹長J・A・スターンの証言）

アメリカ軍のバーク伍長《ごちょう》は、立証はされなかったが、盗みの疑いをかけられ、面影をとどめないほどに顔を殴られた。彼は何度も営倉に入れられ、一九四五年五月、キジマの手で殺された。

(イギリス軍砲手ハリー・イングラムの証言)

われわれはキジマの命令で、しばしば捕虜同士のひどい殴り合いを強制された。あるアメリカ人捕虜はこのためにたびたび昏倒《こんとう》した。彼はその後、キジマの手で刺し殺された。

「時期からすれば、捕虜殺害のこの一件が、キジマが収容所所長を辞めさせられることになったきっかけだろう」私は新たにタバコに火をつけ、二人をちらりと見て言った。「本来捕虜を保護すべき収容所所長の立場にあったキジマが、自らの手で捕虜の一人を殺害した。この事実をなんとかしないかぎり、キジマが裁判を切り抜けることは難しい。この件について、きみたちが知っていることはないのか?」

二人は無言で顔を見合わせた。

キョウコがためらいがちに口を開いた。

「その件については、それぞれの証言の前半……それに、こちらの証言も合わせて考える必要があると思います」

(オランダ兵T・ヤンセンの証言)

収容所では捕虜の所持品がしばしば盗難にあった。その度に、われわれは捕虜同士で殴り合いをさせられた。

「どういうことだ？」私は資料から眼をあげてたずねた。

「キジマはあまり話したがらなかったのですが……」とキョウコは前置きして言った。

「どうやら、あの収容所の捕虜のなかには、いわゆる〝札付き〟の人物がいたそうなのです。その人の名前が、たしか〝バーク〟だったと聞いています」

「札付き《ノトーリアス》？」

「ええ……しばしば捕虜の人たちの所持品や食料が盗まれる事件があって……調べてみると、いつも捕虜の一人の仕業だったという話でした」

——そういうことか。

私は自分の二度の捕虜経験を思い出して頷いた。

捕虜といっても、彼らがみな善良な者たちであるはずがない。困難な状況下であればあるほど、身近な者——捕虜仲間——に対して犯罪をおこなう者、あるいは進んで仲間を裏切る者が現れる。人間とはそんな生き物なのだ。

その場合、自分の所持品や食料を盗まれた捕虜たちは普段以上に激昂《げきこう》し、彼らが事件を自分たちの手で処理することを申し出た可能性がある。少なくとも私がいた収容所ではそうだった。もしかするとキジマは、捕虜たちが自分たちの手で〝犯人〟を処罰することを認めたのではないか？　それが、事情を知らない他の捕虜たちの眼には「捕虜同士で殴り合いをさせられた」、あるいは「面影をとどめないほどに顔を殴られた」というふうに見えたのかもしれない。

キョウコは眉《まゆ》をひそめて、言葉をつづけた。「捕虜の人たちのあいだの盗難騒ぎはその後もおさまらず、キジマはほかの捕虜の人たちの強い要求に応じる形で、盗難癖のある一人の人物――バーク伍長――を何度か営倉に入れることにしたように聞いています」

「だが、それならなぜ、キジマはその後バーク伍長を自らの手で殺さなければならなかったのだ？」

「さあ、わたしもそこまでは……」とキョウコは暗い顔で首を振った。

「まあいい、この件についてはあとで考えよう」私は軽く手をあげて言った。「それより、きみたちがいま話したことを証明できるか？」

「証明？」

「ここでの話し合いのおかげで、色々な可能性が見えてきたのは確かだ」私は言った。「だが、それらはいずれも、いまのところ単なる可能性にすぎない。裁判になれば、検事や裁判官には相手にもされないだろう。なにかはっきりとした証拠がほしい。きみたちの解釈が正しいと証明する物的証拠が必要だ」

二人は無言で顔を見合わせた。

「物的証拠、ねえ」イッオが腕を組んで考えこんだ。

キョウコがはっとしたように顔をあげた。

「……感謝状」彼女は口の中で呟《つぶや》くと、私を見あげて早口につづけた。「収容所所長時代、キジマは捕虜の人たちから感謝状をもらったことがあるのです。……どうしてあのことを忘れていたのかしら？」

「説明してくれ」

「キジマが収容所を離れることになる直前、若い捕虜の一人が病気で亡くなったのです。そのときキジマは近くにあったキリスト教の教会で、死者のための葬儀を執り行いました。葬儀には多くの捕虜の人たちも参列して……そのとき、捕虜代表の何人かの将校の人たちがキジマに感謝状を贈ったのです。あの感謝状には、キジマが捕虜の人たちのために苦労して医療品や食料をととのえたことや、そのほかにも収容所の待遇を改善したことについて、いろいろと書かれていたはずです。あれを読めば、キジマが捕虜虐待などしていないと、裁判官にもきっとわかってもらえるはずですわ！　あの感謝状はどこにいったのかしら？」

キョウコは額に手を当てた。

「あの後、感謝状が教会の壁に飾ってあったのを見たことがある……。まだあの教会に置いてあるんじゃないかしら？　ええ、きっとそうだわ！」

イツオが期待に眼を輝かせて私を振り返った。

「実物を見てみないとなんとも言えないが」私は肩をすくめた。「さっきのきみたちの解釈とあわせて、うまくいけばキジマの裁判で有利に働くかもしれない」

「早速、問い合わせてみます！」

イッオは裏返った声でそう言うと、慌ただしく部屋を出ていった。

14

「捕虜たちから感謝状を贈られた？　この俺が？」

キジマは私の話を聞いて、一瞬引き絞るように目を細めた。

私はいつものようにベッドの脇に広げた折り畳み椅子に腰を下ろし、タバコに火をつけた。

「いまイッオに問い合わせてもらっているが、そいつがあれば、戦争中にきみが行ったとされる捕虜虐待の容疑を晴らすことができるかもしれない」吐き出した煙の行方を眼で追いながらたずねた。「あれから思い出したことは？」

キジマはふたたび大きく見開いた目を天井にむけ、土気色の頬に薄ら笑いを浮かべて、ゆるゆると首を振った。

しばらくの沈黙のあと、彼は唐突に口を開いた。

「俺の記憶は、昭和十五年――つまり一九四〇年十月二十日の夜を最後に途切れている」

私はタバコをくわえたまま、目顔で先を促した。

「あの晩、俺は気心の知れた友人たちと音楽会に出掛けていた。……そう、あの夜のことなら昨日のようにはっきりと覚えている。新響の定期演奏会。会場は満席だった。プログラムは、前半はブラームスのピアノ協奏曲、後半はモーツァルトの交響曲第四十番。指揮は新響専任指揮者のジョセフ・ローゼンストック。……目を閉じれば、彼のこまかな指揮棒の動きまで思い出せるくらいだ」

能面のようなキジマの顔の中で、色を失った薄い唇だけが別の生き物のように動いて言葉を紡ぎ出す。

「演奏会が終わった後、俺は友人たちと一緒に夜道を歩きだした。すばらしい音楽に気分が高揚していた。誰からともなく、俺たちは鼻歌でそれぞれの楽器パートを受け持ち、聴いたばかりの演奏を再現しようと、ふざけて笑っていた……。

突然、かん高い悲鳴と耳障りな金属音が聞こえ、同時にまぶしい光が正面から目を射た。どこかの馬鹿がハンドル操作を誤って、オートバイを歩道に突っ込ませたんだ。俺はとっさに身を投げ出し、次の瞬間、俺は頭に激しい衝撃を受けて気を失った。

ベッドの上で目が覚めたとき、俺は自分がオートバイにはねられて病院に運ばれたのだと思った。頭がやけに痛かった。手をやると頭には包帯を巻かれていたが、他の部分はどうやら無事らしい。そのことを確認して、俺はほっと安堵《あんど》の息をついたくらいだ。

ところが、診察に来た医者と話をすると、なんだか妙だった。医者も看護婦も、俺にわからぬ話ばかりする。俺は棍棒《こんぼう》強盗に襲われて病院に運ばれて一ヵ月ほど意識を失っていただの、そのうえ〝いま〟は昭和十五年ではなく五年後の昭和二十年——一九四五年の十二月で、日本はアメリカとの戦争に負けただのと、わけのわからないことばかり言うのだ。
俺は最初信じなかった。冗談だと思った。なにしろ耳の奥にはまだ、モーツァルトの天上的な、無垢《むく》な音の響きがはっきりと残っているのだ。あの演奏会が五年も前の話だというのか？　俺は半ば憤慨しながらそう主張した。すると医者はどこからか鏡を持ってきた。そして俺にこうたずねた。

『いったい自分が何歳に見えるかね？』

鏡の中の俺は、自分が知っている俺とはすっかり形相が変わっていた。肌はすさまじく日焼けし、痩《や》せ、頬が削《そ》げ落ち、深いしわが刻まれていた。眼には深い絶望があった。その顔は——俺が自分で思っていたような——二十歳の若者には、生活の苦労を知らない大学生には、とても見えなかった。

俺は信じざるをえなかった。自分が五年間の記憶を失っていることを。二十歳から二十五歳までの記憶がすっぽりと抜け落ちていることを。……だが、なんという五年間なのだろう！　俺は周囲の者たちから、俺が記憶を失った五年間の話を聞かされて呆然《ぼうぜん》となった。なるほど俺が覚えている五年前も、日本はすでに中国との戦争をはじめていた。だが大陸での戦争は、すくなくともトーキョーで学生生活をおくる俺には、遠い出来事だった。二十歳の俺は〝大学を出たあと、兵隊に取られて大陸に行くことになるかもしれないな〟と漠然と考えていた。だが、それはあくまで不確定な、未来の話だったのだ。まさか近い将来、日本がアメリカ軍と実際に戦火を交え、戦線が全太平洋に拡大されようなどとは、ましてや自分が学生の身分のまま戦争に駆り出されることになろうなどとは思いもしていなかった。トーキョーをはじめとした日本各地が大規模な爆撃を受けて焼け野原になり、そのたびに数万、数十万人もの民間人が犠牲になろうとは、さらにはヒロシマとナガサキに恐るべき新型爆弾が投下され、日本が連合国に対して無条件降伏をすることになろうなどとは、俺は想像だにしていなかったのだ」

一呼吸あった。キジマはゆっくりと顔を動かし、私を見た。

「だが……本当なのか？　それらは本物の現実なのか？」

「本物の現実だと？」私はキジマの質問の意図をはかりかねて、眉《まゆ》をひそめた。

「なにが言いたい？」

「あんたたちはみんなで寄ってたかって、俺にひとつの現実を信じさせようとする」キジマは相変わらず表情も変えずに言った。「だが、本当は俺が信じていることが本物の現実で、あんたたちの方が間違っているんじゃないのか？」

残念だな、と私はちらりと思った。

〝あれは本当のことじゃなかった。あれは夢だったんだ〟

多くの犯罪者が認めたくない現実——逮捕、処罰——を前にして、しばしば持ち出すありふれた言い訳だ。私はどこかでキジマが特別であって欲しいと望んでいたらしい。

キジマはまたぐるりと首《こうべ》を巡らし、天井の一点を見据えて口を開いた。

「最近、何度もくり返し同じような夢を見る……妙な夢だ」囁《ささや》くような声で言った。「俺が友人と話していると、そこに誰かが友人を呼びにやってくる。友人が悲しげな顔で連れられていく……しばらくして、俺は宴席に招かれる。目の前には大皿が並べられ、美味《うま》そうなサシミが載っている。ハシを伸ばしてサシミを口に入れると、周囲にいる者たちがどっと笑い声をあげる。その瞬間、俺は口の中のものが自分がさっきまで話していた友人の肉だと気がつくんだ。俺は慌てて席を立ち、外に出て口の中のものを吐こうとする。顔をあげると、後ろ手に縛られた友人が穴の前に座らされている。友人の背後に別の男が日本刀《カタナ》を振りかざして立っている。俺は日本刀の男に『やめろ!』と声をかけるが、男はかまわず日本刀を振り下ろす。友人の首が胴から離れて、穴のなかにごろりと転がり落ちる。また、どっと笑い声が起きる。俺は宴席に座って、肉の載った皿を前にしている。俺はそれが、たったいま殺されたばかりの友人の肉だと知っている。周囲の者たちは、食え、食えと囃《はや》し立てる。躊躇《ちゅうちょ》していると、隣に座った男が、肉をハシでつまんで、俺の口に無理やり押し込もうとする。生臭い血の味が口一杯に広がる。俺は周囲の者たちを押し分けて、外に駆け出す。すると前方に、抜き身の日本刀を片手に下げた男が、背中を向けて歩いていくのが見える。俺はとっさに〝これから処刑なんだな。よかった。なんとか間に合った〟と思い、男にむかって叫ぶ。『彼を殺すな! 俺の友人なんだ!』ゆっくりと振り返った男の顔の前を、一羽の黒い蝶《ちょう》が横切っていく……。気がつくと、数千、いや、数万もの黒い蝶が俺のまわりに舞い飛んでいて、もはや自分の手さえ見えないくらいだ。あまりにも蝶が多すぎるせいで空気が薄くなり、息ができなくなる。俺は蝶を追い払おうと、懸命に手を振りまわす。だが蝶の数はなおも増えつづけ、〝もうだめだ〟と思った瞬間……目が覚める」

キジマはそう言うと、まるで眼に見えない蝶をつかまえるように手錠でつながれた両手を中空に伸ばした。彼は自分の顔の前に持ってきた拳《こぶし》を開き、一瞬戸惑ったような表情を浮かべた。

「それほど妙な夢でもないさ」私はちょうど吸い終えたタバコの火を靴底でもみ消して言った。「私も最近、同じような夢にうなされたところだ。テーブルに美味そうな肉料理が並んでいる。ところが、一口食べてしまってから気づくんだ。それが人間の肉だったとな」

今度はキジマが無言のまま、じっと私を見つめている。

私は肩をすくめた。「ミス・フジムラが出廷した〝人肉食裁判〟の初公判が先日行われたばかりだ。毎日ここに通っていれば、いやでも噂は耳に入ってくるさ」

スガモプリズン唯一の女性囚人ミス・フジムラが逮捕されたのは、やはり捕虜虐待容疑によってであった。戦争中、日本の大学病院で看護婦長を務めていた彼女は、大学の医師たちが英米の捕虜を生きたまま解剖した手術の場に立ち会い、そのうえ全員で捕虜の生き肝を食ったというのだ。

〝人食い事件《マン・イーター》〟と呼ばれるこの裁判は、事件の猟奇性、さらには珍しい女性戦犯が裁かれることもあいまって、開廷前から大きな関心をよんでいた。

実際に裁判が始まってみれば、大学の医師たちを引き連れるようにして入廷したミス・フジムラの堂々たる態度にくわえ、その毅然《きぜん》とした申し開きによって、報道関係者《プレス》のみならず、プリズン内のアメリカ兵たちのあいだで――良くも悪くも――たいへんな評判になっていた。

「事実かどうかはともかく、色々と妙な噂が飛び交っているからな……。少しくらいおかしな夢を見ても不思議じゃないさ」

そう説明しても、キジマの顔には相変わらず何の表情も浮かばない。

ぽっかりと見開かれたキジマの二つの黒い眼を見返すうちに、以前どこかで聞きかじった半可な知識を思い出した。

――たしか蝶はギリシア語で〝プシュケー〟、つまり魂を意味するのではなかったか？　『オデュッセイア』を諳《そら》んじてみせるほどの〝ギリシア通〟のキジマなら、当然知っているはずだ。とすれば、死者と結び付くイメージとして、夢に蝶が出てくるのはなんの不思議もあるまい。

「あるいは、もしきみが」と私は別の可能性を思いついて言った。「収容所所長時代に、自分も捕虜の肉を食ったのではないか――それを覚えていないだけではないか――と恐れているのなら、その心配は無用だ。捕虜たちの証言のなかにそんなことを訴えているものは一つもない。第一、収容所所長としてのきみは、病気その他の理由で収容所で死人が出た場合、彼らのためにかならずちゃんとした葬儀を執り行っていたのだ。大丈夫。きみは捕虜の肉を食ってはいない」

「……なにか、勘違いしているんじゃないのか」キジマはかすれた声で言った。「人肉食裁判だと？　なにを大騒ぎしている？　人間だって、死ねば他の動物と同じ蛋白源《たんぱく》にすぎない。食うことで命が循環するんだ。それ自体は悪でもなんでもないさ」

「なんだと？」

「刑法上だって単なる死体遺棄、せいぜい器物損壊くらいの罪だろう。あんたたちがなにをそんなに騒いでいるのか、俺にはさっぱりわからないね」キジマは大きく見開いた目を天井にむけて、うるさげに手を振った。「そんなことはどうでもいい。問題は、俺にとってなにが本物の現実かということなのだ」

「本物の現実？　どういう意味だ」

「もし現実があんたの言うとおりのものなのだとしたら」ぎょろりと眼だけが動いて、また私を見た。「それなら現実でないはずの夢が、俺にはなぜこれほど生々しく感じられるのだ？　俺には夢で見た、そしてこの手に触れた蝶たちの方が、あるいは口の中に感じた血の味の方が、よほど現実《リアル》に思える。少なくとも、あんたたちから繰り返し聞かされる〝五年間の現実〟とやらよりは、ずっとな」

「だが、夢は夢だ。現実とは違う」私は言った。「例えば、きみが友人たちと聴いたモーツァルトの音楽は現実だ。一方で、きみが夢の中で捕まえた蝶は現実じゃない。それだけの話だ」

「あんたはなにも証明しちゃいないよ」キジマはゆっくりと首を振った。「夢が現実と違うだと？　あんたにはなぜそんなことがわかる？　あんたはそれを証明することはできないはずだ。絶対にな」

キジマはそう言うと私の眼をまっすぐに覗《のぞ》きこみ、薄い唇をねじ曲げるようにしてにやりと笑った。


――本当は〝五年前〟などという時間は存在せず、この世界は五分前につくられたものなのではないか？

キジマはかすれ気味の低い声で言葉を続けた。

「少なくとも、そうではないという証拠はどこにもない。例えば、それぞれの人の頭の中にある過去の記憶、あるいはどこにでも見られる過去の痕跡《こんせき》などといったものは、実際に過去があったという証明にはならない。なぜなら、それを作るためにはかならずしも時間の経過を必要としないのだから。

もし何者かが――それを神と呼ぶかどうかはともかく――いまから五分前にこの世界を作り、そしてその時にわれわれの記憶を含めた全てのものが生まれたのだとしたら？

この仮説がいかにばかげたものにせよ、そうでないことをわれわれは絶対に知ることができない。そして、この仮説を反証できないかぎり、夢と現実は等価であり、二つを区別することはけっしてできないのだ……」

つけいる隙のない、理路整然とした、冷ややかな口調。

ようやく慣れはしたものの、彼の話し方にはどこか、子供のころに想像していた悪魔を思わせるところがある。

私が相変わらず無言のままタバコの煙の行方を眼で追っているだけなのに気づくと、キジマは頬に嘲《あざけ》るような笑みをちらりと浮かべ、首を巡らせて天井に顔を向けた。

「それじゃ、次はあんたの番だ」キジマが虚空に眼をすえ、口元に嘲笑《ちょうしょう》のあとを残したまま言った。「あんたの現実の話をしてくれ」

「私の現実？」私は首をかしげて呟《つぶや》いた。

私が見た夢について話せとでもいうのか？

「図書室の貸し出し者リスト。プリズン内の医者にかかった者。俺が持っていた『オデュッセイア』がどういう経緯でスガモプリズンの図書室に納まることになったのか。その他もろもろ」キジマは平板な口調で並べ立てた。「調べたんじゃないのか？」

そのことか。

私は苦笑して、ポケットから手帳を取り出し、調査結果を話した。

キジマは表情ひとつ変えずに聞いていたが、最後に本を寄贈した者の住所が墓地であったと知ると、はじめてのどの奥でかすかに笑った。

「冥府《ハデス》からの差し入れか。ふん、『オデュッセイア』らしいな。……もっとも、これではっきりした。誰がやったにせよ、俺の『オデュッセイア』が使われたんだ」

「使われた？」聞きとがめてたずねた。「あの本がいったい何に使われたというんだ？」

「通信手段さ」キジマはぶっきらぼうに言った。「おそらく塀の外にいる共犯者が、あの本を使ってプリズン内部の囚人に犯行手順を指示したんだ」

「共犯者だと？」私は一瞬ぽかんとした。「これ以上謎の要素を増やしてどうする？」

「逆だよ」キジマがぶっきらぼうに言った。「事件の謎を解くためには、共犯者の存在が不可欠なんだ」

「謎の共犯者はさておき」私はキジマの妄想（としか思えなかった）に首を振って言った。「少なくとも、きみの『オデュッセイア』が通信手段に使われたはずはない。きみは破り取られた白ページのことを言っているのだろうが、スガモプリズンに入れる本は一ページずつ丹念に調べられているんだ。日本語であれ英語であれ、その他の言語であれ、およそ不適切な書き込みが見つかれば、直ちに没収されただろう。破られた白ページになにか書いてあったとは考えづらい」

「見つかれば、な」キジマは言った。「だが、見えない文字で書かれていたとしたらどうだ？」

「見えない文字だと？　探偵小説じゃあるまいし……」

「可能性はいろいろあるが、通信文の受け手がこのプリズン内にいるとすれば、一番シンプルで、かつ可能性が高いのは〝ヨウ素デンプン反応〟を使ったトリックだろう」キジマは上機嫌に言った。「紙に水で溶いたデンプンで文字を書いておく。乾けば、紙は一見白いままだ。受け手は、薄めたヨードチンキをつかって文字を浮かびあがらせる」

ヨードチンキ？

思い当たることがあった。

「だから、私に外科にかかった者の調査を命じたのか？　外科治療に用いるヨードチンキを使って外部と通信した者を探すために……」

キジマはにやにやと笑っている。

「ほかにどんな推理をしている？」私は諦《あきら》めてたずねた。「きみが私に依頼した妙な調査は、いったいなにを証明するためのものなんだ？」

「たいしたことじゃないさ。あとは、囚人がプリズン内に外から物を持ち込む方法の確認……そのくらいなものだ」

「囚人がプリズン内に外から物を持ち込む方法、だと？」呆気《あっけ》に取られた。「不可能だ」

「そうでもないさ。例えば……」と言いかけて、キジマはにやりと笑った。「ま、少しは自分の頭で考えてみることだな。ヒントは全部出ているはずだ」

私は首を振った。

「それで、次はなにを調べたらいい？」ポケットに手帳をしまいながらキジマにたずねた。

「どこかで灰色の猫でも見つけてくるか？」

「そうだな」とキジマは、今度は私の冗談には取り合わなかった。「まずは、外科にかかった者への調べをつづけてくれ。共犯者はともかく、このプリズン内に実際に被害者に毒物を与えた実行犯がいるはずだ」

「実行犯、ね」

「あとは、あんたがこれまでに調べたことをタイプしてくれ。なにか抜けている気がするのだが、それが何なのかを確かめたい」

「私の調査が不充分だというのか？」

「あんたのせいじゃないさ」キジマが無表情に私を見た。「前提が間違っているだけだよ」

「前提、だと？」

「あんたはなぜ『殺すなかれ』などという戒律があると思っているんだ？」にやりと笑った。「カインによる弟アベル殺し。あんたたちキリスト教徒によれば、それが人類史上最初の殺人事件ということになる。あの寓話《ぐうわ》はいったいなにを意味している？」

「なにが言いたい？」

「あんたはさっき『最近医者にかかった者を調べているが、いまのところ疑わしい者は見当たらない』と俺に言った。だが、そもそも〝疑わしい点〟などというものは必要ではないのだ。人はお互い殺し合う。機会があれば、必ず。わざわざ『殺すなかれ』と言わなければならないのは、人間は放っておけばお互いを殺し合う生き物だからだ。それらしい動機などというものは、いつの場合も後からこじつけた理由にすぎないのさ」

「それが調査の前提だと言うのか？」私は呆《あき》れて言った。人はお互いを殺す。機会があれば、必ず。動機など必要ではない。

それが〝王様は裸〟の意味だと言うのか？　世界の見えない関係性の秘密だと？

私は反論を試みた。「戦争は終わったんだ。戦争中はなるほど敵を殺すことは〝正しいこと〟だったかもしれない。だが、戦争が終わった以上、もはや敵味方は存在しない。人を殺す理由はなくなったのだ。殺人は許されないさ」

「誰が殺人を許さないのだ？」

「誰？」私は一瞬答えにつまった。「むろん、人間の良心が、だ」

「それなら、戦争中は人間の良心が殺人を許すのだな？」キジマは嘲笑《あざわら》うように言った。「つまりあんたたち連合軍の兵士たちは、戦争中、良心にもとづいて、日本兵と殺し合ったわけだ。良心の命じるまま、なんら疚《やま》しい思いをすることなく、何万、何十万人という日本の民間人を殺すことができた。そうなのか？」

「今度の戦争は、日本の方から国際社会に戦いを挑んだものだったのだ」私は嚙《か》んで含めるように言った。「戦争直前、日本の政府はもはや一部の軍部と財閥の言いなりだった。彼らは国をあやつって、帝国主義的侵略戦争に邁進《まいしん》させたんだ。軍国主義を標榜《ひょうぼう》する日本の行動は、国際社会秩序への、ひいては民主主義への挑戦だった。だからこそ、われわれ連合軍は……」

「良心の名のもとに、女子供の頭の上から爆弾をばらまいたわけだな？」キジマは再びのどの奥でくっくっと笑った。「無駄だよ。どう考えたところで、殺人は許されるか許されないかの二つに一つだ。戦争だから許される。戦争が終わったから許されない。そんなものではありえない。敵も味方も関係あるものか。それに、だ」手を振り、口を開きかけた私を制して、囁《ささや》くような早口で先をつづけた。「あんたはいま、日本が軍国主義だったから戦争をはじめたと言ったな？ いや、あんただけじゃない、いまや日本人自身までが『日本人はこれまで軍部に騙《だま》されてきた。敗戦によって日本は解放されたのだ』と言っている。だが、妙なことに、俺が覚えている戦争前の日本社会は、あんたたちに解放してもらう前から、民主主義国家だったのだよ。俺が覚えている〝戦前〟の日本では、投票によって国会議員が選ばれ、彼らが国政を担当していた。つまり、国会で決められる法律や政策はすべて、形式上は、国民の意思を反映したものだったのだ。あんたたちは、それを民主主義と呼んでいるんじゃないのか？ もし日本が帝国主義的侵略戦争に邁進したのだとしたら、あるいは民主主義や国際秩序に対して戦いを挑んだのだとしたら、しかしそれもまた民主主義の結果だったということになる。これはいったいどういうことなのだ？ 何を意味している？」

私はキジマの意外な興奮ぶりに驚きながら、慎重に口を開いた。

「そう……戦前の日本の民主主義は不完全なものだった、と聞いている」

「完全な民主主義なんてものがどこにある？」キジマは唇の端をゆがめて言った。「古代ギリシアで民主主義が発明されて以来、そんなものはかつて存在しなかったし、これからもけっして存在しないだろう。そもそも民主主義には完全な形なんてものは存在しない。それが民主主義の特徴なんだ」彼は大きく見開いた眼をぎらぎらと輝かせ、低い、ようやく聞き取れるほどのかすれた声で、早口につづけた。「あんたたちは今度の戦争は民主主義を守るための戦いだったと言っている。すると、本当は良心などではなく、民主主義こそがあんたたちに戦争を許し、人を殺すことを許したわけだ。なるほど、古代ギリシアで発明された民主主義は人類の偉大な発明品の一つかもしれない。だが、大きな正義というやつは、民主主義であろうがテンノウ制であろうが、いくら真っ白に見えようと、近づくと無数の染みがあるものなのだ。……こんな具合にな」

キジマはそう言うと、ふいに手を伸ばし、ベッドの反対側の壁に勢いよく叩《たた》きつけた。彼が壁から手を取りのけると、真っ赤な血のあとが小さな丸い点になっているのが見えた。

がちゃがちゃと鍵《かぎ》を回す音がして、独房の扉が開いた。

看守の若者が、恐る恐る顔を覗《のぞ》かせた。

「……大丈夫ですか?」

「なんでもない」私は首を振って答えた。「壁に這《は》っていた虫を殺しただけだ」

「ああ、南京虫ですね。ここはよく出るんですよ」看守の若者はほっとしたように言うと、私を見てたずねた。「ところで、そろそろ交替の時間なんですが……」

私はベッドの上に目をやった。

キジマは、さっきまでの饒舌《じょうぜつ》が嘘のように大きく見開いた目を天井の一角に据え、その顔からはどんな感情も窺《うかが》えなかった。どうやらキジマはまた、世界との関係を一切拒絶するあの〝一個の物体〟へと戻ってしまったようである。

私は肩をすくめて椅子から立ち上がった。

独房を出て行く前に最後にもう一度振り返って、部屋のなかを見回した。

白く塗った壁のあちこちに、それまで気がつかなかった茶色い染みが、点々と浮き上がって見えた。


本館に戻ってくる途中、囚人たちの長い列に行く手を遮られた。

構内作業の時間が終わり、それぞれの房に戻るところらしい。

黄色い、のっぺりとした顔の小柄な日本の囚人たちが、後から後から、ぞろぞろと一列になって進んでいる。しばらく眺めていたが、能面のように無表情な彼らの顔を区別することはやはり容易ではなかった。

ゲートのところで、何人かのアメリカ人看守が、にやにやと笑いながら立っていた。

「さっさと歩きやがれ！」

「のろのろするんじゃない！」

「このウスノロどもめ！」

彼らは文字通り囚人たちの尻《しり》をひっぱたきながら、列を追い立てている。そのなかには、先日私が世話になったグレイの顔もあった。

「急《ハ》げ！　急《バ》げ！」

グレイは腰をかがめ、手を叩きながら大声でそう言うと、ちょうど前を通りかかった一人の囚人の尻を蹴飛《けと》ばした。蹴飛ばされた囚人はその場にぺたりと手をつき、へらへらと笑いながら辺りを見回した。

「スタンダップ、オオバ！　ハバ！　ハバ！」

別の看守が倒れた囚人を怒鳴りつけ、まるで猫の子でもつまむように、首筋をつまんで立ち上がらせた。

私はタバコを一服して、眉《まゆ》をひそめた。

グレイたちの行為は、むしろ進行を妨げるだけである。彼らは囚人を相手に自分たちの嗜虐《しぎやく》趣味を満足させているだけだった。

少なくともグレイに関するかぎり、いかつい外貌《がいぼう》からは想像できない意外に人のよい一面を目にしているだけに――しかもキジマによれば、彼はヤングというあの美少年に恋をしているというのだ！――なんとも不似合いな気がした。

私はなにか重大な点を見落としている気がしたが、それを考える前に別な疑問が頭に浮かんできた。

キジマは、深夜に頭を殴られ、路上に倒れているところを発見された。

彼はそのとき、いったいどこへ行こうとしていたのだろう？

15

ティールームの入り口に立って中を見回し、一番奥の柱の陰のテーブルにキョウコの姿を見つけた。いつものように人々の視線に横顔をむけ、うつむきかげんの姿勢で椅子に座っている。

むっとするような人いきれと、タバコの煙が白く渦を巻く満員のティールームの中で、キョウコは仕立てのいい黒っぽいオーバーコートも脱がず、また頭をつつみ、あごの下で結んだスカーフもとらないままであった。襟を立てたオーバーコートと目深に被《かぶ》った濃い色のスカーフは、寒さ対策というよりは、火傷《やけど》の傷痕《きずあと》を隠すためのものなのだろう。

彼女は目の前に置かれたカップには手をつけようともせず、じっと思い詰めたような顔でテーブルを見つめている。

「申し訳ない。待たせたようだな」

声をかけて歩み寄ると、キョウコが顔をあげ、一瞬、形だけの笑みをうかべた。

「伝言を受け取った」私は向かい側の椅子に腰を下ろし、早速用件を切り出した。「捕虜たちがキジマに贈った感謝状が見つかったそうだな？」

「……やはり、マツモトの教会で保管してくれていたそうです」キョウコが暗い顔で答えた。先日暗闇の中の火花のようにちらりとかいま見えた快活さやユーモアのひらめきは、どこかに消えうせてしまっている。

「兄が電報で問い合わせると、神父さんがすぐに見つけて返事を下さいました。……ホフマン神父は、戦争中もずっと教会を守っておられたそうで……キジマが戦犯として捕まったことを聞いてひどく驚かれたごようすでした。大変なご高齢にもかかわらず、感謝状をわざわざご自身の手で持ってきて下さることを申し出てくださったのです。……いま、兄がトーキョー駅に迎えに行っておりますわ。神父が列車で到着され次第、そのままここにお連れする予定になっています」

「手回しがいいな」私はタバコに火をつけて言った。

「それから、これは兄からの伝言ですが、残念ながらもう一つの調査の方はあまり期待が持てそうにはないと……」

「もう一つの調査？」

「捕虜収容所所長時代のキジマの評判ですわ」キョウコは目を伏せたまま言った。「兄は、収容所近くに住んでいた人たちから当時のキジマの評判を集めるよう試みたそうです。でも結局、何も聞き出せませんでした。……キジマが戦犯として逮捕されたことを知ると、みんな急に顔を背けて、なにも話してくれなくなるのです。関わり合いになるのを恐れてのことでしょうが……」

「彼らは〝パンのどちら側にバターが塗ってあるのかよく知っている〟というわけか……」

「戦争中、あの人たちがキジマに言っていたことを考えれば、なんとも皮肉な反応ですわね」最後の言葉は独り言のように呟《つぶや》かれた。

続きがありそうな気がして待っていたが、キョウコはそれきりこわばった顔でじっとテーブルを見つめている。

私は手を挙げて日本人のボーイを呼び、コーヒーを注文した。

注文の品は手品のように素早く運ばれてきたが、口をつけると、似ているのは色だけだった。諦《あきら》めてカップをテーブルに戻し、自分のタバコを吸うことにした。

神父が乗った列車がトーキョー駅に到着する予定時刻をキョウコにたずねた。

時計を見ると、まだ少し時間がある。

「……キジマの記憶はまだ戻らないのですか？」キョウコが私に訊《き》いた。

無言で首を振ってみせた。

「わたし、ときどき思うのですが……」思い詰めたような声で言った。「あの人は……キジマは、もしかすると……本当は思い出したくないだけなのではないでしょうか？」

「思い出したくない？　どういう意味だ？」

「キジマが記憶を無くした五年間は、あの人にとって一番ひどい時間でした。……キジマはそのひどい五年間を心のどこかで〝なかったこと〟にしたいと願っている……忘れてしまおうとしている。だから、いつまでも記憶が戻らないのではないのでしょうか？」

私はタバコをくわえたまま、目を細めてキョウコを見た。

キジマは自分のことを忘れたくて、わざと記憶が戻らないふりをしているのではないか？

キョウコはそう疑っているのだ。彼女が顔に醜い火傷を負ったから。彼女という婚約者のことを忘れるために。

「なんとも言えないな」私はタバコをもみ消して言った。「私自身は記憶喪失症《アムネシア》について詳しくない。ただ、軍医に聞いたところでは、記憶喪失というやつは〝忘れたいから忘れる〟といった単純なものではないらしい」

「そう……ですか」

キョウコは暗い顔でうつむくと、それきりまた黙ってしまった。

気のきいた話題も思いつかないので、仕方なく、煙と煙の間に、先日キジマから聞いた話を彼女に話してきかせることにした。

キョウコは相変わらずテーブルに眼を落としたまま、暗い顔で話を聞いていたが、キジマの最後の記憶——演奏会からの帰りに起きた事故について話すと、はじめてかすかに反応があった。

「嘘、ですわ」口の中で呟くように言った。

「嘘？」私は一瞬ぽかんとしてたずねた。「キジマが私に嘘を言ったというのか？」

キョウコが顔をあげた。その顔に、私がはじめて眼にする不思議な表情が浮かんでいる。

「あの夜の演奏会には、キジマと兄と、そしてわたしの三人で出かけていたのです」キョウコは言った。「演奏会の帰り道、暴走したオートバイが、歩道を歩いていたわたしたちに向かって突っ込んできました。……キジマはなにも、オートバイをよけそこなったんじゃありません。あの人は、甲高い金属音とまぶしいライトの光にすくんで身動きできなかったわたしを助けて、わたしの身代わりにオートバイにはねられたのです。……あのとき、あの人は命懸けでわたしを守ってくれたのです……」

頬にかすかに赤みがさしたようであった。

「なんなら、その事故について詳しく調べてみようか？」私は反射的に口を滑らせ、すぐに思いついて、自分で取り消した。「いや、だめだな。すまない。〝一つの調査が終わるまでは、事件関係者から別の依頼は引き受けない〟、それが相棒と取り決めた約束なんだ」

キョウコは不思議そうな顔で私を見た。「以前にも、なんだかそんなことをおっしゃっていましたわね？」

「一種のくせなのだ」私は肩をすくめた。「一度身に染みついたくせというやつは、なかなかなおらない。自分でも困っている」

相手がいっそう呆気《あつけ》に取られた顔になったので、私は苦笑しつつ事情を話した。

話を聞いて、キョウコはいっそう疑わしげな顔になった。

「あなたが？　私立探偵？」

「見えないか？」

「あなたは、なんというか……小説に出てくる探偵のように派手には見えませんわ」

「不精ひげを生やして、女の尻《しり》を追い回し、むやみに拳銃《けんじゅう》をぶっぱなしたり、あるいはいつも酔っ払っているような人間ではない？」

キョウコはかすかに笑みをうかべて頷《うなず》いた。

「世の中にはいろんな探偵がいるということだ」私は言った。「常々、小説に出てくる探偵たちのように、どんな圧力にも屈せず、事件をたちどころに解決できればいいとは思っているがね」

「ほかにどんな〝取り決め〟がありますの？」

「秘密厳守、貸金の取り立てと離婚は扱わない」私は肩をすくめた。「そんなところだ」

キョウコは少し考えて、ためらいがちにたずねた。「なぜ日本にいらっしゃったのです？」

「理由がいるのかな？」私は新しいタバコに火をつけて言った。「たしかこの国はいま、私のほかにも、たくさんの外国人であふれていると思ったが？」

「兄が言っていましたわ。あなたは占領軍の一員ではない。あなたは、ニュージーランド軍をすでに除隊している、と」

私は目を細めて相手を見た。

「兄はあちこちに知り合いがいます。誰かに聞いてきたのですわ」キョウコは困惑したように目を伏せ、そのまま言葉をつづけた。「あなたは命じられたわけではなく、ご自分の意志でわざわざニュージーランドから日本に来られた。なぜです？　なにか事情がおありなのですか？」

——本国じゃ食えないからさ。

と、いつもの通りの答えを口にしかけて、急に気が変わった。

どんなことにせよ、誰か一人くらいには本当のことを知っておいてもらっても罰《ばち》はあたるまい。

「相棒《パートナー》の行方がわからなくなっている」

「パートナー？」

「クリス・フェアフィールド。二歳違いのいとこだ」

私はタバコの先から立ちのぼる煙を眼で追った。

大学を卒業したあといくつかの職を転々としていた私は、子供の頃から仲のよかったいとこに誘われて、二人で探偵事務所を始めることにした。

「私が所長兼事務員、クリスが副所長兼会計係。……コイン・トスの結果だがね」私は肩をすくめてみせた。

オークランドは、ニュージーランド最大の都市といってもたかだか二十万人余りの人口を抱えるに過ぎない。英米の探偵小説に出てくるような凶悪犯罪はまれだ。それでも、私たちが遊び半分に始めた探偵事務所は、お客の評判もまんざらではなく、なんとかやっていけそうな感じだった。

ところが戦争がはじまると、目に見えて仕事の依頼が減った。それどころか、なぜか急に探偵という職業がうさん臭い眼で見られるようになったのだ。

まともな職につくことができない落ちこぼれ。軍人が命懸けで敵と戦っているときに、裏でこそこそと他人の秘密を嗅《か》ぎ回り、それをネタに小銭を稼ぐならず者……。

私は肩をすくめてやりすごすつもりだったが、クリスにはひどくこたえたらしい。結局彼は、周囲の者たちの視線をはねのけるように自ら海軍に志願し、訓練を終えてすぐにパイロットとして実戦に参加するようになった。

一九四五年三月二十日、クリス・フェアフィールド海軍中尉が日本近海で行方不明となった。アメリカ軍指揮の下、作戦に参加していた彼の爆撃機は地上からの攻撃を受けて海中に墜落したのだ。墜落直前、クリスは無電で指揮官に落下傘降下する旨を伝えていた。ただちに救難潜水艦が同地点に向かい、同乗の砲手一名を救いあげた。

だが、クリスの姿は見つからなかった。救出された砲手は、すでに炎と煙に包まれていた爆撃機から、パイロット――クリス――が落下傘で飛び出すところは見ていたが、それ以後彼がどうなったかまでは確認できなかった……。

「クリスが海軍に志願したあとしばらくして、結局私も軍隊に入ることになった。もっとも、私の場合は本当に仕事がなくて食えなくなったからだがね」

私はそう言って、キョウコにちらりと苦笑してみせた。

「配属はヨーロッパ戦線。途中運悪く二度も捕虜になり、命からがらなんとか帰国してみると、今度は相棒が行方不明だ。しばらくは本国にいて、捕虜になった者たちが帰ってくるのを待っていたが、クリスの消息は相変わらず杳《よう》として知れない」

「だから、日本にいらっしゃったのですね？」キョウコがたずねた。「仲のよかったいとこの行方を捜すために？」

「実際にはクリスのお袋さんに依頼されたのだ」私は言った。「クリスは一人息子でね。かわいそうに、お袋さんは半分気がちがったみたいになって息子の行方を捜している。ちょうど彼女は、トーキョー裁判のために来日することになったニュージーランド人判事の一人と知り合いだった。そこで彼女は、判事のツテを頼って、私を日本に送り込んだというわけだ」

キョウコは少し考えてたずねた。「それじゃ、あなたがスガモプリズンにいらしたのは……？」

「スガモプリズンには、戦争中、捕虜収容所で働いていた者が多く戦犯として収監されている。彼らの関係書類を調べれば、あるいはなにか手掛かりがつかめるのではないかと思ったのだ」私は言った。「私がキジマの件を引き受けたのは、スガモプリズンに自由に出入りするための、一種の交換条件のようなものだ」

私はそう言って、ジョンソン中佐の苦虫をかみつぶしたような顔を思い浮かべた。

「クリスさんの消息はもうおわかりになりまして？」

「もともとが雲をつかむような話でね」私は首を振った。「クリスが生きて捕虜になったという証拠はどこにもない。彼のお袋さんがそう信じているだけだ。実際には、クリスは戦闘機から脱出したさい、既に死亡していたのかもしれない。あるいは、なんらかの理由で落下傘が開かなかったのかもしれない。開いた落下傘が機体にひっかかって一緒に海の中にもっていかれたのかもしれない。実際、そんなことはいくらでもあったのだ。……クリスが今も生きている可能性は薄いだろう」

「でも、そう思っているのなら、なぜわざわざ日本にいらっしゃったのです？」キョウコは形の良い眉《まゆ》をひそめてきいた。

「あのままでは、クリスのお袋さんは本当におかしくなってしまっていた」私は肩をすくめた。「私自身は戦場で数多くの理不尽な死を目の当たりにした。さっきまで元気に話していた奴が、次の瞬間、目の前で頭を吹き飛ばされて無残な死体に変わる。そんなことがいくらでもあった。自分が今生きていること自体、一種の奇跡に思えてきたくらいだ。だが、幸運なことに、今度の戦争でニュージーランドは戦場にならなかった。日本のように爆撃で焼け野原になることもなかった。あの土地では、愛する一人息子がどこか遠い場所で、突然この地上から跡形もなく消えうせたと聞かされても、信じることは容易ではない。もしクリスが死んだのなら、そのことを彼のお袋さんに納得させることが必要だ。私はむしろ、そのために日本に来たようなものなのだ。……私の話は以上だ」顔の前で手を振り、話題を変えた。「きみは小説に出てくる探偵についてずいぶん詳しいようだが、探偵小説をよく読むのか？」

「よく、というほどではありませんわ」キョウコは首を振った。「ただ、幼い頃のわたしたちのヒーローは、なんといってもシャーロック・ホームズ氏でした」

「わたしたち？」

「兄と、わたし」キョウコが頷いて言った。「もっとも、いまになって思えば、わたしはただ、兄のあとをついてまわって兄の物まねをしていただけですわ」

「ベ《B》ーカー・ス《S》トリート・イ《I》レギュラーズ？」私は思いついてたずねてみた。「あるいはト《T》ーキョー・ス《S》トリート・イ《I》レギュラーズ？」

キョウコが怪訝《けげん》な顔をしているので、説明した。「子供の頃、クリスと私のヒーローもやはりシャーロック・ホームズだった。私たちは二人してオ《A》ークランド・ス《S》トリート・イ《I》レギュラーズを結成し、探偵捜査のまねごとをしていた」

「……思い出しましたわ」キョウコの頰にかすかに笑みが浮かんだ。「ア《A》タマギ・フ《F》ァミリー・イ《I》レギュラーズ。それが、わたしたち兄妹のチーム名でした。兄はよく、わたくしを引き連れて捜査のまねごとをしていました。庭を這《は》いまわって自分たちの足跡を捜したり……。そのたびに服を汚しては、母から叱られたものですわ」

「それでこそ、筋金入りの探偵小説愛好家だ」

「兄がキジマと親しくなったきっかけも、やはり探偵小説だったのです」キョウコは口元にかすかな笑みを残したまま、遠くを見るように目を細めて言った。「転校してきたばかりのキジマが教室の隅で一人で探偵小説を読んでいると、兄が近寄って得意満面に犯人をばらしてしまったのです。キジマが怒って兄と喧嘩《けんか》になって、それから二人はすっかり仲良くなったのですわ。……これが、その頃の写真です」

キョウコはそう言うと、しっかりと身に引きつけるように持っていた小さなハンドバッグを探り、一葉の写真を取り出して、テーブルの上にそっと置いた。

街の写真館で撮ったものらしいその一枚には、三人の人物が写っていた。日本の学生特有の奇妙な黒い詰め襟の制服を着た二人の若者《ボーイズ》と、おさげ髪の美しい少女。テーブルの上に逆さまに置かれた写真を見てさえ、真ん中に写っている若者がイッオであることは、すぐにわかった。

背の低い小太りの体に、色白の丸顔。糸のように細い目。練った小麦粉を投げ付けたようなまるい鼻……。少しも変わっていない。見た目もさることながら、イッオには育ちのよい若者に特有の、ある種の屈託のなさが変わらず感じられた。

写真の中でイッオは、細い目をわざと一杯に見開き、突き出した唇を尖《とが》らせた、ひどく滑稽《こっけい》な顔をしている。おかげで、彼の両側に並んで写る他の二人は、カメラに視線を向けながらもイッオがどんな顔をしているのかを知って、吹き出すのをこらえるのに懸命のようすだった。

私は写真に手を伸ばし、手元に引き寄せた。ふいに、殴られたようなショックを受けた。

「これが……学生時代のキジマ？」

キジマは――

まるで別人に見えた。

写真に写っているのは、どこにでもいる整った顔立ちの、聡明そうな青年の一人であった。だが……これがキジマ？　なるほどよく見れば、日本人にしては彫りの深い、はっきりとした、いささか整い過ぎた気味の目鼻立ちは、私が知っているいまのキジマとたしかに同じなのだが、どう見ても同じ人物だとは思えない。写真の中のこの若者が、わずか数年後に、周囲の者たちから恐れられる氷のように冷ややかな男、あの悪魔めいたサディストに変貌《へんぼう》しようとは、いったい誰が想像できるだろうか？

変わったのはキジマだけではなかった。

唇の端に抑えても抑えても浮かんできてしまう微笑をひらめかせ、明るい眼でカメラを覗《のぞ》き込んでいるおさげ髪の美少女——キョウコ——は、数年後の今、およそ生気のない、絶望的なまでに暗い表情で、ぼんやりとテーブルの一角を見つめている。

写真に切り取られた過去の一瞬間。

写真の中の三人の被写体は、シャッターが切られた次の瞬間、その場に笑い転げていたに違いない。早くもセピア色に変わりはじめた写真の中で、彼らはいまこの瞬間以上に〝生きている〟ように見えた……。

「同好の士を見つけた兄とキジマは、学校内に《帝都探偵クラブ》を設立しました」

キョウコは私から受け取った写真をまた元のようにハンドバッグにしまいこむと、ため息とともに低い声で言った。「二人は主に英米の探偵小説を読みあさる一方、うちの離れを〝実験室〟と命名して、なにやら怪しげな化学実験をしていましたわ。一度などは何かの薬品が爆発して、危うく火事になりかけたこともあるくらいです」ちょっと肩をすくめてみせた。「その頃には当然アタマギ・ファミリー・イレギュラーズは自然消滅。兄とキジマはすっかり意気投合して、将来は二人で探偵事務所を開く相談までしていました。わたしはわたしで、その探偵事務所で秘書として雇ってもらうつもりでいたのです。……もし戦争がなければ、多分、本当にそうなっていたと思います。ちょうど、あなたといとこのクリスさんがそうされたように……」キョウコは目をあげて、ちらりと私を見た。

「すみません。あなたがキジマの担当者だとおっしゃっていたもので……。こんな話はご迷惑かしら？」

「いや、たいへん興味深い。続けてくれ」そう答えてから、自分でも驚いた。キョウコに対する気遣いばかりではなく、どうやら私は本気でキジマという男の過去に興味を持ちはじめているらしい。

「大学に進むさい、キジマは文学、兄は化学とそれぞれ専攻は分かれましたが、そのあともキジマはよくうちに遊びに来て、兄と二人で探偵小説について議論していました」キョウコはまたテーブルに視線を落として、先を続けた。「最初の頃は、兄がうちにある英米の探偵小説コレクションをキジマに自慢していたのですが、途中からはキジマの方がすっかり詳しくなって、議論になると、いつも兄の方がやりこめられていましたわ。そのうちにキジマは、相手が兄だけじゃ物足りなくなったのか、ときどき探偵小説の専門雑誌に文章を書いていたくらいです」

「キジマが探偵小説雑誌に文章を書いていた？」意外に思って口を挟んだ。

「ええ。〝秋妻二郎〟の筆名《ペンネーム》で……」

「アキツマ・ジロー？」

私が首を傾げていると、キョウコはテーブルの上の紙ナプキンを取りあげ、裏にペンでなにごとか書きつけた。書き終えると、私に見せた。

KIJIMA SATORU

キジマの名前だ。

顔をあげ、眼でたずねると、彼女はその下にもう一つ並べて書いた。

AKITSUMA JIRO

「文字の並べ換え《アナグラム》は」とキョウコは目を伏せたまま、呟《つぶや》くように言った。「探偵小説で、しばしば使われる手ですわ」

「なるほど」私は文字を一つ一つ対応させて納得した。

「あの人たちは——兄にしろキジマにしろ——探偵小説の話になると、いつも子供のように夢中になるので、知らない人は呆《あき》れていました。二人とも、担当教授から一度ならず

『その労力をもう少し専門の研究に向けたまえ』と小言を言われていたそうですわ」

　私は苦笑した。人のことは笑えない。私も大学で同じことを言われたことがある。

「日本がアメリカと戦争をはじめたと聞いたとき、二人はひどく憤慨していました。それだって『これでしばらく英米の探偵小説が読めなくなる』と言って怒っていたのです。……いまから思えば、ずいぶんと呑気《のんき》な話ですわね」

　キョウコは顔をあげ、私にこわばった笑みを浮かべてみせた。

「オデュッセイア」私は思いついて彼女にたずねた。「聞いたことは？」

「キジマが大学で選んだ研究テーマですわ」

「キジマが所蔵していた『オデュッセイア』の英訳本が、彼が記憶を失っている間に、どこかになくなっている」私は慎重に言葉を選んでたずねた。「キジマが本をどう処分したのか、きみは知らないか？」

　さあ、とキョウコは眉《まゆ》をひそめた。「その本がどうかしたのですか？」

「それが私にもまだわからないのだ」私は肩をすくめた。

　思い出して、時計に目をやり、首を傾げた。

　さっき聞いた列車の到着予定時刻はとっくに過ぎている。

「遅いな。そろそろ来てもよさそうなものだが……」

　私の声が聞こえたように、ティールームの入り口にイツオが姿を現した。タバコの煙に白く淀《よど》んだ空気をすかして、きょろきょろと左右を見回している。

「こっちだ」と手を挙げて合図をした私は、ふと眉をひそめた。

　速足に近づいてくるイッオの様子が尋常ではなかった。真っ青なこわばった顔をして、外は身を切る真冬の寒さだというのに、彼の丸い鼻の頭には玉のような汗がびっしりと浮かんでいる。

　イッオはまっすぐに私たちのテーブルに歩み寄ると、無言のまま、空いた椅子にどさりと腰を下ろした。息が切れて、すぐには言葉にならなかった。テーブルの上に残っていたコップの水を一息に飲み干して、ようやく声が出た。

「やられた……感謝状を盗まれました！」イッオは絞り出すように言った。

16

「ぼくのせいです……ぼくが目を離したばっかりに……ちくしょう、やっぱりぼくがむこうに行くべきだった……そもそも、ぼくが〝念のために革鞄《かわかばん》に入れて来てくれ〟なんて言わなければよかったんだ……」イッオは両手で抱えた頭を振りながら、うめくように呟いている。

「何があったのだ？　ともかく事情を説明してくれ」私はイッオに声をかけた。

「ぼくはホフマン神父をトーキョー駅に迎えに行っていたのです」イッオは汗でぐしゃぐしゃになった顔をあげて言った。

「トーキョー駅に着いた列車は、大勢の復員軍人や買い出しの人たちで満員でした。……ご存じかもしれませんが、最近の日本の列車というやつはどれもこれも〝満員〟という言葉もばかばかしいくらい混んでいるのです。客車の中に立錐《りっすい》の余地なく人が詰め込まれているのは当然にしても、網棚の上にも人が乗っていますし、屋根にしがみついている者もいます。およそドアというドア、窓という窓から人があふれて、中には窓枠にかろうじて指先でぶら下がっている者だっているくらいなのです。

ホフマン神父がマツモトから乗ってきた列車も、だいたいそんなようなありさまでした。神父はろくに息もできないほどの人込みのなか、感謝状を入れた古い革鞄が盗まれないよう、マツモトからずっと胸の前に抱きかかえてきて下さったのです。トーキョー駅に着いたとき、ご高齢の神父はすっかりくたびれて、足下も定かでない具合でした。

神父は、出迎えのぼくの姿を見て、はじめてほっとしたようすでした。ぼくもぼくで、とりあえずその場でキジマのためにわざわざ感謝状を持って来てくれたことにお礼を言い、また長旅の苦労をねぎらっていたのです。

そのとき、誰かが勢いよく神父の背中に突き当たり、神父はたちまち紙でできた人形のように地面に転がされてしまいました。ぼくは慌てて神父に手を差し出しました。そして、なんとか神父を助け起こし、次に振り返ったときにはもう、さっきまで神父が大事に抱えていた古い革鞄が見えなくなっていたのです。辺りを見回すと、鞄を小脇に抱えた小さな人影が、人込みのあいだを縫うようにして走り去っていくところでした。ぼくは急いであとを追いかけました。けれど、たいへんな人込みに行く手をさえぎられて、彼らに怒鳴られ、小突かれているうちに、相手を見失ってしまったのです」唇をかんで、言葉を切った。「その後もあちこち走りまわって、探してはみたのですが……」

イツオはがっくりと肩を落とした。

私はキョウコと顔を見合わせ、再びイツオを振り返ってたずねた。

「鞄を盗んだ犯人は〝小さな人影〟と言ったな？　顔は見たのか？」

「悪魔《サタン》でないことがわかるていどに、ちらりと」

ふーむ、と私は唸《うな》った。すぐには言葉が見つからなかった。

「いずれにしても、犯人はトーキョー駅周辺をうろついている浮浪児の一人ですよ」イツオが言い訳するように言った。「昨今、トーキョーやウエノ駅周辺には、つねに、かなりの数の浮浪児たちがうろついているのです。物乞《ものご》い、すり、かっぱらい……。食っていくために、彼らはなんでもやります。なんとかしなければいけないのでしょうが、たいていが戦争で両親《ふたおや》を殺された親無し子たちでしてね。きまったねぐらもないので、神出鬼没、取り締まろうにも、いまのところはお手上げの状態なのです」

「だが、浮浪児がなんだってキジマの感謝状を盗んだのだろう？」

「目当ては革鞄ですよ。そりゃ、だいぶんくたびれた、年代物の、よれよれの古鞄でしたが、この御時世、あんなものでも闇市で売れればちょっとした金になりますからね」イツオは首を振った。

「それで、兄さん」とキョウコが左右を見回して、口を挟んだ。「神父様は……ホフマン神父は、いまどちらにいらっしゃるのです？」

「神父？」イツオはきょとんとした顔になった。次の瞬間、彼ははじかれたように椅子から立ち上がった。

「しまった、トーキョー駅に置いてきたままだ！」


イツオがホフマン神父をあらためて迎えに行っている間、キョウコはじっとテーブルの一角に眼を落としたまま、ほとんど口をきこうとはしなかった。

私もまた、何本かのタバコを煙に変える以外は、これといって為《な》すべきことも見当たらなかった。

盗難騒ぎは、考えれば考えるほど馬鹿げたものであった。そして、馬鹿げている分、いっそうショックが大きかった。

捕虜たちがキジマに贈った感謝状がキョウコの言うようなものであれば、あるいは彼をスガモプリズンから生きて救い出すこともできたかもしれない。少なくとも、裁判においてキジマの弁護に何かしら役に立ったはずだ。だが、肝心の証拠物件が提示できないのでは、裁判官を説得することは間違いなく不可能であった。

残る可能性は、ホフマン神父が裁判の場でキジマに有利な証言をしてくれるかどうかだったが――

しばらくして、イッオと共にティールームに現れたホフマン神父は、背の高い、痩《や》せた白人の老人であった。八十歳くらいだろうか、銀白色の髪、灰色の眼は長く伸びた白い眉毛に半ば隠れている。穏やかな表情の、聖職者として当然なのかもしれないが、見るからに正直者といった感じの人物である。

「感謝状を盗まれてしまって、たいへん申し訳なく思っています」ホフマン神父は転んださいに擦りむいたひざをさすりながら、日本人のように頭を下げた。「しかし、どうか鞄を盗んだ子供のことを悪く思わないでください。あの子供はきっと、盗みが悪であることを知らないだけなのです」

神父の英語には、どこか怪しげなところがあった。聞けば、日本に赴任して以来三十年間、一度もこの国を離れたことがないという。

私は早速彼に、裁判でキジマのために証言するつもりがあるかどうかをたずねてみた。

「おお、それはたいへん難しい質問です」神父は首を振った(あとで聞いたところ、その日本語の表現は〝私はできない〟という意味だった)。

「キジマの命がかかっているのです」キョウコが思い詰めた声で訴えた。「せっかくお持ちいただいた感謝状は、残念ながら盗まれてしまいました。けれど、あなたが証言してくだされば、キジマはまだ助かるかもしれないのです」

ホフマン神父はちょうど運ばれてきたカップに一口くちをつけ、もったいぶった口調で言った。「聖書はこう言っています。〝シーザーのものはシーザーに〟。聖職者は本来、現世の政治に関わるべきではないのです。キジマさんは、戦犯として裁かれようとしているのですよね？　戦争は現世の政治に関わる問題です。聖職者の私が、どちらか一方の側に立って発言するわけにはまいりません」

「しかし神父さんは、捕虜の人たちがキジマに贈った感謝状をわざわざ持ってきてくださったではありませんか？」

「感謝状を持ってくることと、裁判で証言することでは、大きな違いがあります。感謝状を持ってきても、私の名前はいっさい表には出ません。……そういう約束ですよね？」神父はイッオにちらりと目をやり、満足げに頷《うなず》いた。「ご存じのとおり、私は今度の戦争中もこの国の政治方針に一切反対してきませんでした。現世の権力、つまり日本の政府が求めれば、十字架の上にゴシンエイ――テンノウの写真――を飾ることだって、あえて断らなかったのです。おかげで、私の教会は戦争中も閉鎖されることなく、信者の方の魂のよりどころとなることができました。私はそのことにたいへん満足しています」

神父はそう言うと、それ以上の相手の発言を封じるように、カップの中の妙な味のする茶色い液体をいかにもうまそうに飲んだ。

タバコの煙の行方を目で追いながらやり取りを聞いていた私にも、わかったことが一つだけあった。

ホフマン神父は、死者の魂は救えるかもしれないが、生きている人間を現実の牢獄《ろうごく》から救い出すためには、くたびれた古靴ほどにも役に立たないということだ。

「やはり、盗まれた感謝状を見つけ出すしかないようだな」私は言った。

「無理ですよ」イツオが首を振った。「いまの日本で盗まれたものを見つけだすなんて、それこそ海に落とした一本の針を探すようなものです」

「鞄《かばん》については、そうだろう」私は言った。「だがキジマ宛ての感謝状はどうだ？　捕虜たちが書いた感謝状など、私たちには価値のあるものだが、他の人間には無意味な落書きにすぎない。盗んだ者、あるいは鞄ごと買い取った者が、その〝落書き〟が高値で売れることを知れば、私たちはそれを買い戻すことができるかもしれない」

私はイツオとキョウコを交互に眺め、思いついて提案した。

「手はじめに、新聞広告を出してみてはどうだろうか？」


次の日の朝、トーキョーで発行されているすべての新聞に次のような広告が載った。

トーキョー駅周辺で古い革鞄を紛失。中の書類を届けてくれた方に高額謝礼。

鞄進呈。委細問わず。


連絡先にホフマン神父が泊まっているホテルの一室を指定したところ、はたして朝から多数の日本人が列をなして押し寄せた。みな手に手に古びた鞄をぶら下げ、あるいは胸に抱え、なんとかして〝高額謝礼〟にありつこうとやってきたのである。

ちらりと見ただけでも、彼らが持ち込んだ鞄はじつに千差万別。大人が一人で持ちかねるほどのスーツケースから、女性用の小さなハンドバッグまで形もさまざまなら、色も黒、茶、灰、緑、赤、青、黄色……と、よくもまあこれほどの種類の鞄があるものだと呆《あき》れるばかりであった。しかもほとんどの鞄がみごとなまでに古びており、すりきれて白っぽくなったところに別の色を塗り直しているので、元の色が分からなくなっている。

私たちは予想以上の反応に驚きながらも、彼らを一人ずつ部屋に招き入れ、持って来た書類の真偽を確認した。

しかし、彼らが鞄から取り出した書類はどれもこれも、キジマに贈られた感謝状とは似ても似つかぬものばかりであった。中には、昨日紛失したどころか、どう見ても出掛けに自分で書いたとしか思えない、まだインクも乾いていないような書類をうやうやしく差し出す者さえあった。

私たちはそのたびに眼を見交わし、首を振り、ため息をついて、応募者には若干の足代を渡して引き取ってもらうことになる。

三日目が終わる頃には、さすがにいやになった。

部屋の中には古い革独特の臭いが立ち込めて、頭がくらくらした。私は今後一生革鞄を持たないことをひそかに心に誓ったが、同時に、こんなことは小説の中の優秀な探偵には起きないな、といささか憂鬱《ゆううつ》になった。

「結局、感謝状はおろか、なにひとつ手掛かりは得られませんでしたね」イッオが恨みがましい顔で私を振り返った。

「あのときはよいアイデアだと思ったのだ」私はタバコに火をつけ、イブがリンゴのあとでアダムに言ったであろう言い訳の台詞《せりふ》を口にした。「それに、きみだって賛成したじゃないか」

「そりゃまあ、そうですが……」

「ま、探偵小説のようにはうまくはいかないさ」

「それで、どうします?」キョウコが、さすがに疲れた声でたずねた。「このまま明日もつづけますか?」

「いや、作戦を変えよう」私は顔をしかめて言った。「持ち込まれる書類の真偽を判断するのに、全員がここにいる必要はない。この場は……そうだな、ホフマン神父、あなたにお任せしてよろしいですか?」

私たちの中で一人だけ、キリスト者らしく平然とこの受難に耐えていた――あるいは単に鼻が悪いだけなのかもしれないが――神父が穏やかな笑顔で頷くのを確認して、先をつづけた。

「残りの者は、古典的な捜査方法に戻ってはどうだろう?」

「古典的な捜査方法、と言うと?」

「この三日間、たいへんな数の者たちがここを訪れたにもかかわらず、そのなかには誰も感謝状を持っている者がいなかったのだ」私はイッオに言った。「となれば、考えられる可能性は二つだ。鞄はまだ盗んだ者――浮浪児――の手元にあるか、あるいはすでに新聞を読まない他の者の手にわたったかだ。その場合はいずれも、新聞に広告を出すだけではなく、こっちから出向いて行くしか接触する手立てがない。つまり、足をつかった古典的な聞き込み捜査こそが有効なんじゃないだろうか？」

「振り出しに戻る《バック・トゥ・ザ・ドローイング・ボード》」イツオが肩をすくめた。「最初からそうすべきでしたね」

「二組に分かれよう」私は聞こえないふりで提案した。「キョウコは私と一緒に行く。イツオは一人で頼む。あとで分担地区を決めよう」

「なるほど、その方が効率がいいな」私の提案にイツオが頷いた。

キョウコが反対を唱えた。「それならいっそ、三人で手分けしてまわった方が……」

「頼むよ。私にはどのみち通訳が必要なのだ」私は肩をすくめてみせた。

口には出さなかったが、混乱しているいまの日本の状況を考えれば、キョウコに一人でトーキョーの街を歩かせるのはあまりにも危険であった。

翌日、久しぶりにスガモプリズンに顔を出すと、三日分のいやみが私を待っていた。

ジョンソン中佐から調査の進捗《しんちょく》状況について報告がないと文句を言われたのは仕方がない。タイプした報告書を届けたさい、キジマが冷ややかな顔で皮肉を言ったのも、まあわからないではない。だが、二世通訳のニシノやグレイといった、プリズン内で知り合いになった――ある意味関係のない――者たちにまで、三日間プリズンに顔を出さなかったことで文句を言われるのはどうにも解せなかった。彼らは私の顔を見つけると、口を揃えて、「これだから、民間人は（ニュージーランド人は、私立探偵は、外部の人間は）……」と、さも軽蔑《けいべつ》した口調で言う。

自分がそんな人気者とは知らなかったが、もちろん彼らは民間人が（ニュージーランド人が、私立探偵が、外部の人間が）珍しいだけなのだ。

肩をすくめてやりすごし、こそこそとプリズンをあとにしようとしたところで、最後にドクタ・アシュレイにつかまった。

「ああ、あなた」プリズンの軍属歯科医は、私の顔を見るなりつかつかと歩み寄り、例の殉教者めいた悲しげな口調で言った。「歯の治療はあの一回で終わったわけではないのです。続けてやらないと、せっかくの治療が無駄になってしまいますよ」

私はやれやれとため息をついた。結局、その日の夜にもう一度プリズンを訪れ、歯の治療を受けることを約束して、その場を逃げ出した。

キョウコとは、その日の午後、ホフマン神父が泊まっているホテルのロビーで待ち合わせた。

彼女には午前中、アタマギ家に住み込みで働いている老夫婦を神父に引き合わせ、彼らと一緒に例の鞄の調査を続けてもらっていたのだ。

「コヤマさんたち、神父さんとはもうすっかり仲良くなって、調査を楽しんでやってくれていますわ」

キョウコはいささか疲れた顔でそう言ったが、私には、ホフマン神父とあの小柄な日本人の老夫婦が〝仲良くしている〟ところがうまく想像できなかった。世の中にはさまざまな〝上手くいく〟、もしくは逆の、組み合わせがあるらしい。

イッオとの打ち合わせの結果、その日キョウコと私はシンバシ地区のヤミイチを調べることになった。

〝ヤミイチ〟とは、食料品、衣料、日用品などを配給統制のもとにおいていた日本の戦時経済体制が崩壊したあと、トーキョーの焼け跡に自然発生的に形成された自由市場のことである。「ヤミ」は日本語で違法《イリーガル》を意味している。

かつて駅前広場であった場所は、空襲によって徹底的に破壊され、完全な廃墟《はいきょ》と化していた。そして、その崩れた建物と瓦礫《がれき》のあいだ、猫の額ほどの土地に、驚くほどたくさんの者たちが蝟集《いしゅう》し、雑多な商品を売り買いしているのである。

市場とは言え、実際には、スレート葺《ぶ》きの簡素なバラック小屋を建てて商売をしている店はごくわずかであり、たいていはせいぜいワラや細い竹を編んだ敷物を売り物の周囲に張り巡らせただけの露店であった。それさえ持たない者は一枚の戸板の上、さらには地面に直接商品を並べて売っている。

店と店のあいだの通路はまるで迷路のように入り組み、そこを人々が押し合いへしあいしながら商店を覗《のぞ》いてまわっている。大勢の人々が歩くたびに足下から土埃《つちぼこり》が舞い上がり、乾燥した空気はひどくほこりっぽかった。

ヤミイチでは、じつにさまざまな商品が、じつに無秩序に取り扱われていた。ドラム缶に煮立てた怪しげな肉入りスープ（イヌやネコ、という話だった）を一杯いくらで売っている店があるかと思えば、その隣では空き瓶や鉄屑《てつくず》が無造作に並べられ、通路を挟んで生の魚、手巻きタバコ、はてはミカンの皮にまで値段がつけられて店先に並んでいる。ぼんやりと立っているだけに見える男は、自分が着ているものを値段がつき次第、その場で脱いで売っているのであった。人々はいま手に入れたばかりの品物を、ものの十歩も離れていない場所で値段を変えて売っている。ここでは、買い手はすなわち売り手であった。貴重な日本酒《サケ》を扱っている店もあった。軍払い下げの復員服を着た男たちが競うように求めていたが、ヤミイチで売られているのは、たいていが工場から持ち出した工業用アルコールを水で薄めたもので、飲むと失明、さらには死に至る恐れがあるという代物だった。

キョウコと私は、そのヤミイチの中を盗まれた革鞄《かわかばん》を捜してまわった。

何軒かそれらしい品物を並べている露店を見つけて、店主に話をきいた。

外国人と身なりのよい若い女性という、およそヤミイチには似つかわしくない二人組に話しかけられると、彼らはきまって訝《いぶか》しげに目を細めた。が、私が「GHQから派遣された調査員だ」と身分を告げると（一応、嘘ではない）、途端に態度を変え、卑屈な笑みを浮かべ、もみ手をしながら、なんでも話してくれた。

「トーキョー駅で盗まれた鞄を捜しているですって？　さあね、うちは盗品は扱わないのでなんとも言えませんが……」

そわそわとした様子の彼らの言葉は、明らかに嘘であった。

「ええ、もちろん。見かけたら連絡しますよ。なんですって？　報酬だなんて、とんでもない……ちなみにお幾らくらいいただけるのです？　えっ、そんなに？　すみませんね。それじゃ見かけたらきっと連絡させてもらいますから……」

そう応《こた》える間も、店主たちが必ずちらちらと売り物に油断のない眼を走らせている。もっとも、それにはそれだけの理由があった。つまり、ちょっとでも売り物や、あるいは身の回りの物から眼を離すと、ヤミイチの中を集団でうろつきまわっている浮浪児たちが、目にも留まらぬ速さで手を伸ばし、品物を抱えて人込みの中に走り去ってしまうのだ。

そうした浮浪児たちによるスリやかっぱらいの場面を、私は何度も目撃した。そして同様に、窃盗を働いた彼らが捕まって、手ひどく殴りつけられるところもまた。助けを求めて泣き叫ぶ浮浪児を、大人たちは容赦なく蹴飛《けと》ばし、殴りつけ、警察に突き出した。

「なあに、あの連中のどこが可哀想なものですかね」話をしている間にあやうく商品を盗まれそうになった店主の一人が、額の汗をふきながらもどって来て私たちに言った。「あんなもの全部嘘泣きにきまってますよ。あの連中ときたら、人が反対側を向いた瞬間、けろりとして、舌を出してやがるんです。……まったく、ハエと同じでさあネ。いくら追い払ってもきりがねえ」

破れ帽をかぶり、古びたスフの背広を着た店主は、うんざりした顔でぼやいた。

私はキョウコに言って、もう一つ彼に訊《き》いてもらった。

「浮浪児の連中がどこにいるかですって？」店主はきょとんとして言った。「よしなさい。あいつらと話をしようたって無駄ですよ。得る物はなにもありゃしません。寄ってたかってむしられるだけですぜ」

それでも私がなおとたずねると、男は肩をすくめた。

「あいつらがどこを定宿《ねぐら》にしてるかは知りませんがね。知ってりゃ、行ってこれまで盗んだものを取り返してきまさァ。……でもまあ、試しに、駅の向こう側のチカドーに行ってごらんなさい。あそこにいる連中なら知っているかもしれませんぜ。昔っから〝蛇の道は蛇〟って言いますからね」

彼はそう言うと、通訳をしているキョウコを横目で見て、へっへっへっと妙な笑い方をした。

それ以上は何を訊いても無駄であった。

私たちはいったんヤミイチを離れることにした。

「どうする？」私は時計に眼をやり、キョウコを振り返ってたずねた。「今日はもうこんな時間だ。じきに暗くなる。チカドーとやらには、明日、朝から改めて出直すという手もあるが……」

「折角ここまで来たのです。今日、これからまいりましょう」キョウコが、私をひたと見上げて言った。「こうしている間にも、あの感謝状が紙くずとして処分されてしまうかもしれないのです。明日なんて悠長なことを言っていられませんわ」

「しかし、さっきの男の話の具合じゃ、これから行くところはどうやらご婦人が行くような場所ではないらしい。これから行くにしても、きみはここで待っていた方がいいんじゃないか？」

「わたしなら……どこにいても同じですわ」キョウコは首を振った。「それに、あなたにはどのみち通訳が必要なのでしょう？」

自分で言った言葉を返されては仕方がない。私は無言で肩をすくめてみせた。


チカドーの入り口はすぐに見つかった。

駅の反対側、ホームを挟んでコンクリートの瓦礫が転がる廃墟の一角に、暗い穴がぽっかりと口を開いている。かつては駅の裏表を結んで人が行き来していた地下通路が、一方を崩れてきた瓦礫にふさがれて、一種の都会の洞穴となったものらしい。

コンクリートの巨大な塊に半ば覆われた形の入り口に立つと、足元に地下へと下りて行く階段がつづいていた。中を覗いたが、階段が曲がっているために、途中までしか外の光は届かず、奥まで見通すことはできなかった。

まともな人間の入る場所ではない。

私はタバコに火をつけ、キョウコを振り返って、もう一度たずねた。「どうする？　ここで待っているか?」

「……一緒に行きますわ」キョウコは緊張した面持ちで頷《うなず》いた。

「離れるなよ」私はそう言って穴のなかへと下りていった。

螺旋《らせん》状に地下へとつづく階段をくだりながら、私はふと、以前にイタリアで訪れた地下墳墓《カタコンベ》を思い出した。そういえば、闇の中にあのときと同じ饐《す》えた臭いが漂っている。しかも、下りるにつれて、その臭いはいっそう強くなっていくようであった……。

底についたことは、眼ではなく、足が教えてくれた。

階段が終わり、平らな通路が前方に延びている。

薄闇の中、周囲に眼を凝らした私は、少なくともそこに生きて動いている者の姿を見つけることはできなかった。

「どうやら留守らしいな」私はキョウコを振り返って囁《ささや》いた。「明日、あらためて出直すとするさ」

と、何げなく前方に視線を移した私は、誰もいないと思った通路の両側に復員服姿の大勢の者たちが壁を背に黒い影のように座り込み、あるいは地面に横たわって、じっとこちらをうかがっていることに気が付いた。

一瞬、黒い影がそこかしこに集まり、実体化したかのような奇怪な感覚に襲われたが、実際には闇に眼が慣れたせいであった。

「……失礼、みなさんご在宅だ」私はもう一度キョウコを振り返って小声で言った。

通路を進むと、壁際に座り、あるいは横たわった復員服姿の男たちは、私たちに虚《うつ》ろな眼を向けた。みな、いかにも栄養失調といった感じの、ひっこんだ眼を光らせている。彼らはそれぞれに戦争で失った手や足をことさら突き出し、私たちが傷痕《きずあと》に視線を留めると、枯れ木のように痩《や》せた腕を無言で伸ばしてくる……。

さっきヤミイチで一種異様なまでの生命力を見せつけられてきたばかりだけに、ここでの光景はいっそう対照的であった。戦争で手足を失い、それ以上に生きて行く気力を奪われて、地下に潜む彼らの姿はなかば死者のものであった。私は彼らに、浮浪児たちのねぐらがどこなのかをたずねることがどうしてもできなかった。死者にものをたずねるわけにはいかないのだ。

結局、一言も発することなく通路を途中で引き返し、階段を上って、ふたたび地上に戻ってきた。

階段を上りきると、外は日が暮れ落ちて、辺りは急速に暗くなりつつあった。薄雲に覆われた暗い空を見上げ、深呼吸をして、私はようやくほっと息をついた。廃墟《はいきょ》のトーキョーを吹いてくる風は冷たく、相変わらず埃《ほこり》っぽくはあったが、それでも生きた者の気配が感じられた。

横を見ると、先に階段を上ってきたキョウコが、ひどく青ざめた顔で立っていた。唇がかすかに動き、なにごとか呟《つぶや》いている。

「まさか、こんなことになるなんて……こんな未来が待っているなんて……わたしは…

…」

ふいにキョウコの身体がぐらりと揺れ、その場にくずおれた。

私は慌てて手を伸ばし、危ういところで彼女を抱きとめた。

「だいじょうぶ……だいじょうぶです……すみません……本当に……だいじょうぶ……」

キョウコはうわ言のように繰り返し呟いたが、顔は紙のように真っ白で、目を開けることさえできなかった。半分気を失っているのだ。

私の腕の中で、キョウコの身体が小刻みにがたがたと震えている。

見回すと、少し離れた場所に明かりが見えた。瓦礫《がれき》のかげで、誰かがたき火をしているらしい。

私はキョウコの肩を抱きかかえるようにして、たき火の方に連れて行った。

瓦礫の山を回り込み、明かりの見える場所を覗《のぞ》きこんで、思わず苦笑を漏らした。

——捜し物は探しているうちは見つからず、ひょんなところで見つかるものだ。

ここでも青い鳥の原則は有効だった。

たき火の周囲にしゃがんでいるのは、数人の浮浪児たちであった。上は十五歳くらいから下はまだせいぜい四つくらいであろうか。年恰好《かっこう》はさまざまながら、子供たちばかり、五人。中には昼間ヤミイチでみかけた顔もある。彼らの多くは、吐く息が白くなる寒さにもかかわらず、裸足《はだし》のままだった。

私が顔を出すと、全員が警戒した様子でいっせいに振り返った。が、タバコを一箱投げてやり、火にあたらせてもらいたい旨を身振りで伝えると、彼らは汚れた顔を見合わせ、にっと笑って席を空けてくれた。

キョウコをその場に座らせ、しばらくたき火にあたるうちに、頬にはしだいに血の気が戻ってきた。が、まだ足元が確かでない様子である。もう少しこのままいることにして、そのあいだに本来訊くべきであったことを訊いておくことにした。

キョウコを介して質問すると、子供たちは呆《あき》れたように笑って、口々に答えた。

「トーキョー駅で盗まれた鞄《かばん》を捜しているだって？」

「だったらオレたちに訊いたってだめさ」

「縄張りがあるんだ」

「おれたちはおれたち、あいつらはあいつらだよ」

年長の一人が思案げに首をひねって言った。「でも妙だな？　トーキョー駅のやつらは、やくざ《マフィア》に雇われているんだ。一人働きなんかするかなぁ」

「マフィア？」

「よくは知らないけどさ」彼は大人びた様子で肩をすくめてみせた。

「それよりおじさん、チョコレートはないの？」まだ顔に幼さの残る子供の一人が言った。

「ギブミー、チョコレート」

私は苦笑して首を振った。「チョコレートは持っていない。甘い物はきらいなんでね」

「ちぇっ。それなら、シガレでもいいや。もう一箱くれよ」

「お菓子なら、わたしが持っているわ」キョウコがまだ青い顔のまま、はじめて自分から口を開いた。

彼女は、それまでいったいどこに持っていたのか、まるで魔法のようにさまざまなお菓子を取り出してみせた。私が見たこともないような珍しい日本のお菓子である。子供たちはたちまち眼を輝かせて、彼女のまわりにわっと群がった。

「順番、それから平等にね」

キョウコは子供たちに別け隔てなく、菓子を分け与えた。

その様子を、私はほとんど呆気《あつけ》に取られて眺めていた。海千山千のヤミイチの大人たちから煙《けむ》たがられていた浮浪児たちは、しかしこうしてお菓子を口一杯にほお張り、指についた砂糖の残りをなめているところを見ると、まるきり無邪気な子供ばかりである。

あちこち破れた汚い服をまとい、顔や手足が真っ黒に汚れているだけだ。私はこのさい、彼らに提案してみた。

「きみたち、たまにはフロに入って体を洗ったらどうだ」

子供たちは菓子を口一杯にほおばったまま顔を見合わせ、口を揃えて言った。

「まっぴらごめんだね！」

理由を聞いて驚いた。

彼らは主に、日本に駐留している米兵からチュウインガムやタバコをせしめて暮らしているのだが、それが一日に三百エンにはなるというのだ。三百エンと言えば、今のこの国ではちょっとした金である。

「フロに入ってキレイになったら、こんな稼ぎはできなくなるじゃないか」

「だから、おれたちはわざと汚いなりをしているんだ」

「馬鹿なアメリカの兵隊たちが、おれたちを可哀想がって、余計にタバコを投げてくれるようにね」

子供たちはそう言って、したたかに笑っている。

私は顔をしかめた。子供たちの言い分は一見もっともなようだが、無論そんな生活がいつまでも続くはずはない。わざと顔を汚し、アメリカ兵からガムやタバコを投げてもらうことでその日その日を辛うじて生きているこの子たちを心配してやる者は誰もいないのだろうか？

ふと、脳裏にマツウラの皮肉な声が蘇《よみがえ》った。

「あいつらは、あの年齢で、自分の母親や兄弟が目の前で焼け死ぬところを見ている。あるいは助けを求める親兄弟の声に耳をふさいで逃げざるをえなかったんです」

急に頭を殴られたようなショックを覚え、改めて子供たちを見回した。ここにいるのは、大人が始めた今度の戦争によって、親兄弟をすべて奪われ、一人で生きていくことを余儀なくされた戦争孤児ばかりなのだ。この幼さで一人焼け跡に放り出され、自分で生きて行くしかなくなったこの子たちに、掏摸《すり》やかっぱらい、あるいは物乞《ものご》い以外、いったい何ができるのだろう……

マツウラの事務所に屯《たむろ》していた、白いスーツ姿の、目付きの暗い若者たちを思い出す。今こうして甘いものを夢中で頬張っているこの子供たちも、近い将来には、マツウラのような人物によって雇われ、ギャングの下っ端として使われるしかないのであろうか……。

そう思うと、私はひどく暗い気持ちになった。

いつの間にか、浮浪児たちの中でも一番幼い一人が、青洟《あおばな》をたらした顔をキョウコの膝《ひざ》に押しつけるようにして眠ってしまっていた。

私が子供を揺り起こそうとすると、キョウコが首を振ってとめた。

「もう少しこのままにしておいてあげましょう」そっと言った。

他の子供たちがうらやましそうに覗き込む中、幼い子供は自分の指をしゃぶりながら、キョウコの膝にいっそう強く顔を押し当てて、小さく呟いた。

「カアチャン……」

私の乏しい日本語の知識によれば、それは母親に対する呼びかけの一つのはずである。だが、それにしてはキョウコの反応が奇妙であった。

子供の呟きを耳にした瞬間、彼女は急に顔色を変えた。そして、幼い子供の肩をぎゅっと抱き締めて、思い詰めたような表情で呟いたのだ。

「わたしは……間違っていたのだろうか……？」

17

浮浪児たちと別れて夜道を歩き出したものの、キョウコはしばらく無言で、なにごとか考えこむ様子であった。ひどく真剣なその横顔は気楽に話しかけるのもはばかられる感じがして、私は彼女の邪魔をしないよう、やはり無言のまま、歩調を合わせて歩いていた。

「……わたしは間違っていたのかもしれません」

隣を歩くキョウコがぽつりと口を開き、さっきと同じ台詞《せりふ》を口にした。

「わたしは……自分が失ったものにばかり眼を奪われていた……けれど、こんなことになったのは……本当はわたし自身の責任だったのですわ」

キョウコはもう一度呟《つぶや》くようにそう言うと、足を止め、顔をあげて、隣を歩く私を見た。ぼんやりとした星明かりに目を凝らした私は、思わず「ほう」と小さく声をあげた。

キョウコは、これまでとまるで別人のように見えた。

つねに暗い死の影を漂わせ、目を離せばそのまま闇に溶けて消えてしまいそうだったあのはかなさがいつの間にかどこかに消えうせている。その代わりに、桜色に上気した美しい色白の頬には毅然《きぜん》とした雰囲気が、いつもぼんやりと宙をさまよっていた視線には、しっかりとした力強い光が浮かんでいた。

「こんな未来が待っていただなんて……。なにもしなかったわたしに、絶望する資格などなかったのですわ」キョウコはそう言って首を振り、また前を向いて歩き出した。

「ご存じですか、ミスタ・フェアフィールド？　いま日本の人たちが、今度の戦争を《十五年戦争》と呼びはじめていることを。考えてみればおかしなものですわね。だって、戦争をしているあいだは誰も、こんな戦争が十五年もつづくなんて思ってもいなかったのですもの。……もちろんいまから振り返れば、たしかに戦争は十五年間つづいたのですし、わたし自身の実感からいっても物心ついたときから日本はずっと戦争をしていたわけですが、けれど同時に、わたしたちにとって戦争は、かならずしも血なまぐさいものではなく、むしろ豊かで――変な話ですが――平和な印象さえあったのです……」

キョウコは私の方を見るでもなく、ゆっくりとした小声でつづけた。

彼女がなぜ急にものに憑《つ》かれたように喋《しゃべ》りはじめたのか、私には理由がわからなかったが、少なくともいまのキョウコには生きる熱のようなものが感じられる。おそらく、誰しも時々は、心の奥底にたまった澱《おり》を吐き出す必要があるのだろう。

私はそのまま話させておくことにした。

「あの頃、戦争で潤っていたのはなにも軍人の家族だけではなく、トーキョー中の盛り場は軍需景気にわき立っているようでした。昭和十四年――一九三九年――頃の話ですわ。街には人があふれていて、映画館や芝居小屋は、どこへ行ってもたいてい満員でした。

それに、翌昭和十五年十一月の、政府主催で華々しく執り行われた、あの紀元二千六百年を祝う盛大な式典。山車《だし》や神輿《みこし》、旗行列、十万人の提灯《ちようちん》行列、花電車、音楽隊……。ありとあらゆるものが駆り出され、あとで聞いたところ、式典の間、トーキョーには二百五十万人もの人出があったそうです。本当に、びっくりするほどの賑《にぎ》わいで……あれが戦争中だったなんて、いまでも信じられないくらいですわ。

　そのころはまだ、日常の物資もとくに欠けることはなく、わたしも毎日のように家に女友達を呼び集めて、雑談したり、街へ買い物に出掛けたり、お茶を飲んだり、映画や芝居を観に行ったりしていました。それから、だんだん物が少なくなって、お友達のなかにも田舎に疎開する人も出てきたのですが、わたしたちはまだ気にもしていませんでした。政府は『贅沢《ぜいたく》は敵だ』なんて馬鹿みたいな標語をかかげていましたが、わたしたちはかげでこっそりと『贅沢は素敵だ』と読み換えて、笑ってさえいたのです」

　キョウコはその日本語の違いを説明してくれた。

「やがて戦局が厳しくなって、タケヤリ訓練や、バケツリレーがはじまりましたが、それだって、わたしたちには全然本当のことのようには思えませんでした。近所の目がうるさいから真面目くさった顔で参加してはいましたが、なんだか子供のころの遊びを大きくなってやらされているみたいで、いつも腹の中では笑っていたのです。

　わたしは、結局いつも、世の中をはすに見て笑っているだけでした。けれど……本当はそんなことをすべきではなかった……わたしには他にすべきことがあったのです……おそらくは、もっと早くに」キョウコはそう言って首を振り、唇をかみしめた。

「このごろよく、戦争中に読んだある新聞記事のことを思い出すのです」少し間を置いて、彼女は先をつづけた。「わたしがその記事をいつ眼にしたのか、はっきりとした日付は覚えていません。まだ戦局がそれほど厳しくはなかったころ、戦地で捕虜になって日本に連行されてくる英米の捕虜が珍しかったころの話ですわ。新聞記事は、収容所に連行される若い捕虜を見かけたあるご婦人が『まあ、おかわいそうに!』と一声叫んだことを伝えたものでした。……彼女にしてみれば、子供のように幼く見える外国の若者が、衆目の中、後ろ手に縛られ町中を引き立てられて行く姿に哀れを催して思わず口をついて出た一言だったのでしょう。もしかすると彼女の眼には、戦地に送られた自分の息子の顔が二重写しに見えたのかもしれません。いずれにせよ、人間として当然の感情から発せられたその一言は、周りの人たちの聞きとがめるところとなりました。周囲の者たちは彼女を〝ヒコクミン〟と罵《ののし》り、厳しく弾劾したのです」

「ヒコクミン?」

「自分たちの敵――反国家主義者を意味する罵り言葉ですわ」

「〝かわいそうに〟と言っただけで?」

「自分たちの敵か味方か? あの頃はみんな、極端な二分法でしかものを考えられなくなっていたのです……」

「だが、新聞記事は、人々のヒステリックな反応を諫《いさ》めるものだったのだろう?」

「それが……逆、なのです」キョウコはため息をついた。「新聞は、当の婦人の〝軽率なる振る舞い〟を叱責《しっせき》し、もって〝日本人としての自覚在る行動を促す〟ものでした。さらに新聞の評論氏は、当人に対して〝公の場で陳謝すること〟を要求したのです。……実際、そのご婦人は泣きながら陳謝したそうですわ」

「馬鹿げている」私は首を振った。

「あの頃の日本の新聞の見出しには、毎日のように、それまで見たこともない新しい四字熟語《キャッチフレーズ》が躍っていました」キョウコは前を向いて歩きながら、低い声でつづけた。「臣道実践、興亜奉仕、承詔必謹、聖戦完遂、滅私報国。どれもこれもとびきり勇ましくて、けれど後から考えれば意味不明の言葉ばかり……。その新聞を、みんなはびっくりするほどよく読んでいたのです。街に出れば、老若男女を問わず誰もが〝どこそこの海戦で敵機を何機撃ち落とした〟だの、〝ミヤ様は昨日どこに行かれた〟だの、驚くほど詳しく話をしているのを耳にしました。もちろん彼らは、そういった情報をすべて新聞や、あるいはニュース映画から得ていたのです。

毎朝、新聞を開けばさまざまな記事が載っていました。世界情勢、法律の変更、議会の報告、どこそこの会社が合併した、贔屓《ひいき》のスモウ・レスラーの成績、勲章、文化賞、尋ね人、地震や火事、だれそれが亡くなった。あの頃でさえ、新聞はあらゆることを報道していました。けれどそこには、たった一つ、真実だけが欠けていたのです」

「戦争中は、国家によって情報統制が行われていたのだ」私はタバコに火をつけて言った。

「きみたちが騙《だま》されたとしても仕方がないさ」

「……本気でおっしゃっているのですか？」

キョウコは足を止め、振り返った私を静かな目で見つめた。

「わたしたちは何も騙されていたわけではなかったのです」彼女は低い、だがはっきりとした声で言葉をつづけた。「政府による情報操作が行われていることくらい、当時でさえ、日本の国民の多くが知っていましたわ。わたしたちは知ったうえで、あえて知らないふりをしていただけなのです」

「妙だな」私は口を挟んだ。「現在、日本の国民の多くが〝自分たちは騙されていた〟と公言している。彼らは嘘を言っているというのか？」

「騙されていたのは、嘘ではありません」キョウコが言った。「おそらく彼らは――そして、わたしも――本当に騙されていたのでしょう。けれどそれは、真実を知りたくなかったから――騙されていたかったから――騙されただけなのです」

「言っている意味がよくわからないのだが……？」私は眉《まゆ》をひそめた。

「あなたは先日、兄と一緒にマツウラ氏の事務所に行かれたそうですわね？」質問が急に妙なところに飛んだ。「あとで兄がわたしに話してくれましたわ。マツウラ氏は、キジマの名前が入った戦犯リストを作成した理由について、こんなことを言っていたそうですね。〝できるだけ少数の人たちに重い罪を背負ってもらって、範囲を絞り、間違ってもテンノウ陛下に責任が及ばないようにすべきだ〟と。彼の言葉が、現在の大部分の日本国民の気持ちを代弁しているのですわ」

「一部ではなく、大部分の日本国民の気持ちを？」

「テンノウ陛下が無罪であれば、自分たち日本人もまた無罪ということになる」キョウコが呟《つぶや》くように答えた。「なぜなら、戦争中、自分たちは軍部の指導者に騙されていたのだから。テンノウ陛下がそうであったように」

「なるほど……」

「けれど――たとえそうだとしても――騙す者だけでは、やはり戦争は起こらない。騙す者と騙される者がそろわなければ、戦争ははじまらないのです」キョウコが顔をあげた。

「この戦争の結果はどうなるのか？　今後の軍事行動や、さらに増強される軍備のはてにどういう終結が待っているのか？　戦争中、わたしたちはみんなそういったことを一切考えようとはしませんでした。あるいは『まあ、おかわいそうに！』と叫んだ婦人を『ヒコクミン！』と厳しく非難する社会の行き着く先がどんなものなのかを……。

新聞が〝真実〟を書かなかったのは、それがわたしたちの知りたくないことだったから。あの頃のわたしたちは、この先に何があるのか、考えたくないというより、考えられなかった。だからこそ、どの新聞もそのことについて沈黙していたのです。……いいえ、新聞だけの話ではありません」キョウコは首を振った。「あのころのわたしたちは、日常会話においてさえ、お互いに、慎重にその話題を避けていました。そして、気がついたときには、もう引き返しようのない場所にまで来ていた。目の前の現実を受け入れざるをえなかったのです。その結果が……」

キョウコは肩ごしに背後を振り返った。

「彼らがあんなことになったのは、わたしたちのせいなのです」キョウコが言った。「手足を失い、傷つき、あるいは精神を病んで、生きる力を失った人たち。彼らは、かつてこの日本のために戦場に駆り出され、命懸けで戦った人たちなのです。それに、親をなくし、アメリカ兵からチョコレートやチュウインガムを投げてもらって暮らしている、あの幼い子供たち……」前を向いた。

「わたしは、タケヤリ訓練やバケツリレーを嘲笑《ちょうしょう》している先に――政府の馬鹿げたスローガンをかげで笑っていたその先に――まさかこんな未来が待っているなんて思ってもみなかった。……騙されていた？　そうかもしれません。けれど……たとえそうだとしても……それでわたしの罪がなくなるわけではない。むしろ騙された者の罪は、ただたんに騙されたという事実《こと》の中にあるのではなく、あんなにも造作なく騙されるほどに判断力を失い、思考力を失い、信念を失い、家畜的な盲従に一切をゆだねるようになってしまったこと……無気力、無自覚、無反省、無責任……それこそがわたしの罪だったのです」キョウコは血がにじむほど強く唇を噛《か》みしめた。

「本当は、こんなことになる前になんとかしなければならなかった。わたしは自分が失ったものにばかり心を奪われてきた。けれど、その結果を招いたのは自分自身だった……わたしは、そのせいで他の人たちから――わけても子供たちから――取り返しのつかないものを奪い取ってしまったのです」

彼女はそう言うと、あとの言葉を独り言のように呟いた。

「わたしはあのときのまま時間を止めていた。できることならあのときより前に時間を戻したいと思った……でも、どうしたってそんなことはできない。時間を巻き戻すことなどできはしないのだから……。わたしが泣いているあいだにも時間は進む……わたしはまた同じことを繰り返そうとしている……」

私は待った。キョウコがなにか重大なことを話しだそうとしている気がした。

彼女はふいに私を振り返って、こう言った。

「わたしはナガサキでヒバクしました。顔の火傷《やけど》はそのときのものなのです」

「戦争末期、アメリカがヒロシマとナガサキに落とした新型爆弾のことをご存じですか？」

「原子爆弾《アトミック・ボム》のことを言っているのか？」私は意外な質問に驚いて目を瞬《しばた》かせた。「いや、詳しくは知らない。アメリカ軍はその件について、いまだに最重要機密《トップ・シークレット》扱いをしているんだ。が、なんでもこれまでの兵器の常識をはるかに超えた、絶大な破壊力をもった爆弾だったという話を聞いた。おかげで、日本の降伏時期がいくらか早まったとも」

「絶大な破壊力をもった爆弾……おかげで日本の降伏時期がいくらか早まった、ですって……」キョウコが虚《うつ》ろな顔で呟き、しかしすぐに激しく首を振った。「あれは……そんなものではありません。……閃光《せんこう》が、一瞬にして十数万もの人間を地上から消し去ったのです……あれが〝爆弾〟などという言葉で表されるはずがない。あれは……この世のもので、はないのです」キョウコは早口にそう言ったものの、あとは言い表す言葉が見つからない様子で、もどかしげに唇をかんだ。

「なぜナガサキにいたのだ？」私はタバコを取り出しながら訊《き》いた。「きみは『ナガサキでヒバクした』と言った。アメリカ軍が新型爆弾を落としたその日に、よりにもよってなぜそんな場所にいたのだ？」

「キジマの母親を訪ねていたのですわ」キョウコが答えた。「彼女は夫を亡くしたあと、故郷ナガサキに帰って一人で暮らしていました。キジマが兵隊に引っ張られた後、わたしはときどきナガサキに行って、彼女の話し相手をしていたのです」

イッオの言葉を思い出した。

（キジマのお袋さんは……終戦直前に亡くなりました。疎開先で、えー、空襲にあったのです）

どうやら彼の言葉の中では〝新型爆弾〟が〝空襲〟に置き換えられていたらしい。

「そこで何があったのだ？」私は興味を覚えてたずねた。「アメリカ軍が新兵器を秘密にしているのはわかるが、なぜ日本人のきみたちまでがそれを隠そうとする？　ヒロシマとナガサキで、いったいなにが起きたのだ？」

「……わかりません」キョウコは首を振った。

「わからない？」

「わたしはあれが爆発した瞬間、気を失いました。そして三日後、わたしを探しに来たコヤマさんたち――トーキョーの家で今もわたしたちの面倒を見てくれているあの老夫婦――が、ナガサキ市内の救護所で、顔半分を包帯に覆われ、魂が抜けたようにぼんやりしているわたしを見つけて、連れて帰ってくれたのです。それから、トーキョーの病院のベッドの上で意識がはっきりするまで、わたしは自分自身の身になにがあったのか、ほとんど覚えていないのです」

「ほとんど？」私は気が付いてたずねた。「というと、少しは覚えているのか？」

「ええ……」キョウコが顔をしかめた。「ただ、わたしにはそれが本物の記憶なのか、それとも気を失っているあいだに見た悪夢なのか、どうしても区別がつかないのです」

「いったい、どんな記憶なのだ？」

「世界が……破裂するのです」キョウコは切れ長の目を大きく見開いて、言った。「辺りが目も眩《くら》むばかりの閃光につつまれ、次の瞬間、目の前の世界が文字通り破裂する。家も、木々も、人さえ、なにもかもが一瞬にして砕かれ、吹き飛び、渦を巻く……。わたしはそのとき、庭に立ってキジマのお母さんと話をしていたのですが、目の前で彼女が真っ白に燃え上がる……人の形をした炎に変わる……」言いよどみ、目を閉じてうわ言のようにつづけた。「全身真っ黒に焼け焦げ、幽鬼のようにさまよう大勢の人たち……血まみれで泣き叫ぶ子供たち……鼻をつく腐臭……水を求めるうめき声……」目を開けた。「わたしには、あれが本当にあったこととは思えない……あんなことがこの世で起きたなんてとても信じられないのです……。わたしには自分の記憶のどこまでが現実で、どこからが悪夢なのかわからない……本当に区別がつかないのです。この火傷さえなければ、たぶん全部悪夢だったと信じたことでしょう」

彼女は自分の顔の傷痕《きずあと》にそっと手をやった。

「トーキョーの病院に移ってからも、わたしはぼんやりとして身の回りでなにが起きているのかわからないままでした。水や食事さえ自分からは口にせず、コヤマ老夫婦がかいがいしく世話をしてくれなかったら、衰弱して息絶えていたかもしれません。ただ時折、包帯の下の頬やのどが燃えるように熱かった。そんなときもわたしは、なぜこんなに熱いのだろうとぼんやりと考えるだけでした。

あとで聞いたところ、ほとんど三ヵ月もの間、わたしはずっとそんな具合だったそうです。そしてもうほとんど傷が癒《い》えたころ、ドクターが包帯を取り換えているときに、あのことが起こったのです」キョウコは一瞬言葉を切り、すぐにつづけた。「わたしはぼんやりと部屋の鏡に眼をやり、突然、そこに映っているのが自分の顔だと気づいて、悲鳴をあげました。驚いたように腰を抜かしている若い医者をしりめに、わたしはのどがかれて声が出なくなるまで、大声で悲鳴をあげつづけた。そしてその瞬間から、現実が押し寄せてきたのです。けっして認めたくはない現実が……」

私はタバコに火をつけて、唇をふるわせているキョウコが落ち着くのを待った。

「訊いていいか？」少しして、たずねた。「きみはこれまで、なぜ何度も自殺をしようとしたのだ？」

「わたしたちは……ずっとお国のために死ねと教えられてきました」キョウコはやっと聞こえるほどの小声で答えた。「戦争が終わったからといって、急に生きろと言われても困ってしまう……。驚いたことに、人は生きるためにもそれなりの訓練が必要なのですわ」

「本当にそれだけなのか？」

キョウコは黙っている。私は先をつづけた。

「きみは以前、自分の人生にはもう何も残っていないと言っていた。だが、どうも私にはよくわからない。きみはいったいなにを失ったというのだ？　唯一の肉親であるイッオは、戦争から無事に生きて帰ってきた。きみには住む家があり、そのうえイッオの話によれば、少なからぬ資産さえ残っているそうじゃないか。婚約者のキジマは、なるほど戦犯としてとらえられてはいるが、まだ希望がなくなったわけじゃない」

キョウコは複雑な表情で首を振った。

「もちろん顔に火傷を負ったことがショックなのはわかる。だがきみは……えー、なんというか……まだ充分に美しい。少なくとも私の目にはそう見える」私は早口に言って、手を振った。「私には、以前きみがイッオに言った言葉が本当だとは――すれ違う人たちがきみを化け物と囃《はや》し立て、子供たちがきみに石を投げ付けるなどとは――とても信じられない」

「あなたは……あのことをご存じないのですわ……」キョウコは私を見上げて言った。

「あのこと？　なんの話だ？」

キョウコは一瞬目を伏せた。顔をあげ、何か話しだそうとした。そのとき、前方から走ってきた車のライトが、道端に立っていた私たち二人をまともに照らし出した。

MPの白いジープが、私たちのすぐ手前で停まった。相変わらずライトはつけたままだ。手をかざし、まぶしい光に目を細めていると、聞き覚えのある声が聞こえた。

「おや、誰かと思えば探偵さんじゃないですか」

運転席から降りてきたのは、スガモプリズンに勤める二世通訳のニシノであった。

「最近プリズンに顔を出さないと思ったら、なんだ、こんなところで油を売っていたのですね」小柄なニシノは、私の顔を間近に覗《のぞ》き込むようにして言った。いつになくひどく馴《な》れ馴れしい態度に、私は顔をしかめた。気がつくと彼の息がだいぶん酒臭い。どうやらニシノはまた酔っ払っているらしかった。

「それにしても、まさかこんなところでお会いするとはねェ」ニシノはもう一度そう言うと、ひっひっと妙な具合に笑った。

「こんなところ？」私は眉《まゆ》をひそめて呟《つぶや》いた。

ちらりと目をやると、ちょうど車の後部座席から二人、やはり軍服を着たアメリカ人らしき若者が降りてくるところであった。

先に出てきた一人に見覚えがあった。ボビイ・ビーチ一等兵。以前一度クラブで一緒に飲んだことがある感じのよい若者だ。もう一人、背丈こそボビイと同じくらいだが、いささか肥満気味の、ずんぐりとした体格の若者の方は、私が知らない顔だった。

二人は車に寄りかかるようにして立ち、それぞれ手に酒の瓶をもち、中身を直接口に流し込んでいる。二人とも、ニシノ以上の酔っ払いであることはまず間違いないようだ。

「探偵さんも、これが目的で来たんでしょう？」ニシノがまた顔を寄せ、にやにやと笑いながら、背後の建物を指さしてみせた。

振り返り、暗がりに眼を凝らした私は、そこに〝ノムラ・ホテル〟の看板を見つけて、ようやく彼らの意図を察することができた。

テンノウの住まいであるコウキョお濠《ほり》端西側からノムラ・ホテルにかけて広がる全長八百メートルほどのその一角は、日本に駐留している若い連合軍兵士たちの間で《売春通り》と呼ばれていた。そこでは、アメリカ・タバコ一パックと引き換えに、日本の若い女性を買うことができるという話だ。

「さあ、みんな用意はいいか！」ニシノはジープのそばの二人を振り返り、頓狂《とんきょう》な声で叫んだ。「突撃だ！　防毒サックを忘れるな！」私の腕をつかんで駆け出そうとする。

私が動かないでいると、ニシノは一人でよろめいてその場に尻餅《しりもち》をついた。車に寄りかかっている二人のアメリカ兵が、げらげらと笑い声をあげた。

「よく見ろよ、ニシノ」二人は車を離れ、歩み寄りながら言った。「その人にはもう決まったお相手がいるみたいだぜ」

キョウコは私の背後に隠れるように身をよせている。その顔を覗き込んだボビイが、ひゅうと鋭く口笛を吹いた。

「いい女じゃないですか。いったいどこで見つけてきたんです？」

「よし、決めた！」もう一人の太った若者が、酔っ払い特有のたがのはずれた大声をあげた。「探偵さんとやら、次はオレに回してくれ。あんたの後で我慢するよ」

「見当違いだ」私は首を振り、見知らぬ若者に言った。「このひとはそんな女じゃない。よそを当たるんだな。……さあ、行こう」

私は二人に背を向け、キョウコを促して立ち去ろうとした。

突然、キョウコが「あっ」と悲鳴をあげた。

振り返ると、追いすがるように伸ばした若者の手が、キョウコの長い黒髪を背後から無造作につかんでいた。

次の瞬間、奇妙なことが起きた。

太った若者は、さして力を入れて引っ張ったようには見えなかった。それにもかかわらず、キョウコの長く美しい黒髪が、スカーフの間から、ずるずると抜け落ちていったのだ。手を伸ばした若者自身、ぎょっとしたような顔で手のなかに渦を巻く黒髪を見つめている。ボビイ・ビーチが、仲間の手から黒髪の束を取り上げ、拍子抜けしたようすで言った。

「なんだ、かつらじゃないか」

「……かつら、だと？」若者がぽかんとした顔で呟いた。

「ああ、間違いない。それに、見ろよ、火傷《やけど》の痕だ」ボビイは、両手で顔を覆ったキョウコの細い首筋を指さして叫んだ。「なんだこの女、ゲンバク病じゃないか！」

その言葉に、はっと思い当たった。

原子爆弾が投下されたヒロシマ、ナガサキでは、すさまじいまでの爆発時の被害を奇跡的に免れた者たちが、しかし十日後、一ヵ月後、あるいは一年後になって、突然気味の悪い症状を発して次々に死んでいる、という噂を耳にしたことがある。奇跡的に無傷で生きのびた者たちが、はっきりとした原因もなくどんどん病弱になっていく。食欲がなくなる。身体に青い斑点《はんてん》が現れ、耳、鼻、口などから出血して、最後は死に至る……。そんな噂だ。

〝ゲンバク病〟と名付けられたその病の症例の一つとして、髪の毛が抜け落ちることがあるらしい。

キョウコが鏡を見て悲鳴を上げたのは、すでに治療済みの火傷のせいだけではなかった。彼女が何度も自殺を試みた本当の原因はむしろ、生き残った者の上に次々と不気味な姿を現す、さまざまなゲンバクの後遺症のためだったのだ。

原因不明、治療不可能。その先には、避けることのできない悲惨な死が待っている。

ナガサキに落とされた原爆は、生き残ったキョウコから未来への希望を奪い取っていたのだ。

未来への希望。だとすればそれは、文字通り彼女のすべてであった。

私には、伏せた顔を両手で覆い、肩を震わせるキョウコに、かけてやる言葉が見当たらなかった。

その傍らで、二人のアメリカ兵がはしゃいだ様子でしゃべりはじめた。

「ひゅう、危ない、危ない」

「あやうくゲンバク病を伝染《うつ》されるところだ」

「おい、ボビイ。いつまでそんなもの持ってるんだ。そのかつらからだって、伝染るかもしれないぞ」

「本当だ。お前の頭にかぶせといてやるよ」

「ばか、やめろよ」

二人のアメリカ人の若者は口々にふざけ、かつらを投げ捨てて、げらげらと笑っている。

私は地面からかつらを拾い上げ、泥を払ってキョウコの手に握らせた。それから、あらためて二人に向き直った。

「いいかげんにしないか」

「なんだと?」ずんぐりとした体格の若者が、私にすごんでみせた。

「きみたちの国が落とした爆弾だろう。そのせいで彼女は苦しんでいるんだ。きみたちは、あざ笑うのではなく、むしろ彼女に謝罪すべきじゃないのか?」

「ふん、謝罪だと?」彼は地面に唾《つば》を吐いた。「クソでも喰《く》らってろ!」

私はボビイ・ビーチに向き直った。「きみは、日系二世のニシノに対して公平な態度をとっていると聞いた。日本人の彼女に対しても、公平な態度をとったらどうだ？」

ボビイ・ビーチはしかし、以前に会ったときの気のいい表情が嘘のように、ガムをかみ、目を細めて、にやにやと笑っている。

「ぼくがニシノに公平なのは、彼がアメリカ人だからだ」彼は言った。「よそ者のあんたや、ましてや日本人の女に、公平に振る舞うつもりはこれっぽっちもないね」

地面に唾を吐き、歩み去ろうとする二人の若者の前に、私は無言で立ち塞《ふさ》がった。

「邪魔だ。そこをどけよ、探偵さん」丸い体格の若者が私に言った。

「どいてやるさ」私はくわえていたタバコを地面に捨てて言った。「やるべきことをやった後でな」

私の反応が意外であったらしく、二人の若いアメリカ兵は戸惑ったように顔を見合わせた。

「どうした、来いよ」私はめったに感じない凶暴な怒りにかられて言った。「それとも、アメリカの兵隊は女子供しか相手できないのか？」

その途端、ふとっちょ《ファットマン》が弾《はじ》かれたように殴りかかってきた。私は上体を下げて彼の拳《こぶし》をかわして、みぞおちに右のフックを叩《たた》き込んだ。

ボビイ・ビーチが我に返ったように、なにか叫び声をあげながら横手から突っ込んできた。私は彼のひざにタックルを入れて地面に転がしておいて、馬乗りになった。振り上げた拳を彼の顔に叩きつける前に、太った若者が腹を押さえながら近づいてきて、私を蹴《け》った。つま先が腕にあたり、一瞬しびれたようになった。自分から地面に転がって、飛んできた二発目の蹴りをなんとかかわした。

相手は二人で、若く、体力もある。だが、彼らが酔っ払ってるのに対して、私はしらふだ。彼らの方が体は大きいが、私の方がいくぶん殴られ慣れている。

勝負は互角だ、と思い、すぐに立ち上がった。ボビイはまだ地面にぶつけた後頭部を押さえてうめいている。足下のふらついている太った若者に狙いを定めた。タックルにいこうと身構えた瞬間、背後から首筋に激しい衝撃を受けて、膝《ひざ》をついた。

振り返ると、小柄なニシノが道端に転がっていた廃材を手に立っていた。

なぜと考える間もなく、ボビイが横からつっこんできた。かわしきれずに、彼ともつれて地面に転がった。そこへ太った若者がかけつけ、また私を蹴った。二人を振りほどいて立ち上がったところ、ふたたび背中を廃材で殴られた。振り返り、ニシノに言った。

「やめろ、ニシノ！　きみには関係ない」

だがニシノはすでに、真っ青な顔で、もう一度廃材を頭の上に振りかぶっている。二人のうちどちらかが、背後から私を思いきり突き飛ばした。

カウンターになった。

ひゅう、と風を切る音を聞いたのを最後に、目の前の地面に暗い穴が口を開いた。

18

目の前に〝彼〟が立っていた。

「クリス！」私は声をあげて彼に駆け寄った。「いったいどこに隠れていたんだ？　ずいぶんと探したんだぜ」

クリスは以前と少しも変わらぬ、懐かしい顔でにこりと笑った。

「ここにいたさ。ここでずっときみを待っていたんだ」

「ここ？」私は辺りを見回し、眉《まゆ》をひそめた。

ぐるり一面、見はるかすかぎりのなだらかな丘陵地帯であった。空には雲が低く垂れ込め、辺りはやけに薄暗い。その暗さが夕暮れ後のものなのか、それとも夜明け前のものなのかは、ちょっと見当がつかなかった。暗い天と地が境を失う、はるか彼方《かなた》にいたるまで、整然と、おそろしくたくさんの墓石が等間隔に並んでいる……。

生きて動くものの姿は、私たち二人を除けば、一つも見えなかった。

「ここはいったいどこだ？」私はたずねた。

「見たとおりさ」クリスが答えた。「ここは墓地だよ。スガモ墓地だ」

「スガモ墓地だって？」

「ヒントをあげたじゃないか」彼はくすりと笑って言った。「わざわざ本を贈ったりしてさ。〝ムーサよ、わたくしにかの男の物語をして下され〟。……たしか、そんな書き出しじゃなかったかな？」

「オデュッセイア！」私は思わず叫んだ。「それじゃ、あの本をプリズンに寄贈したのは、きみだったのか？」

クリスはそれには答えず、ふいと視線を逸《そ》らすと、かたわらの墓石に手をかけた。

墓石は、まるで重さを持たないもののようにするすると動き出し、そのあとにぽっかりと暗い穴が口を開いた。

「……ついて来なよ」クリスは肩ごしに私を振り返って一言そう言うと、たちまち穴の中へと姿を消した。

私は慌てて穴の中を覗《のぞ》き込んだ。

地下へとつづく階段。だが、穴の中には深い闇が満ちていて、数段下りた先はもう何も見えない。

「クリス！」私は叫んだ。

返事はなかった。もしかすると私の声は、密度の濃い闇に吸収されて、遠くまで届かないのかもしれない。

私は一瞬目を閉じ、それから思い切って穴の中に足を踏み入れた。

気が付くと、暗い地下道をクリスと肩を並べて歩いていた。

地下道にいるのは私たちだけではなかった。ひっそりと静まり返っていた地上の墓地とは対照的に、地下道は多くの者たちであふれ、騒がしいほどであった。

すぐわきを、泥にまみれ、疲れ果てた顔の若い兵士たちの一群が、無言のまま駆け足に追い抜いていった。そうかと思えば足下では、ヘルメットをかぶり、銃剣を手にした男たちが、地面にはいつくばって、永遠の匍匐《ほふく》前進をつづけている。

手足を失い、進むことも退くこともできなくなった者たちがいた。彼らはかたわらを通り過ぎる者にじっと虚《うつ》ろな眼を向け、時折放心した顔で手を差し出すのであった。

道端に車座に座り込み、酒を酌み交わす男たちがいた。赤ら顔をした男が一人で、大声でしゃべっている。

「おまえはわたしの名前を知りたいというのだな。では言おう、おまえの方も約束通り土産の品をくれるのだぞ。わたしの名はウーティス。父も母も、仲間の誰もが、わたしのことをそう呼び慣わしているのだ」

男はそう言うと、突然仲間の一人に飛びかかり、馬乗りになって押さえ付けた。男は手にした焼き串《ぐし》を、相手の眼球めがけて勢いよく突き立てた。噴き出した血が、男の顔を赤く染める。刺された男は、二、三度びくりびくりと身体を痙攣《けいれん》させ、動かなくなった。男は血まみれの顔を腕で拭《ぬぐ》うと、また酒座に戻り、上機嫌で話しはじめた。

「さて皆のものよ、人肉を食らったところで、次はこの酒を飲んでみられよ。われらの船が収蔵しているこの飲み物が、どれほど美酒であるかがわかるであろう」

いつの間にか男の周りを何匹かの黒い蝶《ちょう》が飛びまわっている……。

その隣では、看護婦が着る白衣をまとった小柄な、浅黒い顔をした女が、通りかかる兵士たちに葡萄酒《ぶどうしゅ》を振るまっていた。兵士たちが勧められるまま葡萄酒を飲み干すと、女は「ヒコクミン、ヒコクミン、ヒコクミン」と三回唱えながら、彼らを杖《つえ》で叩いた。杖で打たれた兵士たちは、すぐに地面に両手をついて倒れ、四つん這《ば》いになり、たちまち豚の姿に変わった。顔も声も毛も、やがては心までも……。

女は無表情のまま、豚たちにドングリやミズキの実を投げ与える。

「突撃だ！　突撃！　ひるむな！　みんなぶっ殺せ！」

燕尾《えんび》服《ふく》姿の男が、たった一人でひたすら指揮棒を振りつづけている。

その先では、みすぼらしい服装をした老人たちが列をつくって並んでいた。よれよれの軍服姿の者、キモノをまとった者、それらの上に着くたびれた背広をはおっている者もいる。みんな足をひきずり、あるいはだらしなく服の前をはだけているのは、自殺防止のために靴紐《くつひも》やベルトを取り上げられているせいだ。老人たちはそれぞれ、変形した古いアルミの器を提げ、配給のスープが配られるのを待っている。

クリスは顔色一つ変えることなく老人たちを指さし、数でもかぞえるような淡々とした口調で言った。

「ヒロタ、ムトウ、ドイハラ、キムラ、イタガキ、マツイ、トージョー、コノエ……」

「コノエ？」私は口の中で呟《つぶや》いた。彼はすでに自殺しているのではなかったか？

「人はいつかかならず死ぬのだよ」クリスは――まるで私の心の声が聞こえたかのように

――言った。「肉体が死ぬんじゃない。肉体をつくっている原子は永遠に不滅だからね。死によって、その人の魂が滅びるんだ」

　私はわけがわからず、無言で首を振った。

「さあ、着いた。……ここだ」クリスがふいに足を止めて呟いた。

　目の前には、深い穴が口を開いている。

「ここ？」私は周囲を見まわし、またばかの一つ覚えのようにたずねた。「ここ、ここはどこだ？」

「ここがどこかだって？」クリスは哀れむような眼で私を見た。「コウキョの地下に決まっているじゃないか」

「コウキョ……？」

「豊かな緑と、深い水をたたえたお濠《ほり》に囲まれた広大な王宮、エンペラー・ヒロヒトが住んでいる場所だよ」

「そんなことはわかっているさ」私は言った。「だがまさか、コウキョとスガモ墓地とが地下道でつながっていただなんて……」

「やれやれ、いったいどうしちまったんだい？　きみらしくもないな。そんなことも調べてないなんてさ」

　クリスはそう言いながら、穴の縁《ふち》につかつかと歩み寄り、腹ばいになって穴の中を覗きこんだ。

うすである。

「おーい！」彼は穴にむかって大声で叫び、こだまが返ってくるのを耳を澄ませて待つよ

私には、クリスが穴の縁からあまりにも上体を乗り出しすぎているように思え、気が気ではなかった。

「気をつけろよ。それじゃ穴の中に落っこちてしまうぞ」

私の忠告に耳をかす様子もなく、クリスはいっそう身を乗り出して、もう一度大声で叫んだ。

「おーい！」

もう見てはいられなかった。クリスを安全な場所に引き戻そうと、私は一歩前に踏み出した。

ふいに、なにか硬いものに行く手を遮られた。

細かく等間隔に並んだ鉄の棒が、穴の周りをぐるりと取り囲むようにして立っている。

私はひやりとした鉄の棒を両手でつかんで揺すぶってみた。が、いずれも地面にしっかりと打ち込まれているらしく、びくともしない。

鉄の棒は、穴の縁にわずかに余地を残して、丸く、切れ目なく並んでいた。ちょうど牢《ろう》の内側に、クリス一人が取り残された具合である。注意深く見回したが、彼がどうやってその牢の中に入ったのかは見当もつかなかった。

クリスは、相変わらず地面に腹ばいになり、いまにも落ちてしまいそうな危うい姿勢で、

穴の中を覗き込んでいる。

「こっちへ戻れ、クリス！　こちら側に来るんだ！」私は大声で彼を呼んだ。

「なぞなぞをひとつやろう」クリスが穴を覗きこんだまま、のんびりとした口調でいった。

「ここにあるけどここにない。存在するけど存在しないものはなんだ？」

「穴だ」私はとっさに答えた。

「正解」彼はくっくっと笑った。

「だめだクリス！」私は不吉な予感がして叫んだ。「それ以上、その穴を覗くんじゃない！」

クリスは、上体を起こして縁の部分に膝立《ひざだ》ちになった。

振り返ると、すでに顔がなくなっていた。

彼の顔があった場所に、ぽっかりと暗い闇が口を開いている。

誰でもなくなったクリスが、言った。

「ぼくは不在の存在、同時に存在の不在だ。ぼくはすべてが失われたときに存在する。ぼくは無であり、だからすべてだ。ぼくはけっして果たされることのない約束。夢見られたことのない夢」

穴の中から無数の黒い蝶が姿をあらわす。魂と同じ名前を持つその生き物たちは、音もなく軽やかに羽ばたき、黒い鱗粉《りんぷん》を辺りにまきちらしながら、闇の中へと飛び立ってゆく……。

「ねえ、きみ」穴が言った。「民主主義というやつはなにも、それをつくる人たち以上によいものではないのだよ」

穴のまわりで黒い魂たちが歌をうたっている。

♪かざり職人も洗濯屋も、手代たちも学生も／風にそよぐ民くさになって／みんなみんないくさに出ていった／誰も彼も区別はない／死ねばいい、みんな死ねばいいと教えられて／ちんぴらで、小心で、好人物な人々はテンノウの名前で目先まっくらになって／腕白小僧のようによろこびさわいで／みんなみんな出ていった♪

歌に和して穴が言った。

——たくさんの人が死んだが、誰にも責任はなかったのだ。

もはや誰でもなくなった者が、豚をつかまえ、引き寄せて、穴にむけて首を切った。どす黒い血が流れ出し、世を去った亡者たちの霊が、深い穴の底からぞろぞろと集まってきた。幼い乳飲み子を胸に抱いた若妻がいる。まだ妻を娶《めと》らぬ若者も、世の辛酸をつぶさになめた老人も、胸の悲しみもまだ生々しいうら若い乙女たちの姿もある。

だがなんといっても一番多いのは、兵士たちの姿であった。銃弾に腹や胸を、あるいは頭や顔を撃ち抜かれて戦場に倒れながら、さらには爆弾に手足を吹き飛ばされながら、彼らはなお血まみれの手で武器をしっかりと握りしめている。

亡者の大群が不気味な声をあげながら、穴の周りをここかしこと飛び回り、私は蒼白《あおじろ》い恐怖に襲われた。

「心配するな。自分がうまく殺してやる」

振り返ると、男が一人立っていた。

彼はにやにやと笑いながら片手にピストルをかまえ、狙いを定めた。

ドン。

穴の縁の木に縛り付けられた捕虜の踝《くるぶし》から血が噴き出した。

「ちぇっ、はずれちまったか」男は残念そうに呟いた。

「次は俺だ！」別の男がピストルをかまえ、ろくに狙いを定めもせずに引き金を引いた。

ドン。

捕虜の肩から血が噴き出す。

「次は俺！」

ドン。

脇腹に黒い穴が現れ、そこから血が噴き出した。

最初の男が日本刀を肩にかついで捕虜に近づいた。二番目の男が捕虜の肩を押さえて押し倒し、三番目の男が捕虜の首を穴すれすれになるまで下げさせた。

最初の男が芝居がかった大袈裟《おおげさ》な身振りで日本刀を構えると、他の者たちはげらげらと声をあげて笑いだした。

ドン。

奇妙な掛け声とともに、男は頭上にかまえた日本刀を一気に振り下ろした。

思わず顔を背けた私は、次の瞬間、捕虜が穴に落ち、二本の足が逆さまに穴から突き出しているのを見定めた……。

「誰？　誰がわたしの子供を殺したの！」

悲痛な叫び声に眼をやると、白衣の女がのどを裂かれた豚に抱きつき、血まみれの顔で、声をあげて泣いていた。

亡者たちが女の周りに飛び集まり、犯人捜しがはじまった。

「豚を選んだのはこいつだ」亡者たちが一人の男を指さした。

「俺は選んだだけだ。こいつが豚に紐《ひも》を結んだんだ」別の男を指さした。

「俺は紐を結んだだけだ。こいつが紐をひっぱってきた」別の男を指さした。

「俺はひっぱってきただけだ。こいつが豚を押さえていた」別の男を指さした。

「俺は尻《しり》を押さえただけだ。こいつが豚の頭を押さえていた」別の男を指さした。

「俺は頭を押さえていただけだ。こいつが豚ののどを切った」別の男を指さした。

「いいや、俺は豚ののどを切らなかった」最後に指さされた若い兵士が首を振った。「ののどを切ったのは、この斧《おの》だ」

――そうだ、この斧が豚を殺したんだ！

亡霊たちが声を揃えて言った。

「この斧が悪い」

「なんて悪い斧なんだ」

「そんな悪い斧なら壊してしまえ」

「悪い斧め！　こうしてやる」

　男たちは斧を取り囲み、口々に悪態をつきながら斧を踏みつけると、そのまま跳びはねるようにして穴の中に吸い込まれていく。

　ところが最後に残った男だけは、打ち捨てられた斧を踏み付けるのをためらうようすであった。私は気がついて叫んだ。

「クリス！」

　振り返ると、はたして彼であった。

「ねえきみ、こいつをいったいどうしたものだと思う？」

　クリスがそう言って地面から引き起こしたのは——手斧などではなく——巨大な爆弾であった。普通の爆弾よりはるかに巨大で、かつまた丸みを帯びた形をしている。

「なんだそれは？」私はやはり鉄格子ごしに、牢の外からクリスにたずねた。

「ふとっちょ《ファットマン》」

「なに？」

「原爆だよ。原子爆弾」クリスはなんでもないように言った。「アメリカは三個の原爆を作っていたんだ。一つめはヒロシマに、二つめはナガサキに落とした。これが最後の一発だ」

「誰？　誰がわたしの子供を殺したの！」

悲痛な叫び声に眼をやると、自分自身全身にひどいやけどを負った若い母親が、血まみれになった赤ん坊を胸にかかえて、声をあげて泣いていた。

「そうだ、いい考えがある」クリスが陽気な声で呟《つぶや》いた。

ふたたび振り返ると、クリスが鼻歌を歌いながら、穴に向かって原爆をひきずっていくところであった。私は彼の意図を察して、声をあげた。

「やめろクリス！　本国じゃ、きみの母親が心配しながら待っているんだ。馬鹿なことはやめてくれ！」

クリスは振り返らない。私はもう一度、私たち二人を隔てる鉄格子に両手をかけ、思いきり揺さぶった。だが、鉄格子はやはりびくともしなかった。

ふと、奇妙なことに気がついた。さっきまで穴の周りをぐるりと取り囲んでいたはずの鉄格子が、しかしいつのまにか、私が立つ場所を狭く取り囲むようにして高くそびえ立っているのだ。鉄の棒は、細かく、等間隔に並んでいて、どこにも逃げ出す透き間はない。

牢《ろう》に囚《とら》われているのは、クリスではなく、この私であった。

原爆をひきずり、穴の縁《ふち》ぎりぎりのところで立ちどまったクリスが、振り返って私を見た。その口元には、見慣れた懐かしい笑みが浮かんでいた。

クリスは原子爆弾を腕に抱いたまま、うしろ向きに倒れるようにして、穴の中に落ちていった。

「クリス！」

私は冷たい鉄の棒を両手で握り締めて叫んだ。

暗い穴から、目映《まばゆ》いばかりの閃光《せんこう》があふれ出した。

不思議なことに音は聞こえなかった。

変化は、ゆっくりとした速度でやってきた。

気が付くと、穴の上の暗い空間がぐにゃりと歪《ゆが》み、穴の中へと吸い込まれはじめていた。

最初に、穴の真上にあったコウキヨが——そこに住むテンノウもろとも——穴の中に沈んでいった。緑の葉をつけた木々や、深い水をたたえたお濠《ほり》もまた、ゆっくりと穴の中に消えた。

それから、トーキヨーの街が順番に穴の中に落ちていった。

ＧＨＱ本部が入っているビルディングが穴の中に消えた。マッカーサー元帥愛用のコーンパイプも、レイバンのサングラスも、本人もまた、いつの間にか穴の中に消えた。あちこちにうずたかく積み上げられた瓦礫《がれき》の山も、穴だらけの舗装道路も、そこを走る自動車も、トラックも、赤煉瓦《れんが》のトーキヨー駅も、買い出しの人々で満員の列車も、鉄道線路も、駅前広場のヤミイチも、空を飛ぶ飛行機でさえ、青い空と一緒に穴の中に吸い込まれていった。

奇妙なことに、そうして穴の中に落ちていきながら、当人たちはそのことを少しも気づいていない様子であった。彼らはごったがえすヤミイチで買い物をし、トタン板を組み合わせた粗末な家で食事を作り、それを食べ、子供を叱り、育て、笑い、泣き、怒り、喧嘩《けんか》をしながら、しかしそのあいだも、彼らは休むことなく、ゆっくりと暗い穴の中に沈み込んでいくのである。

世界が、日常を営みながら次々と穴に消えていった。牢の中に閉じ込められた、私一人を残して。

やがて穴は、すべてを呑《の》み込んでしまうであろう。

そのあとにはいったい何が残るのだろうか？

誰かが穴の縁に立てた日章旗が最後まで未練たらしく翻っていたが、もはやそれも見えなくなった。

すべてが消えうせた後の世界で、私は見る。

目鼻が分からないほどに顔を白く塗りたくり、毒々しいほどの赤い口紅をひいたパンパンガールが大きなあくびをする。赤のO《オー》。また日が昇る。

今日もいい天気だ……。

19

目を開けると、宙に浮かんだいくつもの真っ白な顔がじっと私を覗《のぞ》きこんでいた。髪の毛を赤く縮れさせ、唇を血のように赤く塗りたくった女の顔だ。奇妙なことに、どの顔にも鼻らしきものが見当たらない。

悪夢のつづきかと思い、もう一度しっかりと目を閉じた。

ふたたび目を開けたが、不気味な白い顔は相変わらず目の前から消えてはくれなかった。と、顔の一つがくるりと後ろを振り返って、何か言った。

見知らぬ女たちのあいだから、キョウコの顔が現れた。彼女はまた元のようにかつらをつけ、その上からきちんとスカーフをかけている。

「よかった。気がつかれたのですね」キョウコが言った。

「いったい……？」私は周囲に視線を走らせたが、すぐには自分の置かれている状況が理解できなかった。

タタミの上に敷いたフトンに寝かされているらしい。顔の上になにか冷たいものがのっているので、手をやると、濡《ぬ》れた布がぴったりと額に張り付いていた。

ともかく起き上がろうとして、顔をしかめた。身体のあちこちに、ひどい痛みが走った。とくに首筋や背中は、鉄の板でもこじ入れられたようにこわばっている。だが、おかげでおおよそのことを思い出した。

「無理をなさらないでください」キョウコが心配そうな表情で、私の背中に手をあてた。

「もう少し、そのまま横になっていた方がよろしいですわ」

身体もそう勧めてはいたが、無理やりフトンの上に起きあがった。額の濡れ手ぬぐいを引きはがし、あらためて周囲に目をやった。

見たこともない部屋だ。たいして広くもないその部屋の中に、何人かの顔を白く塗った女たちが数人ずつ寄りかたまり、それぞれだらしない恰好《かっこう》でたむろしている（よく見ると、彼女たちには鼻がないわけではなく、たんに低いだけであった）。

　近くにいた何人かの女たちが私の顔を指さしてげらげらと笑った。壁にかかっていた鏡を見ると、唇が切れ、片方のまぶたが紫色になってはれあがって目が半分ふさがったようになっている。なるほどこれなら笑われても仕方がない。私は彼女たちににやりと笑い、ポケットからくしゃくしゃになったタバコを取り出して、火をつけた。煙があちこちの傷口にしみるようだった。

「あのアメリカ兵たちが、二人がかりで殴ったり、蹴《け》ったりしたのです」キョウコが気の毒そうに眉《まゆ》を寄せて、説明してくれた。

「二人がかり？」私は疑問に思って、キョウコにたずねた。「たしか、相手は三人いたはずだ」

「あなたを棒で殴った日系の小柄なアメリカ兵は、あのあとすぐ、棒を投げ出して、どこかにいなくなってしまいましたわ」

　すると、ニシノは〝パーティー〟には参加しなかったらしい。

「二人の酔っ払ったアメリカ兵は、気を失っているあなたをさらに殴ったり、蹴ったりしようとしたのです。わたしは、あなたが死んでしまうのではないかと怖くなって……。悲鳴をあげていると、この人たちが来て、助けてくださったのです」

「彼女たちが？　助けてくれた？」

　私は不思議に思って、部屋の中の女たちにもう一度目をやった。いずれも貧相な体格をした日本人の女ばかりだ。この小柄な女たちが、酔っ払って暴れている大柄なアメリカ兵たちから私を救ってくれたとは、にわかには信じられなかった。

「べつに、あんたを助けたわけじゃないさ」一人だけ和服姿をした上品な顔つきの中年女が口を開いた。「あたしら、ここでこのクソ商売をやっているんだ。あんなクソ大声でわめかれたんじゃ、ほかのスケベなクソ客どもがナニする邪魔なんだよ」

　すさまじい英語に顔をしかめた。洗練された、品のある物腰とはあまりにもかけはなれすぎている。だが、考えてみれば〝クソ《ファック》〟を多用する汚い英語は、日本に駐留するＧＩたちの言葉そのままであった。女たちの取りまとめ役らしい彼女の英語は、ＧＩたち相手の商売を通じて自然に身についたものなのだろう。オウムと同じだ。

「せっかくナニしに来たクソ客を逃しちゃしょうがないからね。もめごとなんて、こう言やたいていカタがつくもんさ。〝おい、どうしたてめぇ？　てめぇもファックが好きなんだろう？　え、このスケベ野郎〟」

　中年女は顔色も変えずにつづけた。どうやら彼女にとってそれは親しい挨拶《あいさつ》言葉であり、それ以上の意味は含まれていないらしい。

「えー……ともかく、ありがとう」

　私は礼を言い、赤い顔をしているキョウコを促して立ち上がった。

「礼なら、その人に言うんだね」女はキョウコを指さし、上品な笑みを浮かべて言った。

「その人が頑張らなかったら、あたしらが行く前に、あんたは本当に、あのクソ連中どもにブチ殺されていたことだろうよ」

「わたしはなにもしていません。……ただ悲鳴をあげていただけですわ」

キョウコはそう言って首を振ったが、その手に巻かれた包帯を見れば、彼女の活躍がそれだけではなかったことは一目瞭然《りょうぜん》だった。私はキョウコに向き直って言った。

「ありがとうキョウコ。それからすまなかった。私のせいで、むしろとんだ騒ぎに巻き込んでしまったようだ。私がついていながらきみに怪我をさせたことを知ったら、イッオやキジマに何を言われるかわかったものじゃないな」

視界の端で、さっきからちらちらとこちらの様子をうかがっていた一人の女が、急に顔色を変えるのがわかった。やはり髪の毛を赤く縮らせ、金魚のような派手な赤い服を着たその女は、周囲の者たちを押し分けるようにして私たちに近づいてきた。彼女は、キョウコの顔をまっすぐに覗き込んでたずねた。

「それじゃ、あんた……やっぱり、あのキョウコさんなんだね？　マツモトの捕虜収容所で所長をしていたキジマさんの婚約者の……？」

キョウコが女の日本語を私に通訳してくれた。そのあとで、戸惑ったように女にたずねた。

「キジマのことを知っているんですか？」

「まあね」女は言葉を濁した。「それより、あんた……」と日本語で言いかけた女は、キョウコがいちいち通訳するのを面倒がって、下手な英語で言い直した。「あんた、今頃こんなところで何をしているんだい？　キジマさんはどうした？　あの人と結婚して、幸せに暮らしているんじゃなかったのかい？」

キョウコは私を振り返り、目顔でたずねた。私が頷《うなず》くと、キョウコは日本語で女に事情を説明した。

「キジマさんが記憶をなくしている？　捕虜虐待容疑でGHQに逮捕されただって？」

女はぽかんとした顔でキョウコの話を聞いていたが、ふいに何か思い当たったようすで早口にたずねた。

「それってまさか、あのバークとかいうクソ捕虜野郎が死んだせいじゃないだろうね？」

キョウコと私は、はっと顔を見合わせた。

「キジマがバーク伍長《ごちょう》を刺殺した事件について、なにか事情を知っているのか？」私は相手の女にもわかるよう、ゆっくりと質問した。

「ふん、知っているもなにも」女は皮肉な角度に唇を歪《ゆが》めてこたえた。「あのクソ野郎を刺し殺したのは、本当はこのあたしなんだよ」

「あたしは以前、キジマさんが所長をしていたマツモトの捕虜収容所の近くに住んでいたんだ」タエコと名乗ったその女は、捕虜刺殺事件の〝驚くべき真相〟について、次のように話してくれた。

「当時、あたしはまだ結婚したばかりの小娘でね。もっとも新婚と言っても、結婚した相手は式をあげてすぐに徴兵されて、どこか南の方に送られちまっていたから、あたしは義父母の面倒を見て、畑仕事を手伝いながら、家を守っているだけだった。いわゆる銃後の新妻てやつさね。

その日はちょうど、遠くに住んでいる親戚《しんせき》で法事があって、義父母は泊まりがけで出掛けていた。あたしは嫁ぎ先の母屋で一人で留守番をしていたんだ。夜中にふと目が覚めると、台所の方でごそごそ音がしていた。あたしはてっきり野良ネコでも入り込んだのかと思って、起きていった。

野良ネコじゃなかった。

見たこともない大男が、暗がりのなかで食べ物をあさっていたんだ。あたしが思わずあっと声をあげると、男はたちまちあたしにとびかかってきた。そしてあたしをその場に引き倒すと、すぐに着ていたものをひっぱがしはじめたんだ。臭い息が首筋にふきかけられ、熱い舌で顔をなめ回された……。

あたしは必死に手足をばたつかせて、逃げようとした。だけど、もちろん力じゃかなわない。もうだめだ、と思った瞬間、手に何かが触れた。あたしはなんだかわからないままそれをつかんで、目茶苦茶に男をひっぱたいた。すると、急に男の身体から力が抜けたんだ。

あたしは夢中で男を突き飛ばし、部屋の隅に逃げた。男は追ってこなかった。男はその場に膝立《ひざだ》ちになって、ぽかんとした顔で自分の腹を見ていた。

男の脇腹から、なにか妙なものが突き出ていた。よく見ればそれは、あたしが昼間研いで置いておいた出刃包丁の柄だった。大きな出刃包丁の刃が、まるまるすっぽりと男の腹に突き刺さっていたんだ。男は包丁の柄をつかんで、何度か抜こうと試みているようだった。けれど、刃は腹の中でどこかにひっかかっているみたいで、全然抜けやしない。そのうち男は白眼をむき、痙攣《けいれん》をはじめて、やがて動かなくなっちまった。

あたしはそのようすを、台所の隅で、着物の襟をかきあわせ、身をかたくしながら全部見ていた。目を逸《そ》らそうと思ってもできなかった。あのままだったら、あたしはきっと朝までそうしていたに違いない。

そこへ、キジマさんが入って来たんだ。脱走した捕虜を探しているうちに、うちの裏口が開いているのに気づいてようすを見に来たのだと言った。キジマさんは、入ってくるなりひと目で事情がわかったみたいだった。あの人は、脱走した捕虜が死んでいるのを確認すると、台所の隅で震えているあたしの正面に来て、肩をつかみ、目を真っすぐに見つめてこう言ったんだ。

『いいか、よく聞くんだ。脱走した捕虜はこの家には来なかった。この家の裏手の山に隠れているところを私が発見して、私が刺殺した。きみはなにも知らない。なにも見ていない。いいね？』

あの人は、呆然《ぼうぜん》としているあたしに無理やり内容を繰り返させると、死んだ捕虜を一人で裏山に引っ張っていって、そこへ部下を呼び集めたんだ」

タエコは肩をすくめてみせた。

「キジマさんはあたしの罪を引き受けてくれた。あたしは、キジマさんに言われたとおり、知らん顔を決め込んでいたんだ。……それがことの真相ってやつだよ」

私はふむと顎《あご》のあたりに手をやってうなった。それが本当だとすれば、キジマは死んだバーク伍長の腹に刺さっている包丁を抜き取り、その傷口に自分の軍刀を突き刺して、傷口が軍刀と一致するようわざわざ細工をしたことになる。

「だが、なぜキジマはそんなことをしたのだろう？」私はタエコに訊《き》いた。「話を聞くかぎり、きみがバーク伍長を殺したのは正当防衛だ。罪に問われたとは思えない」

「ばかだね、あんた」タエコは呆《あき》れたように言った。「結婚したばかりの若い女が、夫が戦地に出掛けているあいだに、見知らぬ男に――よりにもよって外国人の捕虜に――乱暴されたんだよ。そんな話が広まったらいったいどんなことになるか、ちょっと考えればわかりそうなものじゃないか」

「乱暴された？　しかし、実際にはきみは……」

「よしとくれよ」顔の前で手を振った。「実際にヤラれたかどうかなんて関係ないんだ。田舎じゃ、噂がたてばそれで終わりなのさ」

タエコはそう言うとふいに視線をそらし、私は彼女の横顔に寂しげな影が横切ったのに気づいて狼狽《ろうばい》した。

派手な花柄の服に、化粧の濃い顔。束髪をネッカチーフで結わえ、背が低いわりには肉付きがよく、胴が細くしまった肉感的な身体をしたタエコは、いかにも日本に駐留しているアメリカ兵が好みそうな女だ。だが、その濃い化粧やはすっぱな態度の下に、一瞬、田舎のういういしい新妻の顔が二重写しに浮かんで見えた。

「結局は無駄だったんだけどね」タエコはおどけたように丸めた唇をつきだして言った。「夫は南方のどこかで戦死して帰ってこなかった。そのうえ、せっかくキジマさんにかばってもらったのに、どこからか妙な噂が流れ出て、あたしは嫁ぎ先を追ン出されてしまったんだ。……多分、ありゃ義母の仕業だね。なにしろあのあと、出刃包丁が一本足りないって、大騒ぎしていたからね」にっと笑ってみせた。「で、あたしは行くところがなくなって、仕方なくトーキョーに出て来て、こんな商売をはじめたってわけさ。……へっ、ちくしょう、こんなことになるんなら、あンときもこう言ってやるんだったよ。〝がっつくんじゃないよ。ヤラしてやるから、金出しな〟ってね」

赤く塗った唇にタバコをくわえた。火をつけてやると、片目をつむり、天井にむかって丸く煙を吐いた。その表情からは、彼女が現在の自分の立場――商売――をどう思っているのか窺《うかが》い知ることは不可能であった。

「裁判で証言してくれないか？」彼女にきいた。「つまり、いまの話を法廷でくり返してもらいたいのだが？」

「ああ、なんだってするよ」タエコは横を向いたまま言った。「いまのあたしにはもう、失うものなんかなンにもないからね」

翌朝、定宿にしているプレス・クラブの一室で目が覚めると、あちこち体が痛んだ。ベッドの上に横になったまま、昨夜のことを思い出した。

あれから待ち合わせのホテルにキョウコを送っていくと、いらいらしながら待っていたイツオが、彼女の手に巻かれた包帯を見つけて大声をあげ、他の連中――コヤマ老夫婦、ホフマン神父――も加わって、ひとしきり大騒ぎとなった。

結局一番疲れているはずのキョウコが努めて元気に振るまい、彼らをなだめて回ったものの、それぞれその日の調査報告を済ませるまでには、さらに何度かお茶の間喜劇風の騒ぎが演じられなければならなかった。

新聞広告を見て持ち込まれる鞄《かばん》は、相変わらず数こそ多かったが、感謝状につながる手掛かりはなにも得られていなかった（「明日モ続ケマスヨ」。コヤマ老夫婦とホフマン神父は顔を見合わせ、にこにこしながら言った）。

一方、トーキョー駅周辺の聞き込みを行ったイツオの調査にもなんら成果はなく、となると、キョウコと私のチームの成績が際立って見えた。

ボビイたちと喧嘩《けんか》になったのはまずかったが、その代わり、捕虜刺殺事件についての意外な真相が明らかになった。実際にタエコに法廷で証言してもらうかどうかはともかく、これでキジマの正体に一歩近づいたのは確かだ。あれこれ考えあわせると、一日の調査としては、まずまずの成果といえなくもない。イッオなどはすっかり動揺したようすで「それは、なんというか……じつにたいしたものですね……」と言って目を白黒させていたくらいだ。

にやにやしながらプリズンに出掛けていくと、いきなり本館の入り口で足止めをくらった。

「身分証明証《IDカード》は？」

たちまち、ヘルメットに軍服姿の若者が三人がかりで私を取り囲んだ。三人とも腰に手を当て、すぐにでも銃を抜いて発砲しかねない剣呑《けんのん》な気配を漂わせている。全員、見たことのない顔だ。

さては昨夜の喧嘩の件か、とも思ったが、それにしてはいささか様子が変だった。

私は両手を広げ、胸ポケットに許可証が入っていることを告げた。

一人の若者が手をのばし、ポケットからジョンソン中佐の署名が入った書類を取り出した。それで済むかと思ったが、そのまま許可証を持って本館の中に走っていく。本物かどうか確認に行ったらしい。

いつにない厳戒態勢である。

気がつくと、プリズンの中がいやに騒がしいようだ。

「なにかあったのか？」私は手をあげたまま両脇の二人にたずねた。

二人は答えず、無言のまま、私の監視をつづけている。

さっきの若者が戻ってきて、仲間になにごとか小声で囁《ささや》いた。ようやく通してもらえたが、通り過ぎるときにちらりと見ると、三人ともヘルメットの下でひどく残念そうな顔をしていた。よほど私を撃ちたかったと見える。

本館から監房棟に通じるゲートで、もう一度厳しい身体検査を受けた。身体をなで回され、さすがに尻《しり》の穴までは覗《のぞ》かれなかったが、ポケットの中身は全部机のうえにぶちまけさせられた。

チェックを受けるあいだ、これも見知らぬ検査官に何があったのかとたずねてみたが、やはり何も教えてはくれなかった。いいかげんうんざりしていると、ようやく見知った顔がゲートの前を通りかかった。

「グレイ！」ゲート越しに声をかけた。

振り返って、グレイは一瞬驚いた顔になった。いつものように大股《おおまた》に歩み寄ると、私の顔を覗き込み、呆れたように言った。

「たいした御面相だな、えっ、探偵さんよ。いったい誰にやられたんだ？」

私は、眉《まゆ》の上に斜めにはりつけた大きな絆創膏《ばんそうこう》を指でなで、にやりと笑ってみせた。

「悪人、善人、その他もろもろ。……ま、そんなところだ」

グレイは片方の眉をすっと引きあげた。「話したくないんだったらそれでもいいさ。どうせうちの連中のだれかだろう？　そういや、あんたと同じような顔をした奴を見かけた気がするな」横目で見た。「そんなことより、昨日はもう一度戻ってくるはずじゃなかったのか?」

「そのつもりだったのだが、いろいろあってね」肩をすくめた。

「夕方、若い奴がさんざんあんたを探していたぜ」

「私を?　探していた?」

「ああ。昨日キジマとかいうあの気味の悪い囚人の当番だったビリーって野郎だ。なんでもキジマからあんたに伝言があるようなことを言っていたぜ」

「伝言?　なんだろう?」首を傾げた。「仕方がない。あとでキジマの独房に顔を出してみるか……」

チェックの終わった小物をまた元のようにポケットに突っ込み、気乗りしない思いで呟《つぶや》いた。この顔を見てキジマがどんないやみを言うか、考えただけでうんざりした。

グレイと肩を並べて歩きだした。

監房棟の内はやはり普段とは違う雰囲気に包まれている。看守が慌ただしく走り回っているのはともかく、この時間、監房同士の行き来を許されているはずの囚人たちの姿が見えず、なによりひどくぴりぴりとした空気が立ち込めていた。

「いったい、なんの騒ぎなんだ?」私は顎をしゃくってグレイにたずねた。

「なに、たいしたことじゃないさ」グレイは嘲《あざけ》るように言った。「あんたも聞いたと思うが、昨夜、囚人たちを集めて映画鑑賞会が開かれることになっていた。そこで、ちょっとした不測の事態ってやつが発生したんだ」

「不測の事態だと？」はっとした。「まさか、また誰か死んだんじゃないだろうな？」

「映画会の途中、例の〝人食い《マン・イーター》〟のフジムラって女囚人が、スクリーンの前で倒れやがった」グレイがあいまいな口調で言った。「あの女、例によって、スクリーンの表側の特別席に女警官二人と一緒に三人だけで陣取っていたんだが、映画が佳境に入ったところで、何を思ったのか急にふらふらと立ち上がると、スクリーンの前まで行ってぶっ倒れたんだ。裏っ側で映画を見ていた他の男の囚人たちは、生身の女が突然スクリーンを突き破って飛び出してきたものだから、すっかり度肝を抜かれて大騒ぎになったってわけだ。もちろん、映画会は即刻中止。そのうえ……」彼は素早く左右に目を走らせ、声をひそめて言った。「調べてみると、女には薬物《ドラッグ》が盛られていることが判明したんだ。それでジョンソン中佐がとうとうブチ切れて、プリズン内に戒厳令を敷いたってわけさ」

「第三の犠牲者というわけか……」思わず呻《うめ》いた。が、すぐに思いついて、たずねてみた。

「遺体はまだプリズン内にあるのか？　火葬にする前に遺体を調べてみたいのだが……」

「遺体だあ？」グレイは呆れたように声をあげた。「おいおいあんた、だれが死んだって言ったよ」

「なんだと？」

「そうだな。あんたがどうしてもあの女に会いたいって言うのなら」顎《あご》をひねった。「病棟に行ってみるんだな。たぶん、まだそこで寝ているはずだぜ」

「寝ている？」わけがわからず、ぽかんとして呟いた。

「あの女は睡眠薬《スリーピング・ドラッグ》を飲まされていたんだ」グレイはこらえきれなくなったようにぷっと吹き出し、タネ明かしをしてくれた。「昏睡《こんすい》しているだけで、命に別状はないって話だぜ」

その足で病棟に向かった。

グレイも一緒についてきた。「あんたが迷うといけないからな」とうそぶいていたが、美貌《びぼう》の若者ヤング看護兵に会うのが目的なのは、そわそわとした彼の態度から見え見えだった。

廊下の角を曲がったところでぶつかりそうになったのは、ヤングではなく、通訳のニシノだった。彼は私を認めると、なにか言い訳したそうに口を開いた。私は手を振って遮った。

「気にするな。たいしたことじゃない」小声で言い、傷がない方の頬を使ってニッと笑ってみせた。

ニシノはほっとしたように息を吐き、となると急に元気になって「なんです？　二人して、どこに行くんです？」と言いながら、小犬がじゃれるようにあとをついてきた。

早速グレイと軽口をたたきあっているニシノを見て、私は子供の頃に読んだ寓話《ぐうわ》を思い出した。

動物と鳥の両方の仲間になろうとしたコウモリは、最後には両方から嫌われることになる……。

変わり身の早さは二世通訳としてのニシノの強みだろう。だが、今後彼がコウモリと同じ運命にならない保証はどこにもなかった。

フジムラ女囚は、内科病棟のベッドの上ですやすやと寝息を立てて眠っていた。彼女を診察したドクターに話を聞くと、やはり「もうしばらくはこうして眠っているだろうが、命に別条はない」ということだった。

——どうなっているんだ？

私はベッドに眠るフジムラ女囚を眺めて、首をかしげた。

今回の彼女の事件は、前二件の毒殺事件と関連があるのか？ それとも全く別の事件なのだろうか？ 取り調べに対して、両隣についていた二人の女警官は、ミス・フジムラは映画会がはじまる前からなにも口にしていない、途中トイレに行きたくなるといけないというので水さえ控えていたと証言したらしい。

前の二つの事件では致死的な毒物が使われたのに対して、今回の事件ではただの睡眠薬が用いられた。この点で事件は明らかに別の特徴を備えている。だが一方で、いずれの事件も一種の密室の中での不可能犯罪——今回は映画会という衆人環視のなかでの薬物投与——という点において、つながっている気がしないでもない……。

ミス・フジムラが衆人環視のなかで自殺を企てたという可能性は、まず排除して考えていいだろう。〝人食い〟容疑で捕らえられた彼女は、しかしＧＨＱに逮捕されたあとも、それが根も葉もない冤罪《えんざい》であると一貫して主張しているのだ。取り調べのさい、通訳のニシノや、はてはアメリカ人の取調官まで叱りつけるほどに気の強い彼女が、ここに来て突然己の罪を認めるような自殺をはかるとは考えづらかった。

私はベッドに近づき、白いシーツを肩までひきあげ、仰向《あおむ》けに眠っている女囚の顔を覗きこんだ。日本人にしては目鼻のはっきりした、浅黒い引き締まった顔。眠っているときでさえ、いかにも気の強そうな感じのする女性である。看護婦としてはきっと有能だったのだろう。

命を救う職業についていた彼女が、よりにもよって〝人食い〟容疑で逮捕されるとは、なんとも皮肉な話だな、と顔をしかめた私は、そのときふと、鼻先にかすかに甘い匂いを感じた。ミス・フジムラの髪の匂いだ。

なにかが記憶の隅にひっかかった。

「歯医者だ……」

思い出した。歯の治療を受けたあのとき、辺りに立ち込める不快な消毒液の臭いにまじって、かすかにこれと同じ甘い匂いを感じたのだった。彼女が歯の治療を受けるために、私の前に同じデンタル・チェアに横になっていた？　だから、彼女の髪の匂いが残っていた……。

ミス・フジムラが歯の治療を受けていた？

はっと思い当たることがあった。

「グレイ！」背後を振り返ってたずねた。「もしかして、死んだミラー軍曹は、歯が悪かったんじゃないか？」

「そう……奴はよく歯が痛いと言ってぼやいていたな」戸惑いながらこたえた。

「アベという囚人はどうだ？」私は急《せ》き込むようにして訊《き》いた。「彼が生前歯医者にかかっていたかどうか、誰に訊けばわかる？」

「そりゃ、俺だな」グレイは肩をすくめた。「あの野郎が死んだ前の日、一匹前に歯が痛いと言うんで、俺がつきそって歯医者に連れていってやったんだ。それがいったい……」

最後まで聞かず、私は病室を飛び出した。

ドアを開けてまず目に飛び込んできたのは、水平近くまで背もたれを倒したデンタル・チェアであった。治療用の椅子に歯科医であるドクタ・アシュレイ本人が目を閉じて仰向けに横になっている。相変わらず殉教者めいた彼の悲しげな顔は、私が勢いよく部屋に入っていっても微動だにしなかった。

不吉なものを感じた。

だが、デンタル・チェアの上に横たわる歯科医師の姿が、なぜこれほど禍々《まがまが》しく感じられるのだろう？

近づいて、声をかけた。「……ドクタ・アシュレイ？」

相手が呼吸をしていないことに気づいて、慌てて脈を探った。

「おい、大丈夫か？」あとを追ってきたグレイが変事に気づき、半分および腰になりながら、私に声をかけた。「なんなら、隣から本物の医者を呼んで来るぜ」

「誰が来ても手遅れだ」首を振った。「もう冷たくなっている」

「まさか……嘘でしょう……」グレイの背後から顔をのぞかせたニシノが怯《おび》えたように呟《つぶや》いた。

その瞬間、どこかでくぐもった銃声が聞こえ、つづいて恐ろしい悲鳴が廊下に響きわたった。

20

びくりとその場に飛びあがり、互いの顔を見合わせた。

甲高い悲鳴は私たちの間で発せられたものではなかった。その証拠に、顔を見合わせているこの瞬間も、耳を聾《ろう》さんばかりのわめき声が途切れることなくつづいている。

グレイが急にはっとした顔になった。

「ヤングの声だ！」短く叫ぶと、彼はたちまちドアを開けて廊下に駆け出した。ニシノと私が慌ててそのあとを追った。

廊下に出ると、驚いたことに悲鳴はキジマの独房内から聞こえてきていた。

独房のドアが、すでに開いている。

「どけ！　ちくしょう、そこをどけ！」

独房のなかに飛び込んだグレイが、先に到着していた二、三人の看護兵たちを払いのけるようにして前に出た。

彼の動きが止まった。

グレイの背中ごしに見えた光景に、私もまたその場に凍りついた。

歯を剝《む》き出しにしたキジマが、恐ろしいうなり声をあげながらヤングの頰に食らいついていた。

血走った目がかっと大きく見開かれ、瞳《ひとみ》が赤く輝いて見える。異様に瘦《や》せこけた長い腕を相手の首に巻き付け、ヤングの白い頰に歯を立てたキジマの凄《すさ》まじい形相は、もはや人間のものとは思えず、飢えた野獣か異形の化け物のようであった。

ヤングは大声でわめきながら、両手でキジマを引き離そうと懸命にもがいているのだが、手錠をかけられたキジマの両手が彼の首にきつくまきついていて容易に離れそうにない。

周囲の者は、この類を見ない非常事態にどう対応していいのか分からず、遠巻きにおろおろとするばかりで、手をつけかねているのだった。

突然、グレイが大声でなにか叫んだ。

彼は拳《こぶし》を固めて無造作《むぞうさ》に歩み寄ると、いきなりキジマの顔を殴りつけた。そのまま太い腕で無理やり二人を引き離してしまった。

ヤングの悲鳴がようやく途切れた。うめき声をあげ、嚙《か》まれた頰を両手で押さえて、床にうずくまった。が、グレイの興奮はそれだけでは収まらなかった、赤黒く顔を染めたグレイは、キジマの胸倉をつかむと、まるでワラ人形でも扱うように引きずっていき、そのまま力任せに独房の壁にたたきつけた。

　キジマの後頭部が激しくぶつかる、ごつん、という鈍い音がきこえた。

　グレイが、すでに気を失っているキジマをもう一度壁にたたきつけた。私は彼に飛びつき、うしろから羽交い締めにした。

「やめろ、グレイ！　もう充分だ。それ以上やったら殺してしまうぞ」

「かまうものか！」肩で息をしながら、グレイが怒鳴った。「放せよ！　邪魔するな！　この野郎、てめえも一緒にぶっ殺してやる！」

　周囲の者たちが手を貸してくれなかったら、彼は言葉通りのことを実行していたに違いない。

　結局三人がかりで、グレイを独房の外に追い出した。廊下で見守っていた何人かの看守たちが、よってたかってグレイを取り押さえた。

「ちくしょう、なにしやがる！　放せよ、この野郎！」

　グレイのわめき声をドアとともに閉め出してから、床にしゃがんだヤングを振り返った。柔らかくカールした彼の美しい金髪に、べっとりと血がついている。看護兵の一人が、嚙まれた頰をガーゼで拭《ぬぐ》ってやっていた。肉がえぐれ、白い骨が見えている。血はたいしたことはない。命に別状はあるまいが、傷痕《きずあと》は残るだろう。

私は壁際に打ち捨てられたままのキジマに歩み寄り、彼の状態を確認した。他の者たちはまだ、怯えたように遠巻きにするだけで近づいてこなかった。

キジマは、目を閉じ、じっと動かない。ただでさえ土気色の顔から、いっそう血の気が失《う》せ、死人そのもののように見える。一応呼吸はしているようだ。脈も、正常とは言い難いが、まずまずしっかりしている。

ほっとした私は、そのときになって、キジマの灰色の寝間着が肩のあたりで真っ赤に染まっていることに気がついた。

寝間着をめくると、驚いたことに、銃で撃たれた傷であった。

周囲を見回し、ベッドの下に拳銃《けんじゅう》が落ちているのを見つけた。慎重に拾い上げ、銃口に鼻を近づけた。

独特の火薬の匂い。銃身にはまだ熱が感じられる。

この銃で撃たれたことは間違いない。

私は銃を手にしたまま立ち上がり、ヤングを振り返った。

「きみが先にキジマを撃ったのだな?」

ヤングがはっとしたように顔をあげた。

「キジマは正面から至近距離で肩を撃たれている。嚙みつかれた後、あの姿勢から、きみがキジマの肩を撃てたとは思えない。つまり、きみが先にキジマを撃った。そのあとでキジマは、彼に残された唯一の武器——歯——で、きみに抵抗したんだ」

「ぼくは……」とヤングはきょろきょろと視線を左右に動かし、言い逃れできないとわかると、急に開き直ったふてぶてしい顔で言った。

「そうだよ、ぼくがあいつを撃ったんだ。銃口に枕をあてて、音がしないようにして撃った。あいつを殺すつもりだったんだ」

「だが、肩を撃っても人は殺せないぜ」私はタバコに火をつけ、わざと挑発するように言った。「そんなことも知らなかったのか？　それとも一インチの距離で狙いをはずすほどの腕前なのか？」

「心臓を撃つつもりだったんだ！」ヤングは、手当をしてくれている仲間の看護兵を押しのけ、怒りに我を忘れた様子で叫んだ。「ぼくが入ってきたとき、あいつは目を閉じて眠っているみたいだった。ぼくは慎重に狙いを定めた。ところが撃とうとした瞬間、あいつは急に目を見開いて、ぼくの腕をつかんだ。だから狙いが逸《そ》れただけだ！」

なるほど、そういうことか。

私はひそかに頷《うなず》いた。

キジマは、ヤングが殺意をみなぎらせて独房に入ってきたことにいち早く気がついた。だからこそ彼は、眠ったふりをして、ヤングが充分に近づくのを待っていたのだ。暗殺者が銃の引き金に注意を集中した瞬間、キジマは敵の腕をつかみ、狙いを逸らした。そして、そのまま身体を密着させて相手の動きを封じた……。

手足の自由を奪われているキジマにとって、それが銃をもった暗殺者に対抗する唯一の機会であり、また唯一の方法であったのは間違いない。

「なぜキジマを殺そうとしたんだ?」私はヤングに訊《き》いた。「キジマにどんな恨みがある?」

ヤングは眼を伏せ、唇をかんだ。

「あいつのせいだ……あいつさえいなければ、ドクタ・アシュレイは……」

「ドクタ・アシュレイ?」聞きとがめた。「するとこの騒ぎは、あの歯科医が死んだこととなにか関係があるのか?」

ヤングの傷ついた頬が震え、一瞬泣きだしそうに顔をしかめた。彼は震える声で叫んだ。

「そうとも! ドクタ・アシュレイは、あいつのせいで死んだ……あいつがドクタ・アシュレイを殺したんだ!」

「いったい、どういう意味だ?」私は目を細めてたずねた。

ヤングはわなわなと唇を震わせるだけで答えなかった。あるいは答えたくても、言葉にならないのかもしれない。

「あの……」と背後から、私の腕に触れた者があった。振り返ると、ニシノがくしゃくしゃになった封筒を持って、私に差し出していた。

「床の上に、こんなものが落ちていたのですが……」

受け取った封筒の表書きは《スガモプリズン副所長　ジョンソン中佐宛て》となっている。封はしていなかった。

「あっ、それは……」はっとした顔で手を伸ばしてきたヤングに背を向け、封筒を開けた。

数枚の便箋《びんせん》が折り畳まれて入っていた。

広げると、そこに次のような告白文がタイプされてあった。

ジョンソン中佐殿

ご迷惑をおかけして申し訳ありません。先日来プリズンを騒がせております一連の毒物事件はすべて私がやったことです。

理由は、他でもありません、復讐《ふくしゅう》でした。

私のかつての恋人は、日本軍が行った、かの卑劣な真珠湾攻撃のさいに命を落としました。以来私は、真珠湾攻撃を命じ、私の恋人を殺した日本の政治家たちになんとか復讐したいと念じてきたのです。しかし一介の歯科医である私が、どうやったら敵国の政治家たちに復讐できるでしょう？　兵士として戦争に参加し、日本を攻撃しようとも思いましたが、私はすでに年をとりすぎていて兵士としての資格を失っていました。戦争中、私は胸の内で激しく復讐の炎を燃えあがらせながら、それを実現する手段をもたずにいたのでした。

ところが、戦争が終わり、ついに復讐の機会も失われてしまったかと諦《あきら》めかけたころ、日本に向かう軍隊が同行歯科医を募集していることを知ったのです。私はこれこそが千載一遇のチャンスだと思いました。私は戦争を遂行した日本の政治家たちが戦犯として囚《とら》われていることを知っていました。彼らがプリズン内で歯医者にかかることもあるでしょう。そのときこそ、私はまさに専門の歯科医としての技術を使って、彼らに復讐することができるのではないか？　そう思ったのです。

はたして私の目論見《もくろみ》は見事に的中しました。

プリズンの歯科医となり、日本を訪れることになった私のもとに、かつての戦争遂行者、真珠湾攻撃を命じた卑劣な政治家、そしていまや戦犯として囚われることになったあの老人たちが、歯の治療を求めて次々にやってきたのです。しかも彼らは自分から私の目の前に無防備に口を開き、私に復讐の機会を与えてくれている……。長い間、あんなにも殺したいと願い、夢にまでみた相手を実際目の前にすると、私は逆にたじろいでしまい、すぐには実行することができませんでした。

私はまず、歯科医として彼らの歯の治療を行う一方、彼らが自分の犯した罪を忘れないよう、ある細工をすることにしました。そして次こそ彼らを本当に殺そうと思っていた矢先に、とんでもない手違いが生じてしまったのです。

そうです、ミラー軍曹やアベという囚人の件は、私が犯した手違いの結果でした。私は日本に来るさい、ある致死的な毒物を二本の小瓶に詰めて、ひそかにもちこんでいたのですが、その一本が、ある手違いから彼らに用いられることになってしまったのです。

一本の瓶はすでに使いきりました。しかし幸い、もう一本の瓶が私の手元に残っています。私はこの小瓶の中身を自分自身に用いることで、己の罪を清算したいと思います。

すべては私一人がやったことです。無用な穿鑿《せんさく》をして、これ以上馬鹿げた犠牲者を出さないようくれぐれもお願い致します。

追伸：真珠湾攻撃で死んだ私の恋人の名前は、あえて申し上げますまい。彼の名誉のためです。軍隊ではまだ、同性間の愛情が卑しいものと見なされていることを知っていますから。

追伸二：私が為《な》したことの証拠が必要なら、私の治療を受けた老人たちの口の中を見てください。彼らの治療中の歯や義歯の裏に、はっきりとこう刻まれているのを発見することでしょう。

〝R・P・H・《リメンバー・パール・ハーバー》〟


最後に、昨日の日付と、アシュレイ医師本人のサインが記されている。

本物とみて、まず間違いないだろう。肉親を戦争で亡くすなどして日本人に個人的な恨みのある者は選考の際に外されたはずだが、同性愛という秘めた仲にまでは、アメリカ軍の調査も手が回らなかったらしい。

ニシノは私の手元を覗《のぞ》き込み、食い入るようにして手記を読んでいたが、読み終えて、残念そうに首を振った。

「やれやれ、あのドクタ・アシュレイがねえ。紳士の仮面の裏に、凶暴な殺人者の貌《かお》を隠していたというわけですか……」

ちらりと背後に眼をやると、ヤングは頬に当てたガーゼを片手で強く押さえながら、白くなるほど唇をかみしめている。

「でも、不思議ですね」ニシノが私の手から手記を受け取り、封筒に戻す前に、もう一度眼を通して言った。「アシュレイ医師はいったいどうやって密室の中のミラー軍曹や、アベに毒物を飲ませたのでしょう？　ここには〝とんでもない手違いだった〟と書いてあるだけですが……」

私はニシノの質問には取り合わず、あらためてヤングに向き直った。そして、彼の女のように細いうなじを見下ろして言った。

「きみがミス・フジムラに薬物を盛ったのだな？」

「待ってください！」ニシノが眼を白黒させて横から口を挟んだ。「ヤング看護兵がフジムラ女囚に薬物を盛った犯人ですって？　だって、ここにはちゃんと〝一連の毒物事件はすべて私がやった〞と書いてあるんですよ？」アシュレイ医師の告白文を指さした。「ドクタ・アシュレイは、少なくとも昨夜の事件とは無関係だ」私は首を振った。「死後硬直の具合から見て、彼が死んだのは、昨夜のまだ遅くない時間のはずだ。昨夜の騒ぎを知っていたとは思えない。手記の中の〝とんでもない手違い〞あるいは〝一連の毒物事件〞といった文言は、おそらくミラー軍曹とアベという囚人の二つの事件を指しているのだろう」

私はそう言うと、ヤングにじっと視線をすえ、返事を待った。

「……あの女が悪いんだ」

ヤングがぽつりと言った。

「あの女は、歯の治療をしてもらっている間、いつもドクタ・アシュレイにちらちらと色目をつかっていた。……みんなからちやほやされていい気になっているようだった……だからぼくは……みんなが見ている前で、あいつに恥をかかせてやろうと思って……」うなだれて首を振り、あとの言葉を独り言のように呟《つぶや》いた。「そうしたら、ドクタ・アシュレイもあの女のことなんか相手にしなくなるんじゃないかと思った……でも、そうじゃなかった……ドクタ・アシュレイがぼくを見てくれないのは、心のなかに死んだ恋人がまだ生きていたからだったんだ……」

ヤングの大きな目から涙が一筋、傷ついた頬を伝って流れ落ちた。

私はやれやれとため息をついた。この類《たぐ》いまれな美少年は――キジマが見抜いていたとおり――殉教者めいた悲しげな顔の中年歯科医に惚《ほ》れていたのだ。ヤングはアシュレイ医師の気を引こうとして、うまくいかなかった。少なくともアシュレイ医師は、彼をけっして恋人扱いしようとしなかったのだろう。そんなことはヤングにとってはじめての経験だった。混乱したヤングは、うまくいかない原因が、しばしば歯の治療に訪れているミス・フジムラのせいだと思い込んだ。〝彼女がアシュレイ医師を誘惑している、だから彼は自分を見てくれないのだ〟と。

嫉妬《しっと》は、太古の昔から人間を犯罪に駆り立ててきたありふれた動機だ。そして、その感情が必ずしも実態を伴う必要のないことは、シェイクスピアが『オセロ』のなかで証明済みであった。

「それじゃヤング、本当にきみが彼女に薬を盛ったのか？」ニシノは無言で涙を流すヤングと私の間でいそがしく首を振り、どちらにともなくたずねた。「しかし、あの衆人環視の状況で、いったいどうやって……？」

「ヤングは助手として、当日の昼間、彼女が歯の治療を受けた現場にいたんだ」私はタバコをくわえたまま言った。「そう、彼にならできたはずだ」

「処方薬をすり替えたというんですか？」ニシノが疑わしげに眉《まゆ》をひそめた。「しかし、彼女が映画会のあいだじゅう、なにも口にしなかったことは、両隣についていた二人の女警官がはっきりと証言しているんですよ？」

「ドクタ・アシュレイは、悪くなった歯を削り、開いた穴に暫定的な詰め物をしている。

こんなふうにだ」私は口を開き、治療中の自分の奥歯を指さした。「ミス・フジムラにも、同じ治療法が用いられているはずだ。ヤングには、アシュレイ医師のすきを見て、歯の詰め物を別のなにか――例えば、強力な睡眠薬を水溶性の覆いでくるんだ代物にすり替える機会があった……」

ヤングを横目で盗み見た。下を向いたまま肩をこわばらせているところをみると、私の推理は大きくは違っていないらしい。安心して先をつづけた。

「水溶性の覆いは、口の中で数時間で溶けてなくなる。ちょうど映画会の最中だ。映画に夢中になっていたミス・フジムラは、自分でも気づかないうちに睡眠薬入りの唾液《だえき》を呑《の》まされたというわけだ」

「水溶性の覆いでくるんだ強力な睡眠薬……」ニシノが感心したように手をうった。「なるほど、そういう手があったのですね」

「だが、わからないことがある」私はふたたびヤングに向き直った。「きみはさっき〝ドクタ・アシュレイはキジマのせいで死んだ〟と言った。〝キジマが彼を殺したのだ〟と。あれは、いったいどういう意味だったのだ？」

「……わからない」ヤングは首を振った。

「わからない？」

「わからないけど、あいつのせいなんだ！」顔をあげた。「それに、あ、ん、た、の！」

「私の？」ぽかんとして、タバコを口から離した。

「そうとも。ドクタ・アシュレイが死んだのは、キジマとあんたのせいだ」ヤングは燃えるような眼で、私と、さらに気を失ったままベッドに戻されたキジマとを、交互に憎々しげに睨《にら》みつけた。

「わからないな」私は首を振った。「ともかく事情を話してくれ」

「昨日の夕方、ぼくがドクタ・アシュレイのところにいたら、ビリーがあんたを探しに来たんだ」ヤングは、私の顔をまっすぐに睨みつけて言った。「なんでも、キジマからあんたにメモを渡すよう頼まれたという話だった。あんたは昨日、歯の治療の予約をしていた。だから、ドクタ・アシュレイは、あんたが現れたら渡すことを約束して、ビリーからメモを預かったんだ。ところが、あんたはいくら待っても現れなかった。そのうちに、映画会がはじまる時間になった。ぼくがそわそわしていると、ドクタ・アシュレイが『今日はもう帰ってもいいよ』と優しく言ってくれた。彼は、ぼくが映画を観たがっていると思ったんだ。……本当はぼくは、昼間に自分がしかけたトリックの結果をこの眼で見たかっただけなのだけど、まさかそんなことは言えないから、お礼を言って帰ることにした。

ぼくが帰ろうとしたとき、ドクタ・アシュレイはなにげなくキジマのメモに眼を落とした様子だった。次の瞬間、あの人は急にはっとした顔でぼくを呼び止めたんだ。

あの人はじっとぼくを見た。ぼくはドアのところに立って、しばらく彼がなにを言い出すのか期待しながら待っていた。そしたらドクタ・アシュレイが——いつも暗い顔をしていたあの人が——ふいに目尻《めじり》に皺《しわ》を寄せ、にこりと、染み入るような優しい顔で、はじめてぼくに笑いかけてくれたんだ。『さようなら、ヤング』と彼は言った。ぼくはちょっと妙な気がしたけど、トリックの結果を見たかったから、そのときは『さよなら、ドクタ・アシュレイ。また明日』と言って映画会に行ったんだ。

ぼくはあとでもう一度戻って来るつもりだった。映画会での騒ぎを話して、一緒に笑うつもりでいたんだ。ところがあのバカ女が、スクリーンを突き破って反対側に飛び出すなんていう、ど派手な倒れっぷりをするものだから——ぼくはてっきり、映画会の途中であの女が大いびきをかいて眠りこんで、周りから失笑されるくらいの騒ぎを予想していたんだ——プリズン内の行き来が禁じられてしまった。そのせいで……」一瞬悔しそうに唇をかんだ。

「朝になってプリズン内の行き来が許可されると、ぼくは早速歯科治療室に顔を出した」

ヤングはまた、呟くように先をつづけた。「ドアを開けると、デンタル・チェアの上に横たわっているあの人の姿が見えた。眠っているんじゃないことは、すぐにわかった。ぼくは呆然《ぼうぜん》として近づいた。そして、かたわらの治療器具を置くテーブルの上に、ジョンソン中佐宛ての封筒が置いてあるのに気がついたんだ。ぼくはほとんど無意識に封筒を開いて——封はしていなかった——中身を読んだ。読み終わってから、封筒の下に隠れるようにして、もう一枚紙が置いてあるのを見つけた。昨日、ドクタ・アシュレイがビリーから預かったキジマのメモだった。そのメモを見た瞬間、ぼくはなにもかもわかった気がした。頭の中が真っ赤に燃えている気がした。『このメモが、ドクタ・アシュレイを追い詰めたんだ』そう思った。

ぼくはとっさにドクタ・アシュレイの遺書とキジマのメモをポケットにつっこんで、歯科治療室を走り出た。そして気がついたら、キジマの独房の前に立っていたんだ。

交替の時間には少し早かったけど、ぼくが申し出ると、相手はもちろんすぐに喜んで当番を代わってくれた……キジマの監視当番は、ぼくたちのあいだで最も不人気な役目のひとつだから。覗《のぞ》き穴から見ると、キジマはぐっすり眠っているように見えた。ぼくは牢《ろう》の前に立って、辺りに人気がなくなるのをじりじりしながら待った。機会を見て、こっそりと牢の中に入り込んだ。……キジマをなんとしても殺さなければならないと思った……充分に近づいて、一発で心臓を撃ち抜くつもりだった。それなのに……」ヤングは急に力つきたように、がっくりと肩を落とした。

「ちくしょう……ぼくは、いつかこんなことになるんじゃないかと恐れていたんだ……ドクタ・アシュレイがいつか自殺するんじゃないかと……。あの人はいつも暗い眼をしていた……あれはぼくが捨てたはずだったのに……」

「捨てた？」ヤングの呟きを聞きとがめた。「なんの話だ？」

「ぼくは……あの人が毒薬を用意していることを前から知っていた」ヤングは小さく首を振って答えた。「机を整理していたとき、引き出しの奥にラベルのない小瓶を見つけたんだ。ぼくが小瓶の中身を調べようとしたら、ドクタ・アシュレイが慌てた様子で飛んできて、怖い顔で小瓶を取り上げた。そのときは適当なことを言ってごまかしていたけど、ぼくにはすぐにそれがあの人が用意した毒薬だとわかった。ぼくはあの人がいつか、その毒を飲んで死ぬつもりじゃないかと思って、怖くなった……だからぼくは、あの人が別の場所に隠していた小瓶を見つけて盗みだした。外に持ち出して、捨ててきたんだ……それなのに……まさか、もう一本持っていただなんて……」

ヤングは両手で顔を覆い、声を殺して泣きだした。

私はやれやれとため息をついた。ヤングの話はひどく混乱していて、どうにも事情がわかりづらい。横を見ると、ニシノも呆気《あっけ》に取られた顔で首をひねる様子であった。

「とりあえず、私宛てのキジマのメモとやらを見せてくれないか」私は洟《はな》をすすり上げているヤングに言った。「この部屋の床に落ちていないところをみると、まだきみのポケットに入っているはずだ」

ヤングは下を向いたままポケットに手を入れ、一枚の紙切れをつかみ出すと、横を向いたまま無言で私に突き出した。

くしゃくしゃになったその紙片には、キジマの字で短い走り書きがしてあった。

　　リストから歯医者が抜けている。消えた薬品を調べろ。例の品に注意！

「こりゃあ、また……」やはりメモを横から覗きこんだニシノが目を瞬《しばた》かせた。「いったい、どういう意味なんです？」

「そう、あれこれ考えあわせると、非常に興味深いメモだな」私はベッドの上で気を失ったままのキジマにちらりと眼をやり、紙片を畳みながら言った。「おそらく、ヤングの言う通り、このメモがドクタ・アシュレイを自殺に踏み切らせたのだろう」

「それじゃあ、やっぱり彼が？」

「いや、そうじゃない。ドクタ・アシュレイは、メモの意味を取り違えて死んだのだ」

「このメモのなかで、キジマはあいまいな言葉づかいをしている」私は説明した。「もちろん、それでいいはずだった。私が読めば充分に意味が通じるのだし、むしろ関係のない者の無用の関心を招かないよう、キジマはわざとあいまいな書き方をしたのだと思う」

続けて、ヨウ素デンプン反応（デンプン・プラス・ヨードチンキ）を使った外部との通信方法を簡単に話して聞かせた。

「もっとも、キジマが主張する〝謎の共犯者〟なるものが実在しているのか、それともキジマの妄想にすぎないのかは、私にもまだわからない」肩をすくめた。「いずれにしても、メモの当事者であるキジマと私にとっては〝消えた薬品〟あるいは〝例の品〟といった単語は、プリズンの医局内から持ち出された可能性があるヨードチンキのことを意味していたんだ」

「それをドクタ・アシュレイが取り違えたのだと？」ニシノがきいた。「いったいなにと勘違いしたんです？」

「無論、毒薬とさ」私はタバコを取り出し、唇にくわえて言った。「おそらく彼は、自分が本国からひそかに用意してきた毒薬が、最近何者かに持ち出されたことを知って悩んでいたのだろう。遺書からすれば、ドクタ・アシュレイはその毒物を用いて、真珠湾攻撃を指示した日本の政治家たちに復讐《ふくしゅう》するつもりだったらしい。ところが——彼が実際の相手を前にしてためらっているあいだに——その毒物が盗まれ、また同時期にプリズン内で連続して不可解な毒死事件が起きた。ドクタ・アシュレイは当然、自分の手元から盗まれた毒物が二つの事件に用いられたのではないかと疑った。彼は、ヤング看護兵が毒薬を持ち出して犯行におよんだと考え、思い悩んでいたのだ」

ヤングがはっとしたように顔をあげた。

「ラベルのない小瓶に入った薬品が致死的な毒物であると知り、かつまたそれを持ち出すことができたのは、ドクタ・アシュレイ本人を除けば、彼の助手をつとめていたヤング看護兵一人だけだった。そのうえ、被害者となった二人の男たち——ミラー軍曹とアベという囚人——は、事件の直前にプリズン内で歯の治療を受けていたのだ。専門家であるドクタ・アシュレイがミス・フジムラに対してヤングが用いたのと同じ犯行方法を思いついたとしても不思議ではない」

「でも、ぼくは……」

「そしてそんなときに、ドクタ・アシュレイの眼に偶然キジマのメモが触れることになった」私は手を挙げ、なにか言おうとしたヤングを制して先をつづけた。「ドクタ・アシュレイは、キジマと私がプリズン内で起きた毒死事件の調査をしていることを知っていた。そこで彼は、キジマのメモにある〝消えた薬品〟〝例の品〟といった言葉が、事件で使われた青酸系の毒物を指していると誤解したのだ。もはや逃れられないと思ったドクタ・アシュレイは、隠していた二本目の小瓶を持ちだし——もともと自殺用に用意していたのだろう——〝すべては自分がやった〟という遺書をのこして死ぬことにした」ちらりと、ヤングの傷ついた顔に目をやった。

「彼の手記は、復讐に燃える恐るべき殺人者というよりは、むしろ死ぬべき場所を探している自殺者が書いたような感じを受ける。想像だが、真珠湾で恋人が死んで以来、彼の眼はずっと死の暗い淵《ふち》を覗きこんでいたのだろう。死んだ恋人の面影を追いつづけるドクタ・アシュレイにとって、死は甘美な誘惑だった。彼にとって今回の事件は、自殺するためのよい機会だったのだ。そこで彼は、死にさいして最後に、自分を慕ってくれている若者——ヤング看護兵を守ってやろうと思った。それがあの遺書だったのだ」

「ぼくを？　守るために？」ヤングがぽかんとして呟《つぶや》いた。

「すべての罪を自分が被《かぶ》ることによって」私は言った。「それから、自分の死を戒めとして、これ以上きみに罪を犯させないように」

ニシノが信じられないといった顔で、ヤングを振り返った。「それじゃ、やっぱり全部きみの仕業だったのか？」

「ぼくは、やっていない……」大きく目を見開いたヤングは、自分が恐るべき連続殺人の犯人として見られていることにようやく気づいたらしく、後ずさりながらゆるゆると首を振った。「やってない……信じてよ、ぼくは本当にあの小瓶を捨てたんだ！」

　私はじっと目を細めてヤングを見た。奇妙なことに、彼の態度は恐るべきトリックを用いてすでに二人の男を毒殺した殺人者のものだとは、どうしても思えなかった。

　私はいったんヤングから視線を逸《そ》らし、いまだ意識を取り戻すことなくベッドに横たわっているキジマをぼんやりと眺めた。

　こんなとき、キジマならなんと言うであろうか？

「なに言ってやがる《ジーザス・クライスト》！」

　突然、思いもかけない方向からかん高い声が聞こえた。

　はっとして辺りを見回すと、鉄格子がはまった窓枠に赤や緑の極彩色の塊がとまっていた。

「この大バカ野郎《サノバビッチ》！」

　オウムがそう高く叫ぶのを聞いた瞬間、私はもう一つの可能性に思い当たった。

21

　不意に、背後でドアが開いた。

　大柄なグレイがドア枠にぶつからないよう頭をかがめ、のそりと独房に入ってきた。私はとっさに、彼とキジマのベッドのあいだで身構えた。

「これ以上騒ぎを起こすつもりはないさ」グレイは体の前で両手をひろげてみせた。

彼は部屋の隅のヤングをちらりと盗み見たが、すぐに悲しげな顔で首を振り、視線を逸らした。その代わりにドアの陰に手を伸ばし、廊下にいた小柄な男の襟首をつまみあげるようにして、独房の中にほうりこんだ。

「こいつが変なものを持って廊下をうろうろしていやがった」グレイが顎《あご》をしゃくって言った。「俺の姿を見て逃げ出したんで、とっつかまえたんだ」

全員の視線が、あらためて男に向けられた。

痩《や》せた、背の低い、日本人戦犯容疑者の一人だ。しなびた猿のような顔からは年齢はよく分からない。たぶん三十歳から五十歳のあいだだろう。これまでに一、二度プリズン内で見かけたことはあるが、名前までは知らなかった。

旧日本軍支給の軍服を着た男は、片手に奇妙な木製の器具をぶら下げていた。

男はしばらく亀のように首をすくめ、まぶしそうに目を細めて辺りを見回していたが、急にほっとした顔で首をのばした。

「ヤア、タロー、ココニイタノカ」

そう日本語で言うと、不審げな眼を向ける周囲の者たちにぺこぺこと頭を下げながら、窓に近づき、手に持っていた木製の奇妙な器具を窓枠にとまったオウムにさしむけた。

オウムはちょっと小首を傾げて考えるようすであったが、極彩色の羽根をはためかせると、男がむけた器具のなかに自分から入っていった。

どうやらグレイの不審を招いた〝変なもの〟は、手製の鳥籠《とりかご》だったらしい。

男は振り返り、やはり私たちにぺこぺこと頭を下げながら、事情を説明した。

「面目ないことです。さっき鳥小屋の掃除をしていたら、眼をはなしたすきにタローが逃げてしまいまして……おや、ご存じない？　タローというのはこのオウムの名前です。で、こっちの方向に飛んできたんで、この鳥籠をもって探していたんですが、わたしがタローを見つける前に、わたしがこの人に見つかってしまいまして……それでまあ、この独房にほうり込まれてしまったというわけです、はい。まったく面目ないことです、はい」

と首をすくめた男は、ニシノの通訳を待って先をつづけた。

「でもまあ、おかげさまでこうして無事タローを捕まえることができましたので、これにて失礼をいたします。ではみなさん、さようなら。ごきげんよう」

腰をかがめ、ぺこぺこと頭を下げながら独房を出ていこうとする。私はあることを思いつき、声をかけた。

「ちょっと待ってくれ！　話がある」

男を呼び止めておいて、ニシノを振り返った。

「通訳を頼む。ミラー軍曹が死んだ日の鳥小屋当番が誰だったかわかるか、この男に訊《き》いてみてくれ。できれば、アベという囚人が死んだ日の鳥小屋当番の名前も知りたい」

ニシノは眉《まゆ》をひそめ、いったん鳥籠を提げた男に口を開きかけたものの、結局私を振り向いてたずねた。

「どういう意味です？　何を訊いていいのか、質問の意図がよくわからないのですが？」

「おそらく、このオウムが密室をつくった犯人だったんだ」

「オウムが犯人？」ニシノはますます混乱した顔になった。

「そうだな……」私は短く思案した。まわり道が、結局一番手っ取り早い場合もある。最初から説明することにした。

「ヤングは、ドクタ・アシュレイが隠し持っていた毒薬を盗みはしたが、使わなかった。彼はそれを外に捨ててきたのだ」

「でも、それは……」ニシノが、壁際で青い顔をしているヤングに疑わしげな視線を走らせた。

「そう、証拠はなにもない。ヤングがそう証言しているだけだ」ちょっと間をおいた。「だが、私は彼の言葉を信じようと思う。なぜなら、その前提に立つことで――つまり、一連の事件で使われた毒物はドクタ・アシュレイのもとから盗まれたものではなく、外部からプリズン内にもちこまれた別の品だったと考えることで、はじめてこの事件の謎が明らかになるのだから」

「そんなことは不可能ですよ！」ニシノがすぐに強く否定した。「このスガモプリズンに外から物をもちこむことがいかに困難なことかは、あなたもすでにご存じのはずでしょう？　そりゃたしかに正門を入って本館までなら――あるいはミラー軍曹が亡くなった兵舎までなら――なんとかなったかもしれませんが、二つめの事件、アベという囚人が死んだのはプリズン内の独房の中、つまりゲートのこちら側なのです。囚人たちがゲートを行き来する場合は、徹底的に持ち物をチェックされます。服は無論、靴や下着まで脱がされ、口のなかや、はては尻《しり》の穴まで覗《のぞ》かれているのですよ。囚人たちへの差し入れは、実質上ほとんど許可されていませんし、許可されたものも事前に徹底的に調べられます。この状況で、いったいどうやったら毒物を持ち込めたというのです？」

「なるほど、囚人がプリズン内になにかを持ち込んだり、あるいは持ち出すことは、普通に考えて不可能だろう。だが、もし両方が同時に行われたとしたら――つまり、持ち出すものと持ち込むものの総和が等しい場合はどうだろうか？」

「いったい……？」

ニシノとグレイは訝《いぶか》しげに顔を見合わせた。

私は彼らを相手に、さっき思いついたばかりの推理を整理することにした。

「先日私は、ジョンソン中佐から〝本館の掃除を終えた囚人が監房棟に戻ってくるさい、彼の持っていたタバコが一箱から二箱になっているのが発見された〟という話を聞いた。中佐はむろん、この話を〝余分なタバコ一箱さえ見逃さない〟検査の厳密さという意味で私に話してくれたのだが、調べてみると、この話にはいささか奇妙な点があった」

「調べてみた？　あなたが？」

「じつを言えば、最初にそのことを指摘したのはキジマなのだ」私は正直に白状した。

「私はキジマに言われて、タバコを面会室でひろった囚人に話を聞きにいった。するとその囚人は――キジマが予想したとおり――〝掃除を行う直前に部屋を覗いたときは、そんなものは落ちていなかった。気がついたら床に落ちていた〟と証言したのだ。つまり、そのタバコ一箱は、なにもないところから、忽然《こつぜん》と現れたことになる」

「タバコがどこから現れたかなんて、そんなささいなことはどうでもいい。問題は……」

グレイが勢い込んで口を開いた。

「なるほど、ささいなことだ」私は手を振り、相変わらず死人のようにベッドに横たわっているキジマにちらりと目を走らせた。「だがキジマは〝一見不可解な事件の謎を解くためには、ささいなことほど重要なのだ〟と言う。例えば、事件現場に落ちていた折れた小枝といったものが」

「やれやれ、タバコ一箱の次は折れた小枝ときましたか」ニシノが小声で呟《つぶや》き、首を振った。

「いずれの事件現場でも、真ん中近くで二つに折れた小枝が見つかっている」私は無視してつづけた。「一回だけなら偶然かもしれない。だが、奇妙な密室での毒死事件がたてつづけに発生し、しかもその二件とも、現場に同じ物が落ちていたとなれば、偶然と片付けるわけにはいかない。これはいったいなにを意味しているのだろう？」

ニシノとグレイはそれぞれ、諦《あきら》めたように首を振った。

「そうだな。例えば囚人の誰かがプリズン内にタバコを一箱、外から持ち込もうと考えたとしよう」例を挙げて説明することにした。「幸い彼には塀の外に協力者がいる。彼はまず、協力者にタバコを持ってプリズンに面会に来てもらう。面会のさい、協力者が看守のすきを見てタバコの箱を面会室の板机の下にはりつけておく。面会人が帰った後も、タバコの箱はむろんそのまま残されている。この時点では、タバコはまだゲートの外だ。次に彼は、本館にある面会室の掃除当番を申し出る。床の拭《ふ》き掃除をしながら、やはり看守のすきを見て、机の下にはりついているタバコに手を伸ばすためだ。……かくて、外から持ち込んだタバコ一箱がまんまと彼の手に入ったことになる」

「だが、面会室のある本館から監房棟に戻るには、どうしたってゲートを通らなくちゃならない」グレイが口を挟んだ。「ゲートじゃ厳重なチェックが待っている。誰がなにをどうやって手に入れたところで、ゲートで取り上げられてしまうのがオチだぜ」

「手に入れたタバコを監房棟に持ち込むには、もう一工夫が必要だ」私は言った。「持ち出したもの以外は絶対に持ち込めないのなら、同じものを持ち出せばいい。つまり彼は、面会室の掃除当番に出るさいに同じタバコの箱をプリズン内から持ち出し、受け取ったタバコの代わりに面会室の机の下にはりつけておくのだ。これなら、いくらゲートで厳しく身体検査を受けても、もともと彼は自分が持ち出した品と同じ物しか身につけていないのだから、問題は発生しない。このやり方なら、彼は中から持ち出したタバコと交換することで、別のタバコを一箱、プリズンの中に持ち込むことができたはずだ」

「だが、そんなことをして何になる？」グレイが呆《あき》れたように首を振り、うんざりした顔で言った。「そのやり方じゃ、タバコを一箱手に入れるためには、別のタバコを一箱手放さなくちゃならない。手間ひまかかるばかりで、結局は損得なしだ」

「同じタバコならば、な」

ニシノが突然あっと声をあげた。「それじゃ、いまのは単なるたとえ話ではなく……？」

「毒物は、タバコに仕組まれた状態でプリズン内に持ち込まれたのだと思う」私はまわり道の末の結論を口にした。「面会室の床に落ちていたというタバコの箱——なにもないところから忽然と現れたように見えたそのタバコは、実際には彼が面会室の机の裏にはりつけておいた代わりのタバコが床に落ちたものだろう。つまり、その時点ですでに毒物はプリズン内に持ち込まれていたんだ」

「まあ、一つの可能性ではありますね」ニシノが半信半疑といった顔で呟いた。「もっとも、いまのあなたの話だけでは、断定するにはいささか根拠に乏しいように思いますが……」

「そのとおりだ」私はあっさり認めた。「だからこそ、キジマが指摘したもう一つの点が重要になってくるのだ」

「もう一つの方？」

「折れた小枝だよ」

「二件の犯行は、なぜ密室で行われなければならなかったのか？」

私は質問の形で問題を提起し、続けて、唖然《あぜん》とした顔の二人に私が以前キジマから聞かされた密室に関する講義をかい摘《つ》まんで聞かせた。

「えー、すると、つまりこういうことですか？」

聞き終えて、ニシノが眉《まゆ》を寄せてたずねた。

「殺人が行われたのが明らかな場合、密室などというものは意味がない。それにもかかわらず、犯人はいずれの事件の場合も、ご丁寧にも密室状況をつくりだしている。事件を解くカギはそこにあるのだ、と？」

「そのとおりだ」私は頷《うなず》いた。「キジマ自身は、おそらくあの時点ですでに事件の真相を推理していたのだろう。あのとき私が、犯人があえて密室を作らなければならなかった理由をたずねると、彼はこう答えているのだ」

　キジマの言葉を思い出し、慎重に繰り返した。

「理由なんてものはなかったのかもしれない」

「なかった、だと！」グレイが目を剝《む》いて頓狂《とんきょう》な声をあげた。「それじゃ、あんたはなにか、ないもののために今まで長々としゃべっていたというのか？」

「犯人の目的は密室を作ることじゃなかった。結果的に密室になってしまったのだ」私は軽く手を上げて言った。「その証拠が、現場に落ちていた折れた小枝だった」

「すみません。もう少しわかるように説明してくれませんか？」ニシノが言った。

「今回の事件の〝密室〟は、探偵小説に見られるような、完全な密室ではなかった。記録を調べれば、いずれの場合も部屋の窓が少し開いていたことがわかる」そのことを指摘したさい、キジマの顔に浮かんだ蔑《さげす》むような表情をちらりと思い出した。肩をすくめてつづけた。「えー……周囲の者たちが勝手に密室と言っていただけだ」

「しかし、少なくともアベという囚人が死んだのは三階の独房の中だったのですよ？」ニシノが言った。「窓には頑丈な鉄格子がついている」

「鉄格子があろうと、三階であろうと、鳥にならば出入りができたはずだ」私は言った。「主羽根を切られた鳥は外塀をこえて飛んで行くことはできないが、その内側なら自由に行き来できる。実際、私がはじめてスガモプリズンを訪れたとき、囚人たちに食事を配る場にオウムが飛んできて、私たちを驚かせたことがあった」

「そりゃまあ、そうだが……」グレイは自分の失態を思い出したらしく、顔を赤くした。「オウムが現場に出入りできたとして、それがいったいなんだというんだ？　こいつには――言葉をまねることはできても――毒殺まではできないはずだぜ」

「犯人は、犯行後、オウムを使って毒物の痕跡《こんせき》を回収したのだ」私は、いまや鳥籠《とりかご》に囚《とら》われの身となったオウムを指さして、説明をつづけた。「犯人は、このおしゃべりな鳥が途中で声を出さないように小枝を嘴《くちばし》にくわえさせた。オウムは犯人の指示通り、犯行現場から残った毒物を回収し、代わりにくわえていった小枝を置いて来た。だからいずれの犯行現場にも、毒物の痕跡が残っていなかったのだ。発見された小枝が、いずれも真ん中で折れていたのはオウムがくわえていたせいだ。そして、もしこの推理が正しいとすれば、ここでもやはり交換の法則が成り立つことになる。毒物は、小枝と同じくらいの大きさ、重さのものに仕掛けられていた。……ちょうどタバコ一本の吸い殻くらいの重さだ」

ニシノもグレイも、今度は口を開かなかった。二人はそれぞれ眉を寄せ、なにごとか思案するようすであった。

「案外、そんなところが真相なのかもしれませんね」ニシノが降参したように両手をあげた。

「いや、俺にはまだわからねえな」グレイが食い下がった。「第一、そもそも犯人はなぜ、その毒入りタバコとやらを回収しなければならなかったんだ？」

「犯行手口をごまかすため。あるいは……」ちょっと言葉を切った。「もしかすると犯人は、犯行の手口を知られなければ、別の機会にまた同じ手口を繰り返すことができると考えたのかもしれない」

「別の機会？」グレイが眉をひそめた。

「それじゃ、犯人はまだ、このさき殺人を犯す可能性があるというのですか？」

ニシノとグレイがぎょっとしたように顔を見合わせた。

「アノ……」

ふいに横手から声をかけられた。

私たちがいっせいに振り向くと、鳥籠を提げた小男が困惑したようすで立っていた。どうやら、目の前で交わされる英語の議論の内容が理解できず、口を挟む機会をはかりかねていたらしい。小男は私たちの顔色をうかがいながら、早口にニシノになにか言った。

「〝もう行ってもいいか〟と訊《き》いています」ニシノが通訳した。

私は先ほどの質問をもう一度くりかえした。「ミラー軍曹が死んだ日の鳥小屋当番が誰だったか訊いてくれ。アベという囚人が死んだ日の当番囚人の名前も知りたい」

ニシノが通訳する質問を聞きながら、男はぽかんとした顔をしている。これは駄目だったかと諦《あきら》めかけていると、男が短くニシノになにか言った。

名前くらいは聞き取れたが、ニシノの通訳で確認した。

「どちらの日も、担当はミスタ・オオバだったと言っています」

オオバ？

その名前に聞き覚えがあった。戦争中マツモトの捕虜収容所でキジマの部下として働き、キジマ同様、捕虜を虐待した容疑で逮捕された男。以前私が鳥小屋でキジマに関する聞き取り調査をした相手だ。

「重要なことなのだ。間違いないだろうな？」念を押した。

ニシノが男に日本語で確認するのを、もどかしく待った。

「鳥小屋の掃除はこの一ヵ月ばかり、ずっとオオバの担当だったそうです」ニシノが振り返って言った。「じつは、今日もオオバが鳥小屋の掃除当番のはずだったのですが、頼まれて一日だけ代わってやったのだと言っています」

「それで、オオバはいまどこにいるんだ？」

ニシノがもう一度、男にたずねた。

「外の農場作業に出ているそうです」ニシノが言った。

「外に出た、というのか？」

「塀の外に出られる農場作業は、囚人のあいだで人気のある役務のひとつなのです」ニシノが説明した。「どうやらオオバは、何本かのタバコと引き換えに、今日の当番を彼と代わってもらったらしいですね」

グレイがしびれを切らしたように、ニシノと私の会話に割り込んできた。「つまりあんたの考えじゃ、あのオオバって野郎が犯人なんだな？」小ばかにしたようににやにやと笑い、顎《あご》をしゃくった。「俺には、あの気弱な道化野郎に連続毒殺なんて大それたことが実行できたとはとても思えないな。そもそもあの間抜け野郎には、あんたがさっき説明したような、ややっこしいトリックを思いつけたはずがないぜ」

私がグレイに向かって口を開きかけたそのとき、突然、鳥籠のなかのオウムが興奮したようすで翼をざわめかせた。

オウムがかん高い声で二声、三声、立て続けにわめいた。

日本語が分かる二人――鳥籠を提げた男とニシノ――が、ぎょっとしたように顔を強《こわ》ばらせた。

「いま、なんと言ったのだ？」ニシノにたずねた。

「なんてことはありませんよ」青ざめた顔で首を振った。「意味のないたわごとです。オウムがしゃべった言葉をいちいち訳してなんか……」

「いいから通訳しろ！」

「こう言ったのです」ニシノは肩をすくめ、オウムの言葉を通訳した。

「〝死ねよ、お前ら……みんな死ね……選ぶのはあんたじゃない、このおれだ……次はあんただ……誰もおれを止められるものか……〟」

ニシノの言葉が終わるのを待っていたかのように、オウムが鳥籠のなかで羽根を広げ、ふたたび甲高い声を上げた。

「死ネヨ、オ前ラ、ミンナ死ネ……ケッケケッケッケ……次ハアンタダ、ファック・ユー・ジーザス！」

オウムは一休みして小首をかしげると、きろきろとした黒い眼で人間たちの驚愕《きょうがく》した顔を楽しむかのように眺めた。

オウムから顔をあげ、鳥籠を提げた男に視線をむけた。

男は慌てたようすで首を振り、なにごとか早口に言った。

通訳を待たずとも、彼が「いまオウムがしゃべった言葉は自分が教えたのではない」と容疑を懸命に否定しているのは明らかだった。

私は首を振り、そんなことは疑っていないとニシノに言わせた。が、男はなお動揺を抑えられないようすで、落ち着くためであろう、震える手でポケットをさぐり、タバコを取り出した。

男が唇にくわえたそのタバコを見て、私は妙な気がした。囚人たちのあいだでよく見られる手巻きタバコ。吸い殻をほぐして残った葉を集め、もう一度巻き直したタバコだ。それはいいのだが、なにかが記憶にひっかかった。

気づいた瞬間、私は、男がまさに火をつけようとしていたタバコを彼の顔から叩《たた》き落とした。

男は目を白黒させてその場に尻餅《しりもち》をついたが、感心なことに鳥籠はちゃんと手に持ったままだった。私は床に落ちたタバコを拾い上げた。

「なにをするんです!」口もきけずにいる小男に代わって、ニシノが私に抗議した。

「貸し出し者リストだ」私はタバコを目の前に掲げて言った。「このタバコは、図書室から盗まれたノートで巻いてある」

「だからといってあんな乱暴な……」と言いかけたニシノが、はっとしたようすで後ろに飛び下がった。「まさか、それが毒入りタバコだなんていうんじゃないでしょうね?」

「調べてみなければわからないさ」私は慎重にタバコをハンカチに包んで、ポケットにしまった。「それより、ジョンソン中佐に言って、外に出たオオバを呼び戻してもらってくれ。彼と話をしたいことがある」

「やれやれ。どうやらあんたは本当にあのオオバって野郎が犯人だと考えているらしいな」グレイが呆《あき》れたように首を振った。

「犯人かどうかは、本人に訊けばわかることだ」私はそう言って、眉《まゆ》をひそめた。「それより、これはいったいなんの騒ぎだ？」

独房の外がやけに騒がしかった。

大勢の人間が慌てたようすであちこち走り回っている。しかもその騒ぎの中心は、病棟の廊下を伝って、だんだん近づいてきているらしかった。

廊下に顔を出すと、ちょうど一群の人々がばたばたと大きな足音を立てながら角を曲がってきたところであった。

人々の中心に、軍用毛布をかけた担架が見える。

担架を運ぶアメリカ軍のＭＰたちの顔色が変わっていた。なにか大変なことがおきたらしい。

彼らはそのまま外科治療室に吸い込まれていった。

いやな予感がした。

「キジマを見ていてくれ！」ニシノに言い置き、グレイとともに独房を飛び出した。

外科治療室はたくさんの人でごった返していた。運び込まれた担架は、部屋中央に置かれた治療用のベッドにそのまま載せられている。軍用毛布はまだかかったままであった。

ベッドのわきでは若いＭＰを管轄する中年の下士官が、髪の毛が薄くなったあたまを頭頂近くまで朱色に染めて、担当の外科医と怒鳴りあっていた。

「できない？　できないだと！」中年の下士官がひどく混乱した様子で大声をあげた。

「なぜできない？　あんた医者だろう！　怪我人を治療するのがあんたの仕事じゃないか！」

「医者は神様じゃない！」初老のドクターが白い髭《ひげ》を震わせて怒鳴り返した。「医学には、できることとできないことがあるんだ！」

「なにが、あったんだ？」グレイが、顔見知りらしいMPの一人にそっとたずねた。

「囚人の一人が脱走をはかったんだ」若いMPは、上官とドクターの怒鳴りあいに眼をすえたまま、ぼんやりとした口調で答えた。「トラックから降りると、奴はすたすたと外に向かって歩きだした……そのまま、われわれの制止を振り切って駆け出したんだ。だから、われわれは奴を撃った。……担架に乗せて、農場から運んできたんだ」

「農場だと？」私は呟《つぶや》いた。「待てよ。その囚人というのは、まさか……」

「こんな状態にしておいて、いったい何を治療しろというんだ！」

ドクターはしびれを切らしたように担架から毛布を引きはがした。

私は思わず額に手をやった。

オオバだった。

「自分の眼で見たまえ！　彼は怪我人じゃない、すでに死んでいるんだ！　そして、いいかきみ、よく聞け。死体を蘇《よみがえ》らせることは、キリストでもないかぎり、絶対に不可能なんだよ！」

ドクターの言葉を待つまでもなかった。

仰向《あおむ》けに寝かされたオオバの全身が、まるで頭から血を浴びたようにまっ赤に染まっている。手足が針金でできた人形のように奇妙な角度によじれ、古びた軍服のあちこちには黒く弾の抜けたあとが見えた。ぽっかりと大きく見開かれた彼の眼は、私がかつて戦場でいやとなるほど見てきた、死者のものであった。

「部下にどんな教育をしているんだ？」ドクターの怒った声が聞こえた。「こんな小男相手に、いったいどれだけ撃てば気がすむ。十発？　十五発？　もっとくらっているんじゃないか。やれやれ。人一人殺すのに、こんなに弾を無駄遣いすることはないんだがね」

「……奴は止まらなかったんだ」さきほどの若いMPが、やはりぼんやりした口調のまま呟いた。「弾が当たっても、奴は笑いながら歩きつづけた。だから、撃ちつづけるしかなかった……気づいたときには、あんな具合になっていたんだ」

私は無言で首を振った。ほかにどうすることができただろう？

下士官とドクターの怒鳴りあいが第二ラウンドに入ったところで、唐突に外科治療室のドアが開き、ジョンソン中佐が姿を現した。彼は混乱した室内を一瞥《いちべつ》すると、いつものあのプリズン管理者らしい冷ややかな態度をかなぐり捨て、いきなり周囲の者たちが飛び上がるほどの大声を上げた。

「貴様ら、何をやっている！　誰か報告は！」

ドクターとやりあっていた下士官がたちまち背筋を伸ばし、踵《かかと》を打ち合わせて、強ばった顔で事情を報告した。

ジョンソン中佐は無言のまま聞いていたが、報告が終わると、じろりと死体に目をやった。

「自殺だ」彼は短く言った。「この囚人は作業中に突然発狂した。銃を奪って、自殺したんだ。いいな！」部屋の中をぐるりと見回して怒鳴った。「どうした貴様ら、返事は！」

「イエス、サー！」アメリカ兵たちが一斉に声を揃えて叫んだ。

ジョンソン中佐が満足げに頷《うなず》いた。考えてみれば、むしろこの方が職業軍人としての彼本来の姿なのだろう。彼は今一度周囲を見回し、私がその場に居合わせていることにはじめて気づいた様子であった。

ジョンソン中佐は一瞬引き絞るように目を細めたが、結局何も言わずに部屋を出ていった。

「自殺だと？」

背後で、外科医がうんざりしたように呟くのが聞こえた。

「どうやったら自分で自分の体にこんなに弾を撃ち込める？　こんどはいったいどんな報告書を私に書かせるつもりなんだ？」

私はグレイを促し、なお人でごった返している外科治療室を抜け出して、廊下伝いにキジマの独房に戻ってきた。

薄く開いていたドアのすきまから体を半分中に入れて、ドアの内側を軽くノックした。腰をかがめてベッドを覗《のぞ》き込んでいたニシノが、弾《はじ》かれたように振り返った。

「ああ、ちょうどよかった！　彼がいま意識を取り戻したところです！」

私は急いでベッドに歩み寄り、キジマの顔を覗き込んだ。

枕の上でゆっくりと頭が動き、正面からむかいあった。大きく眼を開いている。

ふと、その顔にこれまでに見たことのない奇妙な表情が浮かんだ。

「……キジマ、大丈夫か？」

私の呼びかけにキジマは訝《いぶか》しげに眉をひそめ、それからゆっくりと口を開いてこう言った。

「誰だ、あんた？」

22

キジマが記憶を取り戻した。

いや、正確にはそうではない。

彼は戦争中の五年間の記憶を取り戻したかわりに、夜道で強盗に頭を殴られてからグレイの手で壁に叩きつけられるまでの、最近の記憶を失っていたのだ。

診察した軍医は〝記憶の欠落箇所が反転したのだ〟としたり顔で説明してくれたが、そんなことはどうでもよかった。

キジマは私を覚えていなかった。

私の顔も、一緒に調査をしていた毒死事件のことも。

それらのことが判明した時点で、私はジョンソン中佐に呼ばれた。

部屋に入っていくと、ジョンソン中佐は机の上に広げた書類に向かってペンを走らせているところだった。待っていると、彼はちらりと眼をあげ、手を休めずに言った。

「皮肉なものだな。軍人なんてものは、偉くなるほど書類仕事が増えてくる。もっとも、一番上になれば話は別なのだろうがね」

私が黙っていると、彼は事務的な口調で続けた。

「きみが報告書といっしょに提出した例の手製の巻きタバコは、じつに興味深い代物だったよ。タバコの中程《なかほど》に小さなカプセルが仕込まれていてね。中身はある種のシアン化物だ。実験したところ、タバコの火がカプセルを溶かした瞬間、喫煙者をたちどころに死に至らしめるのに充分な青酸ガスが発生した。……文字通り、死のタバコだ。死体とともにタバコの吸い殻が発見されなかったのは奇妙と言えば奇妙だが、これもおそらくきみが示唆している通り、オオバがオウムを使って回収したのだろう。それから、タバコを巻いてあった紙も、図書室の貸し出しリストを破ったものに間違いない」

「やはりそうでしたか……」

「無論、すべてオオバが一人でやったのだ」ジョンソン中佐は書類に眼を落としたまま、きっぱりとした口調で言った。「オオバは監視の眼を盗んで監房棟内に毒物をもちこみ、死のタバコを作成して、それをミラー軍曹及び囚人仲間だったアベに与えた。その後オオバは、二人を殺した自責の念にかられて自殺した。オオバに毒物を持ち込ませたのは、ゲートで検査を行っていた者たちの初歩的なミスだ。彼らには近々何らかの処分が科せられるだろう」

「報告書をまだ詳しく読んでいただいていないようですね」私は首を振った。「毒物がプリズン内に持ち込まれたのは検査担当者のミスではありません。オオバは獄外の共犯者と共謀して、等価交換のトリックを用いたのです。それに……」

「それに、何だね？」手を止めずにたずねた。

「オオバは自殺したのではありません」

「明らかに自殺だよ」ジョンソン中佐は別段気を悪くしたふうもなく言った。「MPたちの制止を振り切って脱走を試みればどうなるか、オオバにもわかっていたはずだ。実際に誰が銃の引き金をひいたかは問題ではないさ」

「しかし……」

「いいかね、きみ」彼ははじめて書く手を止めると、机の上に肘《ひじ》をつき、両手の指を組み合わせて言った。「等価交換のトリック？　獄外の共犯者だと？　そんなものは必要ない。事件はこれで終わりだ」

私はようやく気がついた。ジョンソン中佐は、死んだオオバにすべての責任を押し付けようとしているのだ。オオバが新たな〝犠牲の山羊《スケープ・ゴート》〟だった。

「それから」とジョンソン中佐は思いついたように言った。「今後きみはキジマとは一切会わないでくれたまえ。せっかく戻った彼の記憶が混乱するといけないからな」

「ノー」私は反射的に言った。

「これは命令なのだ」ジョンソン中佐は私の顔に視線を据え、引き絞るように目を細めた。「きみがもし今後もプリズン内で行方不明者の資料調査を続けたいのなら、命令に従ってもらうしかない。従うか、出て行くかだ」

私は治療途中の奥歯を強くかみしめた。

プリズン内には眼を通していない資料が数多く残っていた。このままでは、依頼人は私の報告にとうてい納得しないだろう。依頼人は――クリスの母親は、一人息子がいまもどこかで捕虜として苦しんでいるという妄想に憑《つ》かれている。が、その一方で、諦《あきら》めるきっかけを欲してもいるのだ。そのためには、少なくとも調査に全力を尽くしたという事実が重要だった。たとえ調査の結果クリスの消息がやはり不明であったとしても、やるべきことはすべてやったという事実が。もし私の報告に納得できなければ、彼女はいつまでも妄想を手放すことができなくなる。その先には、本物の狂気があるだけだ。

生きている者のため、同時に死者を静かに死なしめるためにも、私はまだこの場所を出て行くわけにはいかなかった。

「どのみちキジマはきみを覚えていないのだろう？」ジョンソン中佐が書き終わった書類を机の上から取り上げ、とりなすような口調で言った。「さあ、これが新しい許可証だ。資料調べはいくらやってくれてもかまわない。その代わり、キジマの専門担当官としての前の委任状は返してくれたまえ」

私はくいしばった奥歯で噴き出しそうになる感情を懸命にかみ殺し、言われたものをジョンソン中佐に差し出した。

踵《きびす》を返して部屋を出て行こうとすると、背後から声をかけられた。

「……きみはついている」

振り返ると、ジョンソン中佐は机の上にすでに別の書類を広げてペンを走らせていた。

「オオバが死んでくれたおかげで、きみはいいかげんな調査の責任を取らずにすんだのだ。せいぜい彼に感謝することだな。え、探偵さんよ」

ジョンソン中佐はそう言うと、顔をあげ、一瞬素の顔を見せて、私をいまいましげに睨《にら》みつけた。彼は、すぐにまたもとの職業軍人らしい個性のない顔に戻って、書類に眼を落とした。

数日後、中断していたキジマに対する裁判の手続きが再開された。

キジマが失っていた戦争中の記憶を取り戻した以上、ジョンソン中佐が裁判を躊躇《ちゅうちょ》する理由は、もはやなにも残っていなかったのだ。

裁判所に提出されたキジマに対する訴状は、かつて私が考えたものとほぼ同じ内容であった。

一、被告は捕虜たちをしばしば理由もなく、不法かつ残酷に殴打し、また捕虜同士での暴力を強制した。
一、被告は赤十字からの支給品を故意に隠匿し、またその分配を遅らせた。
一、被告は病気になった捕虜を殴打し、また火のついた棒を押しつけるなどの虐待を指示した。
一、被告は捕虜に充分な食料を与えず、文句を言った一部の捕虜に対して腐敗した食べ物や蛆《うじ》を与えるなど、非人道的な行為に及んだ。
一、被告は、捕虜アメリカ兵バーク伍長《ごちょう》が脱走を企てたさい、自らの軍刀をもってこれを刺殺した。

いずれも捕虜収容所所長時代の行為、もしくは不作為の罪を問われたものだ。

証拠として、捕虜たちの証言を記した書類が提出された。

新年早々に行われた第一回公判において、キジマの弁護士たちは――かつてキョウコが指摘したように――これらの証言の信憑《しんぴょう》性を問題にし、もしこれらの証言を証拠として採用するなら当人たちがこの裁判に出廷し、あらためて直接証言を行うことを要求した。

だが、裁判所は、戦後の混乱を理由にこの申し出を却下した。該当する捕虜たちに迅速に連絡を取るのは不可能であり、またせっかく故国に戻った彼らをもう一度日本に呼び戻すことは、心情的にもできないというのだ。

「心情的ですって？　被告の命がかかっているのですよ！」

アメリカ人弁護士の一人が憤慨して大声で叫んだが、彼はそのために退廷を命じられ、のちに弁護団からもはずされてしまった。

二日後に行われた二回目の公判では、弁護側の証人としてイツオが証人台にあがった。型どおりの宣誓と検察側の証人尋問のあと、彼は丸い鼻の頭に汗をいっぱいに浮かべながら、キジマのための弁護証言を行った。証言内容は、以前キョウコが指摘した内容、および彼女と私が偶然知り得た真実そのままである。つまり、

「キジマに対する捕虜たちの告発の多くは、お互いの文化の違いから生じた思いもかけぬトラブルである……証言のなかで、ほとんど全員といってよいほどの者がキジマの名前を挙げているが、これは〝どうしても誰かの名前を挙げなければならなかった〟ためであり、正確な事実にもとづくものではないと考えられる……その証拠に捕虜代表の将校たちが、かつて自発的にキジマに感謝状を贈っている……キジマが戦争中、捕虜を刺殺したという事実は誤りである。実際に捕虜を刺したのは別の女性だったが、キジマは彼女の名誉を守るために自分から罪をかぶったのだ……」

ゴボウ、イナゴ、オキュウ、それにビンタといった特殊な日本語の解説も含め、全体としてイツオの証言はなかなか堂々としたものであった。が、その一方で、彼が言葉を重ねれば重ねるほど、そこにはある種のむなしさが漂い出すことも否めなかった。

彼の弁護証言にはある決定的なものが欠けていたのだ。

イッオが〝バーク伍長刺殺事件の真相〟を陳述している途中で、裁判長が彼の証言を遮った。

そこから、裁判長とイッオのあいだで次のようなやりとりが交わされた。

裁判長　あなたがさきほど証言した〝捕虜たちが被告に贈った感謝状〟を見たいのですが、いま手元にお持ちですか。
イッオ　いいえ、持っていません。
裁判長　次回の公判で提示できますか？
イッオ　それは……。
裁判長　では、あなたが証言した〝バーク伍長を実際に刺殺した女性〟は、いまこの場に来ていますか？
イッオ　いいえ、今日は来ていません。
裁判長　次回の公判で彼女に証言してもらえますか？
イッオ　…………。
裁判長　これで証人調べを終わります。

裁判長から退廷を命じられたイッオは、救いを求めるようにきょろきょろと左右を見回し、傍聴席に私の姿を見つけて、いまにも泣きだしそうな情けない顔を向けた。

私は無言で首を振ってみせた。

裁判に臨んで、私たちの側には決定的なあるものが――物的証拠が欠けていたのである。

盗まれた鞄《かばん》に関する新聞広告を出しつづけてはいたが、依然として感謝状は出てこなかった。そのうえ〝バーク伍長刺殺事件の真相〟を証言してくれるはずだったタエコまでが姿を消してしまっていたのである。

裁判がはじまることが決定した時点で、私はキョウコと一緒にタエコに会いにいった。もう一度彼女の意思を確認するためだった。ところが、取りまとめ役らしい例の上品な和服姿の中年女が顔を出すと、彼女は色白の顔に困ったような表情を浮かべて、私たちにタエコがいなくなったことを告げたのだ。

「あんたたちが来た、例のクソ騒ぎがあった次の日だよ」

彼女は、相変わらずたおやかな物腰とは対照的な、すさまじい英語でまくしたてた。

「〝行ってきます〟って言って出ていったきり、帰ってこないんだ。もちろん、これまでもスケベ野郎に誘われて二、三日帰ってこないことはあったよ。けど、こんなクソ長く帰ってこないのははじめてだ。コンチクショウ、出ていくときは、普段とクソほども変わったところはなかったんだがねぇ」

心配そうな顔をした彼女は、私たちをちらりと横目で見て、ため息をついた。

「ああは言ってはみたけれど、やっぱり人前に出て、自分の過去をしゃべるのがいやになったのかねぇ」

タエコが戻ってきたらすぐに連絡させると約束はしたものの、それきり連絡はなく、何度か顔を出してはみたが、やはり彼女の行方はわからずじまいであった。

その後たてつづけに開かれた公判でも、イッオは被告の古くからの友人として、二度証言台にあがった。もっともそのときは、物的証拠がない以上、キジマの人柄に関する――それも戦争がはじまる以前の人柄に関する意見を陳述することしか許されず、結局「学生時代のキジマは誰からも好かれる、物静かで公正な男でした。彼が捕虜に対して残酷な暴力をふるうことなど、とても考えられません！」とイッオが声を大にして言えば言うだけ、検察官から「証人は個人的意見をさしはさむべきではない」という異議が申し立てられただけであった。

なにより決定的だったのは、皮肉なことにキジマ本人の証言であった。

キジマは検察側が主張する罪状に関して、

――全部自分がやった。すべて自分の責任である。

と認めたのだ。

その投げやりとも思える潔さには、起訴状を読み上げた検察官さえしばし呆気《あっけ》にとられたほどであった。

裁判中、キジマはそれ以外は一切口を開かなかった。それどころか、終始凝然と前を見つめ、私はおろか、証言台のイッオや傍聴席で見守るキョウコとさえ、一度も目を合わそうとはしなかった。

裁判手続きは驚くべき速度で進められた。そして、初公判からわずか十日ののち、五回目の公判で、早くもキジマに対する判決が言い渡されたのだった。

――被告を絞首刑《デス・バイ・ハンギング》に処す。

裁判官が判決を口にしたその瞬間、傍聴席でちょっとした騒ぎが起きた。最前列にいた傍聴人の一人が、その場で倒れ、気を失ってしまったのだ。

一番後ろの席で傍聴していた私が身を乗り出して覗《のぞ》き見ると、とっさに想像したのとは逆に、昏倒《こんとう》したのはイツオであり、それを支えているのがキョウコであった。彼女はすぐに、周囲の者にどうか裁判をつづけてくれるよう、低い、だがしっかりとした声で言った。

髪をスカーフでおおったキョウコは、か細い腕にぐったりとした兄の身体を抱えたまま、あごをあげ、自身、いまにも気絶しそうな真っ青な顔ではあったが、裁判の行方を最後までしっかりとその目で見届けるつもりのようすであった。

(……いざというときは女性の方が強い、か)

古来遍《あまね》く知られた真理に、私はそっとため息をついた。

その三日後、いつかのティールームでキョウコと待ち合わせた。

「イツオの具合はどうです?」席についた私は、最初に冗談めかしてたずねた。

「うんうん言って寝込んでいます」彼女はちらりと笑みを浮かべて言った。「よほどショックだったみたいで、起き上がるのにしばらく時間がかかりそうですわ」

ふむ、と私は曖昧《あいまい》に呟《つぶや》き、ポケットから取り出したタバコに火をつけながら、向かいの席を上目づかいに盗み見た。

私が着いたとき、キョウコはすでに先に来て、いつかと同じ一番奥の柱の陰の席にひっそりと座って待っていた。入り口に横顔をむけたうつむきかげんの姿勢も同じなら、仕立てのいい黒っぽいオーバーコートも、無地の絹のスカーフで頭を包み、あごの下で結んでいるのも同じであった。

それにもかかわらず、私は彼女をひと目見ておやと思った。なにかが変わったと感じたのだ。ごくかすかな何か。それがなんなのか、私にはわからなかった。どうやらキョウコ自身、まだその変化には気づいていないらしい。

「それで、例の連続毒殺事件はもうすっかり解決したのですか？」キョウコがたずねた。「プリズン内で二人も毒殺した恐ろしい殺人犯は、本当にあのオオバさんでしたの？」

私はジョンソン中佐との会見を思い出し、顔をしかめ言った。

「そう、オオバが連続毒殺事件の実行犯だったと考えて間違いないだろう。プリズン内でオオバが使っていた寝台から青酸ガスを発生させる死のタバコが何本か見つかった。しかも彼は、疑われないよう、わざわざそれを手製のタバコに巻き直して囚人仲間に与えていたのだ」

「オオバさんには、戦争中、マツモトの捕虜収容所に勤務しているときに一度お会いしたことがあります。愉快な方で……とても人を殺すようには見えませんでしたわ」キョウコはかすかに首を振った。「わたしにはまだわからないのです。オオバさんは、なぜ見ず知らずの人を二人も殺そうと考えたのですか？　それとも、その二人とはスガモプリズンではじめて出会ったのではなく、なにか過去に恨みがあったのですか？」

「これまでの調査では、オオバと被害者二人のあいだにはなんの接点も見つかっていない」私はジョンソン中佐に黙殺された報告書の中身をキョウコに説明した。「おそらく彼らは、プリズン内ではじめて顔を合わせたのだ」

「だったら、なぜ……？」

「これはあくまで想像だが、おそらくミラーは『オデュッセイア』のページが切られているのに気づいたために殺されたのだと思う」私は言った。「ミラー軍曹は〝使い終わったバケツを並べる順番が違っているだけで、囚人たちに罰を与える〟ほど神経質な男だった。その彼が図書室の管理を任されていたのだ。ミラーは図書室の本を調べているうちに『オデュッセイア』のページが切り取られていることに気が付いたのだろう。彼は貸し出しリストと突き合わせて、オオバの仕業だと断定した。ミラーはオオバを呼び出し、本をつきつけた」ちょっと言葉を切った。「処罰を恐れたオオバは、ミラーが眼を離したすきに彼のタバコ・ケースにタバコを一本紛れこませた。吸っているうちに青酸ガスが発生する死のタバコだ。オオバの目論見《もくろみ》通り、その夜ミラーは内側から鍵《かぎ》をかけた自室でそのタバコを吸って絶命した。オオバは、部屋に残っているはずの吸い殻をオウムを使って回収し、そのうえで貸し出しリストも破りとって、あとの者に『オデュッセイア』のページを破ったのが自分の犯行だとわからないようにしたのだ」

「本を破ったことに気づいたから殺された……？」キョウコはぽかんとした顔で呟いた。「でも、そんなこと……そんなささいな理由で、人を殺そうと考えただなんて……」

「そう。だが、二人目はもっとわからない」私は軽く首を振って、先をつづけた。「調べてみると、独房に入れられたアベに、オオバがこっそりとタバコを差し入れするところを、看守の一人が目撃していた。一方で、アベが死んでいた独房からは吸い殻は見つかっていない。つまり、当日鳥小屋当番だったオオバが、オウムをつかって吸い殻を回収する細工をしたのは間違いない。彼は鳥小屋の小窓のカギに細工をしていた。つまりオウムは、オオバが望むときにいつでも鳥小屋を出入りできたのだ。オオバは、オウムに目指す場所を教え、さらに被害者が絶命した後――タバコが被害者の手を離れ、床に落ちた後で――窓から部屋に入り、床に落ちているタバコを拾ってくるよう訓練していたのだろう。毒入りカプセルは一瞬で燃えつきる。その後なら、オウムに害が及ぶ心配はない。……犯行の手口は解明できる……しかし……」首を振った。「いくら調べても、オオバがアベを殺さなくてはならなかった理由など少しも出てこないのだ。オオバがアベを殺したいほど憎んでいたとは思えない。それまで二人が口論をしているところはおろか、話しているところすら、誰も見てはいないんだ」

「結局、オオバさんはなぜ見知らぬ人に毒入りタバコなんかを差し入れたのでしょう？」

「もしかすると……理由などなかったのかもしれない」私は少し考えて言った。「機会があったから、殺した。それだけのことだったとしか考えられないのだ」

キョウコは、怪訝《けげん》な顔をしている。

タバコをもみ消し、声色を変えて言った。

「〝死ネヨ、オ前ラ。ミンナ死ネ。選ブノハ、コノ俺ダ〟」

「いったい……？」

「オウムがそう言ったのだ」

「オウムが？」

「当番だったオオバが、鳥小屋の掃除をしながら呟いた言葉を覚えたのだろう」

私は、数日来考えていた推理をキョウコ相手に披露した。

毒入りタバコを手にしたオオバは、突然、自分には他人の命を密《ひそ》かに奪う力があることに気がついた。自分が望めば、誰であろうと、その相手を殺すことができる。しかも、見つかることも、罰せられることもない。そう考えることで、オオバの心の中でなにかが壊れていったのではないだろうか？

「つまり、二件の毒殺事件が偶然〝成功〟してしまったことで、オオバさんは自分には何でもできる、誰にも自分を止めることができないと錯覚したと言うのですか？」キョウコが眉《まゆ》をひそめて言った。「だから彼は、農場に着くなり、MPたちの制止を振り切って外に向かって歩きだしたのだと？」

　私は新しく取り出したタバコに火をつけ、無言で頷《うなず》いた。

それが錯覚であったことを、オオバは自分の死をもって証明することになったのだ。

「本当のところは、死んだ本人に訊《き》いてみるしかないがね」私は立ちのぼるタバコの煙を目で追って言った。「オウムがしゃべった言葉など、なんの証拠にもならない。第一、いまじゃあのオウムの奴、別の言葉ばかりしゃべっていて、あのときの言葉なんかすっかり忘れてしまっている。殺人の動機は闇の中。ついでに言えば、塀の外から毒入りタバコを差し入れたオオバの協力者が誰だったのかもわからないままだ」

「塀の外の協力者？」と小さく呟いたキョウコは、はっとしたように顔をあげた。「まさか、オオバさんの奥さんが……？」

「もちろんスガモプリズンでも、当初は彼女が一番怪しいと考えた。なにしろオオバに面会に来た人物は、彼女一人しかいなかったのだから」

「でも……違ったのですね？」キョウコは私の顔を窺《うかが》い、ほっとしたように言った。

「徹底的に調べたが、彼女はなにも知らなかった」私は首を振った。「ちなみに彼女は、亭主はプリズン内での作業中、看守のすきを見て自殺したと言われている。〝もしお悔やみに行くのなら、その点をくれぐれも注意してほしい〟ということだ……」

キョウコとは三十分ほど話して、ティールームの前で別れた。

その間、キジマの名前は一度もでなかった。

私たちはお互い、キジマと彼に下された死刑判決について考えながら、その言葉だけは慎重に避けて通るという、奇妙なゲームをしていたのである。

判決は下ったとはいえ、マッカーサーと占領業務の指揮をとる第八軍司令官アイケルバーガー中将は、まだ死刑確定書にサインをしていなかった。一縷《いちる》ではあるが、望みは完全についえたわけではなかった。再審の可能性もなお残されていたのだ。

私は、最近キョウコが、直接マッカーサー宛ての嘆願書を提出したことを人づてに聞いていた。それだけではなく、彼女は法廷で倒れたままの兄イツオに代わって、キジマ助命嘆願の署名運動をしていて、すでに一万件以上の署名が集まっているという話であった。

最初に彼女が変わったと感じたのも、そんなことが原因だったのかもしれない。

キョウコにはもはや、以前のあのひっそりとした影のような印象はなかった。めそめそと泣いては、中途半端な自殺未遂をくりかえしていた、たよりない少女ではなかった。

彼女は生きる目的を見いだしたのだ、キジマを生きて取り戻すという目的を。

だが――

私は足をとめて振り返った。埃《ほこり》っぽい冬の道を、背筋をぴんとのばしたキョウコの後ろ姿が一度も振り返ることなく遠ざかっていく。

私は彼女の未来を思い、胸が痛んだ。

あとで知ったことだが、そのあいだにもキジマの死刑執行に関する手続きが、関係者に一切知らされないまま、電光石火の勢いで進められていたのである。

朝から小雪のちらつく、その冬で一番冷え込んだ日だった。

いつものようにスガモプリズンを訪れると、プリズン内がざわついていた。

試しに、身体検査をするMPに理由をたずねてみたが、まるで反応がない。もっとも、それを言えば、キジマが記憶を取り戻して以来、プリズン内で私に話しかけてくる者は誰もいなかった。トラブルのあったボビイたちばかりではなく、ニシノやグレイといった者たちまでが、私の顔を見ると決まり悪げに顔を逸《そ》らし、そそくさと立ち去ってしまうのだ。ジョンソン中佐から何か命令があったに違いない。

ところがその日は、ゲートを入ったところで、グレイが私の姿を見つけて、それとなく近寄ってきた。彼は周囲に見ている者がないことを確認してから、私に顔を寄せ、小声で耳打ちをした。

「どうやら、今日みたいだぜ」

はっとして顔を上げた。

死刑判決を受けた戦犯の処刑日時は、他の囚人たちが動揺するという理由で、プリズン内でも極秘ということになっていた。だが、実際には事前にさまざまな準備が必要なこともあり、ジェイラーたちのあいだで秘密は完全には守られてはいなかったのだ。

「……キジマか？」小声でたずねた。

「ほかに誰がいる?」肩をすくめた。「何時になるかはわからないが、ま、これもなんかの縁だ。せいぜい見送ってやるんだな」

グレイは小声でそう言うとにやりと笑い、私の肩をぽんと一つ叩《たた》いて離れて行った。

何時になるかわからない。

グレイはそう言ったが、キジマが独房から引き出されたのは、夜がやがて終わろうとしている、悪魔が銭勘定をするというあの半端な時刻であった。

あるいはジョンソン中佐は、わざと他の囚人たちが寝静まった時間を選んだのかもしれない。独房の扉が開くと、不気味なまでに静まり返ったプリズン内に蝶番《ちようつがい》のきしむ音がいやに大きく響きわたった。

数人の看守が見守るなか、独房からキジマが姿を現した。

私は少し離れた場所に立って眺めていた。

キジマは、結局最後まで私を思い出さなかった。〝記憶の欠落箇所の反転〟。軍医はそう言ったが、彼の一部の記憶は失われたままだったのだ。裁判において、弁護士の一人がそのことで異議を申し立てたが、裁判官は「当法廷で裁かれているのは被告の戦時中の行為であり、被告にその期間の記憶がある以上、当法廷を維持することにはなんら問題はない」と言って異議を却下した。

キジマが私を知らず、そのうえジョンソン中佐によって面会を禁じられては、彼とのつながりは何もないにひとしかった。

キジマを見るのは、あの日の法廷以来である。そのときと――いや、最初に会ったときと、キジマは少しも変わらないように見えた。日本人にしては彫りの深い、目鼻のはっきりとした、いささか整い過ぎた顔。その顔には表情らしきものが一切見当たらず、造りものめいた、ひどく冷たい印象を受ける。痩《や》せて、頬の削《そ》げた顔は、まるで死人のような土気色であり、黒い瞳《ひとみ》は――廊下に出た一瞬まぶしげに細められたあとは――じっと虚空を凝視して、ほとんど動かされることがなかった。

キジマの傍らには、僧侶《そうりょ》の恰好《かっこう》をした日本人教誨師《きょうかいし》サイトウが、いささか困惑した表情を浮かべて付き添っていた。聞くところによれば、死刑判決が下ったあとサイトウは足しげくキジマの独房を訪れて宗教への帰依を説いたものの、キジマは教誨師にごく丁寧な態度で接する一方、仏教、キリスト教を問わず、いかなる宗教に対しても一切関心を示さなかったという話である。

促されるのを待たず、キジマは自分から廊下を歩きはじめた。

絞首台はプリズン内の一角、北側の隅に設けられている。その処刑場に着くまでの歩みが、彼に残された最後の時間であった。

キジマは落ち着きはらった足取りで廊下を進んでいたが、私の前を通り過ぎるさい、なにかにけつまずいたようによろめき、壁際に立っていた私にもたれかかった。

「大丈夫か？」腕で支えてたずねた。

キジマが下をむいたまま、ほとんど聞き取れないほどの声でなにか囁《ささや》いた。

引き戻した。

私が訊き返すより先に、看守が二人がかりでキジマを両脇から支えて、廊下の真ん中に

キジマはまたなにごともなかったようにしっかりとした足取りで歩きはじめ、そのまま振り返ることなく歩み去った。私はキジマの薄い肩が廊下の角を曲がっていくのを、呆然《ぼうぜん》として見送っていた。

私には、自分の眼が、耳が、信じられなかった。

看守に引き戻される一瞬、キジマはにやりと笑い、私に片目をつむってみせたのだ。まるで、気心が知れた古くからの友人にするように……。

やがてキジマの姿が角を曲がり、視界から消えると、私は急に呪縛《じゅばく》を解かれたように我に返った。いちどきに印象が押し寄せ、思考が回りはじめた。そして——

驚くべき結論に達した。

キジマは私を覚えている。キジマは私の記憶を失ってなどいなかったのだ！

——いつからだ？

私は慌ただしく自分の記憶を点検した。

はじめて会ったとき、彼は間違いなく戦争中の記憶を失っていた。失われた記憶について語ったとき、キジマの顔に浮かんだ苦悩は本物だった。……とすると、やはりあのとき、怒り狂ったグレイの手で独房の壁に叩きつけられて気を失い、ふたたび意識を取り戻した、あのときだ。強盗に頭を殴られて記憶を失っていたキジマは、頭に同種の衝撃を受けたこ

とで、一切を思い出したのだ……。

そう考えた私は、しかしすぐに別の疑問にぶち当たった。

(それならキジマはなぜ、私のことを知らないと言った？　なぜ記憶の欠落箇所が反転したふりなどしたのだ？)

耳元に、声が蘇《よみがえ》った。

――穴《ホール》。

キジマはさっき、私一人だけに聞こえる声でそう囁《ささや》いた。いったいあれは……。

頭のなかで、いくつかの記憶がこよりのようにより合わされていく。

「キジマは溜《た》め込んだ折れ釘《くぎ》を一本一本自分で呑《の》み込んだのだ」ジョンソン中佐は言った。

「先日、彼の独房から今度はロープが発見された。トイレットペーパーを細かく引き裂いてこよりを作り、さらにそれをより合わせてロープに編みあげたらしい。……なるほど、彼はこれまでに何度かロープを使って脱走を成功させた。だが現在……彼の独房は一階にあるのだよ。手製のロープを使っていったいなにをするつもりなのだ？」

ヤングは言った。「彼はたいてい、目を見開いたままベッドに横になって天井を睨《にら》んでいるか、さもなければ板の上にザゼンを組んでぶつぶつと呪文を唱えながら体を揺すっているんです」

レントゲンに写った折れクギの白い影……一階の独房……ザゼン……手製のロープ……。

あっ、と声が出た。

厳重な検査をくぐり抜け、プリズン内に品物を持ち込む方法がもう一つあった。恐るべき方法が。

例えば一本のナイフ。

塀の外ではたいした価値はないかもしれないが、脱走を夢見る囚人ならのどから手が出るほど欲しい代物だ。それだけに、プリズン内に持ち込むことは絶対に許されない。どんなにうまく隠したところで、尻《しり》の穴まで覗《のぞ》くという、スガモプリズンの厳重な検査の眼を逃れることは不可能なはずである。

囚人が普通の状態であれば。

キジマは以前折れ釘を自分で呑みこみ、それらを取り出すために外の病院で外科手術を受けた。そして、その夜のうちに脱走を企てた。彼はすぐに捕らえられることになった。だが、そのときキジマはすでに次の手《トリック》を仕込んでいたのではないだろうか？　ほかならぬ自分自身の身体に。

ヤングは言った。「来たばかりのころなんかは、腹に巻いた包帯が真っ赤に血で染まっているのに、まだザゼンをやっていたんですからね――」

キジマがもし、脱走騒ぎに紛れてメス、もしくは鉗子《かんし》といったものを外の病院で盗み、それを自らの手術の傷口に押し込んでいたのだとしたら？

脱走騒ぎのあと、キジマはすぐにスガモプリズンに連れ戻された。そのときも無論、厳重な検査を受けたはずだが、検査官もまさか手術の傷口のなかまでは確認しなかっただろう。独房に入れられたキジマは、機会を見てそれを自分で取り出した。そのために傷口が開き、包帯が赤く染まっていたのだとしたら……？

私は、人の流れとは逆に、さっきキジマが出て来た独房に向かって歩きはじめた。

想像が当たっているとすれば、手製のロープはわざと見つけさせたのだろう。狙いは、警備の眼を上にむけさせることだ。キジマはそれまでに二度、ロープを使って脱走を企てている。またロープが発見されれば、プリズン管理者の心情としては、彼を上の階に移しづらくなる。逆に言えば、キジマはなんとしても一階の独房に留《とど》まる必要があったのだ。なぜなら――

独房のドアを開けた。主《あるじ》のいなくなった無人の独房の中は、すでにきれいに片付けられていた。

私は板の間の部分に膝《ひざ》をつき、顔を近づけて、床板を文字通りなめるように点検した。一度ではわからなかった。が、何度か点検するうちに、ごくかすかながら、不自然な段差がある箇所を見つけた。

板と板のあいだにペン先を突っ込むと、わずかに透き間ができた。

爪をつかって、なんとか板を持ち上げた。

キジマは監視を尻目に床の上に座り込み、股《また》のあいだにナイフを隠して、あたかもザゼンをしているように見せかけて床板を切っていたのだ。

独房の床下に暗い穴が口を開いた。そこにあるはずのない穴。しゃがめば、人一人がすっぽりと入ってしまうほどの大きさだ。

これだけの穴を掘るためには、どれほど時間がかかったのだろう？

キジマは看守たちを徹底的に観察し、一人一人の性格を熟知することで、彼らの目の届かない時間を見つけだしていた。そうとしか考えられない。その過程こそが、キジマが看守たちの秘密を暴くという〝東洋の不思議な魔法〟だったのだ……。

ふと、穴の底になにか白い物が置かれているのに気づいた。

何枚かの白い紙。その上に、金属の細い棒が重しのようにのせてある。

手を伸ばして、金属の棒をひろいあげた。

外科手術のさいに用いるメス。キジマはこれで床板を切り取り、さらに堅い地面を少しずつ掘り進めたに違いない。

その下に置かれていた紙は、トイレットペーパーを幾重にも丁寧に折り畳んだものであった。片面に、鉛筆を使って文字がびっしりと書かれている。

私は、キジマと会う時はいつもそうしていたように、ベッドのそばに折り畳み椅子を広げて腰を下ろした。指先で慎重にトイレットペーパーを広げ、そこに書かれている几帳面《きちょうめん》なキジマの文字を読んだ。

ミスタ・フェアフィールド。

まずは、おめでとう。

あんたがこれを読んでいるということは、俺が遺《のこ》した〝謎掛け〟を見事に解き明かしたということだからな（これを書いている時点で最後にあんたに会えるかどうかは不確定要素だが、もし直接会えなかった場合は、刑を執行する係の者にあんたへの伝言を頼むつもりだ）。

それにしても、滑稽《こっけい》な話さ。まさか最後までこんな〝謎掛け〟をやろうとはね。だが、俺にはこうやる以外、他にどんな形で言葉を遺していいのかさっぱり見当がつかないんだ。多分、逆の立場だったらあんたもそうしたんじゃないだろうか？

結局のところ、俺たちは二人とも探偵小説を読み過ぎたせいでいっぱしの名探偵になった気でいる愚か者、騎士物語を読み過ぎたあげく風車に戦いをいどむことになったかのドン・キホーテといった存在なんだ。

実を言えば、このままなにも言わずに幕を引こうと思った。だが、考えてみれば、俺と同じ探偵馬鹿のあんたにとっては、中途半端に謎を残されたんじゃ、気持ちが悪くて夜も寝られないということになるだろう。そんなことになっては、俺も不本意だ。

だから、この手記を残すことにした。

もう気づいていると思うが、俺はなにもあんたを〝忘れた〟わけじゃない。俺は、俺を殺しに来たあの美男の看護兵にかみつき、大男に投げ飛ばされ、壁で頭を打って、気絶した。そして、次に意識が戻ったとき、俺は自分がなにもかも思い出したことに気づいたんだ。

それならなぜ俺が〝あんたを覚えていない〟などという嘘をついたのか？

その理由を知ってもらうためには——回りくどいようだが——戦争中、俺が本当は何者だったのかを聞いてもらう必要がある。俺が捕虜収容所所長として、本当は何をしたのかを。

大陸で怪我をして本土に送り返された俺は、命じられるままマツモトの捕虜収容所所長の職につくことになった。周囲からは〝いい籤《くじ》を引き当てたな〟と言われた。実際、銃弾の飛び交う前線に比べれば、命を失う危険のない内地勤務は恵まれた配属だった。

いずれにせよ、俺は与えられた新しい任務の遂行に全力を傾けるつもりでいたのだ。

ところで、捕虜収容所所長という任務の目的とはなにか？

いうまでもなく、戦争がつづくあいだ、そこに集められた戦争相手国の捕虜たちの管理を効率的に行うことだ。

新しく所長として就任するさい、俺はそのためにできるだけのことをしようと考えた。迂闊《うかつ》にも、難しいことではないとさえ思っていたのだ。

だが、俺はすぐに困惑し、また失望することになった。

考えていたことは、ことごとくうまくいかなかった。

なぜか？　いまとなれば、理由はいくらでも思いつく。日本人看守のほとんどが英語を話せなかった。異なった文化への相互の無理解。日本軍の実現不可能な現地調達主義。住民たちが捕虜に向けるいわれなき憎悪……。

戦況が悪化するにつれ、収容所を取り巻く環境はますます悪くなっていった。捕虜たちに充分な食料が行き渡らない。病人が出ても与える薬がない。いくら厳しく注意しても何人かの看守たちは捕虜を殴ることをやめず、また捕虜たちのあいだでも盗難が多発する有り様だ。

俺は上位機関に対して、ことあるごとに苦情を訴えた。「このままでは捕虜たちが暴動をおこすかもしれない」と脅しめいたことを口にしたことさえあった。

だが、そのたびに戻ってくる答えはいつも同じだった。曰《いわ》く、

「テキトーニ、ショチセヨ」

東洋には四面楚歌《そか》という表現がある。

捕虜の待遇改善に走りまわる俺に、部下たちの眼は冷たかった。地元住民のなかにも「敵の捕虜など殺してしまえ」と声高に言う者もあり、俺の官舎にその旨を書面に書いて、匿名で投げ込んでいく者さえあった。

彼らの反応はしかし、一面無理もないことだったのだ。日本の軍隊では常々「捕虜になるような奴は国の恥であり、人間のクズだ」と教えていたのだから。

捕虜収容所を〝より良きもの〟にしようとした俺の考えには誰も耳を傾けず、それ

どころかいっそうの反感をまねくだけだった。やがて俺は疲労した。そしてふと気が付くと、俺自身、目の前の外国人捕虜たちが人間のクズのように見えるようになっていたのだ。

——俺はどうしてこんな奴らのために懸命になっているのか？

一度そう思うと終わりだった。

あるとき俺は、俺の命令に対して反抗的な眼をむけた（少なくとも、その時の俺にはそう見えた）新参の若い捕虜の一人をはじめて平手で殴りつけた。

以来俺は、それまで部下に任せていた捕虜への処罰を自分で行うようになった。いったいどれほどの捕虜が、ささいな規則違反を咎《とが》められ、俺自身の手で殴られたことだろう？　俺はそのたびに自分で自分にこう言い聞かせた。

「俺はべつにこいつを殴りたくて殴っているんじゃない。規則に違反したこいつが悪いんだ。収容所を効率的に管理していくには仕方のないことだ」

あるいは、

「規則を破れば殴られると教えることは、長い眼で見ればこいつのためなのだ」と。

だが一方で、俺は気づいていた。自分が捕虜たちを殴るのをどこかで楽しんでいることを。そしてその感情は、殴る機会が増えれば増えるほど強くなっていることにも。

——だからどうしたのだ？

俺はすぐにそう思うようになった。

「テキトーニ、ショチセヨ」

それが上からの命令なのだ。俺のやり方で捕虜たちを管理してなにが悪い？　それに、どうせやらなくてはならないのなら、楽しくやった方がいい。部下たちだって、以前より俺を慕うようになった。何の問題もないではないか？


……それが俺の本当の姿だった。

そのことを、俺は戦争中の記憶とともに全部、いちどきに思い出したのだ。

目を開くと、すぐ前にあんたの顔があった。俺はとっさに嘘をついた。「誰だ、あんた？」と。

そう言う以外、いったいなにができた？　記憶を取り戻した俺には、もはやあんたに合わす顔がなかった。だから、あんたを遠ざけたのだ。

こう言っても、まだあんたは反論するだろうか？　例えば、裁判でイッオが証言したように。

俺は被告席でイッオの証言を聞いていて、内心おかしくて仕方がなかった。一度など、あやうく吹き出しかけたくらいだ。

裁判官は取り合わなかったが、どうやらあんたたちは、奇妙な理屈をこねくりまわして、なんとか俺が正当な理由をもって捕虜たちを殴り、あるいは殺したことにしようと思いついたらしい（実際、いくらかはそれらしく聞こえたくらいだ）。

残念だが、それは間違いだ。

もう一度言う。

俺はひそかな喜びをもって捕虜たちを虐待し、そして殺したのだ。

少なくとも、殴られた側の捕虜たちはそのことに気づいていた。だからこそ彼らはこぞって俺の名前をあげたのだ。

もう一つ。

脱走を企てたバーク伍長《ごちょう》を刺殺したのは、タエコではない。

俺が探し出したとき、バークはまだ生きていた。急いで手当をすれば、あるいは死なずに済んだかもしれない。だが、調べただろう、バークはなにかと問題の多い捕虜だった。だから俺は奴を裏山に引っ張っていき、傷口にあらためて軍刀を突き立てた。俺は奴が目の前で死ぬのを確認してから、部下たちを呼び集めたのだ。

バークを殺したのは俺だ。タエコではない。もし彼女が法廷に現れたら俺はそのことを証言するつもりでいた。だが、彼女が姿を見せなかった以上、あえて問題を蒸し返す必要はないと思い黙っていたのだ。

以上が、あそこで起きたことのすべてだ。

キジマの手記はそこで唐突に終わり、最後の一枚には別にこう記されてあった。

知りたければ教えてやる。

俺を殺そうとしている者の名は〝ＵＴＩＳ《ウーティス》〟。

それが殺人者の名前だ。


私は手記から顔をあげ、椅子から立ち上がると、独房の窓に近づいた。

分厚いカーテンを引き開け、窓を開けた。

頑丈な鉄の格子を隔てて、外はいつしか激しい雪になっていた。ときおり吹き付ける横殴りの風が、窓から見えるヒマラヤ杉の古木の片側だけを白く染めている。

ふと、風にのって時ならぬバンド演奏が聞こえた。耳を澄ませた。ジャズのようだ。音楽は、処刑場左手にある将校クラブから聞こえてきているらしい。

私は無言でタバコを取り出し、火をつけた。

聞いたことがあった。

処刑台の踏み板が開くとき、かなり大きな音がする。バンド演奏は、その響きを他の囚人たちに悟られないためのプリズン側の演出なのだと……。

雪が、また激しくなった。

明日は一面の銀世界だろう。

二週間後、私はニュージーランドに向かう貨物船に乗り、日本を離れた。キョウコやイツオには会わないままであった。

エピローグ

彼女と再会したのは二十年後のことだった。

二十年——

その間、二十万人程度の中都市にすぎなかったオークランド市は目覚ましい発展を続け、五十万人を超す人口を抱えるまでになった。そしてそれとともに、都市特有の様々な問題が発生した。例えば、港に巨大なハーバーブリッジが造られると、市内に流入する自動車の数が爆発的に増大し、交通渋滞などというかつては考えられなかったことが深刻な問題になった。また都市に集まった者たちは、賭博《とばく》や酒、若い女性といった娯楽を求め、彼らのむきだしの欲望や、そこで生まれる利害の対立が、それまでオークランドでは見ることがなかった醜悪な犯罪を引き起こした。

帰国後、港に近いビルの一室に探偵事務所の看板を掲げた私のもとにも、やっかいな事件が持ち込まれるようになった。たいていは、警察がまともに取り上げない、奇妙な、あるいは得体の知れない事件ばかりだ。

一見単純に見えた事件を調べていくうちに、とんでもない真相にたどり着いたことがあった。あるいは逆に、最初は複雑に見えた事件を調べてみると、とんだ茶番であることが判明したこともある。調査から手を引くよう脅されることは珍しくなく、実際に生命の危険を感じたことも何度かあった。

なぜ私が、探偵などという大して儲《もう》かるわけでもない職業をこんなにも長く続けることになったのか、自分でも理由はよく分からない。ただ私にとって、行方不明のいとこの消息を追って日本に行き、そこで経験したことが、その後の生き方に大きな影響を持ったことだけは確かであった。

ある日、オークランドで開かれる予定の国際会議の参加者名簿を見ていた私は、そこに偶然懐かしい名前を見つけた。

K・ATAMAGI

珍しい名字《ファミリー・ネーム》だ。もしやと思い、会議本部にこちらの連絡先を教え、本人に連絡をとってくれるよう頼んでおいた。

数日後、事務所に行くと、鍵《かぎ》がかかったドアの前で一人の女性が私を待っていた。

ひと目でわかった。

キョウコは少しも変わっていなかった。いや、二十年の歳月はたしかに彼女の上にも流れていた。あの頃、二十歳そこそこだったキョウコも、いまでは四十歳をこえているはずだ。高価な磁器を思わせた彼女の肌は、日にやけ、よく見れば細かなしみが浮かんでいる。ほっそりとしていた体も、少々まるくなったようだ。それにもかかわらず、キョウコはまるで二十年前、私がさよならも言わずに別れたままの姿でそこに立っている気がした。

私はドアの鍵を開けながら言った。「申し訳ない。待たせたようだな」

「相変わらずですのね」キョウコはくすりと笑った。「日本にいらしたときも、あなたはいつもそう言っていましたわ」

「ニュージーランドへようこそ」

事務所の中に案内し、改めて来客用の椅子を勧めた。「こっちにはいつ？」

「昨日。着いたばかりですわ」キョウコは、ちょっと肩をすくめてみせた。

「なんだか変な感じですわね。日本を出るときはあんなに寒かったのに、こっちは真夏の日差しなんですもの」

「逆よりはましさ」窓を開け、タバコに火をつけた。「私の場合は真夏にこの国を出て、真冬の日本に行ったんだ。おかげで風邪を引いた」

キョウコは目元に微笑を浮かべたまま、ブラインドごしに窓の外を眺めた。

「ここから、海が見えますのね……」

ちょうど吹き込んだ海風が、やっとうなじが隠れるほどに短く切りそろえたキョウコの黒髪をさらさらとなびかせた。

視線に気づいたのだろう、キョウコはちょっとおどけたように髪の毛を自分でひっぱってみせた。

「かつらじゃありませんのよ。あのあと、生えてきましたの」

「そうか……」曖昧《あいまい》にうなずいた。

「こっちは相変わらずですけれど」キョウコは首筋に残るひきつれに手を当てた。

それがきっかけになって、昔の話になった。

「聞きましたわ。あれはあなたが最初に見つけられたんですってね？」

「なんのことだ？」

「ほら、キジマが独房の床下に穴を掘っていたでしょう？　わたくし、特別に頼んで、埋めもどす前に、一度見せてもらいましたの。だって、あの人がわたしに残したものは、あの穴くらいなものでしたもの」かすかに笑った。「キジマは、あんな穴を掘っていったいどうするつもりだったんでしょうね」

「彼のことだ」私は言った。「塀の外まで掘りつづけるつもりだったか……」

「まさか？　何十メートルもありますのよ」

「あるいは、あの穴に身を潜めて〝人間消失〟をよそおうことで、なんらかの脱走手段を考えていたのかもしれない」首を振った。「いずれにしても、常人には思いもつかないトリックを考えていたに違いないさ」

キョウコはにこにこと笑っている。二十年を経て、思い出はようやく、痛みを伴うものではなく、懐かしむ対象に変わったのだろう。それは私にとっても同じであった。

「みんなが一番不思議がっていたのは何だと思います？」彼女がまた口を開いた。「あれだけの穴を掘るには大量の土を取りのけなければならなかったはずなのに、その土がどこにも見当たらないということですわ。〝キジマは掘った土をどうしたのだろう？〟って、みなさん首を傾げていました」

「なるほど奇妙なことだ」私は同意した。「だが、可能性を推理することはできる」

「あら、どんな推理ですの？」キョウコは面白がっている。

「キジマは、掘った土をはしから食ってしまったんじゃないだろうか？」

「食べた？　土を？」眼を丸くした。

「食べてしまえば、いくらトイレで排出している姿を看守たちに覗《のぞ》かれても、彼らはなんの不思議も感じなかっただろう」

一瞬呆気《あっけ》にとられていたらしいキョウコは、ぷっと吹き出すようにして言った。「やっぱり二十年前と少しもお変わりありませんのね。すべての謎を解かなくては気が済まない。違いまして？」

「だから、いまだにこんな商売をやっている」肩ごしに、表を指さした。

フェアフィールド探偵事務所。

そう書かれた表札《プレート》が出ているはずだ。もっとも、このところしばらく家賃を滞納しているので、怒った大家が取り外していなければの話だった。

「そんなことより、イツオはどうした？」タバコを灰皿でもみ消して、たずねた。「彼は元気なのか？」

キョウコの顔が急に曇った。唇を嚙《か》み、躊躇《ちゅうちょ》するようすだったが、思い切ったように口を開いた。

「兄は……七年前に自殺しました……長い間、施設に入っていたのです」

相変わらず視線は逸《そ》らしたままだ。

「施設？」

「精神科専門の病院に……」

「なるほど」

新しく取り出したタバコに火をつけた。

「……驚かれない、のですね？」キョウコが言った。

「そうかもしれない、と思っていた」

「でも……まさか……？」

「言わなかったが、キジマはこんなものを私に残していたのだ」

私はタバコを唇の端にくわえたまま引き出しを探り、ファイルから一枚の紙を取り出して机にのせた。私がうなずくのを見て、キョウコは手を机の上に伸ばした。

トイレットペーパーに書かれたキジマの手記。その最後の一枚だ。むろん、いまでは別のちゃんとした紙で補強してある。他の部分は誰にも――特にキョウコには――見せるつもりはなかった。

そこには、薄れかかった文字でこう書かれているはずであった。

知りたければ教えてやる。

俺を殺そうとしている者の名は〝ＵＴＩＳ〟。

それが殺人者の名前だ。


懐かしげに目を細めるキョウコをちらりと横目で眺め、すぐに立ちのぼるタバコの煙に視線を戻した。

「日本からニュージーランドに戻る船のなかで、時間が腐るほどあったのだ」なにげない口調でつづけた。「一緒に乗り合わせた連中というのが、運悪く、おそろしく無学な奴らばかりでね。本なんか誰一人持ってやしない。キジマのことでも考えているしか、ひまのつぶしようがなかった。で、仕方なくこいつを何度も見ているうちに、妙な気がしてきた。もしかしてキジマは、私に暗号を残したんじゃないかと思い始めたんだ」

「暗号？」キョウコが顔をあげた。「この短い文章のなかに、ですか？」

「もちろん、普通に読むこともできる。人食いの巨人キュクロプスの洞窟《どうくつ》に閉じ込められたギリシアの英雄オデュッセウスは、巨人に嘘の名前を教えることで窮地を脱した……。『オデュッセイア』に出てくる挿話だ。ウーティス。ギリシア語で〝誰もいない〟。つまり、キジマは〝俺を殺そうとしている者など誰もいない〟と告げているようにも読める」ちょっと言葉を切った。「しかし、それにしては一点、妙なことがある」

キョウコは小首を傾げている。

「よく見てくれ。〝U〟の文字の上に薄く斜線《スラッシュ》がひいてある。そこで、私は仮に、これは〝この文字は使わない〟という意味だと考えてみたのだ」

「Uを取ると、残るはT、I、S?」眉《まゆ》をひそめた。「そういえば、たしか古い英語で〝it is〟の短縮形が……」と言いかけて、キョウコは自分の考えに吹き出した。

「でもそれじゃ、ウーティス、〝誰もいない〟の方がましですわね。降参。あなたの推理を聞かせてくださいな」

「私もすぐに気づいたわけではないのだ」ちょっと肩をすくめてみせた。「ヒントは、キョウコ、きみから聞いた話にあった」

「わたしの話?」

「きみは私に、かつてキジマが探偵小説雑誌に〝アキツマ・ジロー〟のペンネームで文章を書いていたことを教えてくれた。同時に、そのペンネームが〝キジマ・サトル〟のアナグラムであることも。私はそれを思い出して、T、I、S、の文字はそれぞれ独立して考えるべきではないかと考えたのだ」

「でも」キョウコが首をひねった。「T、I、S、の三文字だけじゃ、いくら並べ換えても、なにほどの意味もできませんわ」

「キジマはギリシア語を指定しているのだ」私は言った。「きみも知ってのとおり、ギリシア語で〝T〟はtau《タウ》、〝I〟はiota《イオタ》、〝S〟はsigma《シグマ》だ」

机の上のメモ用紙に次のように書いてみせた。

TAU　IOTA　SIGMA

「これら十二文字をばらばらにして、適当に並べかえていると、ある名前ができあがる」

文字を並べ換えた。

ATAMAGI　ITSUO（アタマギ　イツオ）

キョウコはちらりとメモに眼をやっただけで、すぐに視線を戻した。その表情からは、彼女が考えていることを読み取ることは不可能であった。

「最初はたんなる偶然だと思った。それから、これは何かの間違いだと思った。キジマを殺そうとしている人物が、よりにもよってイッオであるはずはないと思った」私はペンを投げ出した。「もちろん、こんなものは一つの可能性にすぎない。実際、私は文字を並べ換えて、他にも色々とそれらしい名前をつくってもみた。……だが私は、ひまな船の中で、解けないまま日本を離れることになった謎を並べて考えているうちに、それらがある奇妙なつながりをもっていることに気がついたのだ」

メモを引き寄せ、箇条書きにした。

　塀の外にいたオオバの協力者は誰だったのか？

　盗まれた感謝状はどこに消えたのか？

　タエコはなぜ姿を消したのか？


「一見なんのつながりもない、ばらばらの謎のように見える」

　私はメモをキョウコの方におしやった。

「だが、もし誰かがキジマを殺そうとしていたのなら、その一点においてこの三つのピースはつながり、一枚の絵が見えてくる。そう、イッオがキジマを殺そうとしていた。それがすべての謎をつなぐ、最後の一つのピースだったのだ。そのピースを加えることで、一枚の絵が完成する。つまり、これらの謎はすべてキジマの命を奪うために仕組まれたものであり、彼をスガモプリズンから生きて出てこられないようにするためのものであったという絵が」言葉を切った。

　キョウコは相変わらず黙ったままだ。

「少なくともイッオには、すべてのことが可能だった」そのまま先をつづけた。「大学で化学を専攻していたイッオには、毒物を手に入れ、それをタバコに仕込んでオオバに差し入れすることが可能だった。受け渡し方法は、キジマが推理したとおり、『オデュッセイア』の余白のページに、ヨウ素デンプン反応を用いた、例の見えない文字で書いて指示したのだろう。私は、はじめてスガモプリズンの面会室できみたちに会った時、イッオがのべつガムを噛《か》んでいたのを覚えている。イッオはそれまでにも何度かキジマに面会に来た——キジマは会おうとしない——と言った。彼は、そのどれかの機会を選んで、噛みかけのガムを使って毒を仕込んだ死のタバコの箱をテーブルの裏に張りつけ、面会室に残してきたのだ。それを、後で面会室の掃除に来たオオバが回収した。その日をいつにするかも、『オデュッセイア』の余白のページに記されていたに違いない。

次に、イッオには捕虜たちがキジマに贈った感謝状を盗むことができた。彼は、感謝状を携えたホフマン神父がトーキョー駅に着く時間を知っていた。そもそも彼が、神父に感謝状を革鞄《かわかばん》に入れてくるよう指示したのだ。一方で彼はひそかに浮浪児を雇い、列車から降りた老齢の神父を襲って、鞄を盗むよう命令した。おそらくイッオは、あの後すぐに、浮浪児から感謝状ごと鞄を買い取ったのだろう。鞄を盗んだ浮浪児は、中に感謝状が入っていることなど知らなかった。だからいくら新聞に広告を出しても、なんの手掛かりも得られなかったのだ。それに……タエコのこともある」

ちらりとキョウコを覗《のぞ》き見た。顔が心なしか青ざめているように見えた。

「きみと私は偶然タエコと出会い、バーク伍長《ごちょう》刺殺事件の真相を知ることができた。しかもタエコは、キジマのために事件の真相を法廷で話すと約束してくれたのだ。喜んだ私たちは、すぐにそのことをイッオに話した。そこでイッオはひそかにタエコを呼び出し、彼女が法廷で証言できないよう手を打ったのだ。つまり」ちょっと言葉を切った。「イッオ自身が彼女を殺したのか、あるいは……」

「タエコさんは生きていますわ」キョウコがはじめて口を開いた。「キジマが処刑されたことがはっきりしたあとで、タエコさんはわたしに会いに来ました。『覆面をした男たちにさらわれて、いままでどこかに監禁されていたのだ』彼女はそう言いました。わたしがキジマがすでに処刑されたことを告げると、玄関先でわあわあと大声で泣き出して、なぐさめるのに大変でしたわ」かすかに首を振った。「これはずっと後でわかったことですが、彼女はトーホク地区に連れていかれて、そこに監禁されていたのです」

「トーホク地区？」

「父の……アタマギ・ソウイチロウの地元なのです」キョウコは形のよい眉をひそめて言った。「アタマギ家は、古くからあの地域一帯を支配していて、戦争が終わってもその影響力はほとんど変わらないままでした。ひと一人隠しておくくらいは、なんでもなかったようです」

なるほど、と私は頷《うなず》き、ふと、そう言えば以前、イッオの口からそんな話を聞いたことがあるのを思い出した。もっとも、あの時イッオは「父親は右翼の黒幕なのだ」と明かしたあとで「見えないでしょう？」と道化てみせたのだが、どうしてどうして、イッオ自身がなかなかの黒幕ぶりではないか。

「きみは、いつ気づいたのだ？」キョウコに訊《き》いた。

「兄が死んだあと、荷物を整理していて、鞄と財布を見つけたのです。それで……」

「財布？」

「……キジマの財布ですわ」キョウコが苦しそうに顔を歪《ゆが》めた。「キジマが記憶を失ったあの夜、持っていたはずの財布でした」

キョウコがなにを言っているのか、すぐに思い出した。

キジマは、棍棒《こんぼう》強盗に頭を殴られて戦争中の記憶を失ったわけではなかった。イツオがキジマの頭を路上で殴り、財布を盗んで、強盗の仕業にみせかけたのだ。

イツオは、キジマが死んだと思ってその場を立ち去ったのだろう。だからこそ彼は、キジマが収容された病院に一番にかけつけることができた。キジマが生きていることを知って、イツオは焦ったに違いない。だが、イツオにとって幸いなことに、意識を取り戻したキジマは記憶を失っていた。自分が誰に殴られたのかも覚えてはいなかった。

イツオはその後もキジマの側を離れず、機会をうかがっていた。ところがそこで予期せぬことが起きた。GHQがキジマを逮捕し、プリズン内にさらっていってしまったのだ。イツオとしても、まさかスガモプリズンの中にまでは手が出せない。

ちょうどそんな時、イツオは、かつて自分の部下だったオオバが、やはりGHQに逮捕され、キジマと同じスガモプリズンに収容されることを知った。そこで彼は、あらかじめオオバに『オデュッセイア』の余白を使った通信方法を教え、その後、死者の名前を使い偽の篤志家を装って『オデュッセイア』を差し入れた。オオバには、もしキジマが記憶を取り戻すようなら、差し入れた毒を使って彼を殺すよう指示していたのだ。ところが、毒入りタバコを手に入れたオオバは狂ってしまった。オオバは、手に入れた手段を使って自分の殺したい者を殺し、最後は自滅してしまったのだ……。

もっともイツオとしても、最初から全面的にオオバ一人に頼るつもりはなかったのだろう。その証拠に、彼はさまざまな手段を用いて、キジマが生きてスガモプリズンから出てこられないよう細工をしている。さっき挙げた三つの謎がそうだ。さらに、私に近づき、一度は買収しようとしたのも〝キジマ担当〟の私からなら、キジマの情報を得やすいと考えたからに違いない。

イツオにはなんとしても、記憶を取り戻す前にキジマを殺す必要があった。なぜなら彼は――

「兄は……狂っていたのですわ」キョウコが唇をかんで言った。「わたしには、そうとしか考えられないのです。あんなに仲のよかったキジマを、兄が殺そうとしていただなんて……わたしにはまだ信じられない気持ちなのです」顔をあげた。「今日、こうしてお訪ねしたのも、ひとつには、もしかするとあなたになら兄がなぜあんなことをしたのか、その理由がおわかりなのではないかと思ったからですわ」

キョウコは黒い大きな目をいっぱいに見開き、必死な眼差《まなざ》しを私にむけた。

「他人のつまらない推理など聞かない方がいい」私は首を振った。「いっそう不快になるだけだ」

「わたしは知りたいのです」キョウコが強い口調で言った。「あなたの推理を聞かせてください」

私は、少し考えた挙句、結局話すことにした。

「あのときキジマは、いくつもの不思議な夢を私に語った。たとえばある夢の中で彼は、何者かに案内されて奇妙な地下道を彷徨《さまよ》い、コウキョの下に口を開いている深い穴の辺《ほとり》にたどり着く。そこでは無数の黒い蝶《ちょう》が飛び交い、死者たちが奇怪な宴《うたげ》を繰り広げている……。キジマは夢の中で、その穴に原爆を落としたと言った」言葉を切り、ちらりとキョウコの顔色をうかがった。表情は変わらなかった。

「穴の中で原爆が炸裂し、世界が音もなく穴の中に沈みこんでいく。穴は、テンノウも、コウキョも、ヒノマルも、マッカーサー司令官も、道路もビルも、青空さえ呑《の》み込んでしまう。あとには、パンパンガールの大きなあくびだけが残る……。

帰りの船の中で、ひまに飽《あか》して彼の話を思い出していた私は、キジマの夢には何度も同じような場面が、詳細《ディテール》を変えながら、繰り返し出てきていることに気がついた。親しい友人が殺される夢。その友人の肉を食らう夢だ。しかも、友人を殺す男が出てくる場面には、かならず黒い蝶が飛んでいる……。おそらくキジマは、実際に戦場で誰か親しくしていた者を失ったのだろう。そのとき彼は、友人が死んだのは自分のせいだと感じた。罪悪感。だから、起きている間はその記憶を失っていても、眠るとそれが彼の心を刺激して繰り返し夢にあらわれる。珍しい夢ではない。むしろ、戦場を体験した兵士が見る典型的な夢の一つとも言える。

私はずっと、彼の夢に出てくる蝶は〝プシュケー〟、つまりギリシア語で魂を意味する言葉の視覚化だとばかり思っていた。飛び去る黒い蝶は、死の象徴なのだと。しかし、それが別のものを指していた可能性があることに、遅ればせながら気づいたのだ」

「別のもの？」キョウコが呟《つぶや》いた。

「あざだ」私は頷いて言った。「もし、現実にキジマの目の前で友人を殺した者に、特徴的なあざがあったとしたら？　記憶を失ったキジマは、脳裏に深く刻み付けられたその場面を繰り返し夢に見ていた。ただし、夢を言語化するさい〝あざ〟が形のよく似たもの、つまり〝黒い蝶〟に変わったのではないかと推測してみたのだ」

「あざ……」眉《まゆ》を寄せたキョウコは、はっとした顔になった。「まさか？」

「オオバの顔には、黒いあざがあった。彼がキジマの親しい友人を殺したのだと思う」

「でも、そんなはずはありませんわ」キョウコはすぐに首を振った。「オオバさんは、捕虜収容所時代キジマの下で働いていたのです。彼がキジマの命令に反して誰かを殺すなんてことはありえません」

「キジマとオオバは、その後T島でも一緒だった」私は言った。「そして、あの島にはイツオもいたのだ」

「いったい……T島で何があったというのです？」

「覚えているだろうか」私はキョウコにたずねた。「あのとき私が日本に行ったのには理由があった。行方不明になった相棒、いとこのクリスを探していたのだ」

　手掛かりを求めてスガモプリズンに集められた大量の資料に眼を通していた私は、最後にある事実に行き当たった。何機かの連合軍の戦闘機がT島近くで撃墜されていた。そしてそのさい、操縦士ら数名がパラシュートで脱出する姿が目撃されているのだ。彼らは捕虜になったと考えられていた。ところが、戦後になって探しても、彼らの姿はどこにも見つからなかった。当時、T島にいた日本兵たちは尋問を受けても「そんな者たちは見かけなかった」と口をそろえて証言した……。

だが、黒い噂はどこからともなく流れ出した。

T島では捕まえた捕虜を殺し、人肉を食っていたというのだ。

「噂の真偽ははっきりしない。だが、多分それに類したことがあったのだろう」私は言った。「そして、そのことを言い出したのがおそらく……」

「……兄、だったのですね」キョウコが真っ青な顔で呟いた。

「日本にいたころ、一度イッオがT島での体験を話してくれたことがあった」私はタバコの煙に目を細めた。「そのとき彼は、戦争中にT島で経験した、奇妙な、現実離れしたような体験を語ってくれたが、ついでのようにこんなことを言っていたのだ。〝島は手入れを怠ると三日でピストルに錆《さび》がでるような場所だった〟と。……想像だが、イッオたちはピストルや、部隊に一振りしかなかった日本刀を錆《さ》びさせないために、毎日、神経質なまでの手入れを強《し》いられていたんじゃないだろうか？　ところが、敵の来ない島では武器など使う機会がない。そんなとき、墜落した戦闘機のパイロットが捕虜になった。イッオたちは、捕虜を見ているうちに、自分たちが毎日手入れをしているピストルや日本刀を試してみたくなった。どうせ本土からは遠く離れた島だ。日常から切り離された島だ。誰にもわかるはずがない。そう思った彼らは、順番に捕虜に向かってピストルの試し撃ちを行い、さらには日本刀の試し斬《ぎ》りをするに至った。多分その際にも、最後に捕虜の首を斬り落とす役——実行犯——を命じられたのがオオバだったのだろう。だからこそ彼は、スガモプリズンの中でも、外にいるイッオの指示を忠実に守るしかなかったのだ」

「兄が……そんなことを……」キョウコは唇を噛《か》んだ。

「すべては想像にすぎない」私は小さく首を振り、先をつづけた。「キジマは、T島から内地に帰ってきてすぐに、捕虜殺しの罪でGHQに出頭しようとしたのではないだろうか？　そのことでイッオと争いになった。イッオは、それがせっかく生きて帰った自分たちの首を、あらためて絞め直すことだと知っていたのだ。捕虜を殺した——しかも、その肉を食った——容疑で捕らえられたら、必ず死刑になる。そう思ったイッオは、自首するといってきかないキジマの頭を殴りつけ、強盗にみせかけるために財布を盗んだ……」

　私はそれ以上、キョウコに対して言葉をつづける気になれなかった。英語に堪能《たんのう》だったキジマは、捕虜に接するうちに本当に親しくなっていたのではないか？　戦争が終わったら、敵としてではなく友人として付き合おう、そう約束していたのかもしれない。だが、キジマの反対にもかかわらず、その捕虜は殺され、さらに肉を食われることになった。そして、その捕虜とは、行方不明になった私の相棒、クリスだったのかもしれないのだ……。そ
　この推測を、私は依頼人——クリスの母親——には話さなかった。どのみち、はっきり

した証拠はない。推測にしか過ぎないのだ。別の推測も同じ程度にあり得た。私は迷った末に〝クリスは戦闘機から脱出するさい、パラシュートが首にからまって死亡したらしい〟という報告書を彼女に提出した。クリスの母親は悲嘆にくれ、その後何年か精神科医にかかっていたようだが、幸い今は立ち直ってくれている。

「兄は……やはり狂っていたのですわ」キョウコが目を閉じて言った。「キジマに死刑判決が下ったあの法廷で倒れてからというもの、兄はほとんど誰とも話ができる状態ではありませんでした。昼間から雨戸を閉め切った、真っ暗な部屋の隅でがたがた震えていて……誰かが近づこうとすると、怯《おび》えたように悲鳴をあげて頭を抱えてしまうのです。そうかと思えば、夜中に突然起き出し、台所から包丁を持ち出して庭で暴れたり……。コヤマさんたちも色々と面倒をみてくれてはいたのですが、結局施設に入れるより仕様がなくなったのです。

施設に入ってからも、兄はけっして誰にも心を許そうとはしませんでした。ただ、繰り返し、うわ言のようにぶつぶつと呟くだけでした。〝戦争は終わったんだ。もう殺されるのはごめんだ〟と」目を開けた。「ごめんなさい、こんな言い方は許されないかもしれませんが、兄も結局は戦争による被害者だったのですわ。……戦争がはじまるまで、兄とキジマは本当に気の合う友人同士でした。それが、お互い殺し合うことになるなんて……」言葉を詰まらせた。「戦争は、一人から友情という一番よいものさえ奪ってしまった……戦争は、この世で一番よいものを壊してしまったのです」

キョウコは、湧きあがってくる強い感情をおしころすように身体をこわばらせた。

ふと、思い出した。イッオはかつて私にこんなことを言っていた。

「こんなことならいっそ、みんなでキジマみたいに記憶をなくして、昔の楽しかったころに戻れたらどんなにいいだろうと思いますよ……」

あれは、イッオの心の底からの叫びだったのだ。

イッオはキジマが記憶を取り戻し、自分たちがT島で犯した戦争犯罪――捕虜殺し――を告発することを、文字通り死ぬほど恐れていた。だがその一方で、彼はキジマをなんとか生きて救い出したい、昔のようにキジマと一緒に生きていきたい、と激しく願ってもいたのだ。

イッオの心は二つに引き裂かれていた。行き着く先は、狂気でしかなかったのだろう。

「亡くなる直前、兄が一度だけ正気に返ったことがありました」キョウコが肩を落とし、ぼんやりと遠くを見るような眼で言った。「お見舞いに行ったわたしにむかって、兄は――まるでいっしょに探偵ごっこをして遊んでいた昔のような優しい口調で――こんなことを言ったのです。『なあキョウコ、人が力を持つというのは怖いことだね。力はそれ自体生き物なんだ。そいつは勝手に暴走をはじめる。そして、気がついたときには、その力に踊らされているんだ。……大きな力には、大きな責任が必要だよ。自由の反対は義務じゃない、責任なんだ』と。わたしは兄がだんだんよくなっているのだと思って喜びました。……そのあとすぐ、病院から兄が自殺したという知らせが届いたのです」

私はため息をついてたずねた。「イッオはどうやって自殺したのだ？」

「廊下のガラス窓を突き破って、十階の高さから飛び降りたのです。看護の人が眼を離した一瞬のことでした」ちょっと口ごもった。「兄は……落ちていきながら、声をあげて笑っていたそうですわ」

うむ、と短く呻《うめ》くしかなかった。

イ、ッ、オ、は、あ、る、い、は、キ、ジ、マ、は、私であったかもしれない。

もし戦局が逆であったなら、私が戦争犯罪人として裁かれ、絞首刑になっていたかもしれないのだ。

私は捕虜になったキジマをこの手で殺していたかもしれない。あるいは、ガラス窓を突き破って落ちてゆきながら、地面に叩《たた》きつけられるまでのあいだ声をあげて笑っていたのは、この私だったかもしれないのだ。

そうならなかったのは、ごくささいな偶然の積み重ねの結果にすぎなかった。

キョウコが時計を見て立ち上がった。そろそろ彼女が参加する会議がはじまる時間になっていた。

二階の事務所を出て、一緒に狭い階段を下りた。表通りに通じるドアを開けて押さえ、彼女を先に出した。

「ここで結構ですわ」キョウコが振り返って言った。「会場はすぐそこです。それに……

少し歩いていきたい気分なので……」

頷《うなず》き、最後に、気になっていたことを思いきってたずねた。「えー、キョウコ。その後、結婚は？」

彼女は首を振った。

「でも、わたしにはたくさん子供がいますのよ」そう言って、鞄《かばん》から一葉のパンフレットを取り出し、私に差し出した。

〝女性と子供の権利に関する国際会議〟

日本代表のところにキョウコの名前がある。

「ヤミイチの子供たちを覚えておいでですか？」

顔を上げると、キョウコが南半球の十二月のまばゆい光の中でほほ笑んでいた。「ほら、あなたとご一緒にヤミイチを回ったとき、たき火のそばで出会ったあの子たち……」

私は頷き、先を促した。

「キジマが亡くなった後、わたしはあの子たちに会いに一人でヤミイチに出掛けたのです」キョウコはとんでもないことを、けろりとした顔で言った。「わたしたちはすぐに仲良くなりましたわ。お互い、戦争で一番大事なものを奪われた者同士ですもの」

「それがきっかけで、戦争孤児たちの世話をするようになったというわけか……」

「いいえ。世話をしてもらっていたのは、わたしの方ですわ」キョウコはもう一度首を振った。「兄があんなことになった後もわたしが生きていけたのは、あの子たちのおかげなのです。あの子たちが、わたしに生きていくよう励ましてくれたのです」そう言うと、彼女は何か思い出したように私の目をのぞき込んだ。

「そういえば、日本にいらした頃、わたしにおたずねになったことがありましたわね。〝きみはなぜ何度も自殺をしようとするのか？〟と」

「そう、そんなことを訊《き》いたのだったな」苦笑して言った。

「あの頃のわたしは、自分に未来などないと思っていたのです」キョウコは言った。「だから生きる意味はないのだ、と」

「しかし……今は違う？」

「今も、わたしには未来はないのかもしれません」キョウコは火傷《やけど》のあとに手を当て、呟《つぶや》くように言った。「明日発病して死ぬかもしれない……。そのことはとても怖い。時々真夜中に目が覚めて、自分の人生には意味などなかったのだと泣きたくなることもあります」顔をあげた。「それでもわたしは、やっぱり生きていこうと思うのです。だって、それが殺された者たちに対する生き残った者の責任ですもの」

私は無言で首を振るしかなかった。

「……それじゃ、またいつか」

キョウコはそう言って踵《きびす》を返した。

遠ざかってゆく背中を見送る私の視線の先で、ふとキョウコが足をとめた。

彼女はもう一度振り返ると、私に向かって大きく手を振った。

「メリー・クリスマス、ミスタ・フェアフィールド！　メリー・クリスマス！」

明るい日差しをあびたキョウコの顔には、こぼれるような笑みが浮かんでいる。

私は一瞬苦笑し、それから手をあげて、彼女に応《こた》えた。

※本作品はE・F氏の手記を基に創作したものです。尚、作品中に引用されている『オデュッセイア』については、松平千秋訳（岩波文庫版）を参考にしました。また二九二ページでは、金子光晴氏の詩の一部が変形して引用されています。

解説

吉野仁

東京池袋のサンシャインシティは、巣鴨（東京）拘置所の跡地に建てられたものだ。ご存じのとおり巣鴨拘置所は、第二次大戦後、GHQ（連合国軍総司令部）により接収され、「巣鴨プリズン」として戦争犯罪人が収容されていたところでもある。本作『トーキョー・プリズン』は、その戦後まもない「スガモプリズン」を主な舞台とした異色ミステリだ。

作者の柳広司は、これまでおもに歴史上の偉人や文豪らを題材にした数々のミステリを書き続けてきた。デビュー作『黄金の灰』（創元推理文庫）に登場するのは、ハインリッヒ・シュリーマンだ。伝説の都市トロイアの発掘で知られる大富豪にして古代遺跡の発掘家。この小説は、掘り当てた黄金の消失をはじめ、続出する奇妙な事件をめぐる、謎と推理の物語である。また、第十二回朝日新人文学賞を受賞した『贋作「坊っちゃん」殺人事件』（集英社文庫）は、夏目漱石『坊っちゃん』の後日談であり、漱石の文体を模写した、いわゆるパスティーシュである。

その後、発表された柳作品のほとんどは、この流れをくむもので、『饗宴（シュンポシオン）——ソクラテス最後の事件』（創元推理文庫）はソクラテス、『はじまりの島』（同）

はダーウィン、『新世界』（角川文庫）は原爆の開発責任者オッペンハイマーが登場する。もしくは、『吾輩はシャーロック・ホームズである』（小学館）や『漱石先生の事件簿　猫の巻』（理論社）では夏目漱石の活躍が描かれている。

だが、『トーキョー・プリズン』は、こうした有名人のモデル小説およびパスティーシュの体裁をとっていない。作者の新境地を拓《ひら》く長編作である。ただし、歴史をふまえた上で語られており、限定された状況のなかの怪事件を解き明かす探偵小説であることに変わりはない。

主人公は、私立探偵エドワード・フェアフィールド。元ニュージーランド海軍少尉で現在二十八歳。日本軍捕虜となった可能性の高い、ある行方不明者を探していた。そこでスガモプリズンに収監されている日本人戦犯の証言記録を調べようとやってきたのだ。

しかし、私立探偵が語り手でありながら、本作の「名探偵」はフェアフィールドではない。収監されている戦犯であるキジマ・サトルという男。このキジマという人物の正体こそが、作品を貫く最大の謎となるのである。戦犯にして記憶喪失者。そして二度にわたる脱獄騒ぎを起こしながらも、プリズン内で起こった怪死事件に挑む名探偵。いったいどこに本当の顔があるのか、誰も分からない。

もっとも、これまでの柳作品、たとえば『黄金の灰』でポーの『モルグ街の殺人事件』が引用されていたように、他の名作ミステリおよびその登場人物を連想させられる設定も少なくない。

まず、キジマの脱獄騒ぎのエピソードから連想したのは、ジャック・フットレル作「十三号独房の問題」という有名な短編ミステリだ。〈思考機械〉の異名を持つ、オーガスタス・S・F・X・ヴァン・ドゥーゼン教授が活躍する連作集の最初の一作で、密室からの脱出をテーマにしている。刑務所の死刑囚監房に入れられた〈思考機械〉は、一週間以内で脱獄すると宣言し、見事に十三号独房から脱出してみせた。密室からの人間消失をあつかった名作古典として海外ミステリのマニアなら、知らない人はいないだろう。

また冒頭で、キジマはナチス・ドイツの指導者のひとり、ゲーリングの自殺の謎を解き明かしている。つねに厳重に監視されていたゲーリングはどうやって青酸カリを手に入れたのか。どのように獄中へ持ち込み、どこに隠していたのだろうか。これは、「密室からの脱出」の逆パターンにほかならない。推理の手順が〈思考機械〉と似ている。

次に、フェアフィールドがはじめてキジマと面会するシーンは、さながらホームズものの一場面のようである。ちょっとした相手のしぐさや言葉をもとにすべてを洞察してしまう。しかもキジマは、ゲーリング自殺事件の推理過程を説明し、「つまり他の可能性がすべて間違いだと判明したあとなら――それがいくらありそうにないことだとしても、残ったものが真実ということになる」と述べている。これは、『シャーロック・ホームズの冒険』の一作「緑柱石の宝冠」における「かねてから私は一つの信条をもっています。ありえないことを消去していけば、あとに残るのは、いかにそれが信じがたいものであっても、真実にちがいない、ということです」という言葉のもじりだ。そのほか、面会に来た者が

「Ｓ・Ｐ・Ｉ（スガモ・プリズン・イレギュラーズ）」と名乗るなど、ホームズがらみのネタがあちこちに仕込まれている。

さらに、キジマとフェアフィールドの関係は、トマス・ハリス『羊たちの沈黙』におけるクラリスとレクター博士の関係と似ている。猟奇連続殺人事件の手がかりをつかもうと、ＦＢＩ（米連邦捜査局）訓練生のクラリスが監獄へ赴き、ハンニバル・レクターに協力を求める。本作では、スガモプリズン副所長のジョンソン中佐がフェアフィールドに仕事を依頼する。プリズン内で起こった薬物死事件の真相を知るため、キジマの手助けを借りろ、というのだ。フェアフィールドはワトソン役となるのである。

このように監獄を舞台にした密室ミステリ、もしくは〈思考機械〉やホームズばりの推理が繰り広げられる展開がふんだんに盛り込まれているのだ。

そして、いくつもの事件が複雑に絡み合ったなか、とりわけフェアフィールドが興味を抱くのは、記憶喪失者であるキジマという男の存在である。キジマの過去と真実だ。

たとえばキジマは、戦争中に捕虜を虐待し続けたという罪で収容されており、実際に、数多くの捕虜たちの証言がそれを裏付けていた。しかし、キジマの親友イツオとその妹である婚約者が、じつは冤罪《えんざい》であると論理的な説明をもとに反論する。

ちょうど二〇〇八年にリメイクされた日本映画「私は貝になりたい」もまた捕虜を殺害した罪で終戦後にＢ・Ｃ級戦犯として逮捕され、アメリカ側に裁かれるという物語である。主人公の豊松は、「自分は命令に従っただけ」と主張した。日本軍では上官の命令は絶対であり、上官の命令は天皇陛下の命令だった。しかしアメリカ人の裁判長は、「不当だと思ったなら拒否できたはず」として、豊松へ有罪、絞首刑を言い渡した。いったい誰が悪いのか。どのように裁かれるべきなのか。

本作も同じような戦犯の問題ばかりか、日米の文化の相違をはじめ、天皇責任論にまで踏み込んでいる。戦争で多くの人が殺された。理不尽な殺人や暴力は確かに起こった。しかし責任を取る主体がどこにもない。天皇陛下が許されるのなら、国民全員が許されたということだ、と。外国人フェアフィールドの眼を通して語られることで、「日本」の姿まで浮かび上がってくるのである。

そのほか、真相究明の過程で起こるいくつもの怪事件や『オデュッセイア』の引用と暗号めいた謎、そして二転三転する真相と、最後まで予断を許さない何重もの企《たくら》みが本作には織り込まれている。なんとも巧みに構築されたミステリだ。

個性きわだつ登場人物それぞれに訳ありの過去があり、謎の迷宮へと入りこんだ現在がある。おぼろげに語られていた話が次第に明確になり、新たな事実が浮かびあがっていくかと思えば逆転し、探偵と推理の積み重ねで、やがて予想もしなかった驚愕《きょうがく》の真実が現れる。監獄ミステリの新たなる傑作として、ぜひとも堪能《たんのう》していただきたい。

また、作者は同じ第二次大戦や日本軍を扱ったミステリとして二〇〇八年に『ジョーカー・ゲーム』（角川書店）を発表した。スパイ養成学校Ｄ機関をめぐる謀略ミステリ作品集。本作におけるキジマの不気味さをうわまわる悪魔的存在が暗躍し、読むものを幻惑し続けていくスパイ・ストーリーである。この『ジョーカー・ゲーム』刊行後、書評などで高い評価を得たのち、『このミステリがすごい!』で二位、「週刊文春ミステリーベスト10」で三位と、年末発表の年間ベストミステリ・アンケートで上位にランキングされた。

従来からの柳広司ファンはもちろんのこと、『ジョーカー・ゲーム』に魅入られた読者は、ますます今後の活躍を楽しみにしているに違いない。

本書は二〇〇六年三月、小社より単行本として
刊行されました。

トーキョー・プリズン

柳《やなぎ》 広司《こうじ》

平成21年 1月25日　初版発行
令和7年 10月20日　14版発行

発行者●山下直久

発行●株式会社KADOKAWA
〒102-8177　東京都千代田区富士見2-13-3
電話　0570-002-301（ナビダイヤル）

角川文庫 15527

印刷所●株式会社KADOKAWA
製本所●株式会社KADOKAWA

表紙画●和田三造

●お問い合わせ
https://www.kadokawa.co.jp/（「お問い合わせ」へお進みください）
※内容によっては、お答えできない場合があります。
※サポートは日本国内のみとさせていただきます。
※Japanese text only

ISBN978-4-04-382902-6　C0193

◆◆◇

角川文庫発刊に際して

角川源義

第二次世界大戦の敗北は、軍事力の敗北であった以上に、私たちの若い文化力の敗退であった。私たちの文化が戦争に対して如何に無力であり、単なるあだ花に過ぎなかったかを、私たちは身を以て体験し痛感した。西洋近代文化の摂取にとって、明治以後八十年の歳月は決して短かすぎたとは言えない。にもかかわらず、近代文化の伝統を確立し、自由な批判と柔軟な良識に富む文化層として自らを形成することに私たちは失敗して来た。そしてこれは、各層への文化の普及滲透を任務とする出版人の責任でもあった。

一九四五年以来、私たちは再び振出しに戻り、第一歩から踏み出すことを余儀なくされた。これは大きな不幸ではあるが、反面、これまでの混沌・未熟・歪曲の中にあった我が国の文化に秩序と確たる基礎を齎らすためには絶好の機会でもある。角川書店は、このような祖国の文化的危機にあたり、微力をも顧みず再建の礎石たるべき抱負と決意とをもって出発したが、ここに創立以来の念願を果すべく角川文庫を発刊する。これまで刊行されたあらゆる全集叢書文庫類の長所と短所とを検討し、古今東西の不朽の典籍を、良心的編集のもとに、廉価に、そして書架にふさわしい美本として、多くのひとびとに提供しようとする。しかし私たちは徒らに百科全書的な知識のジレッタントを作ることを目的とせず、あくまで祖国の文化に秩序と再建への道を示し、この文庫を角川書店の栄ある事業として、今後永久に継続発展せしめ、学芸と教養との殿堂として大成せんことを期したい。多くの読書子の愛情ある忠言と支持とによって、この希望と抱負とを完遂せしめられんことを願う。

一九四九年五月三日

柳 広司の好評既刊

新世界

殺すか、狂うか。

１９４５年８月、砂漠の町ロスアラモス。原爆を開発するために天才科学者が集められた町で、終戦を祝うパーティーが盛大に催されていた。しかしその夜、一人の男が撲殺され死体として発見される。原爆の開発責任者、オッペンハイマーは、友人の科学者イザドア・ラビに事件の調査を依頼する。調査の果てにラビが覗き込んだ闇と狂気とは——。

角川文庫　ISBN 978-4-04-382901-9

柳 広司の好評既刊

吾輩はシャーロック・ホームズである

——夏目、狂セリ。

ロンドン留学中の夏目漱石が心を病み、自分をシャーロック・ホームズだと思い込む。漱石が足繁く通っている教授の計らいで、当分の間、ベーカー街221Bにてワトスンと共同生活を送らせ、ホームズとして遇することになった。折しも、ヨーロッパで最も有名な霊媒師の降霊会がホテルで行われ、ワトスンと共に参加する漱石。だが、その最中、霊媒師が毒殺されて……。ユーモアとペーソスが横溢する第一級のエンターテインメント。

角川文庫　ISBN 978-4-04-382903-3

柳 広司の好評既刊

漱石先生の事件簿　猫の巻

書生から見た「漱石先生」の姿とは!?

探偵小説好きの「僕」はひょんなことから英語の先生の家で書生として暮らすことになった。先生は癇癪もちで、世間知らず。はた迷惑な癖もたくさんもっていて、その〝変人〟っぷりには正直うんざり。ただ、居候生活は刺激に満ち満ちている。この家には先生以上の〝超変人〟が集まり、そして奇妙奇天烈な事件が次々と舞い込んでくるのだから……。『吾輩は猫である』の物語世界がミステリーとしてよみがえる。抱腹絶倒の〝日常の謎〟連作集。

角川文庫　ISBN 978-4-04-382904-0

柳 広司の好評既刊

贋作『坊っちゃん』殺人事件

名作の裏に浮かび上がる、もう一つの物語。

四国から東京に戻った「おれ」――坊っちゃんは元同僚の山嵐と再会し、教頭の赤シャツが自殺したことを知らされる。無人島〝ターナー島〟で首を吊ったらしいのだが、山嵐は「誰かに殺されたのでは」と疑っている。坊っちゃんはその死の真相を探るため、四国を再訪する。調査を始めたふたりを待つ驚愕の事実とは？『坊っちゃん』の裏に浮かび上がるもう一つの物語。名品パスティーシュにして傑作ミステリー。

角川文庫　ISBN 978-4-04-382905-7

柳 広司の好評既刊

ジョーカー・ゲーム

吉川英治文学新人賞＆日本推理作家協会賞W受賞作！

「魔王」——結城中佐の発案で陸軍内に極秘裏に設立されたスパイ養成学校〝D機関〟。「死ぬな、殺すな、とらわれるな」。この戒律を若き精鋭達に叩き込み、軍隊組織の信条を真っ向から否定する〝D機関〟の存在は、当然、猛反発を招いた。だが、頭脳明晰、実行力でも群を抜く結城は、魔術師の如き手さばきで諜報戦の成果を上げてゆく。東京、横浜、上海、ロンドンで繰り広げられる、究極のスパイ・ミステリー。

角川文庫　ISBN 978-4-04-382906-4

柳 広司の好評既刊

パラダイス・ロスト

「ジョーカー・ゲーム」シリーズ第三弾

D機関のスパイ・マスター、結城中佐の正体を暴こうとする男が現れた。英国タイムズ紙極東特派員アーロン・プライス。だが魔王結城は、まるで幽霊のように、一切足跡を残さない。ある日プライスは、ふとした発見から結城の意外な生い立ちを知ることとなる――(「追跡」)。ハワイ沖の豪華客船を舞台にしたシリーズ初の中篇「暗号名ケルベロス」を含む全5篇。緊迫の頭脳戦の果てにある、最高のカタルシスを体感せよ！

角川文庫　ISBN 978-4-04-100826-3

柳 広司の好評既刊

ラスト・ワルツ

「ジョーカー・ゲーム」シリーズ第四弾

華族に生まれ陸軍中将の妻となった顕子は、退屈な生活に倦んでいた。アメリカ大使館主催の舞踏会で、ある人物を捜す顕子の前に現れたのは——（「舞踏会の夜」）。ドイツの映画撮影所、仮面舞踏会、疾走する特急車内。帝国陸軍内に極秘裏に設立された異能のスパイ組織〝D機関〟が世界で繰り広げる諜報戦。ロンドンでの密室殺人を舞台にした特別書き下ろし「パンドラ」収録。加速する頭脳戦、ついに最高潮へ！ スパイ・ミステリの金字塔「ジョーカー・ゲーム」シリーズ！

角川文庫　ISBN 978-4-04-104023-2